DIE LADY UND DER BERG-RANCHER

RANCHER

DIE MONTANA-MOUNTAIN-SERIE
BUCH EINS

MISTY M. BELLER

ISBN-13: 978-1-954810-78-5

An meine Familie.
Für eure Unterstützung, eure Ermutigung und eure Liebe.

Vertraue auf den Herrn und tue Gutes;
Lebe im Lande und nähre dich von Seiner Treue.
Erfreue dich auch an dem Herrn,
Und Er wird dir geben, was du dir von Herzen wünschst.
Überlasse deinen Weg dem Herrn,
Vertrau auch auf Ihn,
Und Er wird es geschehen lassen.

Psalm 37:3-5 (NKJV)

KAPITEL 1

MÄRZ, 1874
RICHMOND, VIRGINIA

"Willst du sie vergiften, so wie du deine letzte Frau getötet hast?"

Leah Townsend erstarrte im Flur; ihr rechter Fuß hing in der Luft, ihr stockte der Atem. Sie ließ ihre Zehen auf den Boden sinken und schlich sich dann näher an die geschlossene Bürotür heran – noch immer wagte sie es kaum, zu atmen. Der dicke Perserteppich dämpfte ihre Schritte. Als sie sich nach vorne beugte, stieg ihr der schwere Geruch der Möbelpolitur auf der Mahagonitür in die Nase.

Ein kehliges Glucksen drang aus dem Raum. "Ich habe mich noch nicht entschieden. Wenn ich genug von der Nörgelei habe, werde ich einen Weg finden, sie loszuwerden. Vorausgesetzt, sie hat ihr Erbe erhalten und die Ländereien ihres Vaters gehören rechtlich mir."

Leahs Blut wurde so kalt, dass es ihr in den Adern gefror. *Sie loszuwerden?* Ihr Gehirn wiederholte die Worte einmal, zweimal, und dann hob es ab wie die Hufe eines Rennpfer-

1

des. Ihr Blut geriet wieder in Bewegung und rauschte so schnell durch ihre Adern, dass es in ihren Ohren dröhnte.

Sie würde diese Stimme überall wiedererkennen. Sie hatte den gewandten Ton eines Mannes, der sich seiner Sache sehr sicher war. Den Ton des Mannes, von dem sie seit Wochen jede Nacht Albträume hatte. Den Ton des Mannes, zu dessen Heirat in sechs Tagen ihr Vater sie gesetzlich verpflichtet hatte. Simon Talbert.

"Glaubst du, sie ist immer noch bereit, es zu tun? Jetzt, wo ihr alter Herr tot ist?"

Leah versuchte angestrengt, die andere Stimme zu erkennen. Ihr Verlobter hatte die Dinnerparty verlassen, um sich um eine geschäftliche Angelegenheit zu kümmern, aber sie hatte nicht gesehen, mit wem.

"Sie hat keine Wahl." Wieder die Stimme von Simon. "Es sei denn, sie appelliert an die Gerichte, den Vertrag aufzulösen. Aber das wird sie nicht tun. Es war der letzte Wunsch ihres Vaters. Und warum sollte sie einen so guten Fang wie mich nicht heiraten wollen?"

Ein Kribbeln lief Leah über den Rücken. War er ein Mörder? Papa war so begeistert von dieser Heirat gewesen, er würde ihr Leben doch nicht an einen Mann verschreiben, der sie umbringen würde. Warum hatte sie dieser arrangierten Ehe überhaupt zugestimmt?

Was hatte sie über Simons erste Frau gehört? Nur, dass die Frau kränklich gewesen und mit dreiundzwanzig Jahren gestorben war.

Eine Welle der Angst stieg in Leahs Magen auf und schwoll in ihrer Brust an, bis sie sie fast erdrückte. Was hatte Papa über Simon gesagt? Sie konnte seine tiefe, beruhigende Stimme noch immer hören. *Er hat einen ausgezeichneten Ruf in der Geschäftswelt und wird sich sehr gut um dich kümmern können.*

Geld. Bei diesem ganzen Geschäft mit arrangierten Ehen

und Verlobungsverträgen ging es um Geld. Und um den Status. Und darum, was jeder Beteiligte gewinnen konnte.

Außer der Braut. Die Braut war die Einzige, die in diesem Spiel verlor. Vielleicht war nicht jede arrangierte Ehe für die Frau unangenehm, aber diese Situation schien für sie sehr gefährlich zu sein.

Sie richtete ihre Aufmerksamkeit wieder auf die Geräusche, die durch die Tür drangen. Die Männer mussten sich zu den Fenstern bewegt haben, denn ihre Stimmen waren zu einem undeutlichen Gemurmel verstummt.

Enttäuscht zog Leah sich zurück. Sie musste sowieso zurück in den Salon. Jemand könnte ihre Abwesenheit bemerken, vielleicht sogar einen Diener schicken, um ihr zu helfen.

Leah wollte den Flur hinuntergehen, aber die Tür öffnete sich ruckartig, bevor sie auch nur einen Schritt machen konnte. Sie wirbelte herum und erstarrte, den Blick auf das Gesicht ihres Verlobten gerichtet, eines Mannes, der siebzehn Jahre älter war als sie.

"Simon." War ihm klar, dass sie ihn belauscht hatte? "Ich war gerade auf dem Rückweg von der Damentoilette. Wenn du mit deiner geschäftlichen Besprechung fertig bist, könntest du mich vielleicht zurück in den Salon begleiten." Sie streckte ihre Hand aus, die Augenbrauen hochgezogen in dem schüchternen Ausdruck, den sie von zu vielen Gesellschaftspartys gelernt hatte. Sie wagte es schier nicht, einen Atemzug zu machen.

Simon betrachtete sie; seine hochgewachsene Gestalt mit dem dunklen Frack und den gepflegten schwarzen Haaren war lässig. Auf den ersten Blick war leicht zu erkennen, warum die Frauen ihm in Scharen nachliefen, und noch mehr, sobald sie von seinem großen Reichtum erfuhren.

Aber irgendetwas an seiner Körperhaltung verursachte jetzt eine Gänsehaut auf ihren Armen.

"Meine Liebe." Seine Stimme war zu voll. Zu sanft. Sie wich einen Schritt zurück, aber Simon trat auf sie zu. "Hast du, ähm, hier lange auf mich gewartet?" Als er näher kam, lag ein Hauch von Spirituosen in der Luft und seine dunklen Augen waren rot umrandet.

"Nein. Ich bin nur vorbeigekommen." *Durchatmen.* Sie musste nonchalant wirken.

Simons Augen verengten sich. Konnte er ihre Fassade durchschauen? "Mein Partner und ich haben nur in Erinnerungen geschwelgt. Aber viele unserer Geschäftsbeziehungen sind streng vertraulich." Ein weiterer Mann trat hinter Simon in den offenen Türrahmen. Dieser Mann war kleiner und schlanker, hatte aber die gleiche Körperhaltung wie Simon.

Sein prüfender Blick erdrückte sie.

"Wenn du unser Gespräch belauscht hast, würde das nichts Gutes für dich bedeuten." Simons Blick durchbohrte sie. "Natürlich wäre es das Letzte, was ich mir wünschen würde, wenn dir etwas zustoßen würde, meine Liebe. Oder deinen engen Freunden." Stahl durchzog jedes seiner Worte. "Enge Freunde wie deine Miss Emily."

Emily, ihre Gefährtin. Ihre liebste Vertraute.

Leah wagte einen Blick in sein Gesicht. Seine Augen waren zu schwarzen Schlitzen geschrumpft. Gefahr strahlte aus jeder Pore.

Er machte einen weiteren Schritt nach vorne, seine Hand legte sich wie ein Schraubstock um ihre Finger. Seine Worte drückten auf ihre Brust. Ihre Lunge wollte sich nicht füllen.

"Die gute Nachricht ist ..." Er hauchte ihr harte Luft ins Gesicht. Leah zwang sich, nicht zu reagieren, als der Alkohol in ihre Augen drang. "... ich habe viele einflussreiche Freunde. Freunde bei der Polizei. Bei den Gerichten. Freunde, die mir ohne zu fragen glauben werden."

Er legte Leahs Hand auf seinen Arm, dann verstärkte er

seinen Druck auf ihre Finger und hielt sie fest. "Es ist ein Glück für dich, liebe Leah, dass wir diese Woche heiraten werden. Ich möchte nicht, dass dein Leben auf eine ... schmerzhafte und unglückliche Weise endet."

Ein Schauer durchfuhr Leahs Körper.

Simon wandte sich dem Hauptkorridor zu und begann zu gehen, wobei seine Hand sicherstellte, dass Leah bei jedem Schritt bei ihm blieb. Der andere Mann zog sich in den Raum zurück und schloss die Tür.

Leahs Herz schlug so wild, dass ihr der Magen weh tat. Was sollte sie tun? Sie lief an dem Arm eines Mörders. Wie sollte sie entkommen? Hatte er wirklich gemeint, er würde sie töten, wenn sie etwas über das sagte, was sie belauscht hatte?

Oder Emily töten?

Sie waren gerade dabei, sich wieder der Gruppe im Salon anzuschließen. Sie musste sich zusammenreißen, bis sie wusste, was sie tun sollte. Sie durfte nicht zulassen, dass Simon merkte, dass sie etwas von dem, was er gesagt hatt, beunruhigte.

Tief einatmen. Schultern gerade. Kinn hoch. Freundliche Miene. Jetzt nach vorne schweben, voller Selbstsicherheit und Anmut. Die Handlungen waren tief verwurzelt, Gewohnheit durch jahrelanges Üben und ständiges Erinnern, vor allem durch Emily.

"Ah, Mr. Talbert. Miss Townsend. Wir haben gerade über die Hochzeitskleider der Saison gesprochen", gurrte Mrs. Troutman. "Miss Townsend, ich bin sicher, Sie sind eine Expertin auf diesem Gebiet geworden, da Ihre Hochzeit kurz bevorsteht. Vielleicht kann Ihr Verlobter Sie entbehren, damit wir die Details hören können." Sie tätschelte das Sofa neben sich und blickte Leah erwartungsvoll an.

Ein Gespräch über Hochzeitskleider, vor allem über ihr eigenes, war das Letzte, was sie jetzt noch wollte. Aber es würde sie von diesem Mann wegbringen. Obwohl, vielleicht sollte sie stattdessen lieber über das Kleid sprechen, in dem sie begraben werden wollte.

Leah ließ ihre Hand aus Simons Griff gleiten und setzte sich zu Mrs. Troutman auf das Sofa. Aus den Augenwinkeln sah sie, wie Simon sich steif verbeugte und dann auf eine Gruppe von Herren zuging. Leah hätte die versnobte Frau neben ihr umarmen können.

Sie ertrug es ein paar Minuten lang, wie ihre Sitznachbarin über die Modetafeln im vorderen Teil des Godey's Lady's Book dieser Saison schwärmte, aber Leahs Gedanken spielten verrückt. Sie musste dieses Haus verlassen, sonst würde sie die Fassung verlieren. Und Emily hatte ihr immer beigebracht, dass eine Frau *niemals* und unter keinen Umständen die Fassung verlor.

Leah lächelte in die Runde und bemühte sich, aufrichtig zu wirken. "Es tut mir sehr leid, meine Damen, aber ich fürchte, ich muss mich heute Abend früher zurückziehen. Ich fühle mich nicht wohl. Ich freue mich darauf, zu einem anderen Zeitpunkt an der Diskussion teilzunehmen."

"Ach, du liebe Zeit." Mrs. Troutman sprach in einem kultivierten Ton, der nach Herablassung roch. "Und Sie sind praktisch die Gastgeberin unserer kleinen Party, da Sie mit dem Gastgeber verlobt sind. Was werden wir nur ohne Sie tun?"

Sie klang, als wüsste sie genau, was sie mit dem Verlust von Leahs Gesellschaft anfangen würde. Höchstwahrscheinlich würde sie die Gelegenheit nutzen, ihre eigene verwöhnte Tochter Simon Talbert unter die Nase zu reiben, wie sie es schon so oft getan hatte.

Und sie könnte ihn haben. Wenn Mrs. Troutman nur wüsste, wie der Mann wirklich war, würde sie weit weg von diesem verdorbenen Haus laufen.

Aber Leah bekam Gewissensbisse. Keine Frau hatte das verdient, was Simon vorhatte.

Leah schenkte den Damen ein weiteres künstliches Lächeln. "Ich bin sicher, dass meine Abwesenheit den Genuss des Abends nicht im Geringsten schmälern wird. In der Tat" - sie beugte sich verschwörerisch vor - "verlasse ich mich darauf, dass Sie dafür sorgen werden."

Mrs. Troutman schenkte ihr ein strenges Lächeln. "Natürlich, Liebes. Und jetzt gehen Sie und passen Sie auf sich auf."

Leah glitt durch den Raum auf Emily zu, ihre Begleiterin, ehemalige Gouvernante und - seit Leahs Mutter vor sechs Jahren gestorben war - ihre beste Freundin und Mentorin. Emily, elegant in ihrem langen, schlanken Mieder, stand neben den Lindsey-Cousinen. Neben ihr sahen die jüngeren Damen in ihren zu hellen und kindlichen Dolly Varden Kleidern albern aus.

"Aber, Emily, er hat Krupphusten. Meinen Sie wirklich, dass das hilft?", fragte Olivia Lindsey.

Emily nickte, sah dann auf und musterte Leah mit ihren Augen. "Fühlst du dich nicht wohl, Liebes?"

Wie hatte Emily das erraten? Leah war sich sicher gewesen, dass ihre High-Society-Miene undurchschaubar war. "Ich habe leichte Kopfschmerzen und mich gefragt, ob es dir etwas ausmacht, früher zu gehen?"

Emilys Augen verzogen sich zu einem sanften Lächeln. "Nein, natürlich nicht. Ich werde jetzt die Kutsche rufen."

"Bitte nicht." Leah sagte die Worte ein bisschen zu schnell, aber sie musste fort, bevor Simon sie gehen sah. "Ich mache das und treffe dich im Foyer."

Zwischen Emilys Brauen bildeten sich zwei Linien der Besorgnis. "Also gut." Sie wandte sich an ihre beiden Begleiterinnen, während Leah die Flucht ergriff. "Olivia, ich bete, dass Ihr kleiner Henry schnell wieder gesund wird ..."

Emily war so nett. Eines Tages, wenn Leah endlich erwachsen werden würde - was mit ihren zweiundzwanzig Jahren noch nicht der Fall zu sein schien -, wollte sie so gut und freundlich und fürsorglich sein wie Emily.

Leah schlängelte sich um die Trauben von Bekannten und Freunden der Gesellschaft herum, bis sie fast die breite Doppeltür zum Foyer erreicht hatte.

"Miss Townsend." Die sanfte Baritonstimme erwischte sie kalt. Leah drehte sich nicht um, was Simon dazu zwang, um sie herumzugehen, um sich ihr zuzuwenden. Seine Augen waren schwarz ... kalt.

"Du gehst doch nicht weg, oder?" Etwas Hartes glitzerte in seinem Blick.

"Ich, äh, ich fühle mich nicht gut." Sein prüfender Blick war zu viel. Leah senkte die Augen. "Ich dachte, ich sollte mich besser früher zurückziehen."

Simon berührte ihr Kinn mit einem Zeigefinger und hob ihr Gesicht zu seinem. Er legte seinen Daumen auf die andere Seite ihres Kinns, was für jeden anderen wie eine zärtliche Geste unter Verliebten ausgesehen hätte. Doch der Druck, mit dem er ihr Kinn umfasste, ließ für Leah keinen Zweifel an seiner Botschaft.

"Ich nehme an, du bist zu krank, um dich zu unterhalten. Ich werde morgen früh vorbeikommen, um nach dir zu sehen." Er ließ seine Hand fallen, trat aber näher und richtete sich zu seiner vollen Größe auf. Weniger als eine Handbreit Abstand trennte sie, so dass jede feuchte Pore in seinem Gesicht sichtbar wurde. "Ich bin sicher, niemand würde es mir verübeln, wenn ich jeden Moment mit meiner zukünftigen Braut verbringen wollte."

Seine Körperhaltung entspannte sich und Leah wartete nicht auf eine bessere Gelegenheit. Sie wandte sich ab und floh aus dem Raum.

* * *

*E*mily, die immer die Nachdenkliche war, wartete, bis sie sicher in der Kutsche verstaut waren, bevor sie sich an Leah wandte. "Was um alles in der Welt ist los? Ich habe dich noch nie so blass gesehen."

Leah fummelte an der Seidenrüsche am Saum ihres Mantels herum. Sollte sie es den Behörden sagen? Jemandem erzählen? Würde man ihr eher glauben als Simon? Papa hatte den Vertrag mit dem Mann vor über sechs Monaten unterschrieben, kurz vor seinem Tod.

Leah war immer davon überzeugt gewesen, dass Simon vor allem an ihrem Reichtum interessiert war. Nicht an der bescheidenen Mitgift, die sie in die Ehe einbringen würde, sondern an der riesigen Menge an Geld und Besitztümern, die bis zu ihrem dreiundzwanzigsten Geburtstag im kommenden Februar in einem Treuhandfonds verwahrt wurde.

Bei Simons Geld und seinen weitreichenden Beziehungen würde niemand in Richmond einer zweiundzwanzigjährigen Frau mehr glauben als einem angesehenen Geschäftsmann wie ihm. Mindestens fünfzig Frauen in Richmond würden sofort mit ihr tauschen, um die Gelegenheit zu haben, einen so reichen Witwer zu heiraten, trotz des Altersunterschieds.

Selbst Emily wäre skeptisch. Es fiel ihr immer schwer, an das Schlimmste in den Menschen zu glauben. Aber sie würde Leah glauben. Und vielleicht konnte sie helfen.

"Was ist passiert, Liebes?" Emilys sanfte Stimme war eindringlich.

Leah holte tief Luft. "Als ich den Waschraum verließ, hörte ich Stimmen aus einem der Flure. Ich war neugierig, also ging ich ein Stück weiter und hörte Mr. Talbert mit einem anderen Mann sprechen. Sie haben... über mich gesprochen." Sie beruhigte ihre Stimme und erzählte ihrer Freundin von dem Tête-à-Tête und von Simons Reaktion auf ihre Anwesenheit.

Am Ende des Gesprächs atmete Emily lange aus. "Ich weiß nicht, was ich sagen soll."

"Erinnerst du dich daran, wie die erste Mrs. Talbert starb?"

Emilys Stirn legte sich in Falten und ihre Augen wurden nachdenklich, während sie mit zwei Fingern über ihren Kiefer strich. "Sie schien immer gesund zu sein, wenn ich sie sah. Ungefähr ein Jahr nach ihrer Hochzeit hörte sie jedoch auf, zu den meisten gesellschaftlichen Veranstaltungen zu kommen. Eine Zeitlang hörte ich nicht mehr viel von ihr, aber etwa sechs Monate später erfuhr ich, dass sie gestorben war. Ich habe immer angenommen, dass es Komplikationen gab, weil sie... in anderen Umständen war."

Emily wandte ihre Aufmerksamkeit wieder Leah zu, mit stechenden Augen. "Ist es möglich, dass du das Gespräch falsch interpretiert oder Mr. Talbert falsch verstanden hast, als er mit dir sprach?"

Natürlich würde es Emily widerstreben, so etwas Schreckliches zu glauben. Leah konnte es selbst kaum glauben. Wie hatte Papa diesem Mann nur trauen können?

Ihr Kiefer straffte sich voller Überzeugung. "Ich bin sicher, dass ich die Unterhaltung zwischen den beiden Männern richtig verstanden habe. Und Simon hat sich sehr deutlich ausgedrückt." Sie drehte sich um, um Emilys Hände zu ergreifen, und die Angst stieg wieder in ihrer Brust auf. "Was soll ich nur tun? Ich kann ihn nicht heiraten. Ich glaube nicht, dass ich es überhaupt ertragen kann, wieder in seiner Nähe zu sein. Er hat gesagt, er würde morgen früh vorsprechen, um nach mir zu sehen. Ich bin sicher, dass er vorhat, dafür zu sorgen, dass ich mich nicht an die Behörden wende." Würde Simon so weit gehen, sie zu entführen? Aber warum nicht? Ein Mann, der einen Mord plante, würde nicht zweimal über eine kleine Entführung nachdenken.

Emily löste sich aus Leahs Händen, um ihre Arme um Leahs Schultern zu legen und sie zu wiegen, so wie Mama es immer getan hatte. "Leah, Liebes. Ich weiß noch nicht, was wir tun sollen, aber ich weiß, dass wir beten müssen. Gott wird es dir zeigen. Er hat auch in dieser Situation einen Plan, aber du musst ihn suchen. Suche Gott. Er liebt dich noch mehr als ich."

Leah kämpfte gegen den Stich der Tränen an, während die Wärme von Emilys Umarmung ihre Angst durchdrang.

* * *

*L*eah atmete frustriert aus. Sie blätterte in ihrer Bibel und versuchte mit aller Kraft, das Gefühl zu bekämpfen, dass ihr Leben aus den Fugen geraten würde. Eingewickelt in ein warmes Flanellnachthemd gegen die späte Märzkälte, saß sie im Bett und suchte nach Orientierung.

Vater, bitte sprich zu mir. Hast Du einen Weg für mich, dem zu entkommen?

Aber war die Flucht richtig? Hatte Gott nicht gesagt, sie solle ihren Vater und ihre Mutter ehren, damit sie lange in dem Land leben könne, das der Herr ihr geben würde? Doch den Wünschen ihres Vaters zu gehorchen, schien in diesem Fall in direktem Widerspruch zu einem langen Leben zu stehen. Hatte Gott vor, sie durch ein Wunder zu retten? So wie er es mit Daniel in der Löwengrube getan hatte?

In Gedanken versunken schlug sie die Bibel wieder auf und begann im ersten Buch Samuel zu lesen. Die Anfänge der Israeliten hatten sie schon immer fasziniert. Egal, wie oft sie sich verirrt hatten, egal, wie viele wirklich schlechte Entscheidungen sie getroffen hatten, Gott hatte sie immer wieder zurückgebracht. Er vergab ihnen immer, wenn sie sich wirklich vor ihm demütig gezeigt hatten. Leah war fasziniert von der Geschichte des jungen David und davon, wie Gott ihn benutzte, um König Saul zu beruhigen, als dieser von einem bösen Geist heimgesucht wurde.

Und David spielte Musik mit seiner Harfe. Da versuchte Saul, David mit dem Speer an die Wand zu spießen, aber er entkam Saul, und er stieß den Speer in die Wand. Da floh David und entkam in jener Nacht.

Eine Gänsehaut überzog Leahs Arme und ein Kribbeln schoss ihr über den Rücken. Sie las weiter.

Saul schickte auch Boten zu Davids Haus, um ihn zu bewachen und ihn am Morgen zu töten. Und Michal, Davids Frau, sagte es ihm und sprach: Wenn du heute Nacht dein Leben nicht rettest, wirst du morgen getötet. Da ließ Michal David durch ein Fenster hinunter. Und er ging hin und floh und entkam.

Als Saul versuchte, David zu töten, floh David und entkam.

Die Flucht.

Genau das musste sie tun.

KAPITEL 2

*L*eah atmete erleichtert auf, als sie früh den Frühstücksraum betrat und Emily bereits an dem langen Mahagonitisch sitzen sah. Ein schwacher Schatten unter Emilys Augen war das einzige Anzeichen in ihrem ansonsten tadellosen Erscheinungsbild, dass sie vielleicht keinen erholsamen Schlaf gehabt hatte.

Leah hingegen wusste von einem früheren Blick in den Spiegel, dass sie aussah, als hätte sie höchstens eine Stunde geschlafen. Und das stimmte auch ziemlich genau.

Nachdem sie Gottes Weisung gespürt hatte, aus Richmond zu fliehen, hatte Leah eine Stunde damit verbracht, vier Koffer mit den persönlichen Dingen zu packen, die sie auf ihrer Reise brauchen würde. Dann hatte sie eine weitere Stunde damit verbracht, zwei der Koffer wieder auszupacken, nachdem sie beschlossen hatte, mit leichtem Gepäck zu reisen, um nicht unnötig von den Pagen und Gepäckabfertigern beachtet zu werden, wo immer sie auch hinging.

Jetzt hatte sie alles auf ein Minimum an Kleidung, Hygieneartikeln, Bücher und die fünfhundert Dollar, die sie von ihrem Taschengeld gespart hatte, reduziert. Das meiste von

Papas Geld befand sich in dem Treuhandvermögen, das sie zu ihrem dreiundzwanzigsten Geburtstag erhalten würde, mit Ausnahme des monatlichen Zuschusses, den sie für persönliche Ausgaben erhielt.

Sie wartete ungeduldig darauf, dass das Hausmädchen die vollen Teller abdeckte und dann die Tassen mit warmem Kaffee füllte. Selbst nachdem Papa nicht mehr da war, hatte Emily darauf bestanden, dass sie weiterhin formelle Mahlzeiten einnahmen, damit Leah die Gewohnheit nicht verlor.

"Danke, Amanda." Emily war immer voller Anmut und Freundlichkeit. Das Dienstmädchen knickste und eilte aus dem großen Speisesaal. Kaum war sie weg, beugte sich Leah vor und legte eine Hand auf den Tisch.

"Wir werden Richmond verlassen. Du und ich. Heute. Gott hat mich angewiesen, zu fliehen und zu entkommen, also müssen wir heute Morgen aufbrechen."

Emily tupfte sich den Mund ab und sah nicht so schockiert aus, wie Leah erwartet hatte. "Und wo willst du hin?"

Leah hatte viel darüber nachgedacht, war aber zu keiner guten Antwort gekommen. "Ich weiß es nicht, wirklich. Ich habe keine Familie mehr und wir sind nie viel gereist, also sind alle meine Freunde in Richmond. Ich denke, wir sollten für eine Weile nach Charleston fahren, da wir dort immer Urlaub gemacht haben und ich die Stadt ein wenig kenne." Sie runzelte die Stirn. "Ich weiß allerdings nicht, was ich dort machen würde."

Emily schüttelte den Kopf. "Nein, du musst nach St. Louis gehen. Das ist in Missouri und ich habe dort Familie ... sozusagen. Der Mann meiner Schwester stammt aus dieser Gegend und ich weiß, dass seine Familie dir helfen wird. Ihr Name ist Barnett und sie sind gute Leute. Ich werde ihnen ein Telegramm schicken, sobald du abgereist bist, damit sie auf dich warten können."

"Aber du musst mitkommen."

Emilys Augen leuchteten - vor Freundlichkeit oder unverdauten Tränen? "Nein, ich denke, das ist auch die Gelegenheit, die Gott mir gegeben hat, um meiner lieben Schwester etwas Zeit zu schenken. Es ist schwer für sie, seit ihr Robert gestorben ist, und ich glaube, es würde ihr gut tun, jetzt jemanden bei sich zu haben."

"Aber denkst du nicht, du solltest die Stadt verlassen?" Panik wallte in Leahs Brust auf, als sie daran dachte, allein in einen Zug zu steigen. Den einzigen Freund zu verlassen, den sie noch hatte - das einzige Leben, das sie je gekannt hatte. Und Simon hatte Emily gedroht - Worte, die sie ihrer Freundin gesagt hatte.

Emilys Gesicht verwandelte sich in diesen sanften Blick der Zuneigung. "Leah, Liebes. Ich habe letzte Nacht auch viele Stunden im Gebet verbracht. Gott hat mir gesagt, dass er einen besonderen Plan für dich hat, und er möchte, dass du auf diese Weise anfängst. Er hat andere Pläne für mich." Sie senkte ihr Kinn und hob die Brauen. "Ich weiß, dass er mich beschützen wird. Ich mache mir keine Sorgen um Simon Talbert."

Leahs Herz füllte sich mit Erleichterung und Panik zugleich bei Emilys Antwort. "Bist du sicher?"

Sie streichelte Leahs Wange auf mütterliche Art und Weise. "Gott hat dich sicher in seinen Händen, Liebes. Und du kannst sicher sein, dass ich bei jedem Schritt für dich beten werde."

Und dann tat Leah das, was sie die ganze Nacht nicht tun wollte. Sie weinte.

* * *

*I*n kürzerer Zeit, als sie es für möglich gehalten hatte, stand Leah vor einem Richmond, Fredericksburg & Potomac Zugwaggon. Das Äußere des

Aussichtswagenzuges mochte einmal ein fröhliches Gelb gewesen sein, aber die grelle Sonne und die aschfahle Rußschicht der Dampflok hatten es in ein trübes Beige verwandelt. Sie fühlte sich wie eine Fremde in dem einfachen, selbstgesponnenen Kleid - grau, ohne Rüschen, Spitze oder Bustier - und nur mit einer verblichenen Teppichtasche in den Händen. Kein Mensch würde sie in diesem deprimierenden - und kratzigen - Kostüm als eine Townsend erkennen.

Wenn Emily sich eine Idee in den Kopf gesetzt hatte, gab es niemanden außer dem Herrn selbst, der sie davon abhalten konnte, sie sofort in die Tat umzusetzen. Sie hatte Leahs Koffer inspiziert und das meiste darin für gut befunden, aber ein paar der Kleider gegen "brauchbarere" Kleidung ausgetauscht. Dann hatte sie das selbstgesponnene Wollkleid von wer weiß woher besorgt, damit sie am Bahnhof nicht erkannt wurde. Dann hatte sie einen Lohndiener kommen lassen, damit niemand von Townsend Manor erfuhr, wohin sie gegangen waren, und die Köchin gebeten, ein Mittagessen zu packen, um es in Leahs Tasche zu stecken. Auf dem Weg zum Bahnhof hatte Emily so viele Anweisungen gegeben, dass Leahs Verstand bereits erschöpft war. Und dabei war es erst neun Uhr morgens.

Emily hatte ihren Abschied kurz und hoffnungsvoll gehalten und drückte Leah einige Papiere in die Hand. "Bitte schick mir eine Nachricht, sobald du in St. Louis angekommen bist, um mir zu sagen, dass es dir gut geht." Es war das erste Mal, dass sie ein gewisses Zögern bei Leahs Abreise zeigte. "Hast du den Brief für Mr. Shelton?"

"Genau hier." Leah griff in ihr Retikül und zog das versiegelte Briefpapier heraus, das an den Verwalter ihres Vaters, Mister James Shelton, Esquire, adressiert war.

Emily griff danach, ihre Augen trafen Leahs. "Du hast ihm nicht geschrieben, wohin du gehst, oder?"

Leah schüttelte den Kopf. "Nur, dass ich die Stadt verlassen und mich nächstes Jahr nach meinem Geburtstag bei ihm melden würde, um mein Erbe zu regeln. Und dann schilderte ich das Gespräch zwischen Simon und dem anderen Mann, das ich mitgehört hatte, und auch die Dinge, die Simon zu mir sagte. Ich habe ihn gebeten, jemanden bei der Polizei zu informieren - jemanden, dem er vertraut."

Emilys Mund verzog sich zu einem grimmigen Ausdruck. "Ich hoffe, er glaubt dir. Und ich hoffe, dass er die richtige Person für die Ermittlungen findet. Simon hat einen tadellosen Ruf und das Geld, um jede Entscheidung zu beeinflussen."

"Ich weiß." Dringlichkeit durchflutete Leah. "Wir müssen von hier verschwinden. Simon wird wahrscheinlich jeden Moment bei uns zu Hause vorsprechen."

Emily zog sie in eine letzte heftige Umarmung. "Ich werde für dich beten. Denk daran, dass ich dich liebe." Und dann drehte sie Leah mit einer Hand auf jeder Schulter um und schob sie praktisch in den Zug.

Nach dem Einsteigen machte sich Leah auf dem schmalen Gang auf die Suche nach einem freien Platz. Schließlich fand sie eine freie Bank und ließ sich auf das harte Leder neben dem Fenster fallen. Sie spähte durch das trübe Glas, um einen letzten Blick auf Emily zu werfen, und sah, wie ihre Freundin von der hölzernen Plattform aus winkte und ihr Küsse zuwarf. Leah winkte wild zurück und spürte, wie ihr die Welt entglitt, als der Zug vorwärts ruckte und Emily in der Ferne verschwand.

Leah lehnte sich in den Sitz, ihr Herz schmerzte wie in einem Schraubstock. Was hatte sie vor? Sie verließ alles, was sie kannte, und die beste Freundin, die sie je gehabt hatte. Und wofür? Für die Sicherheit? Woher wusste sie, dass es dort, wo sie hinging, sicherer war, als bei Simon Talbert zu bleiben? Sicher, er hatte *vor*, sie zu töten, aber wer wusste schon, welche Bedrohung sie auf einer Reise durch das halbe Land in eine fremde Stadt inmitten eines noch fremderen Staates antreffen würde?

Leah schaute aus dem Fenster und warf einen letzten Blick auf den Bahnhof von Richmond. Warum hatte sie Emily nicht *gezwungen,* mitzukommen? Soweit sie sich zurückerinnern konnte, war sie ihre beste Freundin und Vertraute gewesen. Emily war fünfzehn Jahre älter als Leah, aber das hatte nie eine Rolle gespielt. Mama war gestorben, als Leah sechzehn war, und Emily war eingesprungen, um die Lücke zu füllen. Eine Träne rann Leah über die Wange, während sie in Selbstmitleid versank.

"Oh, Sie armes Ding. Sind Sie das erste Mal allein unterwegs?"

Leah blickte auf und sah eine kleine Frau, die so viele Taschen trug, wie in ihre faltigen Hände passten. Das Haar der Frau war wahrscheinlich einmal blond gewesen, aber jetzt war es größtenteils weiß mit ein paar goldenen Strähnen darin, und ihr faltiges Gesicht strahlte eine freundliche Seele aus.

Leah schniefte und bemühte sich, sich zusammenzureißen, angefangen mit ihrem selbstsicheren Lächeln. "So ist es. Kann ich Ihnen damit helfen?"

Mit Mühe schaffte es die Frau, einige der Taschen auf die Bank zu stellen, dann beugte sie sich vor, um andere von ihnen unter den Sitz zu legen. Eine Sekunde lang schwankte sie, als würde sie durch das Schaukeln des Zuges umkippen. Leah griff nach ihrem Arm und war überrascht, wie knochig er war. Dann schob sie die Taschen vom Sitz und half der älteren Dame, sich zu setzen.

"Ah, danke, meine Liebe. Diese Züge können meine alten Beine manchmal umwerfen. Früher war ich nicht so wackelig auf den Beinen, aber das Alter kann hart sein." Sie tätschelte Leahs Arm.

Leah konnte nicht anders, als die sympathische Frau anzulächeln. "Sind Sie oft auf Reisen?"

Ihre Kleidung wirkte nicht üppig, war aber auch nicht zerlumpt. Sie trug ein sauberes braunes Taftkleid mit einem Streifen aus Spitze um den hohen Kragen und die langen Ärmel.

"Meine jüngste Tochter lebt mit ihren vier Kindern in Richmond. Ich versuche, sie jedes Jahr ein paar Wochen zu besuchen, um sie ein wenig zu entlasten. Ihr Ältester ist gerade in die Schule gekommen und der Jüngste hat gerade angefangen zu laufen, sie hat also mehr als genug zu tun. Aber sie sind alle schlau wie ein Fuchs und die beiden ältesten können schon lesen und rechnen."

Schließlich holte sie tief Luft und fügte hinzu: "Ich heiße übrigens Louise Mathers, aber alle nennen mich Gram. Und wie mögen Sie heißen?"

Gram war zu fröhlich, um Traurigkeit zuzulassen, und so lehnte Leah sich entspannt gegen die rissige Lederbank. "Leah."

"Ah, was für ein schöner Name für ein schönes Mädchen. Es ist ein Vergnügen, Ihre Gesellschaft zu haben. Sie erinnern mich ein wenig an meine Rebecca. Sie ist mein ältestes Enkelkind und hat Ihr hübsches karamellfarbenes Haar. Sie ist ein bisschen korpulenter als Sie, aber sie kann singen wie ein Engel. Sie würden ihr gefallen, da bin ich mir sicher..."

Gram plapperte noch eine Stunde lang, dann schloss sie die Augen, um ein Nickerchen zu machen. Als aus dem offenen Mund der älteren Frau leise Schnarchgeräusche ertönten, nutzte Leah die Gelegenheit, um sich die Papiere anzusehen, die Emily ihr gegeben hatte.

Darunter zwei Zettel mit Adressen. Eine von Familie Barnett in St. Louis und die andere von Emilys Schwester außerhalb von Richmond. Dann fand sie eine Ausgabe des *Richmond Enquirer*. Das war merkwürdig. Emily hatte immer gesagt, es gehöre sich nicht für eine junge Dame, sich für Zeitungen und weltliche Angelegenheiten zu interessieren. Die Zeitung war auf einer der hinteren Seiten aufgeschlagen, wo Reihen von Anzeigen den Raum ausfüllten.

Ihr Blick wanderte durch die Inserate. In der Rubrik "Verloren...Gefunden..." bot jemand fünf Dollar Belohnung für vermisste goldene Uhr einer Dame an. Die Rubrik "Gesucht ... Arbeitskräfte... Frauen" nahm eine ganze Spalte ein, aber sie konnte sich nicht dazu durchringen, zu intensiv darin zu lesen. Zweifelsohne würde sie diese Art von Anzeigen genauer studieren müssen, wenn sie St. Louis erreichte.

In der Rubrik "Kontaktanzeigen", direkt über den "Gesucht"-Anzeigen, fiel Leah eine Anzeige ins Auge.

Ein intelligenter junger Rancher von 25 Jahren, 1,80 m groß, rotes Haar, grüne Augen, sucht eine Frau im Montana-Territorium. Die junge Dame sollte zwischen 18 und 25 Jahre alt, angenehm und gottesfürchtig sein. Bitte senden Sie ein Telegramm oder einen Brief nach Helena, MT, adressiert an Abel Bryant auf der Bryant Ranch, Butte City.

Wie seltsam. Sie hatte schon von Männern gehört, die Anzeigen für Bräute aufgeben, aber sie hatte noch nie eine solche Anzeige gesehen.

Das Schnarchen neben Leah endete mit einem unladyhaften Schnauben und Gram hob ihren Kopf von der Sitzlehne. Sie leckte sich die Lippen und schaute sich um, um die Landschaft zu betrachten, die vor den Fenstern vorbeiflog.

"Es gibt nichts Besseres als das Schaukeln eines Zuges für ein gutes Nickerchen."

KAPITEL 3

*A*ls der Zug in den Bahnhof von Washington, D.C., einfuhr, musste Leah sich anstrengen, um freundlich zu bleiben. Sie war müde, ihre Wirbelsäule und ihr Po schmerzten von dem unnachgiebigen Sitz, ihre Beine waren verkrampft und sie wünschte sich nichts sehnlicher, als direkt in ein Hotel mit einem warmen Bad und einem weichen Bett zu gehen.

Aber wie Emily es angeordnet hatte, stieg sie aus dem Zug aus und ging in den Betriebshof.

"Ich brauche eine Mitfahrgelegenheit in Ihrem nächsten Zug nach St. Louis, bitte."

Der dünne Mann mit Brille war glatt rasiert, hatte eine Glatze und musterte sie mit herablassender Miene. "Das wäre der nächste Baltimore and Ohio Zug, der in etwa" - er schaute auf die Uhr an seiner Weste - "in dreißig Minuten eintreffen wird. Sie müssen innerhalb von zehn Minuten nach seiner Ankunft abfahrbereit sein."

Vierzig Minuten. Das reichte kaum für eine schnelle Mahlzeit, geschweige denn für ein Bad oder ein Nickerchen. "Fährt morgen noch ein Zug?"

Sein finsterer Blick ließ sie fast wünschen, sie hätte nicht gefragt. Aber es wäre himmlisch, unter warme Decken zu kriechen und zu schlafen. Leah zog ihren Schal fester um ihre Schultern. Die Sonne ging langsam unter und leitete einen weiteren kalten Märzabend ein. Sie wünschte, sie hätte ihren Wollmantel dabei, aber wenigstens war er in einer der Kisten verpackt.

Die weinerliche Stimme des Mannes holte Leah in die Gegenwart zurück. "Der nächste Zug, der in die westlichen Staaten fährt, kommt am Dienstag an."

Dienstag? Das war in fünf Tagen. Leah stöhnte innerlich auf. "Dann brauche ich eine Fahrkarte für den heutigen Zug. Gibt es noch freie Schlafplätze?"

Die Brust des Mannes blähte sich auf, als hätte er den Zug selbst entworfen. "Ja, in der Tat. Dieser Zug hat einen der berühmten Pullman-Wagen, mit oberen und unteren Schlafplätzen."

Leah sprach ein stilles Gebet des Dankes für die kleinen Segnungen.

* * *

*A*m Ende von sechs weiteren sehr langen Tagen hatte sich der Pullman-Wagen als weit mehr als ein kleiner Segen erwiesen. Er war das Einzige, was diese Reise erträglich machte. Als der Zugbegleiter die Endstation St. Louis ankündigte, sprang Leah fast auf die Füße, um ihn zu umarmen. Ihre Sehnsucht nach festem Boden war spürbar und verkrampfte ihre Muskeln zu Knoten. Nie wieder würde sie ein warmes Bad mit duftender Seife, Seidenlaken und ein weiches Federbett, das in der Nacht nicht schwankte, als selbstverständlich ansehen. Und saubere Kleidung. *Ihre* Kleidung, die nicht juckte oder stank.

Sie schaute aus dem Fenster, konnte aber durch das

kleine Quadrat aus schmutzigem Glas nicht viel erkennen. Sie stopfte ihr Buch in ihre Reisetasche und stand auf, als der Zug ruckelnd zum Stehen kam. Als sie sich hinter den anderen Fahrgästen einreihte, wippte sie von einem Fuß auf den anderen, während der Zug sich langsam vorwärts bewegte. Selbst in ihrem erschöpften Zustand war sie zu aufgeregt, um stillzustehen. Sie war in St. Louis angekommen und ihr neues Leben sollte beginnen. Würde diese Stadt so groß und kultiviert sein wie Richmond?

Als Leah aus dem Zug stieg, schaute sie sich um, um den Anblick zu genießen, aber das, was sie sah, machte sie stutzig.

Wasser.

Sie stand vor einem riesigen See. Nicht so groß wie die Bucht in Charleston, aber nahe dran. Am anderen Ufer, weit in der Ferne, erhob sich eine Stadt aus den trüben Tiefen wie ein Ungeheuer der Irischen See.

"Das ist eine Menge Wasser." Eine tiefe Stimme ertönte direkt hinter ihr. Leah wirbelte herum und starrte in die smaragdfarbenen Augen eines Mannes, den sie noch nie gesehen hatte. Ein Vollbart verdeckte sein Gesicht, so dass es schwer war, die meisten seiner Gesichtszüge zu erkennen. Bis auf diese stechend grünen Augen. Er schien ein paar Jahre älter zu sein als sie, aber wahrscheinlich nicht älter als dreißig. Sein blaues Arbeitshemd war sauber und gebügelt und betonte die Breite seiner Schultern.

Der Mann erwiderte ihren Blick nicht, sondern starrte auf das Wasser hinaus, als ob er weit darüber hinaus sehen würde. Dann wurde sein Kommentar in Leahs Bewusstsein registriert.

"Ja, das denke ich auch. Wissen Sie, wie das Gewässer heißt? Ich dachte, wir wären weit weg von einem Ozean oder einem der Großen Seen."

"Der Missouri." Seine satte Stimme erklang wieder, aber er sah sie immer noch nicht an.

Leah wölbte eine Augenbraue, dann drehte sie sich wieder um und betrachtete das Wasser vor ihr. "Das ist ein Fluss? Ich habe noch nie einen so breiten gesehen. Ist das St. Louis auf der anderen Seite des Ufers?"

"Ja. Die Fähre wird gerade beladen." Er machte einen Schritt, dann gab er ihr ein Zeichen, ihm vorauszugehen. Die anderen Passagiere bewegten sich ebenfalls vorwärts und drängten auf das flache Boot am Rande des Wassers zu.

"Hier geht es zur Wiggins-Fähre", rief ein Mann mit einer offiziell klingenden Stimme. "Nur fünf Cent für die Fähre nach St. Louis."

Die starke Präsenz des großen, grünäugigen Mannes blieb in der Nähe, als die Menge sie auf einen hölzernen Steg und weiter zu einem schnurrbärtigen Mann trieb, der am Eingang des Bootes Fahrgeld kassierte.

In diesem Moment erinnerte sie sich an ihre Koffer, die sie seit mehreren Tagen nicht mehr gesehen hatte. "Entschuldigen Sie, Sir", sagte sie zu dem Bediensteten. "Wird mein Gepäck mit der Fähre übergesetzt?"

"Ja, Miss. Sie können es an der Anlegestelle abholen."

"Danke." Sie machte einen leichten Knicks und wurde von der Menge, die das Boot bestieg, nach vorne geschoben. Das Schaukeln des Bootes auf dem Wasser war wie eine Fahrt mit dem Zug. Leah drehte sich um, um den Mann mit den smaragdfarbenen Augen darauf anzusprechen, aber er war nicht mehr hinter ihr. Warum fühlte sie sich jetzt noch einsamer?

Sie nahm einen dicht gedrängten Platz an der Reling ein, von dem aus sie beide Ufer sehen konnte, aber ihr Blick schweifte über die anderen Passagiere. Da stand er in einer ruhigen Ecke, abseits des Gewimmels von Passagieren, die sich an den Rand des Schiffes drängten. Die Menge drängte auch auf sie zu, also nahm Leah ihren Mut zusammen und ging auf den leeren Platz neben dem Mann zu. Es war ein mutiger Schritt von ihr, sich einem Fremden zu nähern, den sie gerade erst kennengelernt hatte und dessen Namen sie nicht einmal wusste. Aber irgendetwas an ihm machte sie neugierig. Vielleicht würde er denken, dass sie sich nur in einen weniger überfüllten Teil des Schiffsdecks begeben wollte.

Leah trat an die Reling in dem leeren Raum zwischen dem Mann und einem älteren Ehepaar heran. Mit einem Nicken wandte er ihr seine grünen Augen zu und blickte dann wieder über das Wasser. Er war wirklich ruhig.

"Sie sind also aus St. Louis?" Ihr Tonfall wirkte lässig.

"Nein, Ma'am. Montana Territorium."

Das könnte die wilde Aura erklären, die ihn umgab. Sie würde ihn gerne noch einmal genau ansehen, konnte aber nicht riskieren, beim Anstarren erwischt zu werden. "Wie interessant. Und haben Sie den Osten zum Vergnügen besucht, Sir, oder aus geschäftlichen Gründen?"

"Die Angelegenheiten meiner Frau regeln."

Leahs Herz pochte bei diesen Worten, aber sie zwang sich, nicht nach dem Grund zu fragen. "Reist Ihre Frau mit Ihnen?" Sie betrachtete beiläufig sein Gesicht, während sie sprach.

Sein Blick starrte geradeaus. "Sie ist gestorben." Die Fülle war aus seiner Stimme verschwunden, zurück blieb flacher Stahl.

Leah schluckte und ihre Brust zog sich bei der Anstrengung zusammen. "Ich ... es tut mir leid."

Sie schluckte erneut. Alle anderen Worte flogen ihr aus dem Kopf und zurück blieb der Wunsch, die Hand auszustrecken und ihn zu berühren. Ihm irgendeine Art von Trost oder Unterstützung anzubieten. Sie wusste, wie es war, ein

Elternteil zu verlieren. Aber einen Ehepartner zu verlieren musste ein unerträglicher Schmerz sein.

Bevor ihr noch etwas einfallen konnte, um die düstere Stimmung, die sich über ihn gelegt hatte, aufzulockern, rief die amtlich klingende Stimme in die Menge. "Stellt euch an, Leute. Stellt euch in einer Reihe an, dann haben wir euch im Handumdrehen von der Fähre."

Der Mann mit den smaragdfarbenen Augen wandte sich vom Geländer ab und führte eine Hand an seinen Hut. "Guten Tag, Ma'am." Er sah sie nicht ein einziges Mal an, als er auf die Schlange zuging, die sich am Rande des Bootes sammelte.

Als Leah ihren eigenen Platz in der Menschenmenge gefunden hatte, war er schon etwa dreißig Meter vor ihr. Als sie festen Boden betrat, sah sie, wie sein Hut in der Menge verschwand. Irgendetwas in Leah wollte ihm hinterherlaufen.

Aber sie bewegte sich nicht. Sie stand nur da und beobachtete die Stelle, an der er verschwunden war.

Sie hätte nicht sagen können, wie lange sie dort stand, aber schließlich wurde sie sich wieder ihrer Umgebung bewusst. Die Menschen drängten sich um sie herum und sie machte sich auf den Weg zum Rand des Bürgersteigs, um sich zu orientieren.

Sie musterte das Gewimmel von Hafenarbeitern und Passagieren. Was nun? Sie war kurz davor, jemanden - irgendjemanden - zu fragen, wie sie ein anständiges Hotel finden könnte, als sie eine Reihe von Wagen mit uniformierten Fahrern an der Straße entdeckte. Die meisten von ihnen hatten handgemalte Schilder mit der Aufschrift "ZU MIETEN". Sie ging auf den nächstgelegenen zu.

"Sir, könnte ich Sie beauftragen, mich und meine Koffer zum nächsten seriösen Hotel zu bringen?"

Er nahm einen langen Zug an seiner Zigarre, während

seine Augen an ihrer Person auf und ab wanderten. Nicht auf unanständige Weise, sondern berechnend. Er betrachteten ihr verrußtes Gesicht und ihre Hände, ihr graues, hausbackenes Kleid ohne jede Rüsche und ihr strähniges Haar, in dem ein paar Haarnadeln fehlten.

Schließlich drückte er die Zigarre aus und sagte: "Ich glaube, das Southern liegt am nächsten, falls sie noch Zimmer haben. Wie viele Koffer haben Sie?"

"Zwei."

Er nickte. "Das kostet Sie zehn Cent."

Leah hätte in diesem Moment zehn Dollar bezahlt, wenn sie nur bald ins Hotel kommen konnte. "Dann lassen Sie uns gehen."

Er hielt eine schmutzige Hand vor. "Sie müssen im Voraus bezahlen."

Sie versuchte, sich ihre Verärgerung nicht anmerken zu lassen, aber es kostete sie ihr ganzes Training, die Fassung zu bewahren und ihm nicht den Groschen ins Gesicht zu werfen.

Oh, Leah, was ist los mit dir? Erweise ihm Gnade. Der Stich ihres Gewissens beschämte sie mehr als ihre ärmliche Kleidung.

* * *

Gideon Bryant stapfte in Richtung Fourth Street; die Erschöpfung lastete wie Ketten auf seinen Knochen. Er hatte eine Fahrkarte für den *Far West*-Dampfer gekauft, der am nächsten Tag bei Tagesanbruch abfuhr, also brauchte er nur noch einen Platz, wo er sich hinlegen konnte. Er hätte sich an den Docks schlafen gelegt, wenn es dort nicht so viele Menschen gäbe. Seine Seele sehnte sich nach der stillen Majestät der Berge von Montana.

Aber er war fast am Ziel. Die *Far West* war eines der

schnellsten Boote auf dem oberen Missouri, sodass er in weniger als zwei Monaten wieder zu Hause sein würde.

Es hatte zwei Jahre nach dem Tod seiner Frau gedauert, bis er endlich den Mut aufbrachte, in den Osten zu fahren und ihre letzten Angelegenheiten zu regeln. Aber jetzt war es erledigt. Und er wollte nach Hause. Dorthin, wo sein Bruder und seine Schwester ihre Ranch bewirtschafteten.

Gideon überquerte die Straßenbahnschienen an der Ecke Fourth und Walnut Street und trat dann durch die Doppeltüren des Southern Hotels. Während er das üppige Interieur und die Menschen, die sich in der Lobby tummelten, in Augenschein nahm, zog die Treppe seine Aufmerksamkeit auf sich. Oder vielmehr die Person, die die Treppe hinaufstieg.

Die Frau von der Fähre.

Sie stieg die Stufen hinauf wie eine Königin, selbstsicher und elegant, mit ihrem starken Kinn genau im richtigen Winkel, so dass er ihr Profil sehen konnte. Sie war umwerfend. Selbst in ihrem selbstgesponnenen grauen Kleid konnte man nicht anders, als den Blick auf sie zu richten. Ein paar satte braune Locken lugten unter ihrem Hut hervor und schmückten ihren schlanken Hals.

Gideon beobachtete sie, bis sie im zweiten Stock um die Ecke verschwand, aber er wollte sich noch nicht abwenden. Hatte er gehofft, sie würde wieder auftauchen? Er war nicht ganz bei Trost. Das Letzte, was er gebrauchen konnte, war, sich mit einer anderen Frau aus der Stadt einzulassen.

Er lenkte seine Aufmerksamkeit wieder auf die Rezeption und ging in diese Richtung. Aber etwas hatte in seiner Brust gezogen, als er diese Frau gesehen hatte. Etwas, das eine Sehnsucht auslöste.

Er sollte sich dagegen wehren, nicht wahr?

KAPITEL 4

*E*s war erstaunlich, was ein warmes Bad und ein ausgiebiger Schlaf alles bewirken konnten. Leah steckte sich noch ein paar Nadeln in die Frisur und betrachtete ihr Spiegelbild. Es war wunderbar, in ihrem dunkelgrünen Brokatkleid mit der taillierten Jacke zu stecken. In diesem Gewand fühlte sie sich wieder wie Leah Townsend. Eine Erbin, eine Dame mit Haltung und Bildung.

Ein Rumpeln ertönte aus ihrer Körpermitte. Zeit, sich um andere wichtige Dinge zu kümmern. Sie schnappte sich ihr Retikül vom Beistellstuhl und eilte durch die Tür und die Treppe hinunter in den Speisesaal.

Der große Speisesaal war mit goldenen Vorhängen ausgestattet, die die bodentiefen Fenster am Rande des Raumes umrahmten. Elegant gekleidete Damen und Herren saßen an runden Tischen mit weißem Leinen und reichlich Silberbesteck.

Leah folgte dem Kellner zu einem kleinen Tisch, wobei sie auf ihre Haltung achtete. Es war unangemessen und grenzte an einen Skandal, dass eine elegante junge Dame allein reiste - ohne Anstandsdame oder zumindest ohne

Diener. Hocherhobenen Hauptes tat sie ihr Bestes, um ein selbstbewusstes Auftreten zu zeigen.

Mit einer Tasse Kaffee in der Hand und einem Exemplar der heutigen Ausgabe des *St. Louis Republican* durchforstete Leah die Zeitung nach allem, was bei ihrer Arbeitssuche hilfreich sein könnte. Eine Stelle als Gesellschafterin wäre ideal, oder vielleicht als eine Gouvernante. Bei Emily hatte sie immer gute Noten gehabt und liebte es, einen guten Roman zu lesen.

Sie hatte noch einen großen Teil der 500 Dollar von ihren Ersparnissen, aber dieses Geld würde nicht ewig für ihren Lebensunterhalt reichen. Und es wäre zu riskant, den Verwalter ihres Vaters um Geld zu bitten, zu groß wäre die Gefahr, dass Simon von ihrem Aufenthaltsort erfuhr. Außerdem könnte es Spaß machen zu sehen, wie das Leben in der Arbeiterklasse war - zumindest wäre es ein Abenteuer. Und ehrlich gesagt sehnte sie sich nach einem Leben mit Sinn, nach mehr als nur dem Aufstieg in den Rängen der Gesellschaft.

Die Lektüre der Zeitung dauerte viel länger als sie erwartet hatte. Der *Republican* war ein überwältigendes Stück, mit acht großen Seiten in winziger Schrift. Die Bauarbeiten an der Eads-Brücke, dem skelettartigen Bauwerk, das sie am Abend zuvor in der Ferne über den Mississippi gesehen hatte, schienen fast abgeschlossen zu sein.

Auf Seite drei fand sie schließlich, was sie suchte: Gesucht ... Arbeitskräfte ... Weibliche Personen. Es gab nicht so viele Angebote wie in der Zeitung von Richmond, aber sie analysierte jede Anzeige und war ziemlich enttäuscht. Wenn sie eine "erstklassige Köchin" oder ein "erfahrenes Küchenmädchen" oder eine "geschickte Schneiderin" wäre, hätte sie Glück gehabt. So aber schien es, als sei sie für eine dieser Stellen völlig unerfahren.

Vater, Du hast mich so weit gebracht. Bitte zeige mir, was Du als Nächstes mit mir vorhast.

Die Adresse, die Emily ihr gegeben hatte, steckte in ihrem Retikül. Wahrscheinlich sollte sie sich heute noch mit den Barnetts in Verbindung setzen. Aber sie wollte so lange wie möglich warten. Mal sehen, ob sie es allein schaffen würde. Vielleicht war es Stolz oder ein törichter Sinn für Abenteuer, aber sie wollte etwas aus sich machen.

Nachdem sie einen an Emily adressierten Brief zur Post gegeben hatte, trat Leah auf die Fourth Street hinaus, um ihre Arbeitssuche fortzusetzen.

Ein Großteil des Verkehrs schien in dieselbe Richtung zu gehen, darunter auch ein merkwürdiger Wagen, der wie ein Zug auf einem Gleis fuhr. Er wurde von einem einzigen Pferd gezogen und hatte acht Bänke, die auf beiden Seiten offen waren. Sie beobachtete, dass die Kutsche etwa alle paar Blocks anhielt, um Fahrgäste ein- oder aussteigen zu lassen. Es schien ein Personenwagen zu sein, der Menschen gegen Bezahlung beförderte. Da es ihr gut tat, sich die Beine zu vertreten, stieg sie nicht in den Wagen, aber sie bemerkte mehrere dieser kuriosen Fahrzeuge auf anderen Straßen, die sie passierte.

Der Verkehr wurde dichter, als sie sich dem Gebiet näherte, das das Geschäftsviertel zu sein schien. Die Gebäude auf beiden Seiten der Straße ragten in den Himmel, manche erstreckten sich über einen halben Block. Darüber befanden sich Büros und auf Straßenniveau Schaufensterläden oder Restaurants. Es kam ihr fast so vor, als würde sie durch das Stadtzentrum von Richmond schlendern.

Nachdem sie mehrere Straßen durchquert hatte, kam sie zu einem massiven vierstöckigen Gebäude, das den ganzen Block einnahm. An der vorderen Ecke des kunstvoll geschnitzten Steinbaus wehte eine Fahne, auf der in fetten Buchstaben "Wm. Barr Co" stand. Über einem der mannshohen Fenster in der Nähe der Tür stand geschrieben: "The William Barr Dry Goods Company: 51 Abteilungen für den Verkauf von hochwertigen Waren". Hier könnten sich einige Arbeitsmöglichkeiten ergeben.

Nachdem sie durch einige Abteilungen im ersten Stock geschlendert war und sich dann auf den Weg in den zweiten Stock gemacht hatte, war sie nicht mehr ganz so hoffnungsvoll. In den Abteilungen, in denen sie arbeiten könnte, wie Hutmacherei, Floristik und sogar Damenmode, wurden keine Mitarbeiter eingestellt. Es wurden zwar Näherinnen für die Konfektionskleidung gesucht, aber der Gedanke, den ganzen Tag in einem schummrigen Hinterzimmer zu nähen, ließ Leah erschaudern.

"Wir sind immer auf der Suche nach Lieferjungen und Küchenmädchen", sagte die schlanke Frau mittleren Alters, die als die für die Einstellung zuständige Direktorin vorgestellt worden war. Das blasse Blau ihres Kleides milderte die müden Falten um ihre Augen.

Leahs Herz sank, aber sie zwang sich zu einem Lächeln. "Ich danke Ihnen. Ich werde es mir merken."

Erschöpft, mit müden Füßen und entmutigt war sie kurz davor, mit der Straßenbahn zurück zum Southern Hotel zu fahren. Nur ein letzter Rest Entschlossenheit hielt sie am Laufen.

* * *

*A*ls Leah am nächsten Morgen den *St. Louis Republican* durchblätterte, war sie wieder voller Tatendrang und entschlossen, einen Job zu finden. Leider war die Rubrik "Gesucht ... Arbeitskräfte ... Frauen" genauso enttäuschend wie am Tag zuvor.

Vielleicht lag es auch an der winzigen schwarzen Schrift, dass sie an die Anzeige für eine Braut im Montana-Territorium zurückdachte. Sie konnte sich nicht vorstellen, etwas so Impulsives zu tun, als einen Mann unbesehen zu heiraten. Ihre Situation mit Simon war der Beweis dafür, dass man sich selbst dann, wenn man glaubte, einen Menschen zu kennen, durchaus täuschen konnte. Und eine Täuschung konnte tödliche Folgen haben.

Leah verdrängte diesen Gedanken, sammelte ihr Retikül und die Zeitung ein und machte sich dann auf den Weg aus dem Speisesaal in ihr Zimmer, um sich auf einen weiteren Rundgang durch die Stadt vorzubereiten.

* * *

*A*n diesem Abend ließ sich Leah in die aufrechte Rückenlehne des Sofas im Wartebereich des Speisesaals des Hotels fallen. Ihre Beinmuskeln schmerzten, an beiden Füßen taten Blasen weh und ihre Hoffnung war von jedem hochnäsigen Butler und jeder nüchternen Haushälterin in den großen Villen von St. Louis zunichte gemacht worden. In diesem Moment wäre sie froh gewesen, nie wieder laufen zu müssen.

Sie atmete tief ein, hielt den Atem ein paar Sekunden lang an und ließ ihn dann wieder los, um die Erschöpfung mit der verbrauchten Luft aus ihrem Körper strömen zu lassen. Da ihr Sofa in einer Nische in der Wand stand, schloss Leah einen Moment lang die Augen. Sie bemühte sich, sich nur auf die Geräusche und Gerüche zu konzentrieren, die sie umgaben, und verdrängte die Frustration und Angst, die dieser zweite Tag der erfolglosen Suche mit sich brachte.

Aus dem Speisesaal drang lautes Gesprächsgemurmel und das Klirren von Silber, zusammen mit einer Flut von Gerüchen, die sich vermischten. Wenn sie sich konzentrierte, konnte sie den Geruch von Bratäpfeln, etwas Süßem, das

Schinken sein könnte, und etwas mit einem deutlichen Unterton von Essig ausmachen.

Aus der Hauptlobby des Hotels drang das Wehen einer sich öffnendenTür, ein kurzes Rauschen von Straßengeräuschen, dann wieder Stille, als sich die Tür schloss. Schritte klackten über den Fliesenboden, dann eine Männerstimme.

"Ich brauche ein Zimmer."

"Natürlich, Sir", antwortete ein offiziell klingender Angestellter. "Und wissen Sie, wie lange Sie bei uns bleiben werden?"

"Ich bin mir noch nicht sicher. Mindestens ein paar Nächte, aber vielleicht auch länger." Die Stimme des Fremden hatte einen vertrauten Klang.

"Natürlich, Sir. Wir freuen uns, wenn Sie so lange bleiben, wie es Ihr Geschäft zulässt. Lassen Sie mich nur ein paar Informationen aufnehmen und wir bringen Sie auf Ihr Zimmer." Die Stimme des Angestellten wurde gegen Ende etwas leiser, da er wohl gerade Papier und Stift zusammensuchte.

Es folgte ein langes Schweigen.

"Tut mir leid, Sir, lassen Sie mich nur das Tintenfass nachfüllen."

"Während Sie arbeiten, könnten Sie vielleicht eine Frage beantworten." Die Stimme des Fremden drängte sich ihr in den Hinterkopf. Wo hatte sie sie schon einmal gehört?

Der Angestellte musste dem zugestimmt haben, denn er fuhr fort. "Ich suche eine Bekannte, die sich ebenfalls in St. Louis aufhält, eine Miss Leah Townsend. Haben Sie von ihr gehört?"

Leahs Herz schlug schneller und sie hielt den Atem an. Wie konnte dieser Mann von ihr wissen? Sie sank tiefer in das Sofa und vergewisserte sich, dass sie von niemandem in der Hotellobby gesehen werden konnte. Warum hatte sie sich nicht mit einem falschen Namen angemeldet? Weil sie nicht damit gerechnet hatte, dass jemand so weit entfernt nach ihr suchen würde. Wie dumm und naiv von ihr.

"Ja, natürlich. Miss Townsend wohnt schon seit einigen Tagen bei uns."

"Ausgezeichnet." Die Freude in der Stimme des Fremden jagte ihr einen Schauer über den Rücken. "Können Sie mir bitte ihre Zimmernummer geben, damit ich ihr meine Aufwartung machen kann?"

"Es tut mir leid, Sir. Ich darf ihre Zimmernummer nicht weitergeben, aber ich kann Ihr eine Nachricht zukommen lassen, wenn Sie möchten."

Ein Moment der Stille.

"Nein, danke. Nicht um diese Zeit. Ich hoffe, sie im Speisesaal zu sehen."

"Natürlich, Sir. Könnte ich jetzt bitte Ihren Namen erfahren?"

"Robert Talbert."

KAPITEL 5

*R*obert Talbert.

Das musste Simons Bruder sein. War er den ganzen Weg hierher gekommen, um sie zu finden? Sie wusste, dass Simon ihr Erbe haben wollte, aber war er wirklich so verzweifelt? Wie hatten sie sie aufspüren können? Sie hatte so sehr darauf geachtet, wie eine gewöhnliche Reisende zu erscheinen.

Fragen gingen Leah durch den Kopf, als sie Robert dabei beobachtete, wie er die Treppe hinaufstieg und dem Pagen zu seinem Zimmer folgte. Sie gingen weiter, vorbei am Treppenabsatz für den zweiten Stock und verschwanden hinter der Wand, als sie in den dritten Stock hinaufstiegen. Leahs Zimmer lag im zweiten Stock - zumindest würden sie nicht im selben Stockwerk wohnen.

"Entschuldigen Sie, Miss, aber wir haben einen Tisch für Sie vorbereitet."

Leah drehte sich schnell um und sah den Kellner, der sich leicht verbeugte und ihr mit der Hand zu verstehen gab, dass sie ihm folgen sollte. Ihr war der Appetit völlig vergangen.

Das Letzte, was sie wollte, war, Robert Talbert bei seinem Abendessen zu begegnen.

"Ähm ... ich fühle mich im Moment nicht wohl. Ich glaube, ich werde meine Mahlzeit stattdessen in meinem Zimmer einnehmen."

Er ließ die Hand in die Hüfte sinken und vertiefte die Verbeugung. "Wie Sie wünschen. Ich werde Ihnen dann ein Tablett auf Ihr Zimmer schicken, Miss Townsend."

"Ja. Danke."

"Sehr gut."

Sobald der Mann sich abwandte, warf sie einen Blick zum oberen Ende der Treppe. Da sie niemanden sah, straffte Leah die Schultern und machte sich auf den Weg nach oben, so schnell, wie es einer vornehmeren Dame erlaubt war.

In den nächsten Stunden lief Leah in ihrer Hotelsuite auf und ab. Was nun? Sie konnte nicht wochenlang in ihrem Zimmer bleiben, bis er weg war. Um Arbeit zu finden, musste sie raus. Aber mit dem Mann im selben Hotel zu wohnen bedeutete, dass er sie mit Sicherheit kommen und gehen sehen würde.

Sollte sie sich eine andere Unterkunft suchen? Das war eine Möglichkeit, aber wenn es ihm gelang, sie von Richmond bis nach St. Louis zu verfolgen, würde er sie sicher in einem anderen Hotel in derselben Stadt finden.

Sollte sie versuchen, Emilys Freunde, die Barnetts, zu finden? Leah ging zum Schreibtisch und fand deren Adresse in den Papieren, die Emily ihr gegeben hatte. Wash Avenue. Sie kannte den Straßennamen nicht von ihren Streifzügen in den letzten Tagen. Vielleicht konnte sie die Adresse morgen ausfindig machen.

Leah stieß einen langen Seufzer aus. Sie wollte es wirklich allein schaffen. Vielleicht sollte sie in eine andere Stadt ziehen. Vielleicht in den Süden nach New Orleans? Oder sie könnte sich eine neue Stadt an der Ostküste suchen. Aber der Gedanke an eine weitere wochenlange Zugfahrt ließ sie auf den Schreibtischstuhl sinken.

Sie blätterte abwesend in den Papieren auf dem Schreibtisch und nahm den *Richmond Enquirer* zur Hand. Ihr Blick fiel auf das seltsame Gesuch nach einer Frau im Montana-Territorium. Hatte der Mann mit den smaragdfarbenen Augen auf der Fähre nicht gesagt, er käme von dort? Aber es war sicher ein riesiges Gebiet mit Tausenden von Männern.

Sie las die Anzeige noch einmal. *Ein intelligenter junger Rancher von fünfundzwanzig Jahren, 1,80 m groß, rotes Haar, grüne Augen.* Ein Bild von einem rothaarigen Rancher kam ihr in den Sinn. Interessant, dass er seine grünen Augen erwähnte. Alter, Größe und Haarfarbe schienen normale Angaben zu sein, mit denen ein Mann sich selbst beschreiben konnte, aber die Augenfarbe?

Die junge Dame sollte zwischen achtzehn und fünfundzwanzig Jahren alt, angenehm und gottesfürchtig sein. Dieser Abel Bryant musste ebenfalls gottesfürchtig sein, damit er diese Eigenschaft bei einer Frau suchte. Wie kam ein Mann dazu, über eine Zeitungsanzeige eine Frau zu suchen? Gab es wirklich so wenige Frauen im Montana-Territorium?

Sie selbst passte auf die in der Anzeige geforderte Beschreibung. Sie war zweiundzwanzig Jahre alt, versuchte ihr Bestes, angenehm zu sein, und suchte in jedem Bereich ihres Lebens nach Gottes Willen.

Schuldgefühle überkamen sie, als ihr klar wurde, dass sie an diesem Abend nicht nach Gottes Rat gesucht hatte, seit sie erfahren hatte, dass Simons Bruder in der Stadt war und nach ihr suchte. Mit reumütigem Herzen senkte Leah ihr Haupt.

Nachdem sie ihrem himmlischen Vater ihr Herz und ihre Ängste ausgeschüttet hatte, zog sich Leah schließlich ein Nachthemd an und kuschelte ihre müden Muskeln unter die weichen Decken. Sie sank in einen erschöpften Schlaf.

* * *

*L*eah war sich nicht sicher, wann die Träume begannen, aber sie fand sich selbst dabei wieder, durch die Dunkelheit zu rennen. Das Kopfsteinpflaster unter ihren Pantoffeln warf Steine auf, um ihre Flucht zu sabotieren. Simon Talbert stand nur einen Steinwurf hinter ihr. Er stand einfach nur da, die Arme über seinem Maßanzug verschränkt, mit einem gierigen Blick in seinem Gesicht, dem man sein mittleres Alter ansah. Obwohl er keinen Muskel bewegte, konnte Leah ihm nicht entkommen. Sie bewegte ihre Beine schneller, ihre Seite und ihre Lunge brannten, doch sie konnte Simons unheilvolles Lachen hinter sich hören.

Schließlich änderte sich der Traum und sie stand auf dem Gipfel eines Berges und blickte auf den schönsten Anblick, den sie je gesehen hatte. In einem fernen Tal weidete eine Rinderherde, die wie braune und schwarze Punkte auf einer grünen Palette aussah. Dahinter erhoben sich majestätisch weitere Berge, die an den Seiten von Bäumen begrünt waren, doch die Farbe wechselte allmählich zu weißen Schneehauben auf den Gipfeln. Sie stand da, während der Wind ihr Haar sanft zerzauste, und war von einem unglaublichen Gefühl des Friedens erfüllt.

Sie wachte ruckartig auf, ihr Herz schlug laut in ihren Ohren. Doch als sie im Bett lag und das Sonnenlicht durch die durchsichtigen Vorhänge fiel, blieb das Gefühl des Friedens bestehen. Sie streckte sich und setzte sich im Bett auf. Als sie sich erhob und zum Schreibtisch ging, um ihre Bibel zu holen, huschten ihr die Erinnerungen an den Vorabend durch den Kopf. Die Erinnerung an Robert Talbert reichte jedoch nicht aus, um ihr den Frieden zu rauben.

Unter der Bibel lag die Zeitung aus Richmond und Leah sah wieder die Anzeige für eine Braut in Montana. Sie nahm sowohl die Bibel als auch die Zeitung in die Hand und kuschelte sich dann im Schneidersitz in ihr Bett zurück. Während sie in der Zeitung blätterte, gingen ihr die Bilder aus ihrem Traum durch den Kopf. Berge, Rinder in einem Tal, ein Gefühl der Richtigkeit.

Wollte Gott, dass sie in das Montana-Territorium ging? Sicherlich nicht. Was gab es überhaupt in Montana? Rinderfarmen, offensichtlich. Sie stellte sich ein weites Feld mit Hunderten von Rindern vor, in der Ferne ein zweistöckiges Ranchhaus mit einer umlaufenden Veranda und freundlichen Laternen in den Fenstern, die sie willkommen hießen. Die Szene fühlte sich warm und heimelig an - ein Ort, an dem sie gerne sein würde.

Aber hatte sie wirklich vor, diesen Mann zu heiraten? Einen völlig Fremden? Hatte sie ihre Lektion noch nicht gelernt? Aber der Teil "gottesfürchtig" war ein vielversprechendes Zeichen. Sie konnte sich nicht erinnern, dass Simon jemals das Thema Gott angesprochen hatte.

Aber einen Mann zu heiraten, ohne ihn vorher gesehen zu haben? Vielleicht könnte sie für ein paar Monate in einem Hotel wohnen, während sie sich kennenlernten. Sie musste sich nicht verpflichten, bis sie sicher war, dass er kein heimlicher Frauenmörder war. Wenn sie sich mit dem vorgeschlagenen Ehemann nicht wohlfühlte, konnte sie sich eine andere Situation in der Gegend suchen - weit weg von Robert Talbert oder jedem anderen, den Simon auf sie angesetzt hatte.

Sie musste nur sicherstellen, dass sie nicht verfolgt wurde.

Das klang nach dem vernünftigsten Plan, der ihr bisher eingefallen war, also legte sie die Zeitung beiseite und stand auf, um ihre Morgentoilette zu beginnen. Jetzt musste sie nur noch einen Weg finden, um nach Montana zu kommen.

* * *

*J*e weiter Leah die Walnut Street hinunterging, desto mehr roch die Luft nach Fisch. Schließlich erstreckte sich der Kai vor ihr, hinter dem sich der mächtige Mississippi ausbreitete. Am Ufer reihten sich Doppeldeckerboote aneinander, deren Schornsteine zu beiden Seiten wie Hörner aus dem Wasser ragten. Jedes Boot hatte auf jeder Seite ein großes Rad, zumindest die Boote, die sie sehen konnte. Zusätzlich zu den Schiffen, die das Ufer säumten, lagen noch ein paar weitere in der Mitte des Flusses, als warteten sie auf eine Einladung, sich der Party am Ufer anzuschließen.

Party war vielleicht nicht ganz die richtige Beschreibung für das, was an Land geschah, aber es war definitiv eine große Ansammlung von Menschen und Dingen. Überall stapelten sich Holzkisten, einige lagen wahllos herum, während viele andere in hohen Reihen aufgestapelt waren und gewaltige Mauern bildeten. Wagen und Pferde warteten geduldig entlang der Straße, während Männer zwischen ihnen hin- und herliefen und die Wagen aus- und einluden wie Armeen von Ameisen, die Futterkrümel transportierten. Um das Durcheinander noch zu verschlimmern, flogen Heringsmöwen am Himmel umher, landeten gelegentlich und watschelten am Flussufer entlang, um nach Resten von wer weiß was zu picken.

Leah bog in die Main Street ein, lief parallel zu den Anlegern und versuchte, den fahrenden Wagen und dem Dreck, den die Pferde, die sie zogen, hinterließen, auszuweichen.

Es war nicht nur viel los, es war auch laut. Männer riefen sich Befehle zu oder scherzten miteinander, wobei jeder versuchte, sich über den Lärm der anderen hinweg zu hören. Auch die Möwen trugen ihren Teil zur Unterhaltung bei.

Leah versuchte, unauffällig zu wirken, als sie sich ihren

Weg zwischen den arbeitenden Männern bahnte. Zum Glück trug sie ein einfaches braunes Spaziergehkleid, so dass sie nicht so sehr auffiel, wie sie es in einem hellen lavendelfarbenen oder roten Kleid getan hätte.

Offenbar war sie aber nicht ganz unauffällig, denn fast jeder Mann, an dem sie vorbeikam, zog entweder den Hut vor ihr oder nickte ihr, wenn er die Hände voll hatte, zum Gruß zu. Die meisten schienen respektvoll genug zu sein, aber ein paar Blicke hatte sie als unangenehm empfunden. Sie ging zügig an ihnen vorbei.

Während sie weiterschlenderte, stellte sie sich die Abenteuer vor, die jeder Mann an Bord der verschiedenen Schiffe erlebt hatte. Zwei Männer, die sich auf einem Steg unterhielten, fielen ihr auf. Sie waren nicht in Bewegung wie die meisten anderen, sondern schienen in ein intensives Gespräch vertieft zu sein.

Der Ältere sah ziemlich distinguiert aus, mit einem vollen, aber gestutzten Bart und einem flinken Blick. Er trug einen gut sitzenden Anzug, der seine schlanke, muskulöse Gestalt nicht verbarg. Sein Begleiter, der mit seinen bis zu den Ellbogen hochgekrempelten Hemdsärmeln eher wie ein Schiffsmaat gekleidet war, sprach sehr angeregt. Der Mann mit dem Bart hatte den Kopf leicht geneigt und lauschte der Rede seines Freundes. Seine stechenden Augen fingen Leahs auf und beobachteten sie, während er seinem Begleiter zuhörte. Irgendetwas an der Haltung des Mannes ließ sie innehalten und warten, bis sie zu Ende gesprochen hatten.

Nachdem er seinem Freund eine kurze Antwort gegeben hatte, die sich eher wie ein Befehl anhörte, ging der gut gekleidete Mann auf Leah zu und verbeugte sich förmlich vor ihr.

"Guten Tag, holde Maid." Seine Stimme war tief und klangvoll.

"Guten Tag." Sie nickte ihm höflich zu.

"Es kommt nicht oft vor, dass unser bescheidener Kai mit der Anwesenheit einer schönen Dame inmitten der Ladung beehrt wird."

Die Weisheit hatte sie gelehrt, eine solche Bemerkung zu ignorieren, auch wenn die Art, wie er es sagte, eher väterlich als grob klang. "Ist das Ihr Schiff, das hinter Ihnen angedockt ist, Sir?"

Er drehte sich um und betrachtete das Boot auf dem Wasser. Es war nicht das größte Boot dort, aber in seiner Stimme schwang ein Hauch von Stolz mit. "Aye, die *De Smet*. Sie ist ein starkes kleines Mädchen. Sie ist erst seit ein paar Jahren auf dem Wasser, aber sie hat sich ihr Salz verdient. Sie kann den Missouri besser befahren als jedes andere Floß da draußen." Er winkte mit einer groben Handbewegung in die Richtung der anderen Boote.

Es war schwer, bei solch offensichtlichem Stolz nicht zu lächeln. "Sie reisen also normalerweise den Missouri entlang nach Norden? Reisen Sie bis ins Montana-Territorium?" Ihre Brust spannte sich an, als sie auf seine Antwort wartete. Es war zu viel zu hoffen, dass der erste Schiffskapitän, mit dem sie sprach, nach Montana fahren würde ... und eine Passage für sie frei hätte.

"Aye. Wir werden morgen bei Tagesanbruch nach Fort Benton auslaufen. Ich fahre regelmäßige Ware dorthin."

Fort Benton, Montana. Der Hotelangestellte hatte gesagt, das sei die am weitesten entfernte Stadt, die man mit dem Boot auf dem Missouri erreichen könne. Ihr Herzschlag beschleunigte sich.

"Befördern Sie... auch Passagiere?"

Er musterte sie langsam und versuchte nicht, seine Einschätzung zu verbergen. Wonach suchte er?

"Ein paar." Er beäugte sie spekulativ. "Wer möchte dorthin fahren?"

Leah hob ihr Kinn und erwiderte seinen Blick, eine

Bewegung, die sie bei vielen Gelegenheiten bei ihrem Vater gesehen hatte. "Ich möchte eine Passage nach Fort Benton kaufen."

Sein Gesicht war teilnahmslos. "Und was haben Sie dort zu suchen?"

Sie konnte sich nicht vorstellen, dass *ihn* das etwas anginge. Aber sie konnte grundlegende Details nennen.

"Ich werde einen Freund besuchen... in der Nähe von Butte City."

Er schien mit dieser Erklärung zufrieden zu sein. "Der Fahrpreis beträgt 300 Dollar. Sie werden kein Schiff finden, das Sie schneller dorthin bringt als die *De Smet*."

Leahs Herz schlug schneller, aber sie versuchte, ihre Aufregung mit einem Nicken zu verbergen. "Danke. Um wie viel Uhr soll ich morgen früh kommen?"

"Seien Sie um sechs Uhr mit Ihrem Gepäck hier. Um sieben Uhr verabschieden wir uns von St. Louis."

"Das werde ich." Leah reichte ihm die Hand, um die seine zu schütteln, wie es ihr Vater immer getan hatte. Er schien leicht überrascht zu sein, streckte aber die Hand aus, um sie fest zu umklammern.

"Es ist mir ein Vergnügen, Ma'am. Ich bin übrigens Kapitän La Barge."

KAPITEL 6

*L*eah ging an zwei Jungen vorbei, die auf dem Bürgersteig mit Murmeln spielten, und an einem älteren Herrn, der seiner silberhaarigen Begleiterin beim Aussteigen aus einer Kutsche half. Einem Straßenverkäufer zufolge, den sie gefragt hatte, befand sich der Telegraf im Postamt an der Ecke von Eighth und Olive Street. Nur ein paar Blocks nördlich und vom Wasser entfernt.

Sie war angenehm überrascht, an diesem Ort ein neues vierstöckiges Gebäude aus Granit vorzufinden. Es war ein beeindruckendes Gebäude mit der Aufschrift "*U.S. Court and Post Office*" auf der Vorderseite.

Der stechende Geruch von frisch geschnittenem Holz und Farbe wehte ihr entgegen, als sie eintrat. Während der Angestellte einer stämmigen Frau mittleren Alters half, ihre Briefe zu verschicken, zog Leah die gefaltete, inzwischen abgenutzte Zeitungsseite aus ihrem Retikül und presste die vielen Falten fest zusammen. Als sie sich dem Schalter näherte, schaute sie dem Angestellten in die Augen, so wie Emily es immer angewiesen hatte.

"Wie kann ich Ihnen helfen, Miss?" Der Mann sah genau

so aus, wie sie sich einen Telegrafenbeamten vorgestellt hatte: schlank und kahlköpfig, mit verschmierter Schürze und aufgekrempelten Hemdsärmeln.

"Ich möchte bitte ein Telegramm schicken."

"Aber sicher." Er griff nach Papier und Feder, tauchte die Feder in ein Tintenfass und blickte sie dann erwartungsvoll über seine Brille hinweg an. "Wohin?"

Leah warf einen Blick auf die Anzeige in ihrer Hand. "Die Stadt Helena im Montana-Territorium. Das Telegramm soll an Abel Bryant auf der Bryant Ranch in der Nähe von Butte City gerichtet werden."

Der Mann kritzelte und nickte, als sie sprach.

"Und was soll in dem Telegramm stehen?"

Leah holte tief Luft. Sie hatte die Nachricht auf dem Weg hierher mehrmals in Gedanken geübt und hoffte, dass sie die richtige Formulierung gefunden hatte. "Als Antwort auf die Anzeige im Richmond Enquirer. Ich bin zweiundzwanzig Jahre alt, angenehm und gottesfürchtig. Werde mit dem Dampfschiff nach Butte City reisen und dort Ende Juni ankommen. Ich werde Sie nach der Ankunft aufsuchen. Gezeichnet L Townsend."

Der Angestellte blickte nicht überrascht oder verächtlich auf, wie sie erwartet hatte. Sie hatte die Nachricht sorgfältig formuliert, damit es nicht offensichtlich war, dass sie auf eine Zeitungsannonce für eine Braut antwortete, aber er musste so etwas vermuten. Warum sollte sie sonst eine Beschreibung von sich schicken?

Er zählte die Wörter und verkündete die exorbitanten Gesamtkosten, dann schrieb er die Informationen in sein Protokoll. Leah legte das Geld auf den Tresen.

Als der Angestellte schließlich aufschaute, um ihre Zahlung entgegenzunehmen, durchbohrte sie sein Blick - kühl und verurteilend. Trotzdem sprach er nicht unfreundlich mit ihr, sondern nahm nur ihr Geld, nickte steif und ging zu einem Automaten in der Ecke.

"Ich werde die Nachricht jetzt abschicken. Gute Reise."

Leahs Wangen waren kochend heiß, als sie zur Tür hinauslief.

* * *

*D*ie *De Smet* war üppiger ausgestattet, als Leah erwartet hatte. Der Gepäckträger führte sie zu ihrer Kabine, die zwar klein war, aber sauber zu sein schien. Ein schmales Bett stand an einer Seite des Raumes, an einer anderen Wand befanden sich ein Waschbecken und eine Tür zum Außendeck. Leahs Koffer standen bereits an einer dritten Wand und an der vierten befanden sich ein kleiner Stuhl mit gerader Rückenlehne und die Tür zum Innenflur.

Kein Kleiderschrank oder gar eine Garderobe. Wo konnte sie ihre Kleider aufhängen? Vielleicht konnte sie das Kleid, das sie als Nächstes tragen wollte, auslegen, damit sich die Falten lockerten ... hoffentlich. Sie betete, dass es auf dem Schiff einen Wäscheservice gab. Da es nicht viel auszupacken gab, ging sie wieder nach draußen, um das Auslaufen des Schiffes zu beobachten.

Während sie an der Reling stand, glitt die hoch aufragende Stadt St. Louis immer weiter davon, bis sie nur noch eine Erinnerung am Horizont war. Dann ließ eine Flussbiegung die Metropole völlig verschwinden und zeigte nun fruchtbare Ufer, die mit Begrünung aller Art bedeckt waren - blühende Bäume, leuchtend grünes Gras und eine ungewohnte Blattranke, die ganze Landstriche und Büsche bedeckte. Die Landschaft war größtenteils von Menschenhand unberührt, obwohl sie hin und wieder an einem oder zwei Bauernhöfen vorbeifuhren.

Nachdem sie die vorbeiziehende Schönheit fast eine

Stunde lang beobachtet hatte, drehte sie sich um, um das Schiff zu erkunden. Auf der oberen Ebene nahm ein langer, schmaler Salon die Mitte ein, umgeben von einem Ring aus Passagierkabinen. Sie ging in die untere Etage, die eher die Form eines Hufeisens hatte und an einem Ende geschlossen war. Sie diente als zusätzlicher Frachtraum, wobei Kisten und Bündel einen Großteil des Decks ausfüllten. Nur ein einziger Gang führte darum herum. Kaum war sie auf dem Weg ins Innere, verriet ihr ihre Nase, wofür die Räume im unteren Stockwerk gedacht waren - für Lebensmittel.

Der Rest der unteren Etage schien für die Besatzung und weitere Frachträume bestimmt zu sein und so wanderte Leah zurück zum Oberdeck, um die vorbeiziehende Landschaft zu genießen. Sie erinnerte sie ein wenig an die Landschaft von Virginia, allerdings mit einer etwas tropischeren Atmosphäre.

Endlich ertönte die Glocke zum Abendessen. Leah fand sich an einem der runden Tische neben einer Mrs. Schmidt und ihrem Mann wieder. Mr. Schmidt war ein Kaufmann aus St. Louis, der sich auf den Einkauf von Rohstoffen aus den Ortschaftenn entlang des Missouri spezialisiert hatte, um sie dann an die Fabriken in der Stadt weiterzuverkaufen, wo sie zu Fertigwaren verarbeitet wurden. Auf dieser Reise war er nach Glasgow gereist, um Tabak und Hanf zu kaufen, und seine reizende Frau hatte ihn begleitet.

Mrs. Schmidt war robust, hatte ein mütterliches Wesen und schokoladenbraune Augen, die beim Sprechen funkelten. Ihre Kinder waren erwachsen und lebten mit ihren eigenen Familien in St. Louis und Mrs. Schmidt war wahrscheinlich die ideale Großmutter.

Ein jüngerer Mann, den sie auf Mitte dreißig schätzte, saß neben Mr. Schmidt. Bei der Begrüßung erklärte Henry Crenshaw, er sei ein Journalist, der den weiten Weg ins

Washingtoner Territorium zurücklege, um eine Reihe von Artikeln für seine Heimatzeitung zu schreiben.

"Und wo ist Ihr Zuhause, Mr. Crenshaw?" erkundigte sich Mrs. Schmidt.

"Columbia, South Carolina, Ma'am." Sein kräftiger Südstaaten-Tonfall löste bei Leah einen Anflug von Heimweh aus.

"Ich war vor ein paar Jahren geschäftlich in Columbia." Mr. Schmidt strich sich über seinen weißen Bart. "Ich erinnere mich, dass die Leute dort sehr freundlich waren."

Mrs. Schmidt beugte sich über ihren Mann, um mit ihrem faszinierenden Tischgefährten zu sprechen. "Und für welche Zeitung schreiben Sie? Wir werden auf jeden Fall nach Ihren Artikeln Ausschau halten, wenn sie in den Zeitungen von St. Louis abgedruckt werden."

"*The Daily Phoenix*, Ma'am, und vielen Dank." Er setzte sich ein wenig aufrechter hin. "Ich hoffe, dass ich interessante Geschichten finde, die ich an unsere Leser im Osten weitergeben kann."

Leahs Neugierde war geweckt. "Und was für Geschichten erwarten Sie zu finden, Mr. Crenshaw? Geschichten über Gold und wilde Indianer?"

Seine braunen Augen weiteten sich und trafen auf die von Leah. Seine ernste Art strahlte Ehrlichkeit aus. Sie hatte hauptsächlich gescherzt, aber er schien es ernst zu meinen. "Das ist durchaus möglich. Ein Reporter der *Charleston Daily News* ist in das Montana-Territorium gereist und wurde fast von echten Indianern skalpiert."

"Oh je", hauchte Mrs. Schmidt.

Trotz Leahs Interesse an dem Thema, vor allem, weil es Montana betraf, musste sie sich ein Lächeln gegenüber dem jüngeren Mann verkneifen. Seine leuchtenden Augen und das zur Seite gekämmte Haar sowie sein glatt rasiertes Gesicht verliehen ihm ein Schuljungen-Aussehen, trotz der leichten Falten, die sich um seine Augen und auf seiner Stirn zu bilden begannen.

Er schüttelte den Kopf und war sichtlich erpicht darauf, mit seinem sensationellen Thema fortzufahren. "Man sagt, dass das Land dort draußen absolut wild ist, mit fünf Indianern auf jeden Weißen. Und die Indianer würden dich eher skalpieren als dir die Hand geben. Ein Reporter der *Savannah Tribune* war vor ein paar Jahren mit einem Wagenzug unterwegs, als der ganze Zug überfallen wurde. Die Hälfte der Männer wurde getötet, bevor die Soldaten auftauchten."

Und so ging das Essen weiter, wobei Mr. Crenshaw sie mit Geschichten darüber unterhielt, wie andere Reporter die Wildnis des Nordwestens erlebt hatten. Nach jeder Geschichte rief Mrs. Schmidt einen Ausruf des Erstaunens aus und Mr. Schmidt schüttelte verwundert den Kopf.

Leah ihrerseits glaubte nicht einmal drei Viertel von Mr. Crenshaws wilden Erzählungen. Dennoch schien das Land ziemlich ungezähmt zu sein. Auf was genau hatte sie sich da eingelassen?

* * *

Die nächsten zwei Monate erwiesen sich für Leah als äußerst angenehm. Bei schönem Wetter verbrachte sie die meiste Zeit auf dem oberen Promenadendeck und las entweder in ihrer Bibel oder in einem der mit Eselsohren versehenen Romane, die sie von zu Hause mitgebracht hatte. Im Laufe der Wochen änderte sich die Landschaft von hauptsächlich Wald zu kilometerlangem hohen Gras, in das ab und zu ein dürrer Baum als Zugabe gestreut wurde. Auch die Luft veränderte sich von der Schwüle von St. Louis zu einer kühleren, dünnen Atmosphäre.

Die Passagiere stiegen an den verschiedenen Haltestellen aus und neue Reisende nahmen ihren Platz ein. In der ersten

Juniwoche hatte sich die Zahl der Passagiere jedoch verringert und wurde durch Kisten und Pakete ersetzt.

"Warum brauchen Sie so viele Vorräte, wenn die Reise fast zu Ende ist?", fragte sie einen der Besatzungsmitglieder. Er war ein großer, hagerer Mann mit einem dichten, lockigen Bart, der sie an ein wolliges schwarzes Schaf erinnerte.

"Zum Verkaufen." Er sagte es so, als ob sie diese Information hätte wissen müssen. "Damit verdient der Kapitän das meiste Geld, mit dem Verkauf von Waren an das Territory."

"In Fort Benton?" Das machte Sinn, dachte sie. Wahrscheinlich mussten eine Menge Vorräte aus den zivilisierten Staaten verschifft werden.

"Klar, und dann werden sie über die Mullan Road nach Helena und in die anderen Städte transportiert. Die Leute zahlen einen stolzen Preis dafür, ganz sicher."

"Das kann ich mir vorstellen." Obwohl sie das eigentlich nicht konnte. Sie wusste nicht genau, wie viel Vorräte kosteten, nicht einmal im Osten. Sie hatte noch nie Lebensmittel oder Haushaltswaren einkaufen müssen. Das war die Aufgabe der Haushälterin und des Verwalters. Daher wusste sie natürlich nicht, wie viel teurer die Dinge in Butte City sein würden. Aber die Logik sagte voraus, dass die zusätzliche Frachtgebühr die Kosten erhöhen würde.

Vielleicht würde ihr Geld nicht so lange reichen, wie sie erwartet hatte. Vor allem, da sie so viel von ihrem Geld für die Fahrt mit dem Dampfschiff ausgegeben hatte. Es würde wichtiger denn je sein, bald nach ihrer Ankunft in Montana Arbeit zu finden.

Oder vielleicht würde Abel der Mann ihrer Träume sein und sie würden sofort heiraten. Einen Moment lang ließ sie sich träumen. Sie hatte die Anzeige wieder und wieder gelesen, bis ihr die Worte sogar im Schlaf durch den Kopf gingen. Sie stellte sich einen kräftigen, hageren Rancher mit lockigem rotem Haar und lachenden grünen Augen vor, die wie ein Jade-Ozean funkelten.

Hatte er einen guten Sinn für Humor? Mochte er Kinder? Wollte er Kinder? Der letzte Gedanke ließ ihr den Magen bis zu den Zehen sinken. Vielleicht hatte sie sich viel zu schnell in die Sache hineingesteigert.

* * *

Zwei Tage später stand Leah an der Reling, als die *De Smet* in den Hafen von Fort Benton einlief. Wie sie in den anderen Häfen beobachtet hatte, würde es noch einige Minuten dauern, bis die Passagiere von Bord gehen durften, so dass sie Zeit hatte, zurück in die Kabine zu gehen und sich zu vergewissern, dass ihre Koffer sicher verschlossen waren.

Zufrieden mit den Koffern, schaute sie sich ein letztes Mal im Zimmer um, um sicherzugehen, dass sie nichts vergessen hatte. Ihre Handschuhe und ihr Retikül lagen in der Ecke des Bettes, bereit zum Mitnehmen, wenn es soweit war.

Es blieb gerade noch genug Zeit, um an Deck zu schlüpfen und sich ein letztes Mal von dem sanften Geräusch des Wassers zu verabschieden, das an die Seiten des Bootes plätscherte. Das Geräusch war am lautesten, wenn sich die Schaufelräder bewegten, aber selbst jetzt konnte sie das leise Plätschern hören. Es war Balsam für ihre Seele und sie genoss die Ruhe.

Stimmen von der anderen Seite des Bootes drangen in Leahs Gedanken und signalisierten, dass es Zeit war zu gehen. Sie zog ihren Umhang gegen die kühle Bergluft fest um die Schultern und ging dann zurück in die Kabine, um ihre Handschuhe und ihr Retikül zu holen.

Abrupt blieb sie stehen und starrte auf das Bett, um ihre

Augen an das gedämpfte Licht zu gewöhnen. Sicherlich würde sich dadurch das Bild vor ihr verändern. Dort, in der Ecke, lagen ihre weißen Handschuhe, aber nicht das Retikül. Wo war es hin? Mit all ihrem Geld darin...

Sie begann eine hektische Suche unter dem Bett und in dem spärlichen Zimmer, fand aber nichts weiter. Ihre Koffer waren anscheinend schon vom Schiff gebracht worden. Hatte derselbe Gepäckträger ihr Retikül zusammen mit den Koffern mitgenommen? Das wäre seltsam, aber vielleicht nicht unmöglich.

Mit einem Knoten in der Magengegend nahm sie ihre Handschuhe und eilte zu den Docks. Überall liefen Männer den Steg auf und ab, beladen mit Kisten und Bündeln. Als sie den Hals reckte, entdeckte sie schließlich einen kleinen Stapel von Kisten an einer Seite. Sie eilte zu einem Mann hinüber, der in der Nähe des Stapels stand und ein Papier und einen Bleistift in der Hand hielt.

"Ist das Gepäck von der *De Smet*?" Während sie diese Worte sagte, entdeckte sie einen ihrer Koffer und atmete erleichtert auf. Aber sie brauchte ihr Retikül. Alles Geld, das sie noch hatte, war gefaltet und in einem kleinen Bündel in der kleinen schwarzen Handtasche verstaut.

"Ja, sagen Sie mir einfach, welche Koffer Ihre sind, und ich ziehe sie heraus." Er sprach langsam und schleppend, dann drehte er den Kopf und spuckte einen langen Strahl brauner Spucke aus. Es war ein Wunder, dass überhaupt etwas von dem Dreck durch die dicken Locken seines Bartes kam.

Sie deutete auf ihr Gepäck, während sie sprach. "Das ist meins mit dem rosa Band, und auch das darunter liegende. Und da müsste auch ein kleines Retikül dabei sein. Erinnern Sie sich, das gesehen zu haben?"

"Nun ..." Der Mann hielt inne, um nachzudenken, und klopfte sich auf den Kiefer, als ob ihm das helfen würde, sich zu erinnern. "Ich glaube nicht, dass ich mich daran erinnere, irgendetwas außer Koffern gesehen zu haben."

Leah tat ihr Bestes, um ihre Geduld nicht zu verlieren, und verstärkte ihren Südstaaten-Charme. "Könnten Sie mir bitte bei der Suche helfen, Sir? Ich muss es unbedingt finden."

Der alte Kauz wurde weich wie Butter. "Ich denke, ich kann helfen." Und damit stürzte er sich ins Getümmel und fing an, die Schrankkoffer zu entstapeln und aus dem Weg zu räumen, bis sie in alle Richtungen verstreut waren.

Aber kein Retikül.

"Tut mir leid, Miss." Er wischte sich über die Stirn, dann sah er sich in dem Durcheinander um. "Schade, dass wir es nicht finden konnten."

Leah zwang sich zu einem Lächeln durch ihre zusammengebissenen Zähne. "Ich danke Ihnen. Ich werde in Kürze jemanden schicken, der die beiden Kisten abholt."

Sie drehte sich um und betrachtete das Heer von Männern, die immer noch hart daran arbeiteten, das Schiff aus- und wieder einzuladen. Sie war sich nicht sicher, wen sie als nächstes fragen sollte, aber sie *musste* ihre Tasche finden.

Herr, lass sie verlegt und nicht gestohlen sein.

In diesem Moment entdeckte Leah auf der anderen Seite der Werft KapitänLa Barge, der mit zwei Männern in Lederkleidung sprach. Sie straffte die Schultern und marschierte auf die Gruppe zu.

Der Kapitän stand mit dem Rücken zu ihr, aber seine beiden Begleiter sahen sie. Sie hörten auf zu sprechen und starrten sie an, als sie auf sie zuging. Beide trugen lange Ledermäntel und Lederhosen und der kleinere Mann trug eine Pelzmütze über seinem langen, lockeren Haar. Das ließ ihn geradezu wild aussehen.

Der Kapitän drehte sich um und verbeugte sich leicht. "Miss Townsend, ich hoffe, Sie haben Ihre Reise genossen.

Haben Sie schon eine Unterkunft gefunden? Wenn Sie möchten, kann ich eine Begleitung zu einem der örtlichen Hotels organisieren."

Leah holte tief Luft, um sich zu beruhigen. "Kapitän La Barge, kann ich Sie bitte kurz sprechen?"

Ohne mit der Wimper zu zucken, wandte sich der Kapitän an seine Mitarbeiter. "Meine Herren, wenn Sie mich jetzt entschuldigen, ich treffe Sie unten im Mill's Cafe zum Abendessen."

"Natürlich." Der größere Mann nickte, dann stieß er seinen Partner mit dem Ellbogen an und sie schritten davon.

Der Kapitän wandte sich an Leah. "Also, womit kann ich Ihnen helfen?"

"Ich vermisse mein Retikül aus meinem Zimmer. Ich glaube, Ihr Portier hat es mitgenommen, als er meine Koffer abholte."

Weder Frustration noch Wut verdunkelten seine Augen. Stattdessen zogen sich seine Brauen in tiefer Besorgnis zusammen, während er über seinen Bart strich. Er betrachtete Leah einen Moment lang, wobei seine Augen nicht verrieten, woran er dachte. "Ich nehme an, Sie haben die Stelle überprüft, an der Ihre Kisten abgestellt wurden?"

Sie warf einen kurzen Blick auf die Koffer und zog dann eine Augenbraue in Richtung des Kapitäns. "Ja, wir haben den Bereich um das Gepäck untersucht."

Zu der Besorgnis in seinen Augen gesellte sich eine Traurigkeit. Schließlich seufzte er. "Miss Townsend, ich werde natürlich alle meine Mitarbeiter befragen, aber ich fürchte, Sie sind bestohlen worden. Dieser bestimmte Portier war neu auf meinem Schiff. Er hatte sich nur angemeldet, um während seiner Reise nach Montana zu arbeiten. Er hat seinen Lohn abgeholt, bevor wir angedockt haben, und ist sofort gegangen, nachdem die Koffer weggebracht worden waren. Ich erwarte nicht, ihn wiederzusehen."

Die eisigen Finger um ihren Magen griffen nach oben und drückten auch auf ihre Lunge. "Mein Geld ist also weg? Wollen Sie ihn nicht finden und ihn zwingen, es zurückzugeben?" Sie wollte mit dem Fuß aufstampfen, aber das kam für eine Dame nicht in Frage.

Er seufzte erneut. "Das tut mir sehr leid. Wahrscheinlich ist er schon lange weg, aber es wäre das Beste für Sie, wenn Sie den Sheriff aufsuchen. Er kann die Suche übernehmen und den Schurken verhaften, wenn er ihn findet. Das Büro des Sheriffs befindet sich in dieser Straße, etwa einen Block weiter auf der linken Seite."

Leahs Herz sank. *Herr, bitte hilf mir, nicht zu weinen.* "Das ist das Beste, was ich tun kann?" Ihre Stimme klang schwach, aber sie fühlte sich, als hätte man ihr die Knochen aus den Beinen gerissen und nur noch eine Masse aus Haut und Gelee übrig gelassen.

Er nickte, die Haut um seine Augen verkniffen. "Während Sie mit ihm sprechen, werde ich mich auf dem Schiff umsehen und mit meinen Männern sprechen. Wenn ich etwas herausfinde, werde ich es Sie wissen lassen."

Ihre Schultern sackten in sich zusammen und Leah drehte sich um, um die Straße hinunter zu stapfen. Ausnahmsweise war es ihr egal, dass sie ihre so wichtige Haltung verloren hatte.

KAPITEL 7

*D*as Gefängnis war ein einstöckiges Holzgebäude, rustikal für die Verhältnisse in St. Louis oder Richmond, aber nicht unähnlich den umliegenden Gebäuden. Leah hätte beinahe an die Tür geklopft, entschied sich dann aber doch, einfach einzutreten. Schließlich handelte es sich um einen Geschäftsraum.

Sie hielt an der Schwelle inne, damit sich ihre Augen an das schummrige Licht gewöhnen konnten. Der Geruch von ungewaschenen Körpern und Alkohol schlug ihr in die Nase. In dem Raum standen zwei Schreibtische in den hinteren Ecken, hinter denen jeweils ein Mann saß. Eine Tür in der Wand dazwischen musste zum Gefängnis führen.

"Kann ich Ihnen helfen, Miss?" Die Stimme kam von dem Mann auf der rechten Seite, also bewegte sich Leah in seine Richtung. Seine Gesichtszüge waren kompakt, mit buschigen schwarzen Brauen und einem Schnurrbart, der nicht viel Platz für Augen und Nase ließ.

"Ja, Sir. Ich möchte einen Diebstahl melden, bitte. Sind Sie der Sheriff?"

"Sheriff John Healy." Diese tiefere Stimme kam von dem

Mann auf der gegenüberliegenden Seite des Raumes, der sich nun erhob und zu seinem Partner ging. Er war ein großer Mann mit kurzgeschorenem Haar, runden Gesichtszügen und einem langen Kinnbart.

In diesem Moment ertönte ein dumpfes Stöhnen aus der Richtung der Hintertür. Beide Männer ignorierten es, also versuchte Leah, dasselbe zu tun.

Sie wandte sich an die beiden. "Ich bin gekommen, um einen Raub zu melden. Mein Retikül wurde aus meiner Kabine auf dem Schiff gestohlen, als wir angekommen sind. Kapitän La Barge glaubt, dass es der Gepäckträger gewesen sein könnte, der meine Koffer ausgeladen hat. Es scheint jedoch, dass er aus dem Dienst entlassen wurde, und niemand weiß, wo er zu finden ist."

Der Sheriff strich sich über die Haare an seinem Kinn. "Befand sich Geld in diesem Beutel?"

Leah schluckte, ihr Mund klebte. "Ja, Sir. Mein gesamtes Geld war in dieser Tasche."

Er betrachtete sie einen Moment lang schweigend, dann sprach er schließlich. "Und hatte der Kapitän eine Ahnung, ob dieser Mann vorhatte, in Fort Benton zu bleiben oder weiterzuziehen?"

Leah zögerte. "Ich ... glaube nicht, dass er es genau weiß. Er sagte, der Gepäckträger sei kein langjähriger Angestellter des Schiffes, sondern in St. Louis angeheuert worden, um während seiner Reise ins Montana-Territorium zu arbeiten. Haben Sie eine Ahnung, wo ein Neuankömmling in dieser Stadt normalerweise unterkommen würde?"

Ein Blick ging zwischen den beiden Männern hin und her und Leahs Inneres krampfte sich angesichts der Vorsicht in ihren Augen zusammen.

Schließlich ergriff der Sheriff wieder das Wort. "Ja, Miss..."

"Townsend. Miss Leah Townsend."

58

"...Miss Townsend. Wir werden in beiden Hotels der Stadt nachsehen. Ich werde mit Kapitän La Barge sprechen, um einen Namen und eine Beschreibung des Mannes zu erhalten." Seine müden Augen trafen auf die von Leah. "Ich muss sagen, dass vor etwa einer Stunde ein Güterwagen die Stadt verlassen hat, mit ein paar Neuankömmlingen im Schlepptau. Wenn dieser Kerl einen Diebstahl begangen hat, ist es gut möglich, dass er darunter ist." Dann fügte er noch hinzu: "Ich werde mich mal umhören."

Leah bemühte sich, ihre Schultern gerade zu halten und ihr Kinn nicht hängen zu lassen. "Und wissen Sie, wohin der Güterwagen unterwegs war?"

"Die Mullan Road runter. Wahrscheinlich in Richtung Helena und dann wer weiß wohin noch."

"Und können Sie mir sagen, wo die Reisekutschenstation ist? Vielleicht kann ich sie in Helena abfangen."

Sie hatte keine Ahnung, wie sie für die Kutschfahrt bezahlen sollte. Würde man ihr einen Kredit geben mit dem Versprechen, ihn zu tilgen, sobald sie ihr Retikül zurückerhalten hatte? Oder könnte sie vielleicht etwas aus ihren Koffern eintauschen?

Sie überprüfte den Inhalt in ihrem Kopf. Kleider, Unterwäsche, ein paar Toilettenartikel und ihre Bücher. Vielleicht wäre ein Schneider daran interessiert, einige ihrer Kleider zu kaufen. Immerhin waren sie der letzte Schrei der New Yorker Mode, mit tailliertem Mieder, hoher Büste und leichter Schleppe.

"Hier gibt es keine Kutschenstation, fürchte ich." Das sagte der Mann mit dem zerknitterten Gesicht, der immer noch am Schreibtisch saß. Er gab ein humorloses Kichern von sich. "Wir haben nicht ganz den Luxus, den ihr im Osten habt."

Eine Kutschenstation schien kein Luxus zu sein, aber Leah behielt diesen Gedanken für sich.

Der Sheriff meldete sich zu Wort. "Die beste Möglichkeit, nach Helena zu kommen, ist, mit einem Wagen mitzufahren, der bereits in diese Richtung unterwegs ist, oder selbst ein Pferd zu kaufen."

Sie konnte kein Pferd kaufen, wenn sie kein Geld hatte. Vielleicht war es Zeit für Plan B. Abel Bryant würde sie einfach abholen müssen. Wenn sie bereit war, eine dreimonatige Bootsfahrt nach Montana zu unternehmen, war es das Mindeste, dass er sie am Hafen abholte.

Der neue Plan erleichterte ihre Anspannung ein wenig. "Können Sie mir dann bitte sagen, wo sich das Telegrafenamt befindet? Ich muss ein Telegramm nach Butte City schicken, damit meine Freunde mich abholen können."

Der Sheriff strich sich erneut über das Kinn. "Ich fürchte, das werden Sie auch nicht können, Ma'am. Die Telegrafenleitung nach Helena und Butte ist schon seit ein paar Wochen außer Betrieb. Es gab einen schweren Sturm in den Bergen, der sie umgeworfen hat. Wir hatten noch keine Gelegenheit, sie wieder in Betrieb zu nehmen. Sie könnten einen Brief schicken, wenn Sie wollen, mit dem nächsten Transportwagen. Normalerweise dauert es etwa eine Woche, bis er ankommt, und ebenso lange, bis er beantwortet wird. Vorausgesetzt, sie finden Ihren Freund, um ihm den Brief zu überbringen."

Leah kämpfte mit den Tränen der Frustration. Warum war das passiert? Sie hatte wirklich gespürt, dass Gott sie nach Montana führte, doch ab dem Moment, als das Boot hier in den Hafen einlief, war nichts richtig gelaufen. Jetzt hatte sie kein Geld, um Essen, Unterkunft oder den Transport nach Butte City zu bezahlen.

Sie zwang sich, sich darauf zu konzentrieren, was sie als nächstes tun sollte. Irgendwie musste sie an Geld kommen. Ob sie nun ihre Kleider verkaufte oder für das Geld arbeitete, ein Kleiderladen wäre wahrscheinlich der richtige Ort für den Anfang.

Sie straffte die Schultern und zwang sich zu einem höflichen Lächeln. "Nun gut, dann. Ich danke Ihnen beiden für Ihre Zeit und Ihre Hilfe. Aber bevor ich gehe, könnten Sie mir bitte sagen, wie ich zum örtlichen Kleiderladen komme?"

Die Männer tauschten einen weiteren Blick aus. Sie hatte genug von ihren heimlichen Blicken. Der Sheriff ergriff wieder das Wort. "Fort Benton hat nicht gerade einen Kleiderladen, wie Sie wahrscheinlich denken, Ma'am. Die Frauen, die hier sind, kaufen ihre Stoffe und dergleichen normalerweise im Kaufmannsladen. Es ist ein Stück die Straße hinunter, auf der linken Seite."

Sie holte tief Luft und lächelte süßlich durch ihre zusammengebissenen Zähne. "Ich danke Ihnen. Ich mache mich dann auf den Weg zum Kaufmannsladen. Einen schönen Tag Ihnen beiden."

Und damit drehte sie sich auf dem Absatz um und machte sich aus dem Staub.

Wie sie es in dieser rustikalen Stadt erwartet hatte, war auch der Laden aus Holz gebaut. Auf einem Schild über der Tür stand in fetten schwarzen Buchstaben "T. C. Power and Co. Mercantile".

Die Tür schepperte, als Leah sie öffnete, und sie hielt einen Moment inne, um sich zu orientieren. Zu ihrer Rechten erstreckten sich Warenreihen, in denen eine Vielzahl von Gegenständen aufblitzte - von scharfen Metallgegenständen über Fässer mit Lebensmitteln bis hin zu Wollknäueln. Zu ihrer Linken entspannte sich ein Kreis von Männern auf Stühlen mit Leiterlehnen. In der Mitte der Gruppe stand ein Tisch, auf dem ein paar Dominosteine lagen.

Sie richtete ihre Aufmerksamkeit auf den Tresen geradeaus

und ging auf ihn zu. Der Mann, der hinter dem Tresen stand und in ein Buch schrieb, hatte nur sehr wenig Haar auf dem Kopf, aber umso mehr Haar im Gesicht. Er war noch nicht so alt - jedenfalls nicht so alt wie Papa es gewesen war - aber er hatte fast eine Glatze. Er versuchte wohl, das durch seinen großen, wolligen Bart auszugleichen. Er war nicht groß für einen Mann, etwa so groß wie Leahs eigene mittlere Statur. Als er jedoch aufblickte, hatte sein Gesicht einen angenehmen Ausdruck.

"Nun, hübsches Mädchen, womit kann ich Ihnen heute behilflich sein?" Sein Akzent war unverkennbar charmant und verlieh seinem Auftreten eine sanfte Note.

"Guten Tag, Sir." Sie machte einen höflichen Knicks. Während sie den Kopf senkte, nutzte sie die Gelegenheit, um sich mit einem tiefen Atemzug zu stärken, dann richtete sie sich auf – Schultern zurück - und setzte ihre kompetenteste Miene auf. "Ich bin gekommen, um mich- zu erkundigen, ob Sie in Ihrem Geschäft Personal einstellen. Vielleicht brauchen Sie eine Verkäuferin oder jemanden, der die Regale auffüllt?"

Er hob die Brauen. "Sie sind ein Mädchen, das Arbeit sucht? Wenn ich das sagen darf, Sie sehen aus wie eine Dame aus der Oberschicht. Nicht gerade ein Arbeitstier." Seine Worte waren freundlich gemeint, aber ihr Gesicht wurde heiß.

"Ich fürchte, mein Retikül mit meinem Geld wurde gestohlen, als unser Schiff in Ihrer schönen Stadt anlegte." Sie versuchte, die letzten Worte nicht mit Bitterkeit zu verderben. "Ich muss mir Arbeit suchen, um Essen und Unterkunft zu bekommen, bis ich meinen Freunden in Butte mitteilen kann, dass ich angekommen bin."

Er räusperte sich ziemlich laut. "Nun, Mädchen, ich brauche im Moment keinen weiteren Angestellten. Ich bin bereit für den Sommerboom. Gehen Sie und fragen in Mill's Café und im Hotel nach, ob die Sie anstellen werden. Wenn sie Sie zurückschicken, dann... Das wäre dann Gott, der mir sagt, dass ich Sie für ein paar Wochen einstellen soll."

Hitze stieg ihr bis in die Ohrenspitzen, als sie erneut einen Knicks machte und dem Mann dankte. Das Bitten um Arbeit war keine angenehme Aufgabe.

Das Klingeln verstummte, als Leah die Tür hinter sich schloss. Ihre Schultern sackten nach unten und eine Bank neben der Tür winkte ihr zu. Sie ließ sich darauf nieder, um ihre Gedanken zu sammeln. Irgendetwas musste sie hier übersehen haben. Hatte Gott sie nicht durch seine Führung so weit gebracht? Sie schloss fest die Augen und versuchte, diesen schrecklichen Traum auszublenden, in dem sie sich befand.

Herr, ich weiß, dass Du in all dem einen Plan hast. Du bist der, der Du bist, egal wo ich bin. Dein Wort sagt, dass Vertrauen bedeutet, dass ich mich nicht auf meinen eigenen Verstand verlassen kann. Also, Gott, werde ich an diesem Ort sitzen bleiben und auf Deine Führung warten.

Der Frieden, der sie umwehte, war wie ein sanfter Duft.

In diesem Moment klingelte es an der Tür neben ihr und sie öffnete die Augen, um einen der älteren Männer zu sehen, die um den Domino-Tisch herum gesessen hatten. Er trug ein langes hemdsärmeliges Hemd ohne Jacke und man konnte die Lederhosenträger sehen, die an seiner schwarzen Wollhose befestigt waren. Sein ungepflegter grauer Bart bedeckte einen Großteil seines Gesichts, aber die Haut um seine Augen und seine Stirn war faltig und lederartig braun.

Er schaute nicht in ihre Richtung, sondern zog seinen schlaffen Lederhut von seinem öligen grauen Haar und setzte sich neben sie. Als der Geruch von Schweiß und Körpergeruch in ihre Richtung wehte, zwang sie sich, nicht von ihm wegzurutschen.

"Sehen Sie, Miss. Mein Name ist Ol' Mose. Zumindest nennen mich die Leute schon so lange so, dass ich den Rest vergessen habe. Jedenfalls habe ich gehört, was Sie dem alten Johnny da drinnen erzählt haben, wie Sie ausgeraubt wurden und versuchen, zu Ihren Freunden in Butte City zu kommen." Er steckte einen Daumen durch einen Hosenträger. "Nun, ich habe einen Güterwagen, den ich zwischen hier und dort hin- und herfahre. Sie können gerne mitfahren, wenn Sie wollen."

Der Ansturm völlig unerwarteter Informationen war schwer zu verdauen. Hatte er ihr eine Fahrt nach Butte angeboten? Fuhr er wirklich einen Güterwagen? Der alte Mann war nicht viel größer als Leah und sah aus, als hätte er seine besten Jahre schon hinter sich.

Er sah sie jedoch erwartungsvoll an und wartete auf eine Antwort. Sie öffnete den Mund, um zu antworten, aber sie wusste nicht, was sie sagen sollte.

"Sie... bieten mir eine Fahrt an? In Ihrem Wagen?" Ihre Stimme quietschte wie die eines Schuljungen.

"Ja, ich plane, morgen bei Tagesanbruch aufzubrechen."

Er meinte es ernst mit seinem Angebot. Aber war er auch vertrauenswürdig? Wie sollte sie das feststellen?

"Ich ... ähm ... ich habe zwei Koffer, die ich mitnehmen muss."

Er kratzte sich mit einem knochigen Finger durch seinen Bart. "Ich denke, das ist in Ordnung. Wir können sie oben festbinden."

Er ließ die Hand in den Schoß fallen und legte den Kopf schief, als würde er über etwas nachdenken. "Normalerweise nehme ich keine Leute mit, aber Gott hat mich angestupst und gesagt: 'Ol' Mose, du gehst jetzt und hilfst diesem Mädchen, hörst du?'" Er warf seine Hände hoch. "Also, hier sitze ich."

Als er ein leicht zahnloses Grinsen aufblitzen ließ, wollte sie den Mann am liebsten umarmen. Stattdessen lächelte sie.

"Vielen Dank, Mr. Mose. Es wäre mir eine Ehre, in Ihrem Güterwagen mitfahren zu dürfen."

"Nein, Ma'am. Der Name ist Mose oder Ol' Mose. Das hat nichts mit *Mister* zu tun. Mein Pa war ein Mister, aber nicht dieser junge Kerl." Und dann blitzte wieder sein breites Grinsen auf.

KAPITEL 8

IN DER NÄHE VON BUTTE CITY, TERRITORIUM MONTANA
JUNI, 1874

W usch. *Knack!*

Gideon hob die Axt wieder über seine Schulter und schlug die Klinge erneut ins Eis.

Wusch. Knack!

Er war dem Wasser nahe, er konnte es an der Weichheit der gefrorenen Masse spüren.

Wusch. Knack!

Ein mächtiges Krachen zerriss die Luft, als seine Axt tief in die Flüssigkeit eindrang.

Das Wiehern der Rinder hinter ihm wurde lauter und eindringlicher, als die Tiere das Wasser rochen. Er hackte an den Rändern, um das Loch zu erweitern, und sprang dann zur Seite, als das Vieh nach vorne stürmte.

Er lehnte sich gegen die Axt und hielt inne, um zu verschnaufen, während die Tiere um ihre Position rangen. Der Winter hatte in diesem Jahr länger gedauert als sonst, mit dem letzten Schneesturm ein paar Wochen zuvor.

Hoffentlich musste er nicht mehr lange Eis für das Vieh brechen, bevor es im Sommer wärmer wurde.

Er hatte ein wachsames Auge auf die jüngsten Kälber, die noch wackelig auf den Beinen waren. Es wäre leicht möglich, dass eines der kleinen Kerle umgeworfen und zertrampelt würde, wenn das Vieh zum Wasser vordrang.

Auf der Bryant-Ranch gab es jetzt etwa fünfzig Rinder. Nichts im Vergleich zu den großen Ranches, von denen er in Texas gehört hatte, aber ihre kleine Herde wuchs. Wenn zumindest die meisten Kälber dieses Jahr ohne Probleme zur Welt kamen, würden sie fast siebzig Tiere haben.

Wie sollte er siebzig Stück Vieh allein versorgen, jetzt, wo Abel nicht mehr da war?

Der vertraute Schmerz schnürte ihm den Atem ab. Szenen des schrecklichen Grizzly-Angriffs, bei dem sein Bruder in der Woche zuvor getötet worden war, schossen Gideon durch den Kopf. Er wischte sich mit einer Hand über das Gesicht, um sie zu vertreiben. Er konnte sich jetzt nicht damit aufhalten. Er vermisste seinen kleinen Bruder mit einem körperlichen Schmerz, aber das würde ihn nicht zurückbringen. Es hatte auch keinen der anderen zurückgebracht.

Er musste sich erst einmal mit der Realität abfinden. Er konnte die Arbeit bewältigen, zumindest in den Sommermonaten. Er würde vielleicht etwas Hilfe bei der Heuernte brauchen, aber das wäre es auch schon. Vor allem, da Miriam die meisten Aufgaben ihres Bruders in der Hütte übernommen hatte.

Seine kleine Schwester hatte immer ihren Teil dazu beigetragen. Zum Beispiel, als Pa starb. Sie hatte viel mehr als ihre Hälfte der Hausarbeit geschultert. Als Ma dann auch noch krank wurde und starb, hatte Miriam alles übernommen.

So ungern er es auch zugab, er hatte Jane auch in der

Hoffnung geheiratet, sie würde seiner Schwester im Haus, im Garten und beim Kochen helfen.

Jane hatte es versucht, das hatte sie wirklich. Tief im Inneren wusste er jedoch, dass sie das Leben in den Bergen hasste. Sie hatte Angst davor, vor den strengen Wintern und den wilden Tieren, die dort ständig lauerten. Und vielleicht war ihre Angst begründet gewesen, denn es war eines dieser wilden Tiere, das ihr schließlich das Leben genommen hatte. Danach hatte Miriam den Haushalt wieder allein geführt.

Er nahm seine Axt und ging zurück zu der kleinen Scheune, die er im Tal gebaut hatte, um Heu und Tiervorräte zu lagern. Er musste auch nach den Zuchtstuten sehen. Die graue Stute sah aus, als würde sie in ein oder zwei Wochen abfohlen.

Jetzt verstand er, wie Miriam sich all die Jahre gefühlt haben musste, als sie die Last allein geschultert hatte. Abel war immer sein Partner auf der Ranch gewesen. Die beiden hatten so lange zusammen gearbeitet, dass sie die Gedanken des anderen lesen konnten, ganz zu schweigen vom Wetter und den Zeichen der Tiere.

Abel war auch derjenige, der das erste Gold auf ihrem Grundstück gefunden hatte. Sie förderten nie viel davon, nur genug, um alle paar Jahre die Vorräte aufzufüllen. Dank des Goldes konnten sie das meiste Vieh behalten und die Herde vergrößern. Eines Tages würden sie eine große Herde mit Hunderten oder gar Tausenden von Rindern haben. Eines Tages.

Das führte ihn zu seinem ursprünglichen Problem zurück: Was würde er tun, wenn die Wintermonate wieder anbrachen? Es würde sicher eine Herausforderung sein, das Vieh zu tränken und im tiefen Schnee mit genügend Futter zu versorgen. Da er im Winter keinen Garten hatte, um die Nahrungsvorräte zu ergänzen, würde er mehr jagen müssen.

Der ständige Schnee auf dem Boden machte die Arbeit härter und langsamer.

Sollte er wieder mit dem Goldwaschen beginnen, sobald das Wetter wärmer wurde? Wahrscheinlich würde er den Goldstaub brauchen, um eine angeheuerte Arbeitskraft zu bezahlen. Aber wenn er schürfen würde, bräuchte er wirklich jemanden, der ihm beim Vieh und beim Heuen half. "Grrrrr..."

Der Hund zu seinen Füßen winselte und schob sich auf dem Bauch vorwärts, bis er fast Gideons Stiefel berührte. Er beugte sich nach unten, um das Tier hinter einem schwarzen Ohr zu kraulen.

"Tut mir leid, Junge. Ich wollte das nicht laut sagen."

Drifter nahm die Entschuldigung an, indem er Gideons Ärmel ableckte. Wenigstens hatte er hier draußen einen Freund, der ihm half.

* * *

*J*eder Muskel, jeder Knochen und jedes Gelenk schmerzte, wie Leah es noch nie erlebt hatte, als sie halb hinabkletterte, halb vom Wagen fiel. Sie schleppte sich zu den Bäumen, die die Straße säumten, um ein wenig Privatsphäre zu finden.

"Gehen Sie nur nicht zu weit weg. Und können Sie ein paar Holzscheite und Stöcke für das Feuer mitbringen?" rief der alte Mose, während er anfing, Sachen aus dem Wagen zu holen. Die zehn langen Stunden in dem ruckelnden, knarrenden Wagen schienen ihn nicht im Geringsten gestört zu haben.

Leah nickte. Ihr Bedürfnis war zu groß, um anzuhalten, während sie zwischen den Bäumen hindurchstolperte, bis sie in sicherer Entfernung vom Lagerplatz war. Sie brauchte ein notwendiges Örtchen, aber natürlich gab es so etwas in dieser primitiven Wildnis nicht.

Auf dem Rückweg zum Wagen hob Leah einige Zweige auf, wie Ol' Mose es verlangt hatte. Mit schwer beladenen Armen und vom Ziehen der Äste zerzausten Haaren trat sie durch die Baumgrenze auf die Lichtung. Ol' Mose kauerte auf Händen und Knien über einem Haufen Stöckchen. Er schien in die Stöckchen zu blasen, denn ein dünner Rauchschwaden kräuselte sich in den Himmel.

Leah ließ die Holzscheite auf einen Haufen in der Nähe fallen und Ol' Mose lehnte sich zurück, um eine kleine Flamme zu entzünden. Er betrachtete die Holzscheite, die sie mitgebracht hatte und sah dann mit einem Funkeln in seinen verblichenen braunen Augen zu Leah auf.

"Sie haben noch nie Holzscheite für ein Feuer ausgesucht, oder?"

Ihr Gesicht wurde warm. War es so offensichtlich? "Nein, Sir."

"Nun, dann." Er erhob sich anmutiger, als Leah es von einem Mann seines Alters erwartet hätte, und trat vor den Haufen zu ihren Füßen. "Sehen Sie hier." Er hob einige kleine Stöcke auf. "Die sind gut, wenn das Feuer klein ist. Sie sind schön trocken und klein, also fangen sie leicht an zu brennen. Der da drüben ist zu nass, um ihn für irgendetwas zu verwenden. Und die großen dort...." Er deutete auf die dicken Rundhölzer, mit denen sie sich abgemüht hatte, "...die haben ein paar Macken. Sie sind grün, also wird es für sie schwer sein, Feuer zu fangen. Sie geben nicht viel Wärme ab und sie rauchen, als ob der Teufel persönlich bei uns sitzt."

Leah versuchte, ihm gedanklich zu folgen, aber gab auf, als er sagte, das Holz sei grün. Diese Äste waren so grau wie der Himmel vor einem Sturm. War Ol' Mose farbenblind? Es war möglich.

Plötzlich stieß der alte Mann ein Gackern aus und klopfte sich auf den Schenkel. "Ich wette, ich habe Sie verblüfft, als ich sagte, das Holz sei grün, oder? Das bedeutet, dass es gerade erst gewachsen und noch nicht getrocknet ist. Wir wollen trockenes Holz für ein Feuer. Eiche und Ahorn ergeben ein gutes Feuer, nicht zu viele Funken, aber genug Kohlen zum Kochen."

Leah nickte und merkte sich diese Information für später. Zum Glück verlangte er nicht viel von ihr, während er die Maultiere abspannte und ein paar Dinge aus dem Wagen holte. Doch als er mit zwei mit Laub und Schmutz bedeckten Decken zurückkam, überkam sie das Grauen.

"Für Ihr Bett", sagte er und warf sie ihr zu.

Sie konnte das schaffen, sie musste sich nur darauf konzentrieren. Doch der Gedanke an ihre Gänsedaunenmatratze in Richmond flackerte unaufgefordert in ihrem Kopf auf.

Als der alte Mann mit der Zubereitung des Abendessens begann, versuchte sie, aufmerksam zu sein. Als Mädchen hatte sie es geliebt, sich in die Küche zu schleichen, um der Köchin mit dem Essen oder bei besonderen Leckereien zu helfen. Kochen und Backen hatten sie schon immer fasziniert, obwohl sie nur selten die Möglichkeit hatte, es zu üben. Zum Glück plauderte Mose gerne und erklärte ihr alles, was er tat.

"Wir fangen gleich mit den Bohnen an, denn sie brauchen am längsten zum Kochen. Sobald die Kohlen glühen, rühre ich in der Pfanne da drüben Maisbrot an, und dann haben wir ein richtiges Festmahl vor uns." Das Grinsen in seinen Augen verriet, dass er das offenbar wirklich glaubte. "Sind Sie eine gute Köchin, Miss Townsend?"

"Ich fürchte, ich hatte nie viele Gelegenheiten zu kochen. Ich habe es aber genossen, wenn ich die Gelegenheit dazu hatte."

"Hmmm. Ich dachte mir, eine hübsche kleine Dame wie Sie hat alle Möglichkeiten, die Sie wollen."

Sie hatte heute Abend nicht die Energie, umfassend über diese Aussage nachzudenken, aber sie klang voller Ironie.

"Sie kommen also aus dem Osten?"

"Ja, Sir. Aus Richmond, Virginia."

Er stieß einen leisen Pfiff aus. "Ihre Eltern müssen sehr besorgt sein, weil Sie so weit gereist sind. Und ich glaube, hier ist es ein bisschen rauer, als Sie es gewohnt sind."

"Meine beiden Eltern sind gestorben." Die Tränen stiegen ihr nicht mehr sofort in die Augen, aber es fiel ihr immer noch schwer, über sie zu sprechen. Sie vermisste Mama und Papa so sehr, dass es weh tat.

Er war einen Moment lang still. "Tut mir sehr leid, das zu hören."

Sie räusperte sich, bereit, das Thema zu wechseln. "Also, erzählen Sie mir von sich. Haben Sie schon immer einen Güterwagen geführt?"

"Nein, Ma'am. Ich war früher ein Trapper, früher. Ich war mit den besten Männern aus den Bergen unterwegs. Jedediah Smith, Jim Clyman und dieser alte Kauz Hugh Glass. Das ist eine Geschichte, die es wert ist, erzählt zu werden. Haben Sie sie schon mal gehört?"

Sie schüttelte den Kopf. Keiner der Namen kam ihr bekannt vor, aber von den Geschichten, die er im Wagen erzählt hatte, wusste sie, dass Ol' Mose ein Meister im Geschichtenerzählen war. Also lehnte sie sich gegen einen der *grünen* Baumäste und bereitete sich auf eine gute Geschichte vor.

"Nun, der alte Hugh war auf einem von Mr. Henrys Jagdausflügen." Seine Augen erwachten zum Leben. "Hugh Glass war vorausgegangen und geriet in ein Gerangel mit einer Bärin, die ihre Jungen beschützte. Er konnte schließlich nur mit seinem Messer die Oberhand gewinnen, aber als die

Bärin am Boden lag, war Glass auch schon tot. Er war bewusstlos, blutete und lag in den letzten Zügen, als die anderen ihn fanden.

Sie warteten darauf, dass der alte Trapper starb, und die Rothäute kamen immer näher. Schließlich bat Mr. Henry ein paar Männer, bei Glass zu bleiben und ihn ordentlich zu begraben, wenn er endlich tot war. Er sagte, er würde ihnen sechs Monatsgehälter extra geben. Bridger war damals gerade mal siebzehn, glaube ich, und so meldeten er und Fitzgerald sich freiwillig.

Die Rothäute kamen näher und die Jungs wurden immer nervöser und der alte Glass bekam kaum noch Luft. Sie gingen weiter und gruben sein Grab und beschlossen schließlich, ihn in das Loch zu legen, ihn mit dem Bärenfell zu bedecken und so ihren eigenen Hals zu retten."

Ol' Mose stellte eine Pfanne auf den Felsen am Rande des Feuers und goss dann einen dicken Teig in die Pfanne.

"Als der alte Hugh aufwachte, fand er sich unter dem Fell wieder, ohne ein Stück Kleidung, ohne Waffe und ohne Messer. Er hatte ein gebrochenes Bein und ihm fehlte so viel Haut, dass man an einigen Stellen bis zu den Rippenknochen sehen konnte. Er war auch furchtbar krank. Aber der alte Hugh ließ sich davon nicht unterkriegen. Er richtete sein eigenes gebrochenes Bein, wickelte sich in das Fell und begann zu kriechen. Er brauchte sechs Wochen, aber er kroch bis zum Cheyenne River. Er aß Beeren, Wurzeln und alles Fleisch, das er den Tieren abspenstig machen konnte. Er sagte, das Einzige, was ihn weitermachen ließ, war der Gedanke, sich an den beiden Schurken zu rächen, die ihn zum Sterben in diesem Grab zurückgelassen hatten. Als er den Fluss erreichte, segelte er direkt zu einem Sioux-Lager, wo man ihn verarztete. Wenig später schaffte er es schließlich nach Fort Kiowa."

Schweigen legte sich über sie, während sie die schockierende Geschichte in sich aufnahm. Es war schwer zu sagen, wie viel davon überhaupt wahr sein konnte. In der Pfanne begann der Teig golden zu werden. Schließlich fragte sie: "Hat er jemals die Männer gefunden, die ihn zum Sterben zurückgelassen haben?"

Der alte Mose hauchte ein leises Kichern. "Das ist schon komisch. Er hat beide Männer getrennt voneinander gefunden, aber am Ende keinen von ihnen umgebracht. Er gab Gründe an, warum er es nicht getan hat, aber ich würde gerne glauben, dass es Gott war, der sein Herz bearbeitet und ihn zur Vergebung erweicht hat."

Leah blickte ihren neuen Freund an. Er hatte im Laufe des Tages ein paar Mal von Gott gesprochen, aber das war das erste Mal, dass er etwas offenkundig Religiöses gesagt hatte. "Sie klingen, als hätten Sie Erfahrung mit Vergebung."

"Ja, Ma'am. Man hat mir nicht immer die nettesten Dinge angetan, aber ich habe das mit anderen auch nicht immer gemacht. Gott hat mir sehr viel Vergebung gegeben, damit ich lernen konnte, sie weiterzugeben."

Ein paar Minuten lang starrten sie schweigend auf das Feuer. Dann holte Mose die Bratpfanne aus der Glut und begann, Teller mit Bohnen und Maisbrot auszuteilen. Er sprach erst wieder, als er Leah einen Blechteller und einen Löffel reichte.

"Sie haben also gesagt, Sie sind hier, um bei Freunden zu übernachten, ja?"

Wie viel sollte sie ihm sagen? Sie vertraute diesem Mann und irgendetwas an ihm ließ sie vermuten, dass er nicht schlecht von ihr denken würde, wenn sie auf eine Zeitungs-annonce für eine Heirat antwortete. Sie konnte genauso gut ehrlich sein.

"Gewissermaßen. Ich habe auf eine Anzeige eines jungen Ranchers geantwortet, der eine Braut sucht." Sie ertappte sich dabei, wie sie die Worte überstürzte, um sie hinter sich zu bringen.

Er schaute nachdenklich, während er einen Bissen Bohnen mampfte. "Wie ist sein Name? Vielleicht kenne ich ihn und kann Ihnen sagen, ob er ein guter Kerl ist."

Erleichterung durchflutete sie. Er verurteilte sie nicht nur nicht, sondern bot ihr sogar seine Hilfe an. "Sein Name ist Abel Bryant von der Bryant-Ranch. Haben Sie schon von ihm gehört?"

Der Bart von Ol' Mose verzog sich zu einem Grinsen. "Aber sicher doch. Gideon und Abel leiten die Ranch, seit ihr Vater gestorben ist. Bessere Jungs gibt es im ganzen Montana-Territorium nicht." Er nickte mit einer Gewissheit, die Leah einen langen, erleichterten Atemzug ausstoßen ließ.

Vielleicht würde es ja doch nicht so schlimm werden.

KAPITEL 9

*A*ls die Maultiere in der Abenddämmerung auf die Lichtung stapften, starrte Leah auf die beiden Holzbauten vor ihr. Das eine war offensichtlich die Scheune, mit Zäunen, die sich auf drei Seiten ausbreiteten. Ein ausgetretener Pfad führte von der Scheune zu dem anderen Gebäude, das wie ein Gästehaus aus Holzstämmen aussah. Eine überdachte Veranda erstreckte sich über die Vorderseite, aber weder die Veranda noch die Stufen hatten ein Geländer, sondern nur vereinzelte Holzpfosten, die das Dach stützten. In den beiden Fenstern, die die Eingangstür flankierten, waren weiße Rüschenvorhänge zu sehen.

Die Tür öffnete sich und eine kleine blonde Frau trat heraus. Sie lächelte strahlend und wischte sich die Hände an der gräulichen Schürze an ihrer Taille ab. Als der Wagen zum Stehen kam, eilte die Frau zu ihnen und Leah erkannte, dass sie eigentlich nicht mehr als ein Teenager war, höchstens fünfzehn oder sechzehn.

"Oh, ich bin so froh, eine andere Frau zu sehen, dass ich Sie einfach umarmen könnte."

Einen Moment lang sah es so aus, als würde das Mädchen

ihre Worte tatsächlich wahrmachen, als sie wie eine kleine Elster zu Leahs Seite des Wagens hüpfte.

"Kommen Sie doch herein und essen Sie mit uns zu Abend." Sie sah zu Ol' Mose hinüber. "Gideon wird jeden Moment von den Rindern zurückkommen und sich freuen, Sie zu sehen."

Leas Herz setzte einen Schlag aus. Wenn Gideon von den Rindern zurückkam, würde Abel, ihr möglicher zukünftiger Ehemann, sicher bei ihm sein. Der alte Mose hatte gesagt, dass sie zusammen auf der Ranch arbeiteten.

Leah kletterte vorsichtig vom Wagen. Ihre Muskeln hatten sich nach fünf Tagen des Rüttelns und Schüttelns verhärtet. Sie presste beide Hände an ihren Rock, atmete tief ein, um sich zu stärken, und drehte sich zu dem Mädchen mit dem so netten Gesichtsausdruck um.

"Hallo, ich bin Leah Townsend. Ich glaube, Mr. Abel Bryant erwartet mich."

Leah wartete darauf, dass das Mädchen einen erkennenden Blick aufsetzte. Er tat es, irgendwie. Erkennen gemischt mit ... Entsetzen? Ihre Augen weiteten sich, groß wie Silberdollars, das Grün leuchtete in der Mitte. Alle Farbe wich aus ihrem Gesicht.

Innerhalb von Sekunden trübten sich diese grünen Augen und einen Moment lang sah es so aus, als würde sie in Tränen ausbrechen. Oder in Ohnmacht fallen. Leah griff nach vorne und legte eine Hand um die Schultern des Mädchens.

Sie schien sich schnell zu fangen und zog die schmutzige Schürze hoch, um sich die Augen abzuwischen. "Es tut mir leid, ich ..." Sie sah Leah mit einem sehr traurigen Gesichtsausdruck an. "Abel ist letzte Woche gestorben. Gideon hat Ihnen telegrafiert, dass Sie nicht kommen sollen, aber ich schätze, Sie haben es nicht bekommen ..." Ihre Stimme verstummte.

Es dauerte einen Moment, bis die Worte einsackten. Das konnte nicht möglich sein. Tot? Der Mann, den sie heiraten wollte? Nach den Geschichten, die Ol' Mose erzählt hatte, hatte sie das Gefühl, ihn jetzt zu kennen. Aber...

Dann fiel ihr Blick auf den Schmerz im Gesicht des Mädchens und ihr eigener Verlust rückte in den Hintergrund. Sie beugte sich vor und umarmte das Mädchen.

Sie wusste nur zu gut, wie es war, jemanden zu verlieren, den man liebte. Sie spürte, wie sich die schlanken Arme der jungen Frau um sie legten, als wäre sie am Verhungern und die menschliche Berührung das Einzige, was sie nähren konnte. Leah konnte nicht sagen, was während dieser Umarmung zwischen ihnen passierte, aber sie fühlte eine Verbindung zu diesem Mädchen, die sie noch nie mit jemandem außer Emily gespürt hatte.

Schließlich trat das Mädchen zurück und wischte sich erneut über die Augen. Sie sah Leah an, plötzlich schüchtern. "Ich bin Miriam, die kleine Schwester von Gideon und Abel."

Leah lächelte durch ihre Tränen. "Es ist mir eine Freude, Sie kennenzulernen, Miriam."

Das Mädchen schien sich ein wenig zu erholen und sah zu Ol' Mose auf, der immer noch im Wagen saß und sie beobachtete.

"Wenn Sie Ihre Maultiere in die Scheune bringen wollen, dort gibt es genug Heu und Wasser für sie. Dann kommen Sie ins Haus. Ich habe Kaffee aufgesetzt und das Abendessen sollte gleich fertig sein."

Es war ein Wunder, wie das Mädchen sich aufraffen konnte und plötzlich die Herrin des Hauses wurde, so rustikal dieses auch sein mochte.

Ol' Mose nickte. "Gerne. Es tut mir schrecklich leid, das mit Ihrem Bruder zu hören, Miss Miriam." Bevor sie etwas erwidern konnte, schlug er mit den Zügeln und rumpelte: "Hüh!"

Miriam drehte sich wieder zu Leah um, ihr schüchternes Lächeln kehrte zurück. "Wenn Sie reinkommen möchten, mache ich Ihnen eine Tasse Kaffee. Ich würde mich freuen, wenn Sie mir alles über sich erzählen würden. Ich habe nicht oft Gelegenheit, andere Frauen zu besuchen, deshalb freue ich mich ganz besonders, dass Sie gekommen sindt."

"Natürlich." Leah folgte ihr in das Holzhaus.

Wenn sie das Äußere schon für rustikal gehalten hatte, war das Innere fast primitiv. Sie betraten einen großen, offenen Raum, der sowohl Küche als auch Salon zu sein schien. Zu ihrer Linken, in der Sitzecke, beherrschte ein großer Kamin die Wand, mit einem hölzernen Kaminsims darüber und ein paar verschiedenen Stühlen, die in einem Halbkreis darum herum aufgestellt waren. Einer der Stühle war ein Schaukelstuhl, der dem Schaukelstuhl in ihrem Kinderzimmer sehr ähnlich war. Mama hatte sie dort stundenlang geschaukelt, auch nachdem sie zu groß geworden war, um auf dem Schoß ihrer Mutter zu sitzen.

Geradeaus befanden sich zwei geschlossene Türen, die den Wohnbereich von der Küche trennten, und dazwischen eine Leiter, die an der Wand hinauf zu einem offenen Bereich unter der Decke führte.

Leah wandte ihre Aufmerksamkeit nach rechts, wo Miriam zwischen einem eisernen Kochherd und einem Arbeitstisch herumhuschte. Ein paar offene Regale säumten die Wand, zusammen mit mehreren Fässern und Ledersäcken. Den größten Teil des Raums nahm jedoch ein Holztisch mit sechs Stühlen mit Leiterlehne ein.

"Bitte setzen Sie sich." Miriam deutete auf einen der Stühle. Auf dem Tisch vor ihr stand ein Becher, aus dem der Dampf des heißen Getränks aufstieg. "Sie sind wahrscheinlich erschöpft von der Reise von Fort Benton." Sie schnitt eine Grimasse. "Obwohl Sie vielleicht gar nicht mehr sitzen wollen."

"Danke." Leah trat vor, um Miriams Gastfreundschaft anzunehmen. "Es macht mir nichts aus, zu sitzen, solange der Stuhl nicht herumwackelt." Sie lächelte leicht über ihren eigenen Versuch von Humor.

Miriams Gesicht verzog sich zu einem Grinsen, ihr schüchternes Lächeln war verschwunden und die verschmitzte Elster, die Leah gleich beim ersten Anblick in ihr gesehen hatte, kehrte vollständig zurück. Während Leah ihren marineblauen Rock um den Stuhl drapierte, begann Miriam, auf dem Arbeitstisch eine Art grüne Blätter zu schneiden.

"Ich finde, Ihr Kleid ist das schönste, das ich seit Jahren gesehen habe. Ist das der Stil, den sie jetzt im Osten tragen?"

Leah runzelte die Stirn über ihren schlichten Reiseanzug. "Das ist der Stil eines Reisekleides. Die meisten Tageskleider und vor allem die Abendkleider sind viel hübscher als das hier, mit leuchtenden Farben und schweren Rüschen, vor allem über der Büste."

Dann fiel ihr das verblichene braune Kattun-Arbeitskleid auf, das Miriam trug. Warum hatte sie nur so vor sich hinge-plappert? "Aber keines von ihnen ist auch nur annähernd so praktisch wie das Kleid, das Sie tragen."

Sie versuchte, sich eine andere nette Bemerkung über Miriams Kleid auszudenken - Kleid war wirklich ein zu starkes Wort für das verwahrloste Stück Stoff. Zudem war es fast zu kurz, sowohl der Rock als auch die Ärmel, selbst für Miriams zierlichen Körper.

Die schien jedoch nicht verlegen zu sein und winkte Leahs Bemerkung ab. "Das alte Ding hat sicher schon bessere Tage gesehen. Ich muss mir ein neues machen, ich habe nur noch nicht die Zeit gefunden, den ganzen Weg nach Butte zu fahren, um neues Kattun zu kaufen."

Das Klopfen von Stiefeln auf der Veranda und das leichte Quietschen der Eingangstür ersparte Leah eine

Antwort. Ol' Mose schlurfte herein, gefolgt von einem echten, aufrichtigen Rancher. Er drehte sich um, um die Tür zu schließen. Irgendetwas an ihm kam Leah bekannt vor. Sein Profil zeigte, dass er etwas jünger war als die Rancher, die sie sich vorgestellt hatte. Er hatte einen Vollbart und gewelltes braunes Haar, das ihm gerade bis zum Nacken reichte.

Dann drehte er sich zu ihnen um und Leah sah seine tief smaragdgrünen Augen. Ihr Herz machte einen Sprung.

Er war der Mann von der Fähre, den sie getroffen hatte, als sie in St. Louis angekommen war.

Schmetterlinge kribbelten in ihrer Mitte, als sie wieder in seine grünen Augen blickte. Diese Augen hatten einen noch tieferen Farbton als die von Miriam und das lange grüne Arbeitshemd, das er trug, brachte sie perfekt zur Geltung.

Er war größer, als sie es in Erinnerung hatte. Neben Ol' Mose sah er wie ein Riese aus. Aber er trug sich nicht so gebückt wie die meisten großen Männer, die sie gesehen hatte. Er stand aufrecht da, selbstbewusst und maskulin.

* * *

*D*a war sie.

War das eine Vision? Oder saß die Frau aus St. Louis tatsächlich an seinem Küchentisch? Wenn er nicht den Verstand verloren hatte, wie war sie dann hierher gekommen?

Sie saß selbstsicher und elegant da, mit einem kleinen Hut auf dem Kopf, der sie nicht vor der Sonne schützen würde. Als käme sie aus einem New Yorker Salon. Und sie sah ihn an, als hätte er zwei Köpfe und drei Arme.

"Gideon", meldete sich seine kleine Schwester vom Herd aus, wo sie in dem großen Topf etwas rührte, "ich möchte dir Leah vorstellen."

Er nickte der Frau grüßend zu und drehte sich um, um seinen Lederhut an den Pflock hinter der Tür zu hängen.

"Leah, das ist mein großer Bruder Gideon."

"Es ist mir ein Vergnügen, Sie kennenzulernen, Mr. Bryant."

So war er seit Ewigkeiten nicht mehr genannt worden... Mr. Bryant. Schon gar nicht mit einer Stimme, die ihn an die Wiegenlieder erinnerte, die Ma immer gesungen hatte, als Miriam noch ein Baby war. In diesem Moment schlenderte sein Verräterhund Drifter direkt auf die Dame zu, beschnupperte ihre ausgestreckte Hand und wedelte dann wild mit dem Schwanz, als sie die Stelle hinter seinem Ohr kraulte. Gideon wusste, was der verwirrte Gesichtsausdruck des Hundes bedeutete. Er hatte sich verliebt.

Gideon versuchte, sein ungehaltenes Räuspern für sich zu behalten, aber nach Miriams warnendem Gesichtsausdruck zu urteilen, musste es ihm herausgerutscht sein. Er ging zum Regal, um sich eine Schüssel zu holen, und gab Ol' Mose ein Zeichen, dass er dasselbe tun sollte. Er schritt zum Herd, füllte seine Schüssel fast bis zum Rand mit Rindereintopf und wollte sich gerade zu seinem üblichen Platz am Tisch umdrehen, als Miriam ihm eine Hand auf den Arm legte, um ihn aufzuhalten.

"Gideon", sagte sie mit tiefer, drängender Stimme. "Leah ist diejenige, die auf Abels Anzeige geantwortet hat. Sie hat das Telegramm geschickt."

Er erstarrte und versuchte, sich einen Reim darauf zu machen, was seine Schwester gerade gesagt hatte. "Aber ... ich habe ihr eine Nachricht geschickt, dass sie nicht kommen soll." Was für eine Frechheit. Sie musste wirklich verzweifelt sein. Er hatte Abel gewarnt, diese dumme Anzeige nicht aufzugeben.

Die Traurigkeit schien noch stärker aus Miriams Augen zu scheinen als in den letzten Wochen. "Sie hat deine Nach-

richt nicht erhalten." Dann gesellte sich ein Hoffnungs-
schimmer zur Traurigkeit. "Ich möchte aber, dass sie bleibt,
Gideon. Kann sie bleiben?"

Wenn er sagte, was er wollte, würde es seine kleine
Schwester verzweifeln lassen. Stattdessen winkte er sie
deshalb mit einem "Ich werde darüber nachdenken" ab.

* * *

*L*eah saß schweigend da und aß ab und zu einen
Bissen von dem verwässerten Eintopf. Sie war zu
sehr mit Nachdenken beschäftigt als sich an dem
Gespräch zwischen Miriam und Ol' Mose zu beteiligen, das
hin und her ging.

Was nun? Das war ihr einziger richtiger Plan gewesen.
Obwohl sie daran gedacht hatte, sich in Butte City einen Job
zu suchen, falls die Ehe mit Abel Bryant nicht funktionieren
würde, hatte sie tief in ihrem Inneren wirklich geglaubt, dass
es klappen *würde*. Gott hatte ihr eindeutig die Türen geöffnet, um hierher zu kommen. Warum sollte er sie in diese
offensichtliche Sackgasse bringen?

Sie warf einen vorsichtigen Blick auf den älteren Bruder,
während die anderen sich in eine von Ol' Moses Geschichten
vertieften. Hatte er sich auch an sie erinnert? Auf seinem
Gesicht war kein Wiedererkennen zu sehen, nur Erschre-
cken, teilweise verdeckt von den dicken braunen Locken, die
die untere Hälfte bedeckten.

Wie sah er unter dem dichten Bart aus? War er so gut
aussehend, wie seine kräftigen Wangenknochen vermuten
ließen? Aber diese Art des Denkens würde sie im Moment
nicht weiterbringen.

Sie tauchte ihren Löffel wieder in die Schüssel und holte
ein Stück Fleisch heraus. Die Suppe war sicher nicht die
beste, die sie je gegessen hatte, aber besser als nichts. Sie war

nicht einmal so gut wie die von Mose am Lagerfeuer gekochte, die in Anbetracht der begrenzten Vorräte, die er benutzte, erstaunlich schmackhaft gewesen war. Sie hob den Löffel an ihren Mund. Dieses Stück Fleisch war der zäheste Bissen bisher.

Sie musste daran denken, was sie als Nächstes tun sollte. Zu diesem Zeitpunkt hatte sie keine andere Wahl als nach Butte weiterzureisen. Vielleicht würde es dort Arbeit für sie geben oder vielleicht würde sie nach Helena oder Fort Benton zurückkehren.

Ol' Mose hatte erwähnt, dass er wahrscheinlich in der Scheune der Bryants übernachten würde, da es noch ein paar Stunden bis Butte waren. Vielleicht würde es ihnen nichts ausmachen, wenn sie auch dort übernachtete. Oder war es vielleicht möglich, dass sie ein zusätzliches Zimmer mit einem richtigen Bett hatten? Das wäre vielleicht zu viel zu hoffen.

Leah blickte Miriam an, deren grüne Augen leuchteten, während sie an jedem Wort des alten Trappers hing. Etwas zerrte in ihrer Brust. Auch wenn sie sie nicht wirklich kannten, würde sie diese junge Frau vermissen.

Nach dem Essen half Leah Miriam beim Abwasch, eine Aufgabe, die sie auch für Ol' Mose übernommen hatte, während sie unterwegs waren. Das war die beste Gelegenheit, die Frage zu stellen, die ihr im Kopf herumging. "Miriam, ich glaube, Ol' Mose hat gesagt, dass er normalerweise in Ihrer Scheune übernachtet, wenn er hier vorbeikommt?"

"Ja, wir versuchen jedes Mal, ihn im Haus in einem der Zusatzbetten unterzubringen, aber er will nichts davon hören. Er sagt, er kann auf einer weichen Matratze nicht schlafen."

Leah mochte es, wie Miriams Augen funkelten, wenn sie

sprach. Sie schien voller Lebensfreude zu sein. Im Gegensatz zu ihrem stoischen, schweigsamen Bruder.

"Wäre es in Ordnung, wenn ich auch in der Scheune schlafe? Ich fahre natürlich morgen früh mit ihm weg."

Leah beobachtete Miriam, während sie auf die Antwort wartete. Die Augen des Mädchens flackerten und sie richtete sich zu ihrer vollen Größe auf, die immer noch einen halben Kopf kleiner war als Leah.

"Auf keinen Fall." Miriam ließ die Blechschale und den Lappen auf den Tresen fallen und stemmte eine Faust in die Hüfte.

"Zunächst einmal werden Sie *nicht* in der Scheune schlafen. Sie werden in unserem Gästezimmer schlafen, wie jeder andere Gast auch. Und zweitens werde ich Sie auf keinen Fall nach nur einer Nacht wieder gehen lassen. Ich hatte schon seit Jahren keine weibliche Gesellschaft mehr und habe vor, Sie so lange wie möglich zu behalten." Ihre Schultern sackten ein wenig und ihr Lächeln kehrte zurück. "Sie müssen mindestens ein paar Tage bleiben, bis wir uns etwas überlegt haben. Sie sind auf Abels Bitte hin hierher gekommen und er würde sich im Grab umdrehen, wenn er wüsste, dass wir Sie rausgeworfen haben."

Leah konnte nicht anders, als die feurige kleine Elster vor ihr zu lieben. Sie griff nach Miriams Hand und drückte sie. "Sie sind eine gute Seele, Miriam Bryant. Ich danke Ihnen."

KAPITEL 10

*E*in entferntes Poltern riss Leah aus dem angenehmen Traum, in dem sie sich befand. Sie setzte sich auf und versuchte, ihre Umgebung zu erfassen. Das Zimmer war klein und die Baumwollbettwäsche war weicher und kuscheliger als die Seidenbettwäsche, an die sie gewöhnt war.

Endlich fiel es ihr ein. Montana-Territorium. Die Bryant-Ranch. Mit einem Stöhnen ließ sie sich zurücksinken. Sie hatte es endlich geschafft - und nach all der Anstrengung gab es hier doch nichts für sie. Sie musste heute mit Ol' Mose weiterziehen.

Nachdem sie die Decke zurückgeworfen hatte, drehte sie sich seitlich und stellte ihre Füße auf den kühlen Boden. Die kleine Bewegung ließ ihre Muskeln so sehr schmerzen, dass sie sich auf die Unterlippe beißen musste, um nicht aufzuschreien. Bevor sie Richmond verlassen hatte, hatte sie nicht gewusst, dass man solche Schmerzen haben konnte. Und nur vom Fahren in einem Wagen ... es war unglaublich.

Durch schiere Entschlossenheit zwang sie ihre Muskeln dazu, es durchzustehen, dass sie sich ihr blaues Kleid anzog und ihr Haar hochsteckte. Es wäre so schön, ein heißes Bad und frische Kleidung zu haben, aber das konnte nicht sein, wenn sie vorhatte, gleich nach dem Frühstück mit Ol' Mose abzureisen. All ihre anderen Kleider waren noch in Koffern verpackt und auf dem Güterwagen festgebunden.

Normalerweise war er schon bereit, loszufahren, sobald die Sonne die Wipfel der Bäume überragte. Durch die blassblauen Vorhänge am Fenster konnte sie bereits das Tageslicht sehen, also war Mose sicher schon ganz heiß darauf. Wahrscheinlich wartete er nur darauf, mit Miriam und Mr. Bryant zu frühstücken.

Sie prüfte noch einmal ihr Spiegelbild in dem kleinen ovalen Spiegel über dem Waschbecken, dann nahm sie ihren Hut und zog die Tür auf.

Im Hauptraum der Hütte begrüßte Miriam sie mit einem Lächeln, während sie weißen Glibber aus einer Bratpfanne kratzte. In der Küche gab es eine Vielzahl von Gerüchen, aber nichts, was Leah erwartet hatte. Kein knisternder Speck oder würziger Duft von Zimttoast. Stattdessen roch es nach Holzkohle und Fett und ... vielleicht nach Brot.

"Guten Morgen." Miriam sah so frisch aus wie eine Blume. Ihr cremefarbenes Haar war zu einem langen Zopf geflochten und am Hinterkopf zu einem Knoten gebunden. Heute trug sie ein verblichenes blaues Kleid, aber ihre Schürze war sauber und weiß, wenn auch ein wenig ausgefranst. Ihre grünen Augen leuchteten, selbst im Halbdunkel der Hütte.

"Guten Morgen", murmelte Leah, als sie in Richtung Küche ging. "Es tut mir leid, dass ich nicht aufgestanden bin, um Ihnen beim Frühstück zu helfen. Gibt es etwas, das ich jetzt tun kann?" Sie sah sich nach einer zusätzlichen Schürze um.

"Nicht das Geringste." Miriam wischte den Glibber aus der Pfanne in ein Blechgefäß. "Ich habe Ihnen einen Teller mit Essen und eine Tasse auf den Tisch gestellt. Der Kaffee auf dem Herd ist noch heiß."

Leahs Verstand schaltete auf Alarm. "Sie meinen, das Frühstück ist vorbei? Warum haben Sie mich nicht geweckt? Ist der alte Mose startklar? Ich muss ihm beim Aufladen helfen."

Noch bevor sie mit ihren Fragen halbwegs fertig war, hatte sie ihren Hut aufgesetzt und ging zur Tür. Der alte Mose würde es kaum erwarten können, zu gehen, wenn er mit dem Essen fertig war.

"Leah, warten Sie."

Sie ignorierte den Ruf und eilte zur Tür hinaus und über den Hof zur Scheune.

"Leah!"

Nachdem sie das große Scheunentor ruckartig geöffnet hatte, blieb sie in dem schattigen Gebäude einen Moment stehen, um sich zu orientieren. Auf der rechten Seite erstreckte sich eine Reihe von Ställen und auf der linken Seite stand ein leerer Wagen vor dem aufgestapelten Heu. Keine Spur von Ol' Moses Güterwagen oder den beiden müden Maultieren.

Leah drehte sich um und sah eine atemlose Miriam. "Wo ist er? Hat er den Wagen mit Ihrem Bruder irgendwo hingebracht?"

Miriam schüttelte den Kopf, keuchend, weil sie Leah nachgelaufen war "Das ist ... was ich ... Ihnen sagen wollte." Sie schluckte und ihr heftiger Atem wurde etwas langsamer. "Der alte Mose ist heute Morgen nach Butte City aufgebrochen. Er sagte, er wolle uns eine Chance geben, die Dinge zu klären, und er würde auf dem Rückweg anhalten, um nach Ihnen zu sehen."

"Neeeeein..." Leah ließ sich gegen die Scheunenwand sinken, völlig frustriert über den Verlauf der Dinge. Er sollte sie *mitnehmen*. Sie musste nach Butte kommen und dort

Arbeit finden.

Miriam trat zögernd auf Leah zu und legte ihre Hand auf Leahs Arm. "Wir können Sie nicht einfach auftauchen und so schnell wieder gehen lassen. Das wäre nicht richtig. Wir möchten, dass Sie zumindest ein paar Tage hier bleiben, bis wir wissen, wie es weitergeht."

Leah, die immer noch an der Scheune lehnte, hob ihren Kopf. Miriams Augen waren so ernsthaft. Zeigten ihre eigenen ihre Verzweiflung? "Aber Sie und Mr. Bryant sind mir nichts schuldig. Sie haben mich nicht hergebeten und es ist offensichtlich, dass Ihr Bruder nicht will, dass ich bleibe. Ich muss meinen eigenen Weg gehen und der beste Ort, um damit anzufangen, ist im Moment Butte."

Ein verschmitzter Blick glitt über Miriams Gesicht. "Wenn ich Sie hierher hätte bitten können, hätte ich es getan. Ich habe mir schon so lange eine Freundin gewünscht, Sie sind wie ein Geschenk Gottes, Leah Townsend."

Es war schwer, dabei nicht zu lächeln. "Wo sind meine Koffer?"

"Sie sind in der Kabine."

Leah stieß einen Seufzer aus. Vielleicht würden ein oder zwei weitere Tage nicht so viel ausmachen. Sie schob sich von der Scheunenwand ab und legte eine Hand in Miriams Armbeuge. "Na gut, dann bleibe ich, bis der alte Mose wieder vorbeikommt. Aber danach brauchen Sie sich keine Sorgen mehr um mich zu machen."

* * *

*L*eah konnte nicht glauben, wie schnell der Morgen verging. So sehr sich ihr Körper auch nach einem warmen Bad und Entspannung sehnte, sie musste ihren Lebensunterhalt verdienen und durfte nicht zur Last fallen. Also fegte sie die Hütte aus, während Miriam den

Brotteig für das Abendessen knetete. Während sie arbeiteten, befragte die jüngere Frau Leah über ihre Reise mit dem Dampfschiff. Dann zeigte Miriam ihr, wie man die Scheune ausmistete und das Heu und Wasser in den Ställen auffüllte.

"In den Sommermonaten halten wir die meisten Tiere nachts nicht in der Scheune. Nur Bethany, die Milchkuh, und das Reitpferd von Gideon. Der Rest läuft mit dem Vieh, außer dem Gespann, das in den Ställen bleibt. Wir versuchen, nicht mehr Heu zu füttern, als wir müssen. Es ist *furchtbar* anstrengend, es zu schneiden und zu lagern." Miriam rollte mit den Augen, um diesen letzten Punkt zu unterstreichen.

Leah strich das Heu von ihrem Kleid. Ihr ganzer Körper schmerzte, aber sie traute sich zu fragen: "Und was machen wir jetzt?"

Miriam winkte sie aus der Scheune. "Jetzt gehen wir in den Garten, um zu sehen, ob meine Tomatenpflanzen überlebt haben. Ich habe sie erst letzte Woche eingepflanzt und möchte sichergehen, dass sie Wurzeln geschlagen haben. Und während wir spazieren gehen, können Sie mir alles darüber erzählen, wo Sie aufgewachsen sind. Ich glaube, Sie sagten, es war Virginia?"

"Ja, in Richmond."

Miriams Augen funkelten mit einem fernen, verträumten Blick. "Ist Richmond eine große Stadt? Wie New York und Chicago? Mit Bällen und Partys jede Woche?"

Leahs Lippen verzogen sich ein wenig. "Ich nehme an, Richmond ist eine große Stadt, aber nicht so groß wie New York. Und ja, wir hatten Bälle und Partys - öfter, als mir lieb war."

Miriams Augen wurden groß. "Haben Sie diese großen Reifröcke getragen und Diener gehabt, die Ihnen beim Anziehen geholfen haben?"

"Ich trug Reifröcke, als sie in Mode waren. Jetzt sind die

meisten Röcke an den Seiten schlank, aber hinten über große Büsten gerafft."

Sie hatten ein großes Gartengrundstück mit kleinen grünen Pflanzen in langen, sauberen Reihen erreicht. Miriam überprüfte den gesamten Bereich und ging dann zu einigen grünen Trieben, die etwa zehn Zentimeter hoch waren.

"Und hatten Sie Diener, die Ihnen beim Anziehen geholfen haben?"

Die Bryants lebten ein so einfaches Leben, dass sie es hasste, über ihr verschwenderisches Leben zu sprechen. Aber sie musste antworten, also nickte sie. Hoffentlich würde Miriam nicht nach weiteren Details fragen.

"Und hatten Sie Diener, die für Sie kochten und putzten? Und Ihre Kutsche fuhren? Hatten Sie eine Kutsche?"

Ihr war nie so deutlich bewusst geworden, wie übertrieben und unnötig dieser Lebensstil gewesen war. Hatten sie wirklich fünfzehn Diener gebraucht, um den Haushalt für sich und ihren Vater zu führen? Aber es wäre für die Townsends unschicklich gewesen, weniger zu haben.

"Hatten Sie das, Leah?" Miriam blickte auf, während sie bei den Pflanzen hockte.

Leah wählte ihre Worte sorgfältig. "Wir hatten Diener. Und ehrlich gesagt, waren sie meine engsten Freunde. Als ich klein war, habe ich mit den Hausmädchen gekichert und Puppen gespielt. Als ich dann erwachsen wurde, war Emily meine Gefährtin und wie eine ältere Schwester für mich."

"Ich habe mir immer eine Schwester gewünscht." Miriam seufzte wehmütig. "Vor ein paar Jahren hatte ich so etwas wie eine, aber jetzt ist sie weg."

Leah hob eine Augenbraue und Miriam erklärte. "Gideon nahm sich ein paar Jahre nach dem Tod von Papa und Mama eine Frau. Aber Jane starb etwa ein Jahr, nachdem Gideon sie geheiratet hatte. Ich habe sie gerne um mich gehabt, aber sie wollte immer in der Hütte bleiben. Ich glaube, sie hatte Angst davor, draußen zu sein oder so. Ich weiß aber nicht genau, warum."

Armer Gideon. Er hatte alle verloren, die ihm nahe standen, außer seiner kleinen Schwester - Eltern, Frau und jetzt seinen Bruder. War er deshalb so still und düster? Trotz ihrer fast sofortigen Freundschaft kannte sie Miriam nicht gut genug, um eine so persönliche Frage zu stellen.

Zum Glück stand Miriam auf und gab Leah ein Zeichen, ihr zu folgen. "Apropos Gideon: Wir sollten das Mittagsmahl zubereiten, bevor er zurückkommt, sonst haben wir einen mürrischen Mann am Hals." Miriams Ton war sanft, aber Leah konnte sich gut vorstellen, dass der Mann, den sie gestern Abend gesehen hatte, mürrisch sein könnte - ob hungrig oder nicht.

Gideon kam kurze Zeit später herein, der Hund trottete an seiner Seite. Miriam schenkte ihrem Bruder ein warmes Lächeln, während sie weiße Soße über Brotscheiben goss.

"Da ist er. Hast du Hunger, großer Bruder?"

Er nickte und hängte seinen Hut an den Wandhaken. "Ja."

Leah hörte auf, Kaffee in die Tassen auf dem Tisch zu gießen, als der Hund auf sie zutrottete, um sie zu begrüßen. Sein Schwanz wehte wie eine Fahne im Wind. Sie bückte sich, um das Tier zu streicheln.

"Wie ist sein Name?" Als sie nicht sofort eine Antwort erhielt, blickte sie erst zu Miriam und dann zu ihrem Bruder auf und wartete auf eine Antwort. Miriam schien sie absichtlich zu ignorieren.

Schließlich sprach Gideon. "Drifter." Seine Stimme war tief und klar, aber der Mann nahm sicher kein Blatt vor den Mund.

Leah konzentrierte sich wieder auf das süße Tier, das sein Maul in ihre Hand drückte und nach weiteren Streicheleinheiten verlangte. Sein Körper war mit einer Art bläulichgrauem Fell bedeckt, das von Flöhen befallen war. Sein Kopf war schwarz, aber an der Stirn durch einen grauen Streifen geteilt. Er schien intelligent zu sein, so wie er seine Ohren auf die Geräusche im Raum richtete.

"Hallo, Drifter", trällerte sie und rieb mit beiden Daumen die Stellen hinter seinen Ohren. Er erwiderte die Geste mit einem schlabberigen Kuss, der Leah direkt auf die Nasenspitze traf. Ein Kichern entschlüpfte ihr, bevor sie es unterdrücken konnte. "Du bist sehr liebevoll, wie ich sehe."

In diesem Moment ertönte ein scharfer, kurzer Pfiff und Drifter stürzte von ihr weg und stellte sich an Gideons Seite.

"Bleib." Es klang so sehr wie ein Knurren, dass Leah fast nicht merkte, dass es ein Wort war.

Stille senkte sich über den Raum und sie hatte keine Ahnung, woher die Spannung kam, die sich durch die Stille zog. Sie blickte zu Gideon auf, der sich an den Tisch gesetzt hatte und so tat, als wäre nichts Ungewöhnliches geschehen. Ein kurzer Blick auf Miriam zeigte, dass sie ihren älteren Bruder mit einem finsteren Blick bedachte.

Miriam brach das Schweigen, indem sie einen Blechteller mit Soße auf die andere Seite der Küche trug, die am weitesten vom Tisch entfernt war. "Komm schon, Drifter. Ich habe einen Leckerbissen für dich, Junge."

Leah drehte sich um und erwartete, dass der Hund eifrig zu den leckeren Sachen traben würde. Das tat er aber nicht. Trotz seines sehnsüchtigen Blicks auf den Teller auf dem Boden, blieb er neben seinem Herrchen sitzen.

Mit einem frustrierten Grunzen stemmte Miriam beide Hände in die Hüften und starrte ihren Bruder an. "Gideon."

Die unausgesprochene Zurechtweisung schien zu wirken, denn Gideon lenkte ein. "Geh", knurrte er. Der Hund sprang auf und lief durch den Raum.

Irgendwie schien Gideon sie mit seinem Verhalten beleidigen zu wollen - zumindest schien Miriam das so zu sehen -, aber der ganze Austausch war eigentlich recht amüsant.

Sie hatte noch nie einen Hund gesehen, der so gut trainiert war wie Drifter und seinem Herrchen so treu ergeben. Aber warum wollte Gideon nicht, dass der Hund sie begrüßte?

Wie auch immer, der große Bruder liebte seine kleine Schwester und konnte einfach nicht nein sagen - eine Eigenschaft, die sie in diesem Fall sehr zu schätzen wusste.

KAPITEL 11

*D*as Tischgebet wurde von Gideon in seinem üblichen, auf den Punkt gebrachten und wortkargen Stil gesprochen. "Segne uns, Herr, und diese Deine Gaben. Lass uns dankbar sein. In Christi Namen, Amen."

Nach dem Segen war das Mittagessen eine stille Angelegenheit, bei der sich jeder auf seine weiße Soße konzentrierte, die über Rindfleisch und Brot gegossen wurde. Wieder war das Rindfleisch fast zu zäh, um es zu essen, und sehr salzig. Warum war es so zäh? Hatte Miriam es zu lange gekocht?

Zu ihrer Überraschung war Gideon derjenige, der das Schweigen brach. Als sein Teller fast halb leer war, sprach er, ohne aufzusehen.

"Nun, ich denke, das Einzige, was Sie tun können, ist dorthin zurückzugehen, wo Sie hergekommen sind. St. Louis oder Richmond oder wo auch immer das sein mag. Ich kann Ihnen helfen, die Reise zu organisieren und so."

Es dauerte einen Moment, bis Leah begriff, dass er mit ihr sprach. Er sah sie nicht an, als er sprach, eine Handlung, die in anständigen Kreisen als ziemlich respektlos gelten würde. Sie bemühte sich, ihre aufsteigende Gereiztheit zu unterdrücken. "Mr. Bryant, ich danke Ihnen für das freundliche Angebot, aber ich werde nicht nach St. Louis, Richmond oder an einen anderen Ort im Südosten zurückkehren."

Zum ersten Mal flackerte ein Gefühl in seinen sehr grünen Augen auf, als er sie anschaute.

"Miss Townsend." Sein Ton war gemessen, kontrolliert. "Sie müssen dorthin zurückkehren, woher Sie gekommen sind. Hier gibt es nichts für Sie. Mein Bruder ist tot." Die Worte waren flach, dann senkte er den Blick wieder auf seinen Teller.

Mitleid drängte sich ihr auf. Sie musste ihre Aussage präzisieren. "Mr. Bryant. Ich verstehe, dass ich hier nicht bleiben kann. Ich habe vor, zu gehen. Ich bin einfach nicht in der Lage, nach St. Louis zurückzukehren, auch nicht nach Richmond, der Stadt, aus der ich ursprünglich stamme."

Auf Gideons Stirn erschien eine blaue Ader, die vorher noch nicht da war. "Und warum ist das so, wenn ich fragen darf?" Er spuckte jedes Wort aus, als ob er Katzenhaare aus seinem Mund ausstoßen würde.

"Weil, Sir, als ich in Fort Benton, dem Tor zu Ihrem *schönen* Territorium, ankam, meiner Tasche und aller Mittel beraubt wurde. Daher habe ich kein Geld, mit dem ich die Rückreise nach Fort Benton oder die teure Schiffsreise nach St. Louis bezahlen könnte. Und auch kein Geld für die fünf Tage, die es dauern würde, von dort nach Richmond zu reisen."

Sowohl ihre Stimme als auch ihre Körpertemperatur stiegen mit jedem Satz. "Und nicht nur das, in Richmond gibt es einen Mann, der mich heiraten und vergiften will, um mein Erbe zu bekommen. Zuletzt habe einen seiner Verbündeten gesehen, als ich in St. Louis war, also werde ich *nicht* in diese Stadt zurückkehren. Aber, Mr. Bryant, Sie brauchen nicht zu befürchten, dass ich Ihnen meine Anwesenheit länger als unbedingt nötig aufzwingen werde. Wenn Sie mir freundlicherweise den Weg nach Butte City zeigen, werde ich sofort aufbrechen."

Sie konzentrierte sich auf ihren Teller. Es war zu anstrengend, dem durchdringenden Blick dieses Mannes nach einem solchen Ausbruch standzuhalten. Warum hatte sie ihr Temperament so auflodern lassen? Sie brauchte diesen Leuten nicht zu zeigen, wie verzweifelt sie war.

Als sie ihre Gabel in die Hand nahm und ein Stück durchweichtes Brot aufspießte, umhüllte sie die darauf folgende Stille wie eine erstickende Decke.

Miriam kam ihr zu Hilfe. "Nun, ich für meinen Teil sage, dass es *keine* Option ist, nach Butte City zu gehen. Bei all den arbeitslosen Minenarbeitern in der Stadt ist es für eine Frau nicht sicher, selbst bei Tageslicht allein zu gehen, geschweige denn, dort allein zu leben. Ich werde auf keinen Fall zulassen, dass eine Freundin von mir dort alleine und ungeschützt bleibt."

Leah sah auf und erblickte ihre süße kleine Elsterfreundin mit verschränkten Armen und hochgezogenen Augenbrauen. Obwohl sie mit Miriams Meinung nicht einverstanden war, stiegen ihr bei den gefühlvollen Worten die Tränen in die Augen. Es fühlte sich gut an, dass sich jemand für sie interessierte. Emilys Gesicht schoss ihr durch den Kopf. Wie ging es ihrer lieben Freundin?

Miriams Stimme unterbrach ihre liebevollen Gedanken. "Ich weiß, was du tun solltest, Bruder. Da Abel nicht hier ist, um Leah zu heiraten, warum tust *du* es nicht?"

Leah verschluckte sich an dem Brot, das sie gerade aß. Durch ihr Husten hindurch hörte sie das Klappern einer

Gabel auf dem Tisch, den harten Schritt von Stiefeln auf dem Boden, ein scharfes Pfeifen und das Zuschlagen einer Tür.

* * *

"*E*s tut mir leid, dass ich Sie in Verlegenheit gebracht habe, Leah, aber ich denke immer noch, dass Sie Gideon heiraten sollten."

Leah versuchte ihr Bestes, Miriam zu ignorieren, während sie den Schinken mit einem langen, dicken Messer aufschnitt. Wenn sie das schaffte, ohne sich einen Finger abzuschneiden oder zumindest Blut zu vergießen, war das ein Wunder.

"Sie sind hierher gekommen, um einen Bryant zu heiraten, richtig? Das ist die perfekte Lösung. Sie kannten Abel nicht, aber wollten ihn heiraten. Warum nicht Gideon?" Miriams Stimme sank zu einem Bühnenflüstern, als sie sich zu Leah hinunterbeugte. "Und ich habe Abel das nie gesagt, aber Gideon sieht von den beiden besser aus."

Leah keuchte, was Miriam ein Kichern entlockte. "Ihr Gesicht ist so rosa wie der Schinken."

Hitze schoss durch ihren Körper. Um ehrlich zu sein, hatte sie nicht genug gesehen, um zu wissen, ob Gideon attraktiv war. Sicher, er war groß, hatte breite Schultern und markante Augen. Aber der buschige Bart und die lockeren braunen Locken verdeckten den größten Teil seines Gesichts, so dass es schwer war, die darunter liegenden Züge zu erkennen.

Nicht, dass gut aussehend das Einzige war, was sie von einem Ehemann erwartete. Vielleicht sollte sie diesen Gedanken mit Miriam teilen. Damit sie sah, wie ungeeignet Gideon wirklich war.

"Miriam, ich kann nicht leugnen, dass ich gehofft habe,

Abel würde gut aussehen, aber was mich an seiner Anzeige gereizt hat, war die Tatsache, dass er eine gottesfürchtige Frau wollte. Es ist sehr wichtig, dass mein zukünftiger Ehemann ein gläubiger Christ ist, der Gott kennt und nach seinem Willen strebt. Darüber hinaus muss er freundlich und rücksichtsvoll zu anderen sein, ehrlich, loyal und vertrauenswürdig. Jemand, den ich respektieren kann."

Miriams Augen leuchteten und sie hüpfte fast vor Aufregung. "Wissen Sie, dass Sie Gideon gerade genau beschrieben haben?"

Leah warf ihr einen Blick zu, der zeigen sollte, dass sie eher glaubte, Präsident Lincoln würde wieder zum Leben erwachen und an ihre Tür klopfen.

Aber Miriam grinste nur. "Ehrlich. Er weiß einfach nicht, was er in Ihrer Gegenwart mit sich anfangen soll. Wenn Sie ihn erst einmal kennengelernt haben, werden Sie sehen, was ich meine."

Leah schüttelte den Kopf und stellte den Teller mit dem Schinken auf den Tisch.

Sie arbeiteten schnell, um die Vorbereitungen für die Mahlzeit zu beenden. Da die Dämmerung bereits durch das Fenster drang, würde Gideon bald zurück sein. Was würde er wohl zu Miriams abwegigem Vorschlag sagen? Es wäre schön, wenn Leah ein wenig mehr über den Mann wüsste.

"Was macht er den ganzen Tag?", fragte sie, während sie drei Teller und Gabeln auf den Tisch legte.

"Normalerweise arbeitet er mit den Rindern oder Pferden. An manchen Tagen geht er auf die Jagd. Wir essen das Fleisch und gerben die Häute, um sie zu verkaufen, also jagt er viel. Würden Sie bitte diese Konserven auf den Tisch stellen?" Miriam nickte in Richtung eines Glases, das auf dem Regal neben dem Fenster stand.

Das Geräusch von Stiefelstößen hallte von der Veranda

wider, gefolgt vom Quietschen der Haustür. Leah nahm die Kaffeekanne vom Herd. Sie schützte sich mit ihrer Schürze vor dem heißen Griff, so wie sie es bei Miriam gesehen hatte, und begann, die Tassen zu füllen, während Miriam das geschnittene Brot und die grünen Bohnen zum Tisch trug. Es war erstaunlich, wie gut es sich anfühlte, mit Miriam in der Küche zu arbeiten. Der Tag war anstrengend gewesen, aber auf eine gewisse Weise erfüllend, als würde sie zu einem gemeinsamen Ziel beitragen.

"Hallo, großer Bruder", rief Miriam. "Du kommst gerade rechtzeitig zum Essen."

Leah zwang sich, nicht zu Gideon aufzublicken, aber als Drifter heranjoggte und seine Schnauze in ihren Rock schob, konnte sie nicht widerstehen, dem Hund eine kurze Kopf-massage zu geben. Er schien enttäuscht zu sein, als sie aufhörte, drehte sich aber schließlich wieder zu seinem Herrchen um und ließ sich neben Gideons Stuhl nieder.

Als alle Platz genommen hatten, sprach Gideon erneut ein kurzes Gebet, bevor sie ihre Teller füllten und mit dem Essen begannen. Diesmal bemühte sich Miriam, ein Gespräch zu führen, zunächst mit Gideon. Aber nach einer Reihe von Nicken oder Ein-Wort-Antworten wandte sie sich mit ihren Fragen an Lea.

"Hatten Sie damals in Richmond Haustiere?"

"Nicht wirklich. Ich hatte ein Pferd, auf dem ich immer geritten bin - eine Araberstute namens Dove -, jedoch keine richtigen Haustiere. Aber nicht, weil ich nicht gefragt habe, das versichere ich Ihnen."

Gideon legte seine Gabel hin und lehnte sich in seinem Stuhl zurück. Die beiden jungen Frauen drehten sich um und sahen ihn erwartungsvoll an.

"Miss Townsend, ich habe viel darüber nachgedacht. Sie sind mit einer Abmachung hergekommen, als Antwort auf die Bitte meines Bruders. Da es ihm nicht möglich ist, seinen

Teil der Abmachung einzuhalten, würde ich Sie gerne nach St. Louis oder wohin auch immer zurückbringen."

"Aber..."

Gideon hob gebieterisch die Hand und Leah unterließ es, zu widersprechen.

"Meine Schwester hat recht. Butte City ist kein Ort, an dem sich eine anständige Dame aufhalten sollte. Fort Benton ist auch nicht viel besser, besonders für eine Dame ohne Begleitung. Es wäre viel sicherer für Sie, wenn Sie zurück in die Oststaaten reisten. Ich gebe Ihnen genug Goldstaub, um die Kosten für Ihre Reise hierher und Ihre Rückreise nach St. Louis zu decken."

Das war das Meiste, was sie in den zwei Tagen, in denen sie Gideon Bryant kannte, von ihm gehört hatte, und sie nahm sich einen Moment Zeit, um seine Worte ganz auf sich wirken zu lassen. Sie wollte nicht, dass er so viel Geld für sie ausgab, aber es stimmte, dass sie ohne seinen Bruder gar nicht erst hier wäre.

"Ich danke Ihnen, Mr. Bryant. Das ist sehr großzügig von Ihnen. Ich bin bereit, Ihr Angebot anzunehmen, mit der Ausnahme, dass ich nicht in die Oststaaten zurückkehren kann. Die Gefahr ist zu groß, dass der Mann, der mir nach dem Leben trachtet, mich finden würde. Ich werde jedoch in jede Stadt im westlichen Territorium gehen, die Sie für geeignet halten."

Gideon nickte und nahm seine Gabel wieder in die Hand. "Ich werde darüber nachdenken."

Und das schien er die nächsten zehn Minuten oder so zu tun, während sie das Essen beendeten. Schließlich blickte er wieder auf, was sein Zeichen dafür war, dass er etwas sagen wollte.

"Ich denke, Helena ist ein guter Ort für den Anfang. Es gibt dort ein paar anständige Hotels und Cafés. Vielleicht finden Sie in einem von ihnen eine Stelle. Ich werde Ihnen die Fahrtkosten hierher erstatten, damit Sie eine Zeitlang etwas Geld zum Leben haben."

Ja, mit den dreihundert Dollar, die sie für die Dampferfahrt ausgegeben hatte, konnte sie sich für eine Weile Kost und Logis leisten. Sie nickte und schenkte ihm ein halbes Lächeln. "Ich danke Ihnen. Und wissen Sie, wann der alte Mose wieder hier vorbeikommen wollte? Ich werde sehen, ob er mich nach Helena bringen kann, oder zumindest an einen Ort, wo ich einen Fahrer anheuern kann."

Gideon lehnte sich in seinem Stuhl zurück und schien darüber nachzudenken. "Nicht nötig. Wir können Sie nach Helena bringen. Miriam juckt es in den Fingern, auf den Markt zu gehen, und ich habe etwas Leder für den Harnischladen. Wir brechen morgen nach dem Frühstück auf."

Leah sprach ein stilles Gebet des Dankes. Zum ersten Mal seit einer Weile schien es wieder aufwärts zu gehen. Gott lenkte wirklich ihre Schritte.

* * *

*A*ls Leah am nächsten Morgen nach dem Frühstück den Küchenboden wischte, versuchte sie, sich einen Reim auf ihre Gefühle zu machen. Woher kam diese Melancholie, die sie den ganzen Morgen über begleitet hatte? Sie fühlte sich, als würde sie ihr Zuhause und ihre Familie wieder verlassen.

Miriam war zwar wie eine lange verlorene Schwester, aber sie hatten sich erst vor zwei Tagen kennen gelernt. Und sie würde diese friedliche, abgelegene Hütte in den Bergen vermissen. Irgendetwas an der klaren Luft, die ihre Lungen füllte, und der Umgebung, die bis auf das Zwitschern der Vögel so ruhig war. Sie konnte sich gut vorstellen, warum jemand diesen Zufluchtsort nie verlassen wollte.

Aber das sollte an diesem Tag nicht ihr Los sein. Sie musste weiter und Gottes Platz für sie finden.

Sie sammelte den Staub und die Krümel auf einen Haufen und fegte sie zur Haustür, so wie sie es in der ersten Nacht bei Miriam gesehen hatte – raus aus der Tür und an der Seite der Veranda hinunter. Zuerst hatte sie es für seltsam gehalten, dass die Veranda kein Geländer hatte, aber jetzt sah sie zumindest einen Vorteil: Der Schmutz konnte leicht zur Seite gekehrt werden; nicht die Treppe hinunter, wo die Leute ihn direkt wieder ins Haus zurücktragen würden.

Sie blieb stehen, um ein letztes Mal die Aussicht zu bewundern. Miriam zog sich gerade im Haus ihre Stadtkleidung an und Gideon war gegangen, um die Pferde vor den Wagen zu spannen. Die beiden Koffer von Leah waren gepackt und standen an ihrer Schlafzimmertür, so dass sie Zeit hatte, ein letztes Mal ihre friedliche Umgebung zu genießen.

Wenn sie in der linken Ecke der Veranda stand, konnte sie in der Ferne eine Bergkette sehen, deren Gipfel noch mit Schnee bedeckt waren. Wie würde es wohl sein, an einem Ort zu leben, an dem im Juni noch Schnee lag? Da sie im Südosten aufgewachsen war, erschien ihr ein solches Phänomen fremd. Vielleicht könnte sie jetzt auch in diese Berge reisen.

Eine Bewegung zu ihrer Linken erregte Leahs Aufmerksamkeit und sie beugte sich über die Kante, um einen besseren Blick zu erhaschen, wobei sie sich am Eckpfosten abstützte.

Ein Reh? Ja! Ein kastanienbraunes Reh stand im Hof und beobachtete Leah mit hellen, wachsamen Augen. Sie wagte kaum zu atmen, weil sie fürchtete, das Tier würde in die Bäume flüchten und für immer verschwinden. Zentimeter für Zentimeter streckte sie eine Hand nach dem Reh aus. Wenn sie nur ein wenig näher herankommen könnte.

Peng!

Ein entsetzlicher Knall ertönte und das Reh fiel, gleichzeitig mit ihr. Ihr Griff um den Pfosten rutschte ab und sie griff verzweifelt nach etwas - nach irgendetwas -, aber ihre Hände fanden keinen Halt. Ein Ruf ertönte in der Ferne, gerade als der Boden sie mit einem knochenbrechenden Aufprall empfing.

KAPITEL 12

*L*eah konnte nicht atmen. Sie versuchte es und keuchte, schaffte es aber, Luft in ihre Lungen zwingen. Ihr Brustkorb fühlte sich an als könne er jeden Moment explodieren. Sie krallte sich an den Boden und versuchte, sich auf die Knie zu drücken, um Luft zu bekommen. Bei dieser Bewegung schoss ein Schmerz durch ihr rechtes Bein und ein Lichtblitz brannte in ihren Augen.

"Ahh!", war alles, was sie sagen konnte. Ihr Bein schmerzte so sehr, dass sie weder denken noch sprechen konnte. Wenigstens fiel ihr das Atmen jetzt etwas leichter.

"Moment. Bewegen Sie sich noch nicht." Eine Stimme dröhnte über ihr, während große Hände Leah sanft auf den Rücken rollten. War das Gott? Die Stimme dröhnte nicht so, wie sie sich den Herrn immer vorgestellt hatte, sondern war eine Mischung aus Kraft und Honig, männlich und sanft zugleich. Sie ließ die Hände arbeiten, während die Schmerzensqualen ihre Wirbelsäule hochschossen. Vielleicht würde sie, wenn sie ganz ruhig blieb, das Bewusstsein verlieren und diesen stechenden Schmerz hinter sich lassen.

"Können Sie mir sagen, wo es weh tut?"

Sie blinzelte nach oben und versuchte, die Quelle der Stimme zu finden.

Gideon. Seine grünen Augen waren voller Sorge.

Die Frage, die er gestellt hatte, wurde ihr endlich bewusst, und sie nahm eine schnelle Bestandsaufnahme ihres Körpers vor. Es war schwer zu sagen, denn der Schmerz schoss ihr Bein hinauf und breitete sich auch in den anderen Gliedern aus.

"Nur ... mein Bein und ... meine Brust ... glaube ich."

"Leah." Miriams besorgtes Gesicht kam neben dem ihres Bruders zum Vorschein.

Gideon würdigte seine Schwester keines Blickes, sondern betrachtete Leahs Röcke mit einer Falte zwischen den Brauen. "Ich werde Ihre Röcke ein wenig bewegen müssen." Sein Blick wanderte zu Leahs Gesicht. "Ist das in Ordnung?"

"Ja." Wenn er die Folter beenden konnte, musste er damit weitermachen.

Er schob den unteren Teil des Rocks auf ihrer rechten Seite nach oben, bis sie ihn laut einatmen hörte. Ein Flackern des Schmerzes zeigte sich in seinen Augen. "Ich werde Sie jetzt ins Haus tragen. Es wird weh tun, aber wir müssen Sie ins Haus bringen, damit wir Ihr Bein schienen können. Sie können schreien oder das Leben aus meinem Arm quetschen, was auch immer Sie tun müssen. In Ordnung?"

Er sah Leah an, als warte er auf ihre Zustimmung. Was sollte sie denn sonst tun? Sie konnte vor Schmerzen kaum atmen und nur beten, dass er alles tun würde, um die Bewegung erträglich zu machen.

Miriams sanfte Hände stützten ihre Schultern, als Gideon seinen Arm hinter sie schob. Sein anderer Arm wanderte unter ihre Kniekehlen und die Berührung brannte wie Feuer in ihren Knochen. Sie sog den Atem ein, griff nach seiner Schulter und versuchte, ihre Qualen irgendwie zu vergessen.

"Ganz ruhig. Ich habe Sie. Ruhig jetzt." Sein gleichmäßiger Rhythmus und die Geschmeidigkeit seiner Bewegungen halfen ihr, sich ein wenig zu beruhigen. Seine Brust war stark, wie ein Schutz vor der rasenden Pein. Sie vergrub sich in ihm. Fühlte es sich so an, wenn man sich unter dem Schatten der Flügel des Allmächtigen versteckte?

Viel zu schnell wurde sie in ein Bett heruntergelassen. Sobald ihr Fuß die Matratze berührte, raste ein Feuerstoß durch ihr Bein.

"Miriam, ich werde draußen Vorräte holen. Ich brauche eine lange Bandage für die Schiene und ein paar saubere Tücher."

"In Ordnung. Ich werde auch etwas Weidenrinde auftragen."

Der Austausch klang weit weg, der Schmerz in ihr schrie zu laut. Sie versuchte, die Heilige Schrift zu rezitieren.

"Der Herr ist mein Hirte, mir wird nichts mangeln. Er lässt mich weiden auf grünen Auen. Er führet mich zum stillen Wasser. Er erquickt meine Seele." Sie wollte schreien, so sehr tat es weh. "Und ob ich schon wanderte im finsteren Tal, fürchte ich kein Unglück, denn Du bist bei mir."

Ein kühles Tuch bedeckte Leahs Stirn und eine sanfte Hand strich ihr das Haar aus dem Gesicht. Sie öffnete die Augen und sah Miriams Lächeln, aber dessen Süße schien schmerzgetrübt.

"Gideon wird gleich zurück sein und Sie wieder herrichten."

Ihr Verstand war wie vernebelt. "Ist der Arzt auf dem Weg?"

"Es tut mir leid, Leah. Es gibt keinen Arzt in Butte oder in der Nähe. Der nächstgelegene ist in Helena, etwa fünf Stunden entfernt."

Am liebsten hätte sie sich zusammengerollt und den Schmerz verdrängt. "Nimmt er mich dann im Wagen mit?"

Miriam strich ihr mit einer kühlen Hand über die Stirn.

"Der Ritt mit dem Wagen würde Sie mehr belasten als alles andere und Ihr Bein wahrscheinlich noch mehr in Mitleidenschaft ziehen. Außerdem weiß Gideon, was zu tun ist. Er war schon immer der Beste im Verarzten von Menschen und Tieren. Er hat mehr Knochenbrüche geschient als ich an beiden Händen abzählen kann."

Der Mann selbst betrat das Zimmer mit zwei flachen Brettern in der einen und einem kleinen belaubten Ast in der anderen Hand. Er ging zum Fußende des Bettes neben Leahs verletztem Bein und legte die Bretter auf den Boden.

Er schaute in Leahs Gesicht. "Wie fühlen Sie sich?"

Sie versuchte, ein Lächeln zustande zu bringen, aber selbst das verursachte Schmerzen. "Es tut weh."

Seine Miene verfestigte sich. "Ich will ehrlich sein, es wird ein bisschen mehr wehtun, wenn ich anfange, das Bein zu richten. Aber dann wird es Ihnen besser gehen." Er sah ihr eindringlich in die Augen. "Meinen Sie, Sie schaffen es?"

Sie konnte nur nicken. Wenn sie ihm die ganze Zeit in seine tiefen smaragdgrünen Augen sehen könnte, würde sie es vielleicht schaffen.

Er schien mit dem Nicken zufrieden zu sein und wandte sich an seine Schwester. "Ist der Tee fertig? Sie braucht welchen, bevor wir anfangen."

Miriam verschwand aus dem Zimmer und Gideon riss das lange Tuch in etwa armlange Streifen. Er ging hinunter zu ihren Füßen und kalte Luft strich über ihre Haut, wo ihre Röcke gewesen waren.

Miriam betrat das Zimmer mit einer dampfenden Tasse und einem Löffel. "Hier, bitte. Das wird gegen die Schmerzen helfen."

Der erste Löffel verbrannte ihren Mund, aber nicht so sehr, wie das Feuer ihr Bein versengte. Miriam schöpfte noch zwei Schlucke von dem bitteren Zeug, dann schüttelte Leah den Kopf.

"Ich kann trinken. Helfen Sie mir einfach." Wenn dieser Tee die Schmerzen linderte, wollte sie ihn so schnell wie möglich trinken.

Als sie alles ausgetrunken hatte, trat Miriam zurück und Gideon übernahm.

Er stellte sich neben ihr Bein und schaute wieder in Leahs Gesicht. "Sie müssen so ruhig wie möglich bleiben, in Ordnung? Auch wenn es weh tut."

Sie nickte und biss sich auf die Unterlippe. Sie würde alles tun, was sie konnte, um zu gehorchen. "In Ordnung." Ihre Stimme klang so klein, wie sie sich fühlte, als er über ihr stand.

Gideon legte ihr Bein auf die Stoffbinden und drückte dann einige Blätter des Zweiges auf ihre Haut. Er legte beide Hände um ihre Wade und sie zwang sich, sich auf das Gefühl seiner schwieligen Hände zu konzentrieren, anstatt auf das schmerzhafte Brennen in ihrem Bein.

Und dann drückte und ruckte er mit einer Handbewegung ihr Bein in einer einzigen, quälenden Bewegung. Eine Explosion von weißglühendem Schmerz schoss durch Leahs Körper und ließ jeden anderen Gedanken verschwinden. Sie stöhnte auf und klammerte sich an Miriams Hand.

Eine sanfte Hand streichelte ihr Haar und Tränen liefen ihr über das Gesicht. Aber sie war zu unglücklich, um sich darum zu kümmern.

Den harten Druck der Bretter nahm sie kaum wahr, aber sie gab ihr Bestes, um sich auf das zu konzentrieren, was Gideon gerade machte, während sie ihre Augen gegen den Schmerz zusammenkniff.

Er schien die Bretter jetzt an ihr Bein zu binden, dann wickelte er eine Bandage um ihren Fuß, so dass ihr Knöchel die Form eines "L" hatte. Die Innenseite ihres Beins schmerzte, aber der Knochen selbst schrie jetzt nicht mehr ganz so sehr.

Er hörte auf, an ihrem Bein zu arbeiten, und sie schaffte es schließlich, die Augen zu öffnen. Er studierte ihr Gesicht, sein Ausdruck fast so schmerzhaft wie ihr eigener.

"Es tut mir leid." Er flüsterte die Worte fast. Sie antwortete mit einem Nicken. Er hatte ihr nicht so viel Schmerz zufügen wollen, aber hatte es tun müssen, damit das Bein richtig heilen konnte. Sie verstand.

Miriam erschien an Leahs Seite mit einer weiteren dampfenden Tasse, bevor Leah merkte, dass sie überhaupt fort gewesen war.

"Hier. Trinken Sie noch eine Tasse Tee, dann lassen wir Sie schlafen."

Leah war so erschöpft, dass sie nur folgsam schlucken konnte, als Miriam ihr die warme Flüssigkeit in die Kehle goss. Als sie ausgetrunken hatte, sank sie in die Kissen und ließ die Augen zufallen.

* * *

Gideon stand im Schlafzimmer und sah Leah beim Schlafen zu. Sie sah so klein und zerbrechlich aus, umgeben von Kissen und mit ihrem Bein zwischen zwei Brettern eingeklemmt. Sie *war* klein und zerbrechlich. Was hatte sie hier draußen überhaupt zu suchen? Dieses Land war wild und hart - nichts für Zartbesaitete.

Er wurde die Erinnerung an das Gefühl nicht los, wie sie sich in seine Arme geschmiegt hatte, als er sie getragen hatte. Es war so lange her, dass er eine Frau so nah bei sich gehabt hatte. Er wollte sie beschützen, sie vor allen Schmerzen und Gefahren bewahren. Es war schwieriger gewesen, ihr Schienbein zu schienen als jedes andere, das er hatte richten müssen. Das Wissen um die Qualen, die er ihr zufügte, hatte ihn fast dazu gebracht, aus der Tür zu stürmen und sich weit von der Hütte zu entfernen.

Wie hatte er es überhaupt so weit kommen lassen? Es war diese verdammte Veranda. Hätte er ein Geländer angebracht, wie er es schon so oft vorgehabt hatte, wäre das nie passiert. Nun, das war etwas, das er jetzt in Ordnung bringen konnte.

Aber dann meldete sich das Gefühl der Verantwortung. Er würde die Veranda reparieren, gleich nachdem er das Wild ausgenommen hatte. Es machte keinen Sinn, gutes Fleisch zu verschwenden.

* * *

*D*as Klopfen hörte nicht auf.

Peng, Peng, Peng, Peng.

"Oohh... Kommen Sie herein." Ihre Worte klangen eher wie ein Stöhnen als wie ein Ruf. Sie musste dafür sorgen, dass das Klopfen aufhörte.

Peng, Peng, Peng, Peng.

"Leah?" Miriam steckte ihren Kopf zur Tür herein. "Ich dachte, ich hätte Sie erwachen gehört. Wie geht es Ihnen heute?"

Am liebsten hätte sie sich die Hände über die Ohren geschlagen. Zwischen dem Feuer in ihrem rechten Bein und dem furchtbaren Lärm könnte sie einfach nur schreien.

Miriams Kopf verschwand aus der Tür, dann trat sie ins Zimmer, in den Händen ein Holztablett.

"Sie sind sicher hungrig und möchten noch etwas Tee trinken, oder?" Sie stellte das Tablett auf den Nachttisch und griff nach der Tasse. "Aber lassen Sie uns mit dem Tee anfangen."

"Was ist das für ein Klopfen?"

Miriams Mundwinkel hoben sich. "Gideon."

Leah konnte sich einen verärgerten Blick nicht verkneifen. Sie hatte im Moment keine Toleranz für Wortspiele. "Sie meinen, Gideon reißt das Haus ab?"

Miriam kicherte, als sie die Tasse an Leahs Lippen hielt. "Nein, Sie Dummerchen. Er baut es. Das heißt, er baut ein Geländer um die Veranda herum."

Lea nahm Miriam die Tasse aus der Hand. "Tatsächlich?"

Miriam sah so stolz auf sich aus. "Ja." Sie ließ sich auf das Bett sinken und beugte sich vor, als hätte sie ein großes Geheimnis zu erzählen. "Er hat sich *schrecklich* gefühlt, weil Sie gestürzt sind. Er war die halbe Nacht unterwegs, um Holz zu hacken, und sollte bald mit der Veranda fertig sein."

Sie nahm noch einen Schluck von dem bitteren Getränk und sank zurück in die Kissen. "Aber es war nicht seine Schuld. Ich habe mein Gleichgewicht verloren, das ist alles. Es war mein eigener Fehler, dass ich mich so weit vorgebeugt habe."

Miriams grüne Augen verloren für einen Moment ihre Lebendigkeit. "Oh, Gideon nimmt immer die Probleme anderer Leute auf sich. Er gibt sich die Schuld an allem Schlechten, was hier passiert."

Leah griff nach Miriams Hand. "Bitte sagen Sie ihm, dass mein Unfall nicht seine Schuld war. Er muss sich deswegen nicht schlecht fühlen."

Das Funkeln in Miriams Augen tauchte wieder auf, als sie nach Leahs leerer Tasse griff und sie durch eine Schüssel mit Brei ersetzte. "Das können Sie ihm selbst sagen. Und jetzt essen Sie ein bisschen, bevor der Tee Sie wieder in den Schlaf wiegt."

Leah rümpfte die Nase. "Ich kann nicht den ganzen Tag schlafen. Ich muss Ihnen bei Ihrer Arbeit helfen. Können Sie mir etwas bringen, das ich im Bett machen kann? Vielleicht nähen?"

"Seien Sie jetzt still." Miriam erhob sich vom Bett, als wolle sie dem Gerede über Leahs Arbeit entgehen. "Sie brauchen Ruhe, damit Ihr Bein heilen kann. Aber vielleicht bringe ich heute Nachmittag Kartoffeln mit und Sie können mir helfen, sie für das Abendessen zu schälen." Sie hielt einen Finger hoch. "Wenn Sie sich den ganzen Vormittag ausruhen und es Ihnen bis dahin besser geht."

Miriam beugte sich vor und drückte Leah einen zärtlichen Kuss auf die Stirn. "Stellen Sie Ihre Schüssel auf das Tablett, ich komme gleich wieder und hole sie. Süße Träume."

Erst nachdem Miriam den Raum verlassen hatte, bemerkte Leah, dass das Hämmern auf der Veranda aufgehört hatte. Sie lächelte. Vielleicht hatte Miriam recht. Gideon - der Mann aus den Bergen - *konnte* freundlich und rücksichtsvoll sein.

KAPITEL 13

*L*eah streckte sich und unterdrückte ein Gähnen, wobei sie darauf achtete, ihren Unterkörper nicht zu bewegen. Miriams leichtes Klopfen an der Schlafzimmertür ertönte, also rief sie: "Kommen Sie herein."

Das süße, kecke Gesicht erschien in der Tür, umrahmt von blonden Strähnen, die sich aus dem Knoten auf ihrem Kopf gelöst hatten. "Haben Sie Lust auf ein bisschen Gesellschaft?"

"Oh, ja." Leah versuchte gar nicht erst, ihren Eifer zu verbergen.

Miriam trat mit einem Ledersack, einer Schüssel und zwei Messern durch die Türöffnung. "Ich muss Kartoffeln für das Abendessen schälen und dachte, Sie könnten mir dabei Gesellschaft leisten, wenn Sie dazu in der Lage sind."

"Ich glaube, Ihr Angebot von vorhin war, dass ich Ihnen *helfe*, also werde ich das auch tun. Ich fühle mich faul, den ganzen Tag in diesem Bett zu liegen, während Sie beide so beschäftigt sind."

Kaum hatte sie zu Ende gesprochen, wurde ihr die Ironie ihrer Aussage bewusst. Noch vor drei Monaten hätte sie nicht das Mindeste dagegen gehabt, den ganzen Tag herumzuliegen. Ihr Leben war voller Muße und Lektüre gewesen, mit einer Party hier und da zur Auflockerung. Was für ein anderer Mensch sie doch geworden war.

Ein besserer Mensch.

Miriam setzte sich erst, als sie es Leah in den Kissen bequem gemacht hatte, das Messer in der Hand, eine Tuch im Schoß, um die Schalen aufzufangen, und die Schüssel zwischen ihnen beiden.

Leah nahm eine Kartoffel in die Hand und betrachtete das Messer, um zu überlegen, wie sie am besten vorgehen sollte. Schließlich hielt sie die Unterseite der Kartoffel in der linken Hand und das Messer in der rechten, mit der Klinge nach außen. Mit dem Messer schabte sie die Oberseite der Kartoffel ab und strich dabei von ihrem Körper weg. Nach dem ersten Schnitt waren nur noch ein paar kleine braune Streifen der Kartoffelschale übrig geblieben. Sie betrachtete die Kartoffel stirnrunzelnd. Das würde länger dauern, als sie gedacht hatte.

"Was machen Sie da?"

Als sie aufblickte, sah Miriam sie an, und die Neugierde stand ihr ins Gesicht geschrieben.

"Ich versuche, diese Kartoffel zu schälen." Sie bemühte sich, ihre Verärgerung nicht in ihre Stimme einfließen zu lassen.

"Haben Sie sich den Kopf gestoßen, als Sie gefallen sind?"

Leah warf ihr einen finsteren Blick zu. "Nein." Miriams Humor war nicht immer lustig.

Das Gesicht ihrer Freundin wurde verständnisvoll und sie verbarg ein Kichern hinter ihrer Hand. "Sie haben noch nie Kartoffeln geschält, nicht wahr?"

Leah unterdrückte ihren Drang, sich zu verteidigen. "Ich bin sicher, dass ich das schaffe."

Miriam nickte. "Natürlich können Sie das. Hier, halten

Sie Ihr Messer so." Sie demonstrierte, wie sie das Messer drehte, so dass die Klinge zu ihr zeigte. "Und schälen Sie die Kartoffel zu sich hin, aber passen Sie auf Ihren Daumen auf. Sie möchten nur die oberste Schicht abziehen und nicht viel vom weißen Fleisch erwischen."

Leah beobachtete, wie Miriam einen durchgehenden Streifen schälte, der sich fast zweimal um die Kartoffel wickelte, bevor er abbrach. Das sah einfach genug aus. Sie versuchte das Gleiche und bekam ein Schälstück von der Länge ihres Daumennagels hin. Vielleicht war es ein bisschen schwieriger als es aussah, aber sie würde es schaffen.

Sie arbeiteten einige Minuten schweigend, bis sie den Dreh heraus hatte und während der Arbeit reden konnte. Sie wollte unbedingt die Geschichte erfahren, die die Familie Bryant in einen so abgelegenen Teil des Landes geführt hatte. Außerdem war es wahrscheinlich besser für die Kartoffeln, wenn Leah die Fragen stellte und Miriam den Großteil des Gesprächs übernahm. Die Arbeit erforderte einiges an Konzentration.

"Haben Sie schon immer im Montana-Territorium gelebt?"

"Nein, wir sind hierher gezogen, als ich fünf war." Miriam schaute auf die Kartoffel, die sie in den Händen drehte. "Wir lebten früher in Kentucky, auf einer kleinen Farm in der Nähe von Lexington. Papa und Mama kamen in den Westen, um unter Lincolns Free Homestead Act Land zu erwerben."

Leah erinnerte sich schwach daran, wie ihr Vater über die Free Homestead Acts gesprochen hatte. Er hatte gesagt, dass sie keine gute Idee seien; dass sie die Europäer ermutigen würden, nach Amerika zu kommen, um das freie Land zu beanspruchen. Zumindest war das bei den Bryants nicht der Fall gewesen.

Miriam fuhr fort. "Wir hatten damals in Kentucky nur zehn Hektar Land und Pa pflanzte Tabak an, aber er wollte immer Rinder und Pferde auf einer großen Ranch züchten. Endlich hatte er die Chance, seine Träume zu verwirklichen."

Leah lächelte. "Nicht jeder bekommt diese Chance, aber ich bin froh, dass er es geschafft hat. Er hat sich auf jeden Fall einen schönen Ort für den Bau seiner Ranch ausgesucht."

Miriam hatte bereits drei Kartoffeln geschält, Leah nur eine, obwohl Miriam den größten Teil des Gesprächs führte. "Ja, es ist ein schöner Ort. Pa hat die Ranch ins Leben gerufen und den Jungs beigebracht, wie man sich um alles kümmert. Aber die Winter sind hart und wir haben Pa vor fast sechs Jahren in einem Schneesturm verloren."

"Oh, Miriam, es tut mir so leid." Sie kannte den drückenden Schmerz über den Verlust eines Vaters so gut.

Das Mädchen zuckte mit den Schultern, aber es wirkte nicht gleichgültig. "Es war schwer. Schwer für uns alle, aber besonders für Mama. Sie liebte Pa so sehr, dass sie nach seinem Tod nicht mehr dieselbe war. Im nächsten Herbst wurde sie krank und starb an einem Fieber, aber ich glaube, es war wirklich ein gebrochenes Herz, das sie genommen hat."

"Und wie alt waren Sie, als sie starb?" fragte Leah leise.

Miriam seufzte. "Ich war elf."

"Oh, Miri ... Sie waren noch ein Mädchen." Leah legte sich die Kartoffel in den Schoß und ließ ihren eigenen Seufzer los. "Ich war sechzehn, als meine Mama starb, aber ich hatte Emily, die mir durch alles hindurchhalf."

"Wer ist Emily?"

"Sie war meine Erzieherin, als ich aufwuchs, aber sie blieb auch nach Mamas Tod meine Begleiterin. Ich glaube nicht, dass ich diese Jahre ohne sie durchgestanden hätte." Aber das war nicht das Thema, das sie eigentlich ansprechen wollte. Sie musste das Gespräch auf etwas weniger Schmerzhaftes lenken. "Sie züchten hier also sowohl Rinder als auch Pferde?"

Miriam nickte und schien den Wechsel nicht zu bemerken. "Hauptsächlich Vieh, aber wir haben jetzt drei Zuchtstuten. Gideon mag die Pferde am liebsten, auch wenn es viel Arbeit ist, sie aufzuziehen und auszubilden, bevor man sie verkaufen kann."

Leah zögerte, sich zu dem Mann zu äußern, sagte aber schließlich: "Gideon scheint ein harter Arbeiter zu sein, der fast alles kann."

Miriam sah lange genug von ihrer Kartoffel auf, um ein stolzes Lächeln zu zeigen. "Er ist bemerkenswert. Ein geborener Anführer. Ich glaube, deshalb haben er und Abel sich immer so gut verstanden. Gideon war der Anführer und Abel der Macher. Sie hatten beide auch einen sechsten Sinn, wenn es um Tiere ging. Ich glaube, deshalb war das mit dem Bären so ein Schock." Miriams Stimme wurde bei ihren letzten Worten leiser.

"Der Bär?"

Miriam schluckte. "So ist Abel gestorben. Wir glauben, dass er mit einem Grizzlybären aneinandergeraten ist, aber wir haben den Bären nie gesehen. Gideon fand ihn im Wald, nachdem seine Seele bereits zu Jesus gegangen war."

Sie wusste nicht, was sie sagen sollte, keine Worte, um den Schmerz zu lindern, also ließ sie zu, dass sich Stille über sie legte, bis auf das Schaben des Messers auf der Kartoffel. Sie sah ein paar Mal auf, um nach ihrer Freundin zu sehen, und als eine Träne von Miriams Nase kullerte, beugte sich Leah vor und streichelte ihre Schulter.

Ein paar Minuten später legte Miriam die letzten geschälten Kartoffeln in die Schüssel, ließ die Schultern hängen und massierte sich den Nacken. Ihre Lippen verzogen sich durch den Schleier in ihren Augen zu einem zaghaften Lächeln.

"Leah, ich hoffe, Sie wissen wie sehr ich mich darüber freue, dass Sie hier sind, falls ich es nicht schon oft genug gesagt habe. Ich habe seit Jahren nicht mehr mit einer anderen Frau zusammen gesessen und Kartoffeln geschält. Das ist gut für die Seele, sag ich Ihnen."

Vielleicht könnte sie noch eine Frage stellen. "Haben Sie keine weiblichen Nachbarn in der Nähe?"

"Nein, die meisten Grundstücke hier sind 160 Hektar oder mehr groß, die Häuser liegen also nicht sehr dicht beieinander." Sie begann, den Kartoffelsack mit den Schalen und den Messern einzusammeln. "Im Osten wohnt John Stands-Alone mit seinem Sohn. John ist ein halber Sioux Indianer und sie bleiben ziemlich unter sich. Auf der anderen Seite wohnt ein Trapper, den wir Skeet nennen. Er kommt ab und zu zum Abendessen vorbei." Sie lächelte noch einmal, diesmal strahlender als zuvor. "Wenn wir Glück haben, bringt er seine Fiedel mit."

Miriam beugte sich vor und drückte Leah einen Kuss auf die Stirn. "Ich bringe Ihnen gleich noch mehr Weidenrinden-tee, dann ruhen Sie sich ein bisschen aus, ja?"

Das klang nach einer ausgezeichneten Idee und Leah ließ sich in die Kissen zurücksinken. Ihr Bein hatte nicht so sehr geschmerzt, als Miriam in ihr Zimmer gekommen war, aber jetzt schmerzte es sehr. Und sie war so müde.

* * *

*A*lles tat weh. Ihr Kopf. Ihr Unterleib, weil sie zwei Tage lang flach in diesem höllischen Bett gelegen hatte. Und vor allem ihr Bein.

Leah griff nach ihrer Bibel und blätterte die Seiten durch, ohne eine bestimmte Bibelstelle zu suchen. Sie musste sich aus dieser Stimmung herausreißen, aber mit dem ständigen Pochen in ihrem Bein war es schwer, sich zu etwas zu zwingen.

Wenn es doch nur einen Arzt in der Nähe gäbe. Gideon

schien zu wissen, was er tat, als es darum ging, ihr Bein zu schienen, aber sicherlich hätte ein Arzt auch Medizin gegen die Schmerzen gegeben. Der Weidenrindentee half, aber er ließ sie auch einschlafen. Es kam ihr vor, als hätte sie schon eine Woche lang geschlafen.

Ein dumpfer Schlag ertönte aus dem anderen Zimmer und sie blickte zur Tür. Was machte Miriam da drinnen?

Sie zwang ihren Blick zurück auf die Seiten und blätterte zu Psalm 20, einem ihrer Lieblingspsalmen. Bevor sie mehr als die erste Zeile gelesen hatte, klopfte Miriam leicht an die Tür.

"Kommen Sie rein, Miriam. Sie brauchen nicht zu klopfen", sagte sie grummelig, irritiert über die Unterbrechung. *Wie unfreundlich von ihr!* Sie war ein Gast in ihrem Haus und Miriam tat alles, um es ihr so angenehm wie möglich zu machen, einschließlich sie von vorne bis hinten zu bedienen. Sie konnte den Kummer über ihren eigenen dummen Fehler nicht an diesem süßen Mädchen auslassen. Leah zwang sich zu einem kleinen Lächeln, als Miriam fast ins Zimmer hüpfte.

"Wir haben eine Überraschung für Sie, Leah."

Hinter der kleinen Elster kam ihr Bruder und Gideons große Gestalt schien den Raum zu verkleinern. Seine breiten Schultern verjüngten sich zu einer schlanken Taille und er strahlte Stärke aus.

Miriam blickte sie an wie ein Welpe, der nach draußen rennen und spielen wollte, und sogar Gideon hatte ein Funkeln in seinen smaragdfarbenen Augen.

Sie konnte nicht anders, als zurückzulächeln. "Was ist die Überraschung?"

"Sie müssen ins andere Zimmer kommen, um es zu sehen." Das sagte Gideon, während er näher an die rechte Seite des Bettes herantrat. "Meinen Sie, Sie schaffen das?"

Sie sah ihn an und versuchte, die Überraschung nicht zu

sehr in ihrem Gesicht zu zeigen. "Ich glaube nicht, dass ich schon laufen kann, wenn Sie das meinen."

War das ein verschmitztes Funkeln in seinen Augen? "Nicht nötig. Ich kann Sie tragen, schätze ich."

Sie sollte es nicht zulassen, aber sie wollte die Überraschung sehen. Da Miriam da war, war es vielleicht akzeptabel, dass er sie berühren würde. Aber nur, weil sie selbst nicht laufen konnte.

Leah biss sich auf die Lippe, als sie nickte. "In Ordnung."

Als Gideon näher kam, überwältigte sie seine Gegenwart. Gut, dass Miriam ihr an diesem Morgen zu einem Schwammbad verholfen hatte.

Gideon legte einen starken Arm um ihren Rücken und einen weiteren unter ihre Knie. Die Schiene an ihrem Bein ließ es in einem ungünstigen Winkel herausragen und Leah biss sich auf die Unterlippe, um nicht wegen des Feuers in ihrem Knochen aufzuschreien. Sie zwang sich, sich auf Gideons Arme zu konzentrieren. Sie war noch nie jemandem so nahe gewesen, der so stark war. Die Männer, deren Arme sie zärtlich berührt hatte, als sie sie in den Ballsaal eskortiert hatten, waren wie Zweige neben Gideons massiven Stämmen. Und seine Brust war stark genug, um sie vor allem zu schützen.

Im Schutz von Gideon nahm sie die vertraute Umgebung der Sitzecke und der Küche in Augenschein. Er hielt einen Moment inne, während Miriam mit etwas herumhantierte, dann setzte er Leah sanft auf ein weiches ... Bett? Sie hatten in der Tat ein Bett in den Hauptraum gebracht.

Ein Blick in Miriams Gesicht zeigte pure Begeisterung. "Jetzt müssen Sie nicht mehr ganz allein in Ihrem Zimmer liegen. Sie können mit mir reden, während ich arbeite, und Ihre Mahlzeiten mit uns einnehmen und so weiter."

Dankbarkeit überflutete Leahs Brust. Was für nette Menschen das waren. Sie erwiderte Miriams Lächeln durch den Tränenschleier, der ihre Augen trübte. "Es ist perfekt. Ich danke Ihnen."

Gideon trat einen Moment lang hinter Miriam von einem Fuß auf den anderen und wandte sich dann der Haustür zu. "Ich sollte wohl besser nach den Tieren sehen." Er warf einen Blick zu seiner Schwester. "Bin zum Essen wieder da."

Leah schaute vom Bett aus zu, während Miriam die Küche aufräumte und den Boden der Hütte wischte. Die jüngere Frau übernahm den größten Teil des Gesprächs, wobei Leah Fragen über ihre Kindheit stellte und darüber, wie es war, mit Geschwistern aufzuwachsen. So sehr sie die Unterhaltung auch genoss, fühlte sie sich dennoch schuldig, dass sie nicht bei der Arbeit helfen konnte. Als zwischen den beiden ein angenehmes Schweigen aufkam, kam ihr eine Idee. "Miriam, lesen Sie eigentlich viel?"

Das Mädchen sah vom Schrubben eines Fettflecks auf dem Boden auf. "Manchmal tue ich das am Abend. Wir haben nicht viele Bücher, aber ich habe die Bibel und *Pilgrim's Progress* so oft gelesen, dass sie schon auseinanderfallen."

Leah lächelte. "Haben Sie jemals *An Old Fashioned Girl* gelesen? Es ist erst vor ein paar Jahren erschienen, aber es ist eines meiner Lieblingsbücher."

Miriams Stirn legte sich in Falten. "Davon habe ich noch nie gehört."

"Wenn Sie in meinem kleinen Koffer nachsehen, werden Sie einen Stapel Bücher finden. Holen Sie das heraus und ich lese Ihnen vor, während Sie arbeiten."

Ihre grünen Augen wurden groß. "Oh, das wäre ja himmlisch. Da wird sogar das Putzen des Ofens zum Vergnügen."

Wenige Augenblicke später kehrte Miriam mit dem ledergebundenen Buch in der Hand und einem Ausdruck der Bewunderung auf ihrem Gesicht zurück. "Leah, Sie haben so viele Bücher. Ich habe noch nie jemanden gekannt, der so viele Bücher hat, die nicht für die Schule sind."

Leah unterdrückte ein Kichern. "Miri, Sie können jederzeit eines der Bücher lesen, wenn Sie möchten. Sobald ich endlich aus diesem Bett aufstehen kann, werde ich einen Teil der Arbeit übernehmen und Sie den ganzen Tag herumliegen und lesen lassen."

Miriam strahlte vor Glück, als Leah das Buch aufschlug und mit den Abenteuern von Polly begann, einem Mädchen, das Miriam selbst nicht unähnlich war.

KAPITEL 14

*L*eah beobachtete, wie Miriam jeden feuchten Teller mit einem Handtuch abwischte, bevor sie ihn auf das Regal stellte. An diesem Abend gab es Bohnen und Maisbrot - Moses Lieblingsessen am Lagerfeuer. Miriam hatte allerdings Speck zu den Bohnen gegeben und das Maisbrot in dem Fett des Specks gebraten, was den Geschmack von beidem vertiefte.

Leah stieß einen dramatischen Seufzer aus. "Miri, ich werde aus meinen Kleidern herausplatzen, wenn ich noch länger hier liege und Ihr gutes Essen esse."

Miriams Wangen verzogen sich zu einem Grinsen. "Ich kann mir vorstellen, dass Sie schneller wieder auf den Beinen sind, als Sie denken, und sich wünschen, Sie könnten wieder herumliegen."

"Für mich kann es gar nicht früh genug sein." Leah tat ihr Bestes, nicht zu murren, also sollte sie besser das Thema wechseln. Bevor ihr ein neues einfallen konnte, ertönte das Klopfen von Stiefeln auf der Veranda und Gideon erschien in der Tür, gefolgt von Drifter.

Als der Hund das Zimmer betrat, lief er direkt auf Leah

zu und stützte sich mit den Vorderpfoten auf dem Bett ab, um sie zu erreichen. Gideon schien sich inzwischen mit der Zuneigung seines Hundes zu ihr abgefunden zu haben, so dass sie sich nicht mehr so sehr darum sorgte, die Aufmerksamkeit des Tieres zu erregen.

"Wie geht's dir, Junge? Hast du heute hart gearbeitet?" Seine Zunge baumelte zur Seite, als sie die Lieblingsstelle hinter einem seiner Ohren fand.

Während sie den Hund streichelte, trug Gideon zwei lange Stöcke zu seinem Stuhl in der Sitzecke. Obwohl das Wetter zu warm für ein Feuer war, versammelten sich Gideon und Miriam dennoch an den meisten Abenden um den großen Kamin, um Handarbeiten zu machen, zu lesen oder einfach zu entspannen. Miriam kuschelte sich gewöhnlich in den Schaukelstuhl, während Gideon den Stuhl mit der Leiterlehne nahm, der dem Kamin am nächsten stand.

Er saß jetzt da und arbeitete an einem der Stockenden. Ihre Neugierde brachte sie schließlich dazu, ihm ihre volle Aufmerksamkeit zu schenken. Er hatte ein kurzes Stück, nicht länger als ihre Hand, senkrecht zu der langen Stange in der Form eines "T" angebracht und wickelte Lederstreifen um das kurze Holz.

Er schien nicht zu bemerken, dass sie ihn beobachtete, oder zumindest sagte er nichts. Aber das war seine Art. Die meiste Zeit bestätigte er ihre Anwesenheit nicht, abgesehen von einem gelegentlichen Nicken, wenn er die Hütte zum ersten Mal betrat. Seiner Schwester gegenüber war er etwas lauter, aber er sagte nie mehr als nötig, um die Arbeit zu erledigen.

Was machte ihn so ruhig? Lag es daran, dass er in den letzten elf Jahren an einem so abgelegenen Ort gelebt hatte? Vielleicht hatte das etwas damit zu tun, aber es war sicher nicht der einzige Grund, warum er selten sprach. Lag es an all dem Trauma, das er durch den Tod so vieler geliebter

Menschen erlitten hatte? Vielleicht hatte er sich selbst blockiert, weil er Angst hatte, Menschen kennenzulernen oder sich um sie zu kümmern und sie dann womöglich wieder zu verlieren.

Sie analysierte die Dinge jetzt zu sehr. Sie musste aus diesem Bett heraus und eine Weile von ihren eigenen Gedanken wegkommen.

Sie richtete ihre Aufmerksamkeit wieder auf Gideon, als er den einen Stock auf den Holzboden legte und nach dem anderen griff. Dann realisierte sie, was er da machte.

Spazierstöcke.

Krücken, so hatte sie ein Arzt zu Hause genannt. Sie würden ihr helfen, aus diesem schrecklichen Bett herauszukommen, ohne das gebrochene Bein zu belasten.

Danke, Gott, für Gideon. Sie wollte laut jubeln, beließ es aber vorerst bei einem stillen Gebet.

Als Gideon das letzte Stück Leder um das Holzstück wickelte, das unter ihre Schulter passte, flackerte und tanzte das Lampenlicht in seinen Augen. Sie leuchteten heute Abend wie die schönsten Smaragde, voller Tiefe und Weisheit. Was würde sie dafür geben, seine Gedanken hinter dieser Maske hören zu können.

Schließlich erhob sich Gideon und trug die Gehstöcke zu ihrem Bett. Ihr Herzschlag beschleunigte sich, als er sich ihr näherte. Seine Augen blieben einen Moment lang an ihren hängen, dann lehnte er die glatten Holzteile gegen das Kopfteil.

"Die sollten Ihnen helfen, sich fortzubewegen. Aber belasten Sie Ihr gebrochenes Bein nicht."

"Danke." Es klang wie eine dürftige Antwort, wo er ihr gerade die Freiheit geschenkt hatte, aber sie wusste nicht, was sie sonst sagen sollte. Hoffentlich konnte er den Rest in ihrem Lächeln lesen.

* * *

Gideon hielt das Fohlen fest zwischen seinem linken Arm und seinem rechten Bein und streichelte mit der freien Hand die kastanienbraune Schulter des kleinen Kerls. Das Fohlen war jetzt fast zwei Monate alt und zeigte eindeutige Anzeichen dafür, dass es sich zu einem hochwertigen Hengst entwickeln würde. Es hatte die nötige Abstammung und schien alles geerbt zu haben, was Gideon bei seinen Zuchttieren sorgfältig ausgewählt hatte - eine quadratische, stämmige Hinterhand, eine breite Brust, eine breite Stirn und eine gute Höhe. Wenn er jetzt nur noch das Temperament richtig hinbekommen konnte. Das war der Teil, der normalerweise Zeit brauchte, aber er war dabei, den Grundstein zu legen.

Ob Leah die Fohlen wohl gerne sehen wollte? In letzter Zeit schlichen sich immer wieder Gedanken an die neue Mitbewohnerin ein. Er war sich nicht sicher, was sie von Pferden hielt, aber sie schien Hunde zu mögen. Wahrscheinlich würde sie sich auch in diese kleinen Jungs verlieben.

Er ließ das Fohlen los und trat zurück, um seine Mutter zu streicheln. Rosie war eine gute Zuchtstute und hatte in den vergangenen Jahren zwei schöne Stutfohlen zur Welt gebracht. Jetzt hatte sie sich mit diesem langbeinigen Fuchsfohlen mehr als übertroffen.

"Wie wär's, Rosie-Mädchen?" Er kraulte der Stute den Kiefer, als sie sich in seine Hand lehnte. "Hast du Lust, heute Abend in den Stall zu gehen? Ich möchte dir jemand Besonderen vorstellen und sie wird dir wahrscheinlich ein paar von Miris Möhren geben, wenn ich sie lasse."

Die Stute hob den Kopf und blies in Gideons Haar. Zweifellos ihre Zustimmung zu dem Plan. Er konnte nicht umhin, sich das Leuchten in Leahs Augen vorzustellen, wenn sie das Fohlen zum ersten Mal sah. Wenn sie aufgeregt war, schimmerten ihre blassgrünen Augen wie Morgentau auf dem Frühlingsgras.

Er erinnerte sich selbst wieder daran, dass er nur Mitleid mit ihr hatte, keine anderen Gefühle. Das gebrochene Bein war ganz allein seine Schuld. Doch das Bild ihrer funkelnden Augen blieb ihm im Gedächtnis, als er sein eigenes Pferd bestieg und Rosie zurück zur Hütte führte. Drifter und das Fohlen huschten hinter ihm her und spielten Fangen zwischen den Bäumen.

Als sie den Hof betraten, band Gideon sein Pferd an der Stange vor der Scheune an und führte Rosie dann zum Haus. Das Fohlen blieb stehen, um ein paar Stängel Löwenzahn zu erschnüffeln, aber auf Gideons Pfihin machte es einen gewaltigen Sprung zur Seite. Er ladete auf allen Vieren und stand schnaubend vor dem feuerspeienden Drachen, der sich sicherlich in den gelben Blumen versteckte.

"Du bist ein Schlingel." Gideon gluckste, als das Fohlen in die sichere Nähe seiner Mama huschte. Jetzt musste er nur noch die Mädchen nach draußen holen.

"Miriam!", rief er so laut, dass seine Stimme durch die Holztür zu hören war.

Seine Antwort kam kurz darauf in Form des fröhlichen Lächelns seiner Schwester in der Tür, umrahmt von blonden Strähnen. Ihre Schürze war mit roten Flecken und Kohleklecksen besprenkelt.

"Oh, du hast Rosie mitgebracht!" Sie kehrte ins Haus zurück. "Leah, das müssen Sie sich ansehen."

Während Miriam in der Hütte verschwand, streichelte er die samtige Schnauze der Stute und lauschte den Geräuschen von Schlurfen und Frauenstimmen, die durch die offene Tür drangen, dann ein langsames Poltern von Holz auf Holz. Es hörte sich an, als würde Leah sich sehr vorsichtig auf den Krücken bewegen, aber das war wahrscheinlich auch gut so.

Sie musste es langsam angehen lassen und durfte sich noch nicht überfordern.

Als Leah neben Miriam in der Tür erschien, machte Gideons Magen einen kleinen Satz. Es war nicht zu leugnen, dass ihr Gast wunderschön war. Ihr honigbraunes Haar war mehrfach geflochten zurückgebunden und enthüllte hier und da karamellfarbene Strähnen, die das helle Grün ihrer Augen betonten. Ihre Haut war blasser, als sie es bei ihrer Ankunft auf der Ranch gewesen war. Lag das daran, dass sie so viele Tage in der Hütte verbracht hatte? Oder von den Schmerzen, die sich sicher immer noch in ihrem Bein bemerkbar machten? Allerdings hatte er nicht ein einziges Mal eine Beschwerde gehört. Für ein Stadtmädchen war sie ziemlich zäh.

"Ohh..." hauchte Leah, als sie auf die Veranda trat. "Es ist so klein."

Das Fohlen stand an der Seite seiner Mutter, wachsam und neugierig auf die neuen Zweibeiner.

"Schauen Sie mal, wie lang seine Beine sind." In Miriams Stimme lag ein Kichern.

Leah humpelte weiter auf ihren Krücken in Richtung Treppe und Gideon erkannte schließlich ihre Absicht. Er ließ das Seil der Stute fallen und trat vor, um ihren Ellbogen zu halten, während sie versuchte, die erste Stufe hinunterzusteigen. "Vorsichtig."

Sie drehte sich seitwärts, um die drei Stufen zu bewältigen. Doch egal wie sie sich drehte, sie fand keine Möglichkeit, sich abzusenken, ohne ihr rechtes Bein zu beugen oder zu belasten. Schließlich stieß sie ein frustriertes kleines Schnaufen aus.

Sie war so verdammt süß, dass er sie nur ungern abweisen wollte. Aber trotzdem... "Es ist wahrscheinlich sowieso besser, wenn Sie auf der Veranda bleiben."

Er wollte sich gerade wieder Rosie zuwenden, als Leah

ihn mit den traurigsten Welpenaugen anschaute, die er je gesehen hatte. Drifter in seinem hungrigsten Moment hatte nichts gegen ihren flehenden Blick.

Etwas zerbrach in seiner Brust und zerriss die Fesseln, die ihn an seinem Platz hielten. Er schlang seine Hände um Leahs schlanke Taille, hob sie von der Treppe und ließ sie auf den Boden sinken.

Er hatte den wahnsinnigen Drang, sie an sich zu ziehen und seine Arme um sie zu legen. Gerade noch rechtzeitig fing er sich, riss seine Hände weg und wandte sich wieder den Pferden zu. Er atmete tief ein, während er darum kämpfte, sich unter Kontrolle zu bringen. Was war nur los mit ihm?

Er trat auf die andere Seite von Rosie, wo das Hengstfohlen unter dem Hals der Stute hervorlugte. Vielleicht hatte der kleine Kerl die richtige Idee, alles aus einer sicheren Position zu beobachten. Trotzdem hatte er das Fohlen hergebracht, damit die Damen es sehen konnten. Gideon schlang beide Arme um den kleinen Körper und führte und schob ihn halb aus seinem Versteck heraus und auf Leah und Miriam zu.

Leah streckte eine Hand aus, die Handfläche nach oben, als sie sich näherten. Das Fohlen schnupperte, bereit, jeden Moment zurückzuspringen. Aber er schien sie zu mögen, denn er machte einen weiteren Schritt nach vorne, diesmal so nah, dass Leah die Hand ausstrecken und seinen Hals kraulen konnte. "Guter Junge! Du bist ein süßer Kerl, weißt du das?" Das Hengstfohlen kam näher und drückte sich in ihre Hand, während sie es kraulte.

Als sich das Fohlen noch näher zu Leah hin bewegte, ließ Gideon es los und wich zurück. Leahs Nähe strahlte wie die Wärme eines lodernden Feuers. Er musste allerdings zugeben, dass sie sich in der Nähe des Pferdes gut benahm. Sie versuchte nicht, den empfindlichen Kopf des Fohlens zu streicheln, sondern begann mit einer juckenden Lieblingsstelle an der Schulter.

Miriam meldete sich zu Wort. "Er ist entzückend, aber ich gehe besser wieder rein, sonst wird das Fleisch zäh wie Schuhleder. Ich bin froh, dass du ihn mitgebracht hast, großer Bruder." Sie fing seinen Blick auf und in ihren Augen glänzte Anerkennung. Aber als sie einen Blick in Richtung Leah warf und ihm dann zuzwinkerte, stieg ihm die Hitze den Nacken hinauf.

"Wie ist sein Name?" Leah hob ihren Blick von dem Fohlen, um ihm in die Augen zu sehen, und verursachte dieses vertraute Kribbeln in seinem Magen.

Er schluckte und versuchte, wieder etwas Feuchtigkeit in seinen Mund zu bekommen. "Er hat noch keinen. Irgendeine Idee?"

Sie lächelte, als das kupferfarbene Fohlen an ihrem Arm hinaufschnupperte. "Seine Färbung und sein kräftiger Körper erinnern mich an ein Bild, das ich einmal von dem Trojanischen Pferd in Homers Odyssee gesehen habe. Haben Sie jemals davon gehört?"

"Ich habe die Geschichte schon ein oder zwei Mal gehört." Pa hatte diese Geschichte immer wieder erzählt, wenn die Familie an Winterabenden um das Feuer versammelt war.

Er betrachtete das Fohlen erneut. Tatsächlich, es sah ein wenig aus wie das trojanische Pferd, mit dem die Griechen in die Stadt Troja geschlichen waren, um sie zu erobern. Ein Blick auf Leah zeigte, dass sie dasselbe tat, ihre Augenbrauen zogen sich zusammen und ihr Kopf neigte sich ein wenig.

Schließlich richtete sie ihren Blick mit aller Kraft auf Gideon und sofort vergaß er, was er gerade noch gedacht hatte.

"Was halten Sie von Trojan?"

Er nickte kaum merklich. "Ich glaube, es passt zu ihm."

Sie drehte sich zurück und streichelte den seidigen Hals

des Fohlens. Ihr Gesicht glühte im Licht der untergehenden Sonne, die Blässe war nun durch einen rosigen Farbton ersetzt. Sie gab ein leises Kichern von sich, als das Fohlen an ihrem Kinn schnupperte.

"Ich glaube, er mag Sie." War das Eifersucht, die er empfand? Jämmerlich. Wer war schon eifersüchtig auf ein Pferd?

Sie schenkte Gideon ein erfreutes Lächeln, während sie erneut mit dem Fohlen in einem Singsang sprach. "Hey, Trojan. Lass uns zu deiner Mama gehen, ja? Sie ist ein braves Mädchen, aber ich wette, sie würde sich auch über ein wenig Aufmerksamkeit freuen."

Während sie auf den Stöcken vorwärts wackelte, huschte das Fohlen voraus, um sich wieder hinter seiner Mutter zu verstecken. Leahs Gesichtsausdruck hatte sich in grimmige Entschlossenheit verwandelt. Sie schien sich durch den Schmerz hindurchzukämpfen, entschlossen, ihren Körper dazu zu bringen, das zu tun, was sie wollte, obwohl er sich beschwerte. Gideon kämpfte gegen den Drang an, aufzustehen und ihr zu helfen.

Gerade als Leah die Stute erreichte, erschien Miriam in der Tür der Hütte. "Seid ihr fertig damit, mit den Tieren zu spielen? Das Essen ist fertig und wenn ihr jetzt kommt, brennt es nicht an."

Hatte Leah die Nase gerümpft, bevor die Stute sich bewegte, um ihm die Sicht zu versperren?

KAPITEL 15

*L*eah blinzelte auf das winzige Loch der Nadel in ihrer Hand. Das Sonnenlicht, das am Nachmittag durch die offene Tür strömte, glitzerte auf dem Metall, so dass es eine Herausforderung war, den schwarzen Faden durch die winzige Öffnung zu stechen.

Miriam summte das Kirchenlied "Holy, Holy, Holy" in dem Schaukelstuhl neben Leahs Bett, das immer noch im Hauptraum der Hütte stand. Ihre Finger bewegten sich flink, während sie eine Socke aus ungefärbtem Garn häkelte.

Leah fädelte schließlich die Nadel ein und begann dann, mehrere Knoten zu machen, um die losen Enden des Fadens zusammenzubinden. Sie richtete ihren Blick auf ihre Freundin. "Diese Hymne war schon immer eines meiner Lieblingslieder."

Miriam nickte zustimmend, summte aber weiter, als sie den Refrain erreichte.

Das Gefühl der Melodie erfüllte Leahs Brust. "Ich habe einmal einen Opernsolisten gehört, der dieses Lied in meiner Kirche in Richmond gesungen hat. Es war eines der schönsten Dinge, die ich je gehört habe. An diesem Tag habe ich beschlossen, dass dies das Lied ist, das über meinem Grab gesungen werden soll, wenn ich sterbe."

Miriams Brummen verstummte, ebenso wie ihre Häkelnadel, und ihre meergrünen Augen wurden rund wie halbe Dollars. "Leah, was für ein morbider Gedanke."

Ein Erröten erwärmte Leahs Wangen. "Es ist einfach eine so schöne Hymne. Und gibt es ein besseres Zeugnis, wenn mein Leben zu Ende geht, als den zu preisen, der mich hierher gebracht hat?"

Miriams Hände begannen, sich wieder zu bewegen. "Ich nehme an, ja. Aber ich versuche, nicht an den Tod zu denken - weder an meinen noch an den eines anderen."

Die arme Miriam. Sie hatte wirklich mehr geliebte Menschen verloren als jemand in ihrem Alter ertragen sollte. Es war erstaunlich, dass sie so positiv und fröhlich bleiben konnte, immer lächelnd oder plaudernd.

Ihr Bruder hingegen war das genaue Gegenteil von Miriam. Hatte sie ihn schon einmal lächeln sehen? Wie war Abel gewesen? Ruhig und nüchtern wie Gideon? Traute sie sich zu fragen?

"Miriam?" Leah konzentrierte ihr Gesicht auf den Riss, den sie in Miriams Jacke geflickt hatte.

"Mmhmm."

"Würden Sie mir bitte von Abel erzählen? War er so ernst, wie Gideon es ist?"

Miriam sah auf, mit einem fernen Schimmer in den Augen und dem Anflug eines Lächelns auf den Lippen. "Abel war nicht ernst, nicht im Geringsten. Er liebte es zu lachen und zu scherzen. Er hatte Mamas rotes Haar, also konnte er sich natürlich aufregen, wenn er gereizt wurde. Aber er liebte die Menschen."

Sie blinzelte und richtete ihre dunkelgrünen Augen auf Leah. "Natürlich war Gideon auch nicht immer so ernsthaft. Er hat nie so viel herumgealbert wie Abel, aber er hatte immer Träume und wollte große Dinge tun. Wenn man ihn erst einmal dazu gebracht hatte, über seine Ideen zu sprechen, konnte man ihn nicht mehr bremsen." Ihr Gesicht hatte den reumütigen Ausdruck, den nur eine Schwester beherrschte.

"Was für Träume?"

Miriam zuckte mit den Schultern. "Er hat Pas Traum von der Ranch weitergeführt, vor allem die Pferde. Er wollte immer die besten Pferde in Montana züchten. Er ist ganz begeistert von dem Fohlen, das er vor ein paar Tagen zum Haus hochgebracht hat." Sie winkte abweisend mit einer Hand. "Sie sollten ihn selbst nach dem Rest fragen."

Hm. Vielleicht würde sie das tun.

"Sie sagten, Gideon hatte einmal eine Frau. Was ist mit ihr passiert?"

Miriam brauchte so lange, bevor sie sprach, dass Leah beinahe noch einmal nachgefragt hätte. Vielleicht hatte sie es nicht gehört.

Schließlich antwortete sie, ohne ihre Aufmerksamkeit von dem Garn und der Nadel in ihren Händen abzuwenden. "Jane war ein nettes Mädchen. Wirklich hübsch. Gideon hat sie unten in Butte City kennengelernt, als er Vorräte besorgte. Ihr Vater war dort Bergarbeiter, damals, als die Minen noch ein großes Geschäft waren. Ich konnte mich nie entscheiden, ob er sie liebte oder nur Mitleid mit ihr hatte.

Jedenfalls brachte er sie nach Hause und sie lebte sich ein. Mama und Papa waren da schon nicht mehr da und ich freute mich, wieder eine Frau im Haus zu haben. Aber sie hasste es hier. Ich glaube, das Leben in den Bergen machte ihr Angst. Nicht, dass es in der Stadt viel zahmer gewesen wäre, aber sie hasste die wilden Tiere und die harte Arbeit und das Kochen ohne Lebensmittel aus dem Laden." Miriam hob ihr Kinn und ihre Augen bekamen wieder diesen fernen Blick. Doch dieses Mal war das Lächeln nicht da.

"Ist sie weggelaufen?"

Miriam schüttelte den Kopf und ließ einen Seufzer los, wobei sie ihren Blick wieder auf den halbfertigen Socken in ihren Händen senkte.

"Sie wurde von einer Klapperschlange gebissen. Sie war ausgeritten, um den Jungs das Mittagessen zu bringen, und ich vermute, dass ihr Pferd gescheut hatte. Sie schaffte es zu Fuß zurück zum Haus, aber da war das Gift schon in ihrem Blut. Sie starb noch am selben Tag."

Leahs Kehle schnürte sich zu. Wie furchtbar.

"Gideon hat sich immer Vorwürfe gemacht, dass er sie hierher gebracht hat und dann nicht da war, als sie ihn brauchte."

"Aber es war nicht seine Schuld. Er konnte nicht wissen, dass eine Schlange sie beißen würde." Warum verteidigte sie ihn vor seiner eigenen Schwester?

Miriam schüttelte den Kopf. "Das weiß ich. Wir haben alle versucht, es ihm zu sagen, aber er wollte nie zuhören. Das war ungefähr die Zeit, als er aufhörte, so viel zu reden."

Ein Brennen kroch Leahs Kehle hinauf und stach in ihren Augen. Was für eine wirklich traurige Geschichte. Wenn sie doch nur alles besser machen könnte für diesen starken Mann, der so viel unnötige Last mit sich herumtrug. Wenn sie ihm nur die Wahrheit glauben machen und ihm helfen könnte, einen Teil seiner Last zu schultern. Sie konnte ihr Verlangen nicht erklären, aber es war so real, dass ihr die Brust wehtat. Vielleicht konnte sie damit beginnen, ihm zu helfen, wieder zu träumen.

* * *

*L*eah hockte auf der Bettkante und beobachtete Miriam, die in der Küche herumwuselte und das Geschirr wegräumte. Sie war schon zum Frühstück aufgestanden, aber ihr Bein schmerzte immer noch so stark, dass es schwer war, zu viel Zeit auf den Krücken zu verbringen. Ihr Körper ermüdete in diesen Tagen schnell.

"Also, was steht heute auf Ihrer Aufgabenliste?"

Miriam hielt nicht inne, um Leah anzusehen, sondern huschte zwischen Tisch, Theke und Regal hin und her, während sie antwortete. "Ich muss rausgehen und im Garten Unkraut jäten. Das Gras ist fast so hoch wie meine grünen Bohnenpflanzen. Es wird bald die Oberhand gewinnen, wenn ich es zulasse."

Draußen. Ein bisschen Sonne war genau das, was sie brauchte, um wieder zu Kräften zu kommen. "Wenn Sie mir helfen, mich umzuziehen, arbeite ich mit Ihnen im Garten."

Miriam warf einen skeptischen Blick über ihre Schulter, als sie den Stapel Blechteller auf das Regal hob. "Ich weiß nicht, ob Sie dafür schon bereit sind."

"Bitte! Ich kann mich zwischen die Reihen setzen und beim Unkrautzupfen immer ein wenige weiterrücken." Leah versuchte, dem Flehen in ihrer Stimme einen Hauch von Süße zu verleihen.

Miriam stieß ein kurzes Lachen aus. "Leah Townsend, ein Mitglied der Richmonder Elite, bittet mich, sie in meinem kleinen Garten durch den Dreck krabbeln zu lassen? Ihre Freunde würden das nie glauben."

Leah wollte dem Mädchen die Zunge herausstrecken, rümpfte aber lieber die Nase. "Sie werden es nie erfahren, wenn Sie es ihnen nicht verraten."

Miriam lachte wieder, wischte sich die Hände an ihrer Schürze ab und ging in Richtung von Leahs Schlafgemach. "Welches Kleid soll ich holen?"

"Das graue aus Haushaltsstoff. Es sollte unten in der kleineren Truhe sein. Und danke."

Miriam rollte mit den Augen, als sie aus dem Zimmer ging.

Zwei Stunden später hatte sie eine Kostprobe davon bekommen, wie viel Arbeit ein Garten ist. Aber sie würde sich nicht beschweren. Die Sonne war herrlich auf ihrem Rücken und sie hatte nie gewusst, wie viel Spaß es machte, Erde in ihren Händen zu zerbröseln. Wenn Emily sie jetzt nur sehen könnte. Sie würde sich entweder hinsetzen und weinen oder sich vor Lachen in die Seiten stemmen.

Leah stemmte die Hände in den Dreck hinter sich und wich zurück, um ein weiteres Stück Gras durch Ziehen freizulegen. Ihr geschientes Bein war schon ganz verdreckt, mit braunen Schlieren auf den Bandagen. Nach dieser kleinen Eskapade würde das Tuch sicher gewechselt werden müssen.

Sie atmete aus, um ihr Gesicht von den braunen Strähnen zu befreien, die sich aus ihrem Dutt gelöst hatten. Sie fielen ihr direkt in die Augen, also hob sie einen Arm, um sie wegzuwischen.

Bevor sie nach einem weiteren Stück Gras griff, blickte sie um sich, um die vier langen Reihen mit grünen Bohnen, Paprika und Salat zu begutachten, die sie gejätet hatten. Jede Reihe war etwa fünfzig Fuß lang, also waren sie heute Morgen gut vorangekommen. Natürlich hatte Miriam drei Reihen gejätet und Leah nur eine, aber wenigstens hatte sie etwas Produktives getan.

Sie sollte sich besser beeilen, diese Reihe zu beenden. Miriam war bereits hineingegangen, um das Mittagessen auf den Tisch zu stellen, also würde auch Leah bald hineinhumpeln müssen. Sie griff nach einem Grasbüschel, aber eine Bewegung am oberen Rand ihres Blickfelds erregte ihre Aufmerksamkeit.

Eine Schlange schlängelte sich auf sie zu, ihr Kopf war keinen Meter von ihrem Bein entfernt.

Der Schrecken packte sie in der Brust und sie schrie.

Ein gewaltiger Knall explodierte direkt neben ihr - laut genug, um aus einer Kanone zu kommen.

Die Teile der Schlange flogen in alle Richtungen.

* * *

Gideons Herz pochte wie die Hufe einer stampfenden Herde, als er seine Waffe zu Boden gleiten ließ. Seine Hände ballten sich zu Fäusten, damit sie nicht zitterten, als er auf die Frau am Boden zustürmte.

Er war sich ziemlich sicher, dass er dort angekommen wäre, bevor die Schlange zugeschlagen hätte, aber in seinem Kopf tauchten immer wieder Bilder auf: Wie Jane auf dem Bett gelegen hatte, das Kleid an der Schulter aufgerissen, so dass der Arm freilag – so stark angeschwollen, dass er drei Mal so groß war wie sonst. Schwarze Haut, die bis zu ihrer Schulter reichte. Die schiere Agonie in ihren Augen, während ihr die Tränen über die Wangen liefen.

Er erreichte die am Boden liegende Frau und es dauerte einen Moment, bis er begriff, wen er vor sich hatte.

Das war nicht Jane. Es war Leah.

Ihr Gesicht trug nicht die verrückte Angst und den Schmerz wie das von Jane. Er ging in die Hocke, um sie besser ansehen zu können, und genoss das Vertrauen in ihren Augen. Da war keine Angst, nur Stärke. Am liebsten hätte er geweint..

"Sind Sie verletzt?" Er hörte die Heiserkeit in seiner Stimme, hatte aber keine Kontrolle, um das zu ändern.

"Mir geht es gut. Außer ..."

Seine Brust nahm wieder Fahrt auf. Sie *war* verletzt worden.

"Außer was? Hat sie Sie gebissen?"

Dann spitzten sich ihre Lippen. Hatte sie gelächelt?

"Nein, nein. Mir geht es gut, außer ... dass Sie die Blutzufuhr in meinem Arm abschneiden."

Gideon sah auf seine Hände hinunter. Meine Güte, er umklammerte ihren Arm, als würde er damit sein Leben retten. Er lockerte seinen Griff und erhob sich auf die Füße. "Tut mir leid." Er stieß einen langen Atemzug aus.

Er wollte sich gerade von der schönen Frau entfernen, die ihn soeben zehn Jahre seines Lebens gekostet hatte, aber ein Blick auf seine Füße zeigte ihm, dass er gefährlich nahe daran war, eine grüne Bohnenpflanze zu zerquetschen. Keine gute Idee.

Auf jeden Fall musste er Leah aus dem Garten und zurück in das Holzhaus bringen, wo sie sicher sein würde.

"Kommen Sie, wir bringen Sie rein." Er bückte sich noch einmal, um ihr beim Aufstehen zu helfen, aber ein Blick in die Runde zeigte, dass ihre Krücken am anderen Ende der Reihe standen.

"Wenn Sie so freundlich wären, mir meine Krücken zu bringen, kann ich es ab dann selbst übernehmen."

Aber als er in Leahs Gesicht sah, bemerkte er die Schmerzensfalten um ihre Augen und den müden Ausdruck, der sie trübte. Es sah aus, als hätte sie es für den Tag mehr als übertrieben. "Es wird einfacher sein, wenn ich Sie hineintrage."

"Aber Mr. Bryant..."

In dem Moment, in dem er sie in die Arme nahm, verstummte ihr Protest. Ihre zierliche Gestalt passte so gut in seine Arme. Als er sie die dreißig Schritte bis zum Eingang der Hütte trug, ruhte ihr Kopf an seiner Schulter. Eine Welle der Wärme strömte durch seine Brust, ein Balsam für den dumpfen Schmerz, den er so lange mit sich herumgetragen hatte.

Miriam kam ihnen auf der Veranda entgegen, eine Hand schirmte ihre besorgten Augen vor der Sonne ab.

"Geht es ihr gut? Was ist passiert?"

"Mir geht es gut." Leahs Stimme war geduldig, mütterlich.

"Da war eine Schlange im Garten, aber Gideon hat sie erschossen, bevor etwas passiert ist."

Er schlüpfte seitlich durch den Türrahmen, um Leah nicht anzustoßen. Als er das Bett erreichte, ließ er sie darauf gleiten und seine Arme und Brust spürten sofort den Verlust.

Doch der Blick, den Leah ihm zuwarf, brachte die Hitze zurück in seinen Körper. Ihre blassgrünen Augen schimmerten und ein sanftes Lächeln umspielte ihre Lippen.

"Danke, Gideon, dass Sie mich wieder gerettet haben."

Er wusste, dass er etwas sagen musste, aber wenn sie ihn so ansah, wollte sein Verstand einfach nicht funktionieren. Schließlich zwang er sich zu einem "Gern geschehen", bevor er sich abwandte. Er musste hier raus und die Kontrolle wiedererlangen.

"Ich muss meine Waffe holen", murmelte er, als er aus der Tür flüchtete. Erst als er in Richtung Garten ging, bemerkte er, dass Leah seinen Vornamen benutzt hatte. Wusste sie, dass sie das getan hatte?

KAPITEL 16

*L*eah schenkte Miriam ein dankbares Lächeln, als die junge Frau mit einer Kanne Wasser und einem Lappen an das Bett herantrat.

"Danke, Miri. Ich fürchte, meine Hände brauchen ein wenig frisches Wasser." Sie blickte auf ihr schmutziges Kleid und die Verbände hinunter. "Wahrscheinlich muss ich auch den Rest von mir sauber machen."

Miriam schenkte ihr ein verschmitztes Lächeln. "Sie sollten vielleicht auch an Ihrem Gesicht arbeiten." Sie stellte den Topf auf das Bettzeug. "Warten Sie einen Moment, ich hole Ihnen einen Spiegel."

Ein Blick in den besagten Spiegel ließ Leah aufstöhnen. "Warum haben Sie mir das nicht gesagt?" Schmutzstreifen säumten beide Seiten ihres Gesichts, ihre Stirn und das linke Auge. Sie sah aus wie die Bilder von Indianern, die sie auf den Plakaten für eine Wild-West-Show gesehen hatte, die letztes Jahr in Richmond gastiert hatte.

Und ihr Haar sah aus, als wäre sie durch einen Windsturm geritten. Verstreute Strähnen ragten in alle Richtungen um ihr Gesicht herum. Ihr Dutt hing einige Zentimeter tiefer, als sie ihn am Morgen gesteckt hatte.

Als sie aufblickte, sah Miriam sie mit verschränkten Armen an und in ihren blaugrünen Augen funkelte es amüsiert.

"Stehen Sie nicht einfach so da, helfen Sie mir." Leah tauchte eine Ecke des Lappens in das Wasser und rieb sich damit über die Stirn. Gideon würde jeden Moment zurück in die Hütte komme und sie wollte nicht mitten in der Toilette sein, wenn er hereinkam.

Miriam rollte dramatisch mit den Augen, während sie sich um Leahs Haar kümmerte. "Keine Sorge, wir machen Sie wieder hübsch, bevor Gideon zurückkommt."

Leah hatte keine Zeit, etwas zu erwidern, aber es war gut, dass der Schmutz das Rosa verdeckte, das ihr nach Miriams Worten in ihre Wangen stieg.

Als Gideon zum Essen hereinkam, hatte Lea ihr Haar gewaschen und geglättet. Sie war jetzt zwar nicht *hübsch*, aber zumindest sauberer.

Auf dem Bett sitzend, biss sie in ihr kaltes Schinkensandwich. Auf der anderen Seite des Zimmers aßen Miriam und Gideon schweigend ihr Essen am Tisch. Sie hätte sich gerne zu ihnen gesetzt, aber nach den Ereignissen des Morgens pochte ihr Bein. Ihr Körper konnte sich endlich entspannen, während sie sich mit dem Rücken gegen die Kissenwand lehnte.

Während des Essens warf sie heimliche Blicke auf Gideon und ertappte ihn mehrfach dabei, wie er sie ebenfalls ansah. Sein Gesichtsausdruck ließ sich am besten als grüblerisch beschreiben. Auf seiner Stirn hatten sich Falten gebildet und seine Augenbrauen waren so tief gesenkt, dass sie die tiefgrüne Farbe, die sie immer faszinierte, nicht sehen konnte.

Sobald sein Teller leer war, stand Gideon auf, pfiff nach Drifter und verließ die Hütte.

Miriam stieß einen schweren Seufzer aus, während sie sich erhob, um ihm zu folgen. "Ich bin gleich wieder da."

Was war denn jetzt los? Gab Gideon ihr die Schuld, weil sie heute im Garten war? Oder hatte die Tortur seinen ganzen Schmerz über den Verlust seiner Frau zurückgebracht?

Schließlich hörte man das Klicken von Miriams Absätzen auf der Veranda. Sie erschien, Leahs Krücken tragend, aber das übliche freundliche Lächeln fehlte auf ihren verkniffenen Lippen.

"Miriam, was ist mit Gideon los? Ist er böse auf mich?"

Miriams Gesicht nahm einen Anflug von Verwirrung an. "Nein, er ist nicht böse auf *Sie*." Sie schüttelte den Kopf und hob Leahs Tablett von der Bettkante auf. "Machen Sie sich keine Sorgen um ihn. Er muss nur noch ein paar Dinge mit sich selbst abklären." Sie schürzte amüsiert die Lippen. "Ich glaube, es hat ihn aus der Bahn geworfen, als er merkte, dass es eine harmlose alte Strumpfbandnatter war."

"Sie meinen, die Schlange war nicht giftig?"

"Nein." Miriam begann, das schmutzige Geschirr vom Tisch zu stapeln.

Leah sank zurück in die Kissen, die ganze Energie war aus ihr herausgesaugt. Die Schlange war nicht giftig. Sie spürte, wie sich ein Grinsen auf ihre Lippen schlich. Armer Gideon.

* * *

*E*s geschah alles noch einmal.

Axt heben. *Knack!* Zwei Holzstücke segelten vom Stumpf und landeten auf den Stapeln, die sich bereits angesammelt hatten.

Gideon hatte sich geschworen, dass er nie wieder eine Frau an diesen Ort bringen würde. Nie wieder. Mit einem weiteren Holzscheit auf dem Baumstumpf wuchtete er die Axt über seine rechte Schulter zurück. *Knack!*

Er hatte Abel gesagt, er solle es nicht tun. Frauen machten nur Ärger, jede einzelne von ihnen. Und die aus dem Osten waren die schlimmsten. Hatte Abel auf ihn gehört? Nein. Und jetzt sah man ja, was passiert war.

Axt heben. *Knack!* Seine Muskeln verkrampften, aber Gideon steckte noch mehr Kraft hinein.

Axt heben. *Knack!* Diesmal zu hart. Die Axt hatte sich tief in den Stumpf gebohrt.

Er hielt inne und strich sich mit dem Ärmel über sein verschwitztes Gesicht. Mit dieser Frau in der Nähe konnte er nicht einmal mehr sein Hemd ausziehen.

Während sich seine Muskeln ausruhten, wollten seine Gedanken keine Ruhe geben. Das Bild von vorhin hatte sich dort eingebrannt. Leah, die zwischen den grünen Bohnenpflanzen saß, das geschiente Bein ausgestreckt, die Haare auf die niedlichste Weise zerzaust.

Und dann, in Sekundenschnelle, hatte sich dieser niedliche Ausdruck in Angst verwandelt. Er war ihrem Blick zur Schlange gefolgt und sein Herzschlag erstarrte. Sein Körper reagierte automatisch. Bevor er wusste, was er tat, zielte er mit der Winchester und drückte ab. Erst als sich die auffällige Schlange in Stücke aufgelöst hatte, hatte er sich entspannt.

Warum verfolgte ihn der Tod? Wie viele Menschen musste er noch verlieren, bevor es genug war? Seit sie '63 in diese wilde Gegend gezogen waren, wurden die Menschen, die er liebte, wie Rehe im Visier eines Jägers getötet.

Aber er machte dem Land keine Vorwürfe. Nein, das Land versprach nie, sanft zu sein oder die Dinge leicht zu machen. Dieses Land war hart und völlig unzähmbar, aber es gab einem das Gefühl, wirklich etwas erreicht zu haben. Man war stolz darauf, dass man die Chance hatte, einen weiteren

Tag an diesem wilden Ort von unvorstellbarer Schönheit zu leben.

Nein, das Land hatte nie versprochen, sich um sie zu kümmern. Es war Gott, der dieses Versprechen gegeben hatte ... und versagte.

* * *

*D*ie Schere schnitt butterweich durch den lavendelfarbenen Stoff. Auch wenn sie rostig war und sich oft verhakte, konnte diese Schere ihre Aufgabe erfüllen. Leah hielt sich normalerweise nicht für den zerstörerischen Typ, aber zu sehen, wie die Rüschen zu Boden fielen, bereitete ihr einen kleinen erregten Schauer.

Ein Keuchen von der Tür her ließ sie aufhorchen.

"Sie zerschneiden Ihr Kleid?" Miriam eilte nach vorne, um den langen Streifen lavendelfarbener Rüsche aufzuheben, der auf den Holzboden gefallen war. Sie blickte Leah traurig an. "Warum?"

"Diese Kleider sind nicht sehr praktisch." Sie schwenkte die Schere lässig über die Masse an Spitzen und Rüschen. "Ich habe nur das eine Wollkleid, in dem ich wirklich arbeiten kann. Für die anderen braucht man Büsten und extra enge Korsetts, und in den Schleppen kann man sich nicht bewegen. Ich werde mir noch das andere Bein brechen, wenn ich nicht etwas dagegen unternehme." Ihr Tonfall war leicht und neckisch.

Miriam berührte immer noch den zerschnittenen Stoff, als ob es sich um einen verstorbenen Freund handelte. "Aber sie waren wunderschön."

Und im Vergleich zu Miriams schmuddeligem braunen Gewand waren sie das auch. Miriams Kleid war nicht nur altmodisch, es hatte auch keinen Stil. Der hohe Halsausschnitt und das gerade Mieder trugen nicht dazu bei, irgendwelche Kurven zu betonen. Der Rock war etwas ausladender als das Mieder, aber er war hinten nicht gerafft und bot darunter keinen Platz für mehr als einen oder zwei Unterröcke, und schon gar nicht für eine Krinoline oder ein Bustier. Das Kleid war offensichtlich nur für den einen Zweck gemacht worden, zur Arbeit.

Der Rüschenhaufen in Miriams Hand brachte Leah auf eine Idee. "Miriam, gehen Sie und holen das graue Kleid, das Sie neulich getragen haben."

"Was?"

"Schnell, ich habe eine wunderbare Idee. Ist es sauber?"

Miriam nickte und ging in Richtung ihres Zimmers. Leah schnitt die Rüsche von der lavendelfarbenen Schleppe ab, dann die Fältelungen aufdem Oberteil. Sie würde ein paar Säume vernähen müssen, aber dann würde ihr Kleid gut aussehen. Es würde viel leichter sein, darin zu arbeiten.

"Hier, bitte sehr." Miriam legte das grauen Kleid auf das Bett neben Leah.

"Sehen Sie hier. Wenn wir die Rüsche hinten am oberen Ende des Rocks beginnen lassen, sie dann vorne nach unten führen und hinten wieder nach oben. Das gäbe dem Rücken mehr Fülle, wie bei den aktuellen Modellen, und dem Po etwas Länge."

"Oh..." hauchte Miriam.

"Dann können wir das Mieder mit ein paar Biesen versehen und vielleicht ein Stück dieser Spitze am Ausschnitt anbringen, damit alles zusammenpasst." Leah hielt das Kleid und die Spitze hoch, um ihre Entwürfe zu veranschaulichen. "Es wird wunderschön werden."

Miriam hüpfte auf ihren Zehenspitzen. "Ist das Ihr Ernst? Wirklich?"

Es war unmöglich, bei einem solchen Anblick nicht zu grinsen. "Natürlich. Sie werden fantastisch aussehen." Leah hatte kaum Zeit, sich abzustützen, bevor Miriam sich mit einer Umarmung auf sie stürzte.

"Oh, danke. Ich danke Ihnen."

Leah erwiderte die Umarmung und lachte dann, während sie sich aus der Umarmung löste. "Sie brauchen mir nicht zu danken. Wollen Sie beim Nähen helfen oder sind Sie zu sehr im Garten beschäftigt?"

Miriam ließ sich mit einem Schwung auf das Bett plumpsen. "Ich habe alles gepflückt, was reif war, also kann ich helfen, bis es Zeit ist, das Mittagsmahl zu machen." Sie sprang wieder auf wie eine Grille. "Ich hole meine Nähsachen."

Während sie arbeiteten, machte Leah Vorschläge für Miriams Kleid und entfernte die überflüssigen Borten und Stoffteile von ihrem eigenen Kleid. Sie würde mit diesen drei Kleidern beginnen und dann später einige ihrer anderen Kleider ändern, wenn sie sie brauchte.

"Da." Miriam hielt das Kleid hoch und zeigte den fertigen Rock.

"Es ist erstaunlich, wie die Rüsche es zum Leben erweckt."

"Oh, ich kann es kaum erwarten, es anzuprobieren." Miriam drückte das Kleid an ihren Busen.

Leah spürte, wie die Freude auf dem Gesicht ihrer Freundin ein Lächeln auslöste. "Aber machen Sie erst das Mieder fertig."

Ein Schatten fiel durch das Licht der offenen Tür und riss die heitere Stimmung aus dem Raum. Dort stand Gideon. Die Sonnenstrahlen hinter ihm verdunkelten sein Gesicht, so dass Leah seine Züge nicht erkennen konnte. Seine breiten Schultern waren kräftig und gerade, als er seinen Hut abnahm und sich umdrehte, um ihn an den Haken zu hängen.

Als er aus der Tür trat, war sein strenges Profil deutlich

zu erkennen - der Teil, der nicht durch den üppigen Bart verdeckt war.

"Oh nein." Miriam sprang auf und schob sich in Richtung Küche. "Tut mir leid, großer Bruder. Das Essen wird in zwei Minuten fertig sein. Wir haben genäht und ich habe die Zeit vergessen."

Drifter trottete zum Bett und schnaubte in Vorfreude auf seine übliche Begrüßung. Sie griff nach unten, um ihn hinter dem Ohr und unter dem Kinn zu kraulen, wobei sie ihren Blick nur kurz von Gideon abwandte, um das Tier zu betrachten. Seine lange Zunge erwischte ihr Handgelenk als Zeichen der Wertschätzung.

Gideon antwortete nicht, sondern ließ sich in seinen Stuhl sinken und verschränkte die Arme. Sein Gesicht war stoisch. Natürlich, war das ein Unterschied zu seinem normalen Gesichtsausdruck? Trotzdem fühlte sich etwas an ihm anders an.

Miriam schien es nicht zu bemerken und plapperte weiter. "Du solltest sehen, was wir mit meinem Kleid gemacht haben, Gideon. Es ist das Schönste, was du je gesehen hast. Und es war alles Leahs Idee. Sie gab mir auch den Stoff. Sie hat ihn von ihren eigenen Kleidern abgeschnitten."

Während Miriam diese letzten Worte aussprach, drehte sich Gideon um und betrachtete den Stoffhaufen auf dem Bett. Dann hob er seinen Blick zu Leah. Sie schlug die Augen nicht nieder und tat auch nicht so, als würde sie dem Gespräch nicht folgen. Stattdessen begegnete sie seinem durchdringenden Blick direkt.

War er wütend? Aus dieser Entfernung war es schwer zu sagen. War er nur wegen des Essens verärgert? Vielleicht wollte er nicht, dass Miriam etwas anderes als praktische Kleider trug. Könnte das an seinen Erfahrungen liegen, die er damit gemacht hatte, seine Frau aus der Stadt in dieses wilde Land zu bringen?

Sie versuchte, die Besorgnis zu verbergen, die mit der Intensität seines Blicks aufstieg. Sie schenkte ihm den Anflug eines Lächelns, um ihm zu zeigen, dass alles in Ordnung war. Sie wartete und hielt seinem Blick stand, während ihr Herz sich fragte, was er als nächstes tun würde.

Und dann tat er das Letzte, was sie erwartet hatte. Seine Augen verzogen sich zu einem sanften Lächeln.

KAPITEL 17

*L*eah stützte sich auf der Arbeitsplatte ab, während sie den dünnen Streifen Teig über das satte Burgunderrot der Brombeerkuchenfüllung legte. Trotz der Schmerzen, die sie verspürte, wenn sie ihr Bein belastete, hatte sie in den letzten Wochen gelernt, sich ohne allzu große Schmerzen zu bewegen. Am einfachsten war es in der Küche, wo sie sich bei der Arbeit an den Tresen lehnen konnte.

Und wer hätte gedacht, dass ihr das Kochen und Backen einmal so viel Spaß machen würde? Miriam ließ es immer wie eine lästige Pflicht erscheinen, aber Leah lernte, es eher als eine Kunstform zu betrachten.

Vor allem das Backen. Jetzt, wo sie zu verstehen begann, was die einzelnen Zutaten zum Ergebnis des Gerichts beitrugen, machte es Spaß, mit Geschmack und Konsistenz zu experimentieren. Und da sie gerade mitten in der Beerenzeit waren, brachte Miriam immer einen Korb mit Himbeeren, Brombeeren oder Johannisbeeren aus dem Tal mit. Bald könnte Leah diejenige sein, die durch die Berge ritt, Beeren pflückte und bei den Tieren half. Aber Geduld.

Vater, ich danke Dir für Gideons Geschick, als er mein Bein schiente. Und danke, dass Du die Knochen wieder zusammengefügt hast.

Während sie so betete, schweiften ihre Gedanken zu ihrer neuen Freundin ab. *Herr, ich bete, dass Du Miriam auf Deinem Weg für ihr Leben führst. Ich glaube, sie fühlt sich hier auf dem Berg gefangen, wo sie fast keinen Kontakt zu anderen Menschen hat. Hilf ihr zu wissen, dass Du sie nicht vergessen hast. Hilf ihr zu vertrauen, dass Du den besten Plan zur richtigen Zeit hast.*

Und dann war da noch Gideon. Ihr Herz schmerzte für den Mann, der stark und attraktiv war, aber unter seiner rauhen Rancher-Fassade offensichtlich Schmerzen hatte. *Herr, erweiche sein Herz. Hilf ihm zu heilen und zu verzeihen.* Sie war sich nicht sicher, wem er mehr vergeben musste, Gott oder sich selbst. Aber Gott wusste es.

Ihr Gebet wurde durch das Getrappel von Schritten auf der Veranda unterbrochen. Miriams blonde Locken sprangen durch die Tür und sie begann sofort zu plappern. "Ich habe einen ganzen Korb voller roter Johannisbeeren mitgebracht, als ich Gideon das Mittagessen gebracht habe. Sehen Sie, wie groß die sind? Wenn wir daraus Marmelade kochen, sollten wir einen ganzen Haufen Gläser bekommen. Wie sieht es mit dem Abendbrot aus?"

Leah lächelte, als die jüngere Frau schließlich Atem holte. "Die letzten beiden Brote sind gerade aus dem Ofen gekommen und der Kuchen ist jetzt fertig. Die Kartoffeln sind geschält, es gibt also nichts mehr zu tun bis später."

"Gut. Dann sollten wir wohl mit der Marmelade anfangen." Miriams Gesicht verzog sich zu einer Grimasse. "Ich hasse es, den Nachmittag in dieser heißen Küche zu verbringen, wenn es draußen so herrlich ist."

Die arme Miriam. Sie hatte sich etwas Freizeit verdient. "Wenn Sie mir sagen, was ich tun soll, koche ich die Marmelade. Sie können sich den Nachmittag frei nehmen. Nehmen

Sie sich eins meiner Bücher und suchen sich draußen ein gemütliches Plätzchen."

Miriam knabberte an ihrer Unterlippe, seufzte dann aber schließlich. "Nein, Marmelade ist zu schwierig, um Ihnen einfach zu sagen, was Sie tun sollen. Ich muss es Ihnen beim ersten Mal zeigen."

Und so machten sie sich an die Arbeit. Leah beobachtete jeden Schritt sorgfältig, damit sie die Arbeit später selbst erledigen konnte. Miriam tat ihr wirklich leid, als würde sie einen wilden Vogel einsperren, der nur herumfliegen und singen wollte, um die Welt schöner zu machen.

"Wissen Sie, was ich mir immer vorstelle, wenn ich in der Küche stehe?" sagte Miriam, während sie Zucker in den Topf mit den Johannisbeeren schüttete. Sie wartete nicht auf eine Antwort von Leah. "Ich stelle mir vor, dass ich eine große Dame in einem New Yorker Herrenhaus bin. Ich sitze den ganzen Vormittag in meinem Sommerzimmer, trinke Tee und esse Kekse mit Johannisbeermarmelade, während ich mich mit meinen Freundinnen über die neueste Mode unterhalte." Sie stieß einen wehmütigen Seufzer aus. "Was für ein wunderbares Leben."

Leah konnte nicht anders, als über diese Naivität zu kichern. "Nun, Ihre Vorstellungen könnten auf den ersten Blick technisch korrekt sein, aber es ist wirklich nicht so wunderbar, wie Sie es klingen lassen."

Miriam blinzelte sie an, als sie aus ihrer Benommenheit erwachte. "Ich vergesse manchmal, dass Sie früher so gelebt haben. Sie wirken so *normal*."

Leah konnte sich ein Lächeln nicht verkneifen, als sie nach vorne trat, um die Johannisbeer-Zucker-Mischung umzurühren. Das alte Leben der Nutzlosigkeit lag nun endgültig hinter ihr.

"Es hört sich vielleicht lustig an, eine Dame der Muße zu sein, aber es ist nicht wirklich das, was es scheint. Anstatt nichts tun zu müssen, war es eher so, dass ich gar nichts tun durfte. Ich durfte nur aus einer ausgewählten Gruppe von Büchern lesen, zeichnen, Klavier spielen oder Handarbeiten machen, aber das war auch schon alles. Ich konnte nirgendwo allein hingehen, musste immer Haltung bewahren, konnte nicht schneller gehen als im eleganten Schritt und ich bin nur im Damensattel auf einem Pferd geritten. Dieses Leben war so einschränkend."

Sie starrte in die blubbernde rote Marmelade. "Als ich klein war, schlich ich mich nachmittags immer in die Küche. Die Köchin ließ mich ihr helfen, Zutaten einzufüllen, Teig zu mischen oder auszurollen. Ich liebte es, mich nützlich zu fühlen."

Ein Keuchen ertönte hinter ihr. "Apropos Kuchen, ich glaube, wir sollten mal nach Ihrem sehen."

Leah drehte sich um und zog ihr krankes Bein mit sich, während Miriam die Ofentür öffnete und den Kuchen mit der goldenen Teigkruste herauszog. Die burgunderschwarze Füllung blubberte und verbreitete einen süßen Duft in der Küche.

"Perfekt." Miriam hielt den dampfenden Kuchen hoch, damit Leah ihn begutachten konnte. "Gideon wäre nicht sehr glücklich, wenn wir sein Lieblingsdessert anbrennen lassen würden." Sie grinste Leah an, bevor sie den Kuchen auf ein leeres Regal stellte.

Miriam drehte sich um und schaute in den Topf, in dem Leah rührte. Einen Moment lang beobachtete sie die klebrigen Blasen. "Erzählen Sie mir mehr über Ihr Leben. Waren Sie mit der Frau des Bürgermeisters und anderen besonderen Menschen befreundet?"

"Nun... ich habe an vielen der gleichen Dinnerpartys teilgenommen wie die Familie des Bürgermeisters, aber ich bin mir nicht sicher, ob ich eine dieser Damen als *Freundin* bezeichnen würde. Wir wurden alle dazu erzogen, anständig und selbstsicher zu sein und nie zu sagen, was wir wirklich dachten. Und die meisten von ihnen waren so hochnäsig, dass sie nicht einmal mit einem Regenschirm vor die Tür gehen wollten."

Miriams Augen blickten unschuldig verwirrt. "Sie müssen doch Freunde gehabt haben. Waren da nicht auch Mädchen in Ihrem Alter?"

Leah nickte. "Ich würde diese Mädchen als Bekannte betrachten, wirklich. Meine liebste Freundin war meine Gefährtin Emily Alders. Sie war einige Jahre älter als ich, aber einer der nettesten Menschen, die ich je kennengelernt habe." Die Erinnerung an Emily verursachte einen vertrauten Stich in Leahs Kehle. Zeit, das Thema zu wechseln. "Soll das Gelee so einen Schaum oben haben?"

Miriam schaute in den Topf. "Ja, das ist normal. Wir müssen es nur noch abkratzen. Und es sieht so aus, als könnte man es jetzt in Gläser abfüllen. Können Sie das machen, während ich das Rindfleisch für das Abendessen koche?"

"Natürlich."

Während sie die Marmelade aus dem Topf in Gläser abfüllte, beobachtete sie aus dem Augenwinkel, wie Miriam ein Stück Rindfleisch aus dem Fass in der Ecke holte. Sie legte das Fleisch in den anderen Topf, füllte so viel Wasser hinzu, dass es bedeckt war, und stellte es dann auf den heißen Teil des Herdes.

Leah erschauderte bei diesem Anblick. Sicherlich gab es eine andere Art, Fleisch zu kochen, die es nicht so zäh machte, dass es länger als die Ledersohlen ihrer Stiefel halten würde.

Sie dachte an die Nachmittage in der Küche der Townsends zurück. Was hatte die Köchin mit dem Fleisch gemacht? Sie erinnerte sich daran, wie die Mägde das Fleisch mit einem Eisenhammer hämmerten, aber was sollte das bringen? Um das Fleisch zu formen? Sie erinnerte sich nicht daran, jemals Rindfleischgerichte mit ungewöhnlichen Formen gesehen zu haben. Vielleicht half es, es weicher zu machen. Das wäre vielleicht einen Versuch wert.

"Miriam, ich erinnere mich, dass unsere Köchin in Richmond mit einem Hammer auf das Fleisch schlug, nachdem es gekocht, aber bevor es gebraten wurde. Wäre es in Ordnung, wenn wir das ausprobieren würden?"

Miriam hob die Brauen, zuckte aber mit den Schultern. "Von mir aus, aber ich habe keinen Hammer hier. Ich könnte nachsehen, ob ich unter Gideons Werkzeug etwas finden kann."

Leah sah sich im Raum um. "Wie wäre es, wenn wir es stattdessen mit einer Bratpfanne versuchen?"

Als sie das Fleisch mit der Pfanne bearbeitet und gebraten hatten, die Kartoffeln gekocht und gestampft, die Soße in der Pfanne angerührt und das ganze Essen auf dem Tisch angerichtet hatten, lastete die Erschöpfung auf ihrem ganzen Körper. Aber sie war mehr als gespannt darauf, ob sich die Textur des Rindfleischs durch ihr Experiment verbessert hatte.

Miriam musste Leahs Müdigkeit bemerkt haben, denn sie zeigte schließlich auf Leahs Stuhl. "Setzen Sie sich."

Ihr Bein schmerzte zu sehr, um sich dagegen zu wehren, und so sank sie erleichtert in den Stuhl.

Gideon kam kurz darauf herein und nahm seinen normalen Platz am Tisch ein, wobei er auf die Begrüßung durch die beiden Frauen nur nickte. Leahs Stuhl befand sich ihm gegenüber und sie reichte Drifter die Hand zur üblichen Begrüßung.

Nachdem Gideon seinen einfachen Segen über das Essen gesprochen und dann seinen Teller beladen hatte, unterdrückte Leah ihre Neugierde, während er zu essen begann. Sie schob das Essen beiläufig auf ihrem eigenen Teller hin und her und versuchte, nicht den Eindruck zu erwecken, dass sie Gideon auf eine Reaktion auf das Essen hin beobachtete.

Nachdem die Hälfte des Fleisches auf seinem Teller gegessen war, hob er den Kopf und sah seine kleine Schwester an. "Das Fleisch ist gut."

Miriam tupfte sich den Mund mit einer Serviette ab. "Vielen Dank, großer Bruder. Leah hat mir sogar eine neue Technik beigebracht. Das macht das Rindfleisch zart, findest du nicht auch?"

Gideons Blick huschte zu Leah, dann wieder zu seinem Teller, während er nickte. "Scheint so."

Und das war anscheinend alles, was er sagen wollte, denn seine Gabel tauchte wieder in das Rindfleisch ein, um damit das Kartoffelpüree und die Soße aufzusaugen.

Irgendetwas an diesem Mann frustrierte sie und zog sie gleichzeitig an. Warum war er so reserviert? Warum konnte er sich nicht öffnen und mit ihnen reden wie jeder andere Mensch auch? Es war ja nicht mehr so, als seien sie beide Fremde. Vielleicht sollte sie ein Experiment wagen.

Sie räusperte sich und begann: "Also, Gideon. Wie war es heute mit den Tieren?"

"Gut." Er blickte nicht einmal auf, sondern lud sich nur Kartoffeln und Soße auf eine Scheibe Brot.

"Wurden in den letzten Wochen neue Kälber geboren?"

"Zwei."

"Oh, ich wette, sie sind wunderschön. Alle Babys und Mamas sind gesund?"

"Ja."

Leah wollte den Mann schütteln, behielt aber stattdessen die Fassung. Vielleicht war Emilys ganzes Training für diesen Moment gedacht gewesen.

Sie musste darauf achten, dass sie ihre Fragen so formulierte, dass eine Ein-Wort-Antwort nicht ausreichen würde.

Pferde waren seine Lieblingstiere, vielleicht würde ihn dieses Thema zum Reden bringen. "Woran arbeiten Sie zur Zeit mit Trojan?"

Gideon hörte auf zu kauen und hob den Kopf. Sie konnte den Ausdruck in seinen Augen nicht ganz lesen, aber er war wachsam.

"Führen."

Dieser Mann war unmöglich.

Ihre Stimme war angenehm. "Geht er an der Leine? Lernt er schnell?"

"Ein wenig. Aber er ist ein störrisches Fohlen."

Na endlich. Sie versuchte, sich den Sieg nicht anmerken zu lassen, aber ihr Herz klopfte vor Freude. "Ja, ich könnte mir vorstellen, dass die meisten kleinen Jungs stur sind, sogar die vierbeinigen, aber seine Augen hatten einen intelligenten Blick."

Der Schutzschild in Gideons Augen senkte sich für den Bruchteil einer Sekunde und sie sah ein Funkeln, bevor er ihn wieder aufsetzte. Seine einzige Antwort war "Ja", während er sich eine zweite Portion Rindfleisch auf den Teller legte.

Wenn er das Essen genoss, war die harte Arbeit die Mühe und Müdigkeit wert gewesen. Er schob sogar seinen leeren Dessertteller in Miriams Richtung und sagte: "Der Kuchen war gut. Wahrscheinlich der beste, den ich je gegessen habe."

Miriams Gesicht nahm einen schüchternen Ausdruck an, als sie aufstand und mehr von dem süßen Zeug aus der Pfanne auf der hinteren Seite des Ofens schöpfte. "Er schmeckt wunderbar, nicht wahr? Leah hat den Kuchen gemacht."

Leah verpasste Gideons Antwort, weil sie ihren Blick auf die Beeren auf ihrem Teller gerichtet hielt. Der beste Brombeerkuchen, den er je gegessen hatte? Ihre Wangen standen wahrscheinlich in Flammen.

Es dauerte ein paar Minuten, bis sie sich wieder gefangen hatte, aber als Gideon erwähnte, dass er zur Scheune gehen würde, hob sie den Blick. Er war bereits aufgestanden und zur Tür gegangen.

"Gideon." Sie stand auf und griff nach ihren Krücken. Er setzte gerade seinen Hut auf, drehte sich aber zu ihr um. "Meinen Sie, ich könnte mitkommen und lernen, wie man die Kuh melkt? Jetzt, wo ich mich mehr bewegen kann, würde ich gerne bei der Stallarbeit mithelfen." Seine Haltung war zögerlich, also wandte sie eine Taktik an, die sicher funktionieren würde. "Ich weiß, dass es Miriam morgens etwas entlasten würde."

Er zögerte einen Moment, sein Blick wanderte hinunter zu ihrem geschienten Bein. "Solange Sie tun, was man Ihnen sagt."

Sie grinste. "Einverstanden."

Er war geduldig, als sie über den unebenen Boden zur Scheune humpelte. Er schlenderte neben ihr her, zupfte am Stängel eines Unkrauts und tat so, als würde er immer fünf Minuten brauchen, um von einem Gebäude zum anderen zu gehen.

Drifter hingegen raste auf ihr Ziel zu. Als er die Scheune fast erreicht hatte, blieb er stehen und schaute zurück, als wollte er sagen: *Warum braucht ihr so lange?* Er trabte zu ihnen zurück und begann, hinter ihnen hin und her zu laufen, um sicherzustellen, dass sie gleichmäßig vorankamen.

Leah lächelte. "Ich wette, er ist gut darin, die Kühe in Schach zu halten."

"Ja, er ist eine große Hilfe, wenn ich sie von einer Weide zur anderen bringe. Früher hat es ihn wahnsinnig gemacht, dass ich mein Pferd nicht in der Herde bei den Kühen lassen wollte." Er lachte kurz auf. "Jetzt ist er etwas ruhiger geworden."

Diese Seite von Gideon hatte sie noch nie gesehen. Und

sie hatte ihn selten an einem ganzen Tag so viele Worte sprechen hören, geschweige denn in einem einzigen Gespräch. Was konnte sie noch fragen, um ihn zum Reden zu bringen? "Er scheint ein toller Ranchhund zu sein. Woher haben Sie ihn?"

Gideon warf den Stängel weg, an dem er herumgezupft hatte. "Wir haben ihn als Welpen auf einer anderen Ranch in der Nähe von Butte gefunden. Ein guter Hund ist fast so gut wie ein zusätzlicher Mann, besonders auf einer kleinen Ranch wie der unseren."

Sie erreichten die Scheune und er hielt ihr die Tür auf. Nachdem sie eingetreten waren, trat er vor und schritt auf den großen Heuhaufen in der linken Ecke zu. "Ich muss nur noch den Pferden draußen Heu geben, dann bringe ich Bethany herein."

Er hielt sein Wort und kam bald mit einer gefleckten Kuh im Schlepptau zurück. Sie trug ein Strickhalfter und trottete folgsam, wobei ihr schweres Euter bei jedem Schritt mitschwang. Auf dem Weg in den Kuhstall schnappte sich Gideon einen dreibeinigen Schemel, band die Kuh in der Nähe des Heuhaufens an und stellte den Schemel neben ihr ab.

Leah hob den leeren Blecheimer neben der Stalltür auf und humpelte hinter ihnen her. Gideon kam ihr an der Stalltür entgegen und nahm ihr den Eimer aus der Hand. "Es ist wahrscheinlich das Beste, wenn Sie erst einmal zuschauen. Es wäre schwierig, mit dem geschienten Bein auf dem niedrigen Schemel zu sitzen. Wenn sie anfängt, sich zu bewegen, können Sie nicht schnell genug ausweichen, ohne sich zu verletzen."

Leah öffnete den Mund, um zu protestieren, schluckte aber die Worte herunter, bevor sie herauskamen. Sie hatte versprochen, Befehle zu befolgen. Sie schloss ihren Mund, nickte und lehnte sich gegen die Wand. Sie würde vorerst zusehen, aber sie konnte nicht versprechen, dass sie sich darüber freuen würde.

Als Gideon in den Melkrhythmus kam, schien es, dass ihr Standpunkt gar nicht so schlecht war. Sie hatte den perfekten Blickwinkel, um die Muskeln in seinen Armen und Schultern zu beobachten, wenn er sich bewegte. Die dünne Baumwolle seines verblichenen blauen Hemdes verbarg nur wenig von seiner Kraft und verursachte ein warmes Kribbeln in ihrer Mitte. In seiner Nähe fühlte sie sich ... sicher.

KAPITEL 18

*E*in Gähnen dehnte Leahs Kiefer, als sie den letzten Knopf an ihrem Hals schloss. Es war schön, ihr Bett wieder in ihrem eigenen Zimmer zu haben, gegenüber von Miriams Zimmer. Sie konnte fast den Kaffee aus der Küche rufen hören und ausnahmsweise wünschte sie sich, sie hätte nicht darum gebeten, das Frühstück zu übernehmen. Es wäre schön, in die Küche zu gehen und zu riechen, wie der Kaffee brühte, der Schinken auf dem Herd brutzelte und die Buttermilchkekse im Ofen aufgingen. Nun, das Mindeste, was sie tun konnte, war, all diese guten Gerüche bereit zu haben, wenn Miriam und Gideon von ihrer Arbeit nach Hause kamen.

Sie griff nach der Krücke und stapfte in den Hauptraum der Hütte. Ihr rechter Arm war dankbar, dass sie mittlerweile nur noch eine einzige Krücke brauchte.

Als sie die Kekse im Ofen hatte und die erste Pfanne mit Schinken auf dem Herd brutzelte, flatterte Miriam durch die Haustür.

"Guten Morgen." Miriam stellte den Eimer mit Milch und einen Korb auf den Tisch. "Ich glaube, eines der Hühner legt jetzt, also werden wir in ein paar Wochen ein paar Bibberle haben."

Leah griff nach dem Korb, und Miriam reichte ihn ihr. "Bibberle?"

"Küken." Miriam hob den Eimer mit der Milch hoch und ging zum Arbeitstisch hinüber. "Während ich die Milch abseihe, könnten Sie extra Schinken für das Mittagessen braten? Gideon und ich werden heute mit dem Vieh unterwegs sein."

"Natürlich." Leah räumte ihre Sachen weg, um Platz für Miriam zu schaffen. "Haben Sie etwas Besonderes mit den Tieren vor?"

Miriam warf ihr einen reumütigen Blick zu. "Es ist Branding-Zeit. Gideon hat einen Jungen von einer der anderen Ranches angeheuert, um uns zu helfen."

"Branding-Zeit?"

"Ja, ich hasse diesen Teil. Wir fangen alle neuen Kälber und markieren Sie mit unserem Brandzeichen, damit die Leute wissen, zu welcher Ranch sie gehören."

"Das klingt nach Arbeit, aber nicht so schlimm."

Miriam rümpfte die Nase. "Ich habe Ihnen noch nicht erzählt, *wie* wir sie mit unserem Brandzeichen versehen. Die Jungs haben einen Schürhaken aus Metall, der die Form unseres Brandzeichens hat. Sie erhitzen ihn über einem Feuer und drücken ihn dann in die Kuhhaut." Sie zitterte und ihr Gesichtsausdruck wurde von Abscheu getrübt. "Es ist schwer mit anzusehen und riecht furchtbar."

Leah spürte, wie ihr das Blut aus dem Gesicht wich, als sie der Beschreibung zuhörte. "Das klingt wirklich schrecklich."

Das Geräusch der sich öffnenden Tür unterbrach ihr Gespräch. Miriam rief ihre übliche Begrüßung aus. "Hey, großer Bruder."

Leah drehte sich um, um ihren eigenen Gruß auszusprechen, erstarrte aber bei dem Anblick vor ihr. Gideon hatte sich gerade von der Hutablage abgewandt und bewegte sich auf seinen Stuhl am Tisch zu.

Zumindest dachte sie, dass es Gideon war. Der Mann vor ihr hatte die gleiche große, muskulöse Statur und die gleichen stechend grünen Augen. Aber sein Gesicht trug *nicht* den Bart eines Berg-Ranchers, an den sie sich so gewöhnt hatte. Er war glatt rasiert, hatte einen kantigen Kiefer und seine markanten Gesichtszüge verstärkten das Smaragdgrün seiner Augen.

Ein Stoß in die Rippen lenkte Leahs Aufmerksamkeit von ihm ab und sie drehte sich um, um zu sehen, dass Miriam ein Kichern unterdrückte. Tatsächlich hing ihr eigener Kiefer schlaff herunter. Sie klappte ihn zu und drehte sich zu der Schinkenpfanne um, wobei ihr die Scham in den Nacken stieg. *Herr, lass nicht zu, dass Gideon mich beim Anstarren gesehen hat.*

Während sie den gebratenen Schinken auf einen Teller gabelte und frisch geschnittene Stücke in die Pfanne legte, kam ihr das Bild von Gideon wieder in den Sinn. Nette Gesichtszüge war eine Untertreibung. Ohne den buschigen Bart wirkte sein Gesicht lebendig. Wenn nur das Bild von ihm in ihrer Erinnerung schärfer wäre.

Während des Frühstücks hatte sie Mühe, sich auf Miriams übliches Geplapper zu konzentrieren. Regelmäßig warf sie einen Blick auf Gideon und nahm die Feinheiten seiner Gesichtszüge wahr. Sein Kiefer war kantig, aber sein Kinn lief zu einer kräftigen Spitze aus. Seine Haut wies einen deutlichen Farbunterschied zwischen der Bräune um die Augen und dem cremigeren Farbton im unteren Gesicht und am Hals auf. Es juckte sie in den Fingern, über seine Wangen zu streichen und zu sehen, ob es einen Unterschied in der Textur der beiden Farben gab.

Aber als sie ihn ansah und feststellte, dass sein durchdringender Blick sie beobachtete, ließ sie diese Gedanken fallen und stieß sich vom Tisch ab. "Möchte noch jemand Kaffee?"

Sie klemmte sich die Krücke unter den Arm und humpelte zum Herd, kehrte mit der Kaffeekanne zurück und achtete darauf, ihren Blick weit von Gideons Gesicht fernzuhalten.

"Danke, Leah, aber den hätte ich auch für Sie holen können." Miriam schenkte ihr ein süßes Lächeln, als sie die Tasse vor ihr wieder auffüllte.

"Das ist kein Problem."

Als sie sich umdrehte, um die heiße Flüssigkeit in Gideons Tasse zu gießen, legte er eine Hand darauf. "Für mich nicht. Ich muss los." Er wischte sich den Mund ab und erhob sich vom Stuhl. Sie konnte ihren Blick nicht davon abhalten, ihm zu folgen. "Miri, nimm unbedingt ein Gewehr mit. Ich hole Jim ab und treffe dich am Aussichtspunkt."

Als sich die Kabinentür schloss und der Riegel einrastete, ertönte hinter ihr ein Kichern. Als sie sich umdrehte, sah sie Miriam lachen. "Was ist so lustig?"

"Er sieht rasiert viel besser aus, nicht wahr?"

Leah warf ihr einen missbilligenden Blick zu, um weitere Neckereien zu unterbinden. Sie stapelte das Geschirr vom Tisch, während Miriam es zum Spüleimer trug.

"Ich warte immer noch auf eine Antwort, Leah, Liebes."

"Und wie lautete die Frage noch mal?", fragte Leah mit unschuldiger Stimme.

"Er sieht viel besser aus, wenn er rasiert ist, stimmt's? Gideon rasiert sich etwa einmal im Jahr, wenn der Sommer anfängt, heiß zu werden. Ich sage ihm jedes Jahr, dass er den Bart für immer loswerden sollte, aber er hört nicht auf mich." Ihre Stimme nahm einen anzüglichen Ton an. "Vielleicht muss er es von jemand anderem als von mir hören."

"Nun, das geht mich ja nichts an." Hoffentlich klang sie nicht so, als würde sie versuchen, sich selbst zu überzeugen.

Es war definitiv an der Zeit, das Thema zu wechseln. "Miriam, darf ich mitkommen und zusehen, wie Sie Ihr Pferd satteln? Ich würde gerne lernen, wie das geht."

Miriam hob den Kopf, als sie einen Teller über den Kompostkübel schob. "Sie wissen nicht, wie man ein Pferd sattelt?"

Leah zuckte mit den Schultern. "Der Pferdepfleger hat sich in Richmond immer um meine Stute gekümmert. Niemand hat mir je gezeigt, wie ich es selbst tun kann. Der alte Mose hat mir beigebracht, wie man seine Maultiere anspannt, aber das ist alles, was ich kann."

Miriam warf ihr einen mitfühlenden Blick zu. "Sie armes Kind. Das müssen wir jetzt in Ordnung bringen."

* * *

*L*eah wischte die bereits saubere Arbeitsplatte ab, nur für den Fall, dass sich Staub abgesetzt hatte, als sie Holz in den Herd gelegt hatte. Sie schaute sich nach etwas anderem um, das erledigt werden musste, konnte aber nichts finden. Sie seufzte.

Sie war den ganzen Tag allein auf der Ranch gewesen, hatte die Hütte geputzt, Heu in die leeren Ställe gestopft, Gemüse aus dem Garten geerntet, Rindercrêpes für das Abendessen zubereitet und zum Nachtisch Zimtrollen mit süßer Sahne gebacken. Der würzige Duft hatte sie in der letzten Stunde umgarnt und ihre Unruhe noch verschlimmert.

Sie schaute aus dem Fenster, um zu sehen, wie weit die Sonne schon über Mittag stand. Miriam hatte nichts davon gesagt, dass sie nach Einbruch der Dunkelheit unterwegs sein würden, obwohl Leah wirklich nicht wusste, was es mit dem Branding auf sich hatte. *Herr, bitte lass sie nicht zu spät kommen.*

Vielleicht wäre jetzt eine gute Gelegenheit, ihr Tagebuch weiterzuschreiben. Normalerweise versuchte sie, wöchentlich zu schreiben und die jüngsten Ereignisse und ihre Gedanken dazu festzuhalten. Sie schnappte sich ihre Krücke und ging in Richtung ihres Zimmers.

Kaum hatte sie sich mit dem Buch und ihrem Füllfederhalter auf ihrem Bett niedergelassen, das geschiente Bein auf die Bettdecke gestützt, ertönte ein seltsames Geräusch von draußen. Es hörte sich fast wie ein Vogelschwarm an, vielleicht auch wie die Hühner. Sie stellte ihr geschientes Bein auf den Boden, griff nach ihrer Krücke und humpelte so schnell sie konnte zur Haustür hinaus.

Das Geräusch kam eindeutig aus dem kleinen Hühnerstall und verirrte Federn flogen durch die Ritzen in den Brettern. Was war da drin? Ein Fuchs? Ihre Krücke würde sich als nützlich erweisen, um ihn zu verscheuchen.

Die Tür war entriegelt, als sie ankam, also riss sie sie ruckartig auf und stürmte hinein, wobei sie den Boden nach einem drahtigen roten Schädling absuchte. Als sich ihre Augen an das schwache Licht gewöhnten, stockte ihr der Atem.

Ein Mann stand vor ihr, das Messer über dem Kopf, wie ein alter Krieger, der einen Speer werfen wollte.

Das Glitzern in seinen Augen und der Blick auf seinem Gesicht lähmten sie.

Während die Hühner verängstigt kreischten, kam der Mann mit erhobenem Messer in Angriffsposition auf sie zu. Die Klinge glitzerte im Sonnenlicht, das durch Risse in den Brettern fiel. Er sah alt genug aus, um ihr Großvater zu sein, mit einem struppigen Bart, schmutziger Kleidung und einem Schlapphut.

Er sprach mit einem kehligen Knurren. "Sieh an, Miss. Sieht so aus, als hätte ich jemanden gefunden, der mein Abendessen für mich kocht."

Leah bewegte sich nicht. Was hatte er geplant? Ihr Verstand versuchte verzweifelt, einen Ausweg zu finden. Weg von diesem Mann. Könnte sie ihn in den Hühnerstall sperren und Hilfe holen?

Er war jetzt nahe genug, um sie zu berühren, und setzte die Spitze seines Messers an ihren Halsansatz. Sie atmete nicht, aber das scharfe Metall brannte auf ihrer Haut.

Er kicherte. "Wo sind die Männer?"

"Werden ... zurück ... kommen." Sie bemühte sich, ihre Kehle nicht zu bewegen, während sie jedes Wort sprach, so dass diese in einem heiseren Flüstern herauskamen. Er hob die Spitze des Messers nicht von ihrem Hals. Im Gegenteil, der Stich wurde schärfer.

"Dann hast du sicher Zeit, mir ein Abendessen zu machen, nicht wahr, Liebling?" Als er das letzte Wort sprach, griff er hinter sie und tätschelte ihren Po.

Kaltes, stählernes Feuer durchflutete Leahs Adern. Hätte er ihr nicht ein Messer an den Hals gehalten, hätte sie ihn gleich hier im Hühnerstall Stück für Stück auseinandergenommen. Kein Mann hatte sie *je* an einer solchen Stelle berührt und dieser dreckige Vagabund war der letzte Mann, dem sie das Recht dazu geben würde.

Er schien ihren Hass zu spüren, denn sein Grinsen versiegte. Seine Stimme war rau, als er wieder sprach. "Mach dich auf den Weg und mach mir etwas zu essen. Aber du sollst wissen, dass ich und mein Messer bei jedem Schritt bei dir sein werden."

Er zog die Klinge von ihrer Kehle weg, ließ sie aber wie eine Barriere vor sich schweben.

Leah wandte sich von dem Mann ab und humpelte in Richtung Haus, um ihre Gedanken neu zu ordnen und um seinen Forderungen nachzukommen. Wer war er? Hatte Simon ihn geschickt? Er sah nicht wie ein Mann aus, mit dem ihr Exverlobter Geschäfte machen würde, aber könnte er ein Entführer sein?

Was sollte sie nur tun? Es würde Stunden dauern, bis Gideon zurückkehrte. Welche Waffen könnten in der Hütte sein? Gideon und Miriam hatten die einzigen Gewehre, von denen sie wusste. Sie hatten zwar ein Küchenmesser, aber das musste geschärft werden. Wenn es ihr nicht gelang, diesen Mann zu überwältigen, würde das stumpfe Metall seiner rasiermesserscharfen Klinge nicht gewachsen sein.

Wenn er wollte, dass sie für ihn kochte, gab es dann eine Möglichkeit, ihn zu vergiften? Die Idee schien vielversprechend zu sein, aber sie hatte keine Ahnung, wie sie es besser anstellen sollte, als ihn mit halbgarem Fleisch zu füttern. Und das würde er sicher bemerken.

Vielleicht konnte sie ihn in die Nähe des Kamins bringen und ihn in die Flammen stoßen. Nicht um ihn zu töten, nur um ihn lange genug zu verletzen, damit sie die Oberhand gewinnen konnte. Sie würde nach einer Gelegenheit Ausschau halten müssen.

In der Hütte schürte Leah das Feuer im Herd und erhitzte dann das Fett in der Pfanne für die Rindfleisch-Crêpes. Während sie arbeitete, lehnte ihr Angreifer in der kleinen Küche an der Wand, seine weißen Fingerknöchel verrieten einen festen Griff um das lange Messer.

Gott, ich brauche dich jetzt wirklich. Während sie kochte, sprach sie ein ständiges Gebet. Nach ein paar Minuten schien der Mann davon überzeugt zu sein, dass sie keine Waffe in einem der Kartoffelfässer versteckt hatte, und setzte sich auf einen Küchenstuhl.

Sie befeuchtete ihre Lippen. Sie musste wissen, ob dieser Mann in Simons Diensten stand oder ob er nur ein Taugenichts war.

Sie versuchte, ihre Stimme lässig, aber bestimmt zu halten. "Meine Familie wird jeden Moment zurück sein."

Trotz ihrer Bemühungen zitterten die Worte ein wenig. Und er brauchte nicht zu wissen, dass Gideon und Miriam nicht gerade zur Familie gehörten.

Er schenkte ihr ein böses Grinsen. "Dann solltest du dich besser beeilen, Süße, damit ich noch etwas essen und Spaß haben kann, bevor ich mich auf den Weg mache."

Ein Schauer durchlief Leah. Aber während sie arbeitete, dachte sie über seine Worte nach. Es hörte sich an, als sei er nur ein Vagabund, der sich aus dem Staub machen wollte, sobald er alles mitgenommen hatte, was er an diesem Ort bekommen konnte. Das stärkte ihre Entschlossenheit. Sie würde ihn füttern, weil sie es musste. Aber sie würde eher sterben, als dass sie ihn etwas anderes tun ließe, als zu essen. *Herr, bitte hilf.*

Als die Crêpes fertig waren, legte sie zwei auf einen Teller und schob sie ihm zu. Sie hielt Abstand und hielt Ausschau nach einem Fluchtweg. Nachdem er zwei Portionen gegessen hatte, lehnte sich der Mann zurück und strich sich mit der Hand über das zerrissene Hemd, das fast seinen Bauch bedeckte. "Ich hoffe, du bist in anderen Dingen genauso gut wie im Kochen."

Leah atmete ein und bereitete sich auf die nächste Ablenkung vor. Sie zog das Tablett mit den Zimtrollen von dem Platz, an dem sie neben dem Herd aufgewärmt worden waren. "Möchten Sie etwas Süßes zum Abschluss?" Sie zwang sich zu einem zuckrigen Tonfall, damit er nicht mehr als die typische Gastfreundschaft der Menschen aus dem Südenosten vermutete.

Seine Augen verengten sich zu einem gierigen Blinzeln. Sie gabelte drei Brötchen auf einen Teller, dann trug sie ihn nahe genug heran, um ihn zu ihm zu schieben, wobei sie sich weit außerhalb seiner Reichweite hielt.

Er verschlang das Essen, leckte sich die schmutzigen Finger ab und hinterließ eine klebrige Schweinerei in seinem

Bart. Ihr wurde übel bei diesem Anblick und sie wandte sich ab, um ihre Fassung zu bewahren.

"Mehr Kaffee", bellte er.

Mit ihrer Schürze, die ihre Hand vor dem heißen Griff der Kaffeekanne schützte, humpelte sie zum Tisch und füllte seine leere Tasse mit dem Gebräu.

Bevor sie wusste, wie ihr geschah, packte er ihren rechten Arm und gab ihr einen Ruck. Die Kraft schlug ihr die Kaffeekanne aus der Hand und ließ sie über den Tisch fliegen.

Ihr schwaches Bein konnte ihren Widerstand nicht aufrechterhalten und sie landete im Schoß des Vagabunden. *Oh, Gott, bitte!*

KAPITEL 19

*L*eah drückte sich mit aller Kraft gegen den Mann, aber seine Hände umklammerten ihren Oberschenkel und ihren Arm. Sie zog mit einer Hand an seinen Haaren und drückte mit der anderen gegen seine Brust.

Mit aller Kraft, die sie besaß, versuchte sie, sich aus seinem Griff zu befreien. Aber ihr rechtes Bein konnte ihr Gewicht nicht tragen und sie konnte ihr linkes Bein nicht unter sich bringen, bevor sie auf dem Boden zusammensackte.

Im Handumdrehen kniete der Mann über ihr und drückte beide Arme auf den Holzboden. Sie wehrte sich und versuchte, ihn zu treten. Aber er hatte den Vorteil einer besseren Position.

Ein Geräusch drängte sich in ihr Unterbewusstsein. Die Stimme eines Mannes - weit weg? Sie schrie.

Er fluchte, dann beugte er sich herunter und stieß seinen Ellbogen in Leahs Mund. Der Gestank von ihm schlug ihr auf den Magen. Sie rang nach Luft, Verzweiflung krallte sich an ihre Kehle.

Aus seinem Mund kamen gemeine Worte und er blickte auf sein Messer auf dem Tisch. Sie zwang sich, ihren Kampf zu verlangsamen. Vielleicht würde er denken, der Kampf hätte sie erschöpft. Wenn sie ihn dazu bringen könnte, nach dem Messer zu greifen, könnte sie genug Druck ausüben, um sich aus seinem Griff zu befreien.

Er nahm den Köder auf und griff nach dem Messer, wobei er eine Hand um ihr rechtes Handgelenk gelegt hatte. Sie schrie aus Leibeskräften und bemühte sich mit aller Kraft, wegzukommen.

Die Kabinentür sprang auf und der Schurke über ihr erstarrte. Ein Mann, der sich als Silhouette im Türrahmen abzeichnete, hielt eine Waffe direkt auf den dreckigen Vagabunden gerichtet.

"Geh weg von ihr oder ich puste dir das Hirn weg." Die Stimme war ein hartes Knurren, hatte aber einen Unterton, den Leah erkannte.

Der alte Mose.

Sie nutzte die Gelegenheit, um nach hinten zu rutschen, weit weg von ihrem Angreifer. Ihr Herz füllte sich mit Erleichterung. *Gott, ich danke dir!*

Während Ol' Mose die Waffe auf den Mann richtete, humpelte Leah zur Scheune, um ein Seil zu holen. Gott sei Dank hing das Seil genau dort an der Scheunenwand, wo sie es sich erhofft hatte. Die geflochtene Schnur war schwer, als sie sie zum Haus zurückschleppte. Drinnen hielt sie es Ol' Mose hin, aber der ruckte mit dem Kopf in Richtung des Landstreichers.

"Sie gehen vor und fesseln ihn, während ich mit der Waffe auf sein Herz ziele."

Ihre Hände zitterten, als sie sich hinter den Mann stellte. Sein Körpergeruch reichte aus, um sie nach draußen zu schicken, aber sie hielt den Atem an und machte sich an die Arbeit mit dem Seil. Als sie den letzten Knoten geknüpft hatte, wich sie zurück, ihre Beine trugen kaum ihr Gewicht.

Der alte Mose warf ihr einen Blick zu und sein Augenausdruck wurden weicher. "Miss Townsend, gehen Sie und richten Sie sich wieder her, während ich mich um diesen Schurken kümmere."

"Sind Sie sicher?"

Er ging auf sie zu und schob sie aus dem Weg. "Total sicher."

Die beiden Männer verließen die Hütte, wobei Ol' Mose den Schurken mit seinem Gewehr bedrängte und ständig Beleidigungen über dessen Charakter ausstieß.

Es dauerte mindestens eine halbe Stunde, bis Ol' Mose wieder in die Hütte kam. Leah hatte ihr Äußeres wieder in Ordnung gebracht, eine weitere Kanne Kaffee gebrüht, eine Tasse Kamillentee für sich selbst aufgegossen und wollte sich gerade auf die Suche nach ihrem Freund machen, nur für den Fall, dass der Herumtreiber einen Weg gefunden hatte, die Oberhand zu gewinnen.

Als Ol' Mose eintrat, erhob sich Leah von ihrem Stuhl und humpelte mit ihrer Krücke auf ihn zu, um seinen Hut zu nehmen. Er musste ihren Gesichtsausdruck gelesen haben, denn er zwinkerte ihr zu, als er ihr das Filzstück übergab.

"Machen Sie sich keine Sorgen, Miss. Er wird Ihnen keinen Ärger mehr machen."

Sie versuchte, ihm ein Lächeln zu schenken, aber es war bestenfalls schwach. "Bitte setzen Sie sich. Ich habe frischen Kaffee und kann Ihnen die Zimtrollen anbieten, die er nicht gegessen hat."

"So ein Angebot kann ich nicht ausschlagen." Er zog sich einen Stuhl am Tisch heran und ließ sich darauf nieder. "Wo sind Gideon und das Mädchen?"

Leah füllte seinen Becher. "Heute wird gebrandmarkt." Sie

bemühte sich, es so zu sagen, als sei das Brandmarken die natürlichste Sache der Welt, die auf allen Gesellschaftspartys in Richmond besprochen wurde - nicht etwas, von dem sie an diesem Morgen zum ersten Mal gehört hatte. "Ich erwarte sie gegen Abend zurück, aber ich hoffe, Sie bleiben, bis sie hier sind. Ich weiß, sie werden Sie sehen wollen." Der Gedanke, allein gelassen zu werden, löste eine Welle der Panik in ihr aus.

"Ich würde nicht im Traum daran denken, die beiden zu verpassen." Er lehnte sich in seinem Stuhl zurück, die warme Tasse in beiden Händen haltend. "Sie sind wirklich eine Augenweide, Miss Townsend. Als ich vor ein paar Wochen hier wegging, war ich mir nicht sicher, ob Sie länger bleiben würden, als unbedingt notwendig. Ich wollte ein paar Tage später wiederkommen, aber der alte Slip bekam Fieber und ich musste ihn sofort nach Helena bringen. Ich wollte nicht, dass Sie auch noch krank werden."

Ein nüchterner Ausdruck überzog sein Gesicht. "Ich hoffe, es war nicht zu hart für Sie, hier zu bleiben. Die Bryants sind gute Leute, sonst hätte ich Sie nicht so lange zurückgelassen."

Seine Besorgnis löste die Anspannung in ihren Schultern ein wenig. "Es war überhaupt nicht schwer... bis auf diese kleine Episode heute."

"Es tut mir furchtbar leid." Sein Gesicht nahm eine so großväterliche Wärme an, dass sie am liebsten auf seinen Schoß gekrochen wäre.

* * *

*E*s dauerte den Rest des Nachmittags, aber Leahs Nerven hatten sich nach dem Zwischenfall mit dem Herumtreiber endlich beruhigt. Der war sicher an Ol' Moses Wagenrad in der Scheune angebunden, wo er bleiben würde, bis ihr Freund ihn am nächsten Morgen zum Büro des Sheriffs in Butte City fuhr.

Während sie die letzten Vorbereitungen für das Abendessen traf, lauschte sie auf die Ankunft von Gideon und Miriam. Sie musste sie erwischen, bevor sie die Scheune erreichten und den an den Wagen gefesselten Mann sahen. Doch das Klopfen von Stiefeln auf der Veranda war ihr erster Hinweis auf die Rückkehr der Bryants.

Leah stand am Kochherd und Ol' Mose saß am Tisch, als die Hüttentür aufflog. Gideon stand in der Tür, seine Hand umklammerte Miriams Ellbogen, während sie um seine große Gestalt herumspähte. Seine Augen suchten den Raum ab, blieben kurz auf dem alten Trapper stehen und richteten sich schließlich auf Leah.

"Was ist hier los?", knurrte Gideon.

Sie begegnete seinem Blick mit einer Ruhe, die sie überraschte. "Wir hatten heute einen Besucher. Aber Ol' Mose war so nett, vorbeizukommen und mir mit ihm zu helfen. Ich nehme an, ihr habt euch in der Scheune getroffen?"

"Wer ist er?" Gideon richtete diese Frage an Ol' Mose, seine Stimme war immer noch ein Knurren. Er hielt Miriam weiterhin am Arm fest, als würde er sie nicht loslassen, bevor er nicht jedes Detail über die Situation erfahren hatte.

"Eine fiese Ratte, die zum Essen vorbeigekommen ist. Miss Townsend ließ ihn um Gnade beten, als ich auftauchte. Sie ist sehr temperamentvoll. Kein Grund, sich Sorgen um sie zu machen." Sein Gesicht verzog sich zu dem breiten Grinsen, das sie so lieb gewonnen hatte.

Erst jetzt trat Gideon in die Kabine und ließ Miriams Arm los. Sein Gesicht hatte immer noch einen vorsichtigen Ausdruck, als erwarte er, dass ein Luchs vom Dachboden oder ein Mann mit einem Gewehr aus dem Schlafzimmer sprang.

"Kommen Sie rein und setzen Sie sich. Ihr Abendessen ist

schön warm." Leah verlieh ihrer Stimme die Ruhe und den süßen Südstaaten-Slang, den sie über Jahre hinweg perfektioniert hatte.

"Hört sich gut an." Miriam ging auf den Herd zu. "Ich gieße den Kaffee ein."

An diesem Abend gab es am Tisch die lebhafteste Unterhaltung seit vielen Monaten. Gideons Schultern entspannten sich endlich und Leahs Wangen begannen nach der Hälfte des Essens zu schmerzen, weil sie bei den Erzählungen von Ol' Mose ständig lachen musste. Er war ein meisterhafter Geschichtenerzähler, der selbst die alltäglichsten Begebenheiten so schilderte, dass sie sich alle vor Lachen kaum auf ihren harten Eichensitzen halten konnten.

"Haben Sie von der Verhaftung von Kapitän La Barge gehört?"

Ein Keuchen entwich ihr bei dem vertrauten Namen. "Was ist passiert?"

Das Gesicht von Ol' Mose bekam einen "Ich wusste, dass es passieren würde"-Blick. "Er wurde dabei erwischt, wie er Whiskey an die Indianer verkauft hat. Anscheinend hat er einen Haufen von dem Zeug auf dem Schiff mitgebracht, auf dem Sie waren, Miss Townsend."

Leahs Brust zog sich bei dieser Nachricht zusammen. "Aber er schien ein respektabler Mann zu sein."

Der alte Mose zuckte mit den Schultern. "Er ist ein Geschäftsmann. Wahrscheinlich dachte er, er hätte einen Weg gefunden, ein paar Dollar dazu zu verdienen. Das erinnert mich an die Zeit, als der alte Joe Meek versuchte, seine Frau vor den Crow Indianern zu retten." Und schon erzählte er wieder eine seiner wilden Geschichten.

Ein paar Mal im Laufe des Abends kam sogar ein leises Kichern aus Gideons Richtung. Vor allem, als Ol' Mose von der Zeit erzählte, als er mit einem Mann namens Marsh unterwegs gewesen war, der ständig mit seinen Fähigkeiten als Reiter prahlte. "Wir kamen durch ein Gelände mit Kaktusfeigen und ein Stachel muss unter den Schwanz von Marshs Pferd geraten sein. Bevor man ‚ron-de-vu' sagen konnte, lag Marsh ausgebreitet auf einem ganzen Bett aus diesen Stacheln. Wir brauchten ewig, um ihn da herauszuholen."

Nachdem er in das allgemeine Gelächter eingestimmt hatte, beugte sich Mose vor und schob sich das letzte Stück seiner Zimtrolle in den Mund. Nachdem er den Bissen heruntergeschluckt und sich über die Lippen geleckt hatte, lehnte er sich in seinem Stuhl zurück. "Miss Townsend, ich glaube, Sie werden eine gute Köchin. Diese süßen Brötchen sind so gut, wie ich sie noch nie gegessen habe."

Hitze überflutete ihr Gesicht, aber sie brachte ein "Danke" heraus.

"Haben Sie vor, in dieser Gegend zu bleiben?" Er reckte sein Kinn in Richtung der Krücke, die auf dem Tisch lehnte. "Sobald Sie wieder gesund sind, meine ich."

"Nein, Sir", sagte sie mit fester Stimme. Sie wollte nicht, dass Miriam und Gideon dachten, sie wolle sich auf unbestimmte Zeit von ihnen versorgen lassen. "Ich werde nach Helena ziehen, um Arbeit zu finden, sobald mein Bein geheilt ist."

Der Mann lachte leise vor sich hin. "Mir scheint, Sie werden nicht mehr lange arbeiten müssen. Die jungen Kerle in Helena werden ein hübsches Mädchen wie Sie nicht unverheiratet lassen." Er gab Gideon einen freundlichen Stoß gegen den Unterarm. "Ich wette, jeder heißblütige Mann in der Stadt würde alles geben, um eine so hübsche Braut zu bekommen, die noch dazu so gut kochen kann." Er winkte mit der Hand über das schmutzige Geschirr auf dem Tisch.

Entschlossenheit machte sich in ihr breit. "Sir, ich kann Ihnen versichern, dass ich *nicht* vorhabe, in nächster Zeit zu heiraten. Die Männer in Helena können sich darauf verlassen, dass Sie sich umsonst bemühen."

Auf ihre Erklärung folgte Schweigen. Selbst Miriams große grüne Augen verrieten Schock. Leah hielt jedoch ihre Schultern gerade und ihr Kinn erhoben. Sie meinte jedes Wort ernst.

Dann ertönte ein lautes Gackern von Ol' Mose, der so fest auf den Tisch schlug, dass sein Blechteller wackelte. "Sie sind in Ordnung, Mädchen. Ich glaube, Sie werden es schaffen."

* * *

Gideon passte sich den Schritten des alten Trappers an, als sie sich auf den Weg zur Scheune machten. Drifter hatte sich an Leahs Füße gekuschelt, als sie die Hütte verlassen hatten, und genoss es, sich die Ohren kraulen zu lassen. Es war ihm lieber, wenn der Hund bei ihr blieb, um die Dinge im Auge zu behalten. Das Tier hatte deutlich gemacht, dass ihm die hübsche Besucherin ebenfalls gefiel.

Während sie liefen, wanderte sein Blick hinauf zu den Sternen, die am weiten Himmel von Montana glitzerten. Sie bedeckten das dunkle Firmament und jeder wetteiferte darum, die anderen Lichter um ihn herum zu überstrahlen.

"Es ist sehr schön heute Abend, nicht wahr?" Der Himmel musste auch Ol' Mose aufgefallen sein.

Gideon nickte und ließ seinen Blick gen Himmel gerichtet.

Schließlich sprach er die Frage aus, die seinen Verstand eingenommen hatte. "Werden Sie mir sagen, was passiert ist?"

Der alte Trapper stieß einen Seufzer aus. "Als ich hier ankam, hat sich das Mädchen wacker geschlagen." Eine Pause. "Ich weiß nicht, wie es ausgegangen wäre, aber ich weiß genau, dass der Schöpfer es weiß. Und ich vertraue darauf, was er entscheidet."

Gideon hatte darauf keine Antwort. Er war nicht bereit, sich auf die Idee einzulassen, dass Gott überhaupt einen Plan hatte, geschweige denn einen besseren. Also schwieg er.

Einen Moment später sprach der alte Mann wieder. "Sie haben hier ein wirklich schönes Stück Land, Bryant. Das schönste in dieser Gegend. Gott hat Sie ziemlich gesegnet."

Etwas brannte in Gideons Kehle, aber er schluckte es hinunter. "Es ist eine Menge harte Arbeit."

Moses scharfsinniger Blick traf ihn. "Wie läuft's bei Ihnen, mein Sohn?"

Gideon schluckte erneut. Wie ehrlich sollte er sein? Er hatte wirklich niemanden, dem er sich anvertrauen konnte. Miriam vielleicht, aber seine Schwester trug schon so viel Last mit dem Haus und dem Garten.

Und sie war immer noch ein Kind. Es war gut, dass sie jetzt Leah hatte, die ihr bei den Dingen half. Zumindest für eine kurze Zeit. Er atmete tief durch und fuhr sich mit der Hand durch die Haare. Die kurzen Locken fühlten sich immer noch seltsam an, aber sie hielten ihn bei diesem heißen Wetter kühler.

"Nun ..." Er hielt inne und überlegte, wie er die richtigen Worte finden sollte. "Ich bin unterbesetzt. Ich weiß nicht, wie es über den Winter laufen wird."

Ol' Mose nickte. "Wollen Sie jemanden anheuern?"

"Vielleicht." Mit dieser Idee hatte er eigentlich schon eine Weile gerungen. Er konnte sich einfach nicht dazu durchringen, Abel zu ersetzen. Nicht, bis er es musste. Es schien nicht richtig, dass ein Fremder an seiner Seite arbeitete, dort, wo sein Bruder sein sollte.

Der ältere Mann schwieg einige Augenblicke lang, als sie beide in der Mitte des Hofes standen und in den Nachthimmel starrten. Gideons Gedanken schweiften zurück zum

Haus. Aus irgendeinem Grund hielt er Leah nicht für eine Fremde, die auf der Ranch arbeitete. Er hatte sich an ihre Anwesenheit gewöhnt, hatte es sogar genossen. Sie schien genau hierher zu passen. Und sie tat so, als ob ihr die Arbeit oder das abgelegene Leben nichts ausmachten. Sie war ein wenig rätselhaft, weil sie aus so wohlhabenden Verhältnissen stammte, sich aber gleich mit den anderen in die Arbeit stürzte.

"Wie läuft's denn so mit Ihrem hübschen Hausgast?"

Waren seine Gedanken so durchschaubar gewesen? Gideon trat gegen ein Büschel Hafergras, sein Blick war nicht mehr nach oben gerichtet. "Gut, schätze ich."

"Wie ich sehe, entpuppt sie sich als eine gute Köchin."

Gideon zuckte mit den Schultern und versuchte, sich so lässig wie möglich zu geben. "Für ein Stadtmädchen macht sie sich ganz gut."

Der Mann an seiner Seite stieß ein Schnauben aus. "Sie mag ein Stadtmädchen sein, aber sie hat mehr Mumm als die meisten Männer, die ich im Hinterland unter meinen Fittichen hatte."

Gideon antwortete nicht und auch Ol' Mose schwieg eine Zeitlang. Die Worte waren wahr. Leah hatte Mut bewiesen, wie sie mit den Schmerzen ihres gebrochenen Beins umgegangen war, wie sie sich selbst dazu gedrängt hatte, bei jeder Aufgabe zu helfen, die sie übernehmen konnte, wie sie in nur vier Wochen besser kochen gelernt hatte als Miriam.

Sie hatte keine Angst vor dem Leben in den Bergen, wie Jane es getan hatte. Nein, Leah nahm das Leben hier an. An dem Tag, als er sie zum ersten Mal in der Küche ihrer kleinen Hütte gesehen hatte, hätte er das nie erwartet.

"Sie wissen schon." Die zittrige Stimme von Ol' Mose durchbrach Gideons Gedanken. "Ein weiser alter Trapper, den ich kannte, sagte einmal: 'Beurteile ein Buch nie nach seinem Umschlag'. Ich glaube, er meinte damit, dass man einer Person immer eine faire Chance geben sollte, ihr Können zu beweisen. Bilden Sie sich keine Meinung wegen etwas, das Ihnen vor einiger Zeit passiert ist."

Wie genau hat dieser Mann das gemacht? Waren Gideons Gedanken so offensichtlich? Er starrte durch die Dunkelheit in Richtung der Straße. Er hatte tatsächlich angenommen, dass Leah aufgrund ihrer Herkunft genauso viel Angst vor den Bergen haben würde wie seine verstorbene Frau. Nach einem Blick auf sie mit dem kleinen Hut und dem schicken Kleid mit den vielen Rüschen hatte er sich eine Meinung gebildet. Aber sie hatte begonnen, ihn davon zu überzeugen, dass er sich geirrt haben könnte.

Er drehte sich um und zog eine Hand aus seiner Tasche, um dem alten Mann auf die Schulter zu klopfen. "Klingt, als wäre Ihr Trapperfreund ein kluger Mann gewesen."

Der alte Mose grinste ihn an, als wolle er sagen, *ich bin froh, dass Sie das Licht gesehen haben,* und nickte dann. "Ja, das war er. Jetzt ist es an der Zeit, dass ich meine alten Knochen ins Bett bringe. Ich werde morgen wieder früh aufbrechen."

KAPITEL 20

*L*eah trocknete ihre mit Wasser bespritzten Hände an ihrer Schürze und wandte sich von der Arbeitsfläche ab, als Miriam in die Hütte kam. "Das Geschirr für das Mittagessen ist fertig", verkündete sie. "Was steht für heute Nachmittag auf dem Programm?"

Miriam trat in die Küche, zog eine Grimasse und griff nach dem großen Topf mit den Rollenfüßen unter dem Tresen. "Es ist Zeit, ein Huhn zu töten."

Das erregte Leahs Aufmerksamkeit. "Ein Huhn töten? Sie meinen, um es zu essen?"

"Ja." Miriams Stimme war voller Widerwillen. "Die jungen Hähne sind jetzt alt genug, also werden wir heute Abend einen zum Abendessen braten."

"In Ordnung." Sie hatte sich nie wirklich Gedanken darüber gemacht, wie das Fleisch in ihre Küche in Richmond oder gar in Montana gekommen war. Es machte jedoch Sinn, dass die Vögel, bei deren Fütterung sie in den letzten Wochen geholfen hatte, für mehr bestimmt waren als für die Produktion von Eiern. Sie schluckte. Wie schwer konnte das schon sein? "Was kann ich tun, um zu helfen?"

Miriam trug den Topf zur Tür. "Ich habe alles neben der Scheune aufgebaut. Ziehen Sie sich ein altes Kleid und eine Schürze an und kommen Sie mit raus. Ich zeige Ihnen, was Sie tun müssen."

Leah gehorchte und tauschte ihre Schürze gegen eine vom unteren Ende des Stapels am Haken aus. Sie trug bereits den grauen Arbeitsmantel aus Wolle, den sie schon im Zug von Richmond getragen hatte. Sie schnappte sich ihre Krücke und folgte ihrer Freundin nach draußen. Ihre Schritte waren jetzt schneller, fast so schnell wie vor ihrem Sturz.

Sie humpelte um die Ecke der Scheune, wo der Topf über einem kleinen Lagerfeuer stand. In der Nähe lag eine Axt auf einem Baumstumpf. Miriam war nirgends zu sehen, aber ein unverhofftes Geräusch aus der Richtung des Hühnerstalls gab Leah eine Idee, wo sie sich aufhalten könnte.

Bald darauf kam Miriam mit einem entschlossenen Gesichtsausdruck und einem Huhn um die Scheune, das in ihrer linken Hand an seinen Beinen baumelte. Sie warf einen Blick in Leahs Richtung. "Sie sollten vielleicht etwas zurücktreten, es wird eine etwas schmutzige Angelegenheit."

Leah wich einen Schritt von den ausgelegten Werkzeugen zurück. Miriam zögerte nicht, sondern ging direkt auf den abgesägten Baumstumpf zu, nahm die Axt in die rechte Hand, ließ das Huhn über dem Stumpf baumeln, so dass dessen Kopf auf dem Holz lag, und schlug mit der Axt kräftig zu.

Die darauf folgende Szene war nicht schön. Flügel flatterten und Blut spritzte. Leah drehte sich mit aufgewühltem Magen weg. Als sich das Geflatter gelegt hatte, brachte sie endlich den Mut auf, wieder hinzusehen.

Es war gut, dass sie beim Anblick von Blut nie zimperlich gewesen war, denn es gab reichlich davon in der Nähe des Hackblocks. Miriam hielt das Huhn mit beiden Händen von ihrem Körper weg, das Gesicht zur Seite gedreht, um Spritzer von dem roten Blut zu vermeiden, das weiterhin aus dem toten Tier in ihren Händen floss. Sie warf Leah einen mitfühlenden Blick zu, aber es war schwer zu sagen, ob der Blick wirklich ihr oder dem armen Huhn galt.

Es gelang ihr, Miriam zu helfen, während sie das Huhn kurz in kochendes Wasser tauchten und dann die Federn entfernten. Nachdem das erledigt war, warf Miriam einen weiteren mitfühlenden Blick in Leahs Richtung. Obwohl sich ihr Magen beim Anblick dieses Gesichtsausdrucks schon wieder zusammenzog, konnte das, was vor ihr lag, sicher nicht halb so schlimm sein, wie das Töten des Huhns gewesen war.

Sie hatte Unrecht.

Das Ausweiden des Vogels war vielleicht der schlimmste Teil der ganzen unangenehmen Arbeit. Aber sie schaffte es, ihr eigenes Essen in ihrem Magen zu behalten, manchmal nur, indem sie wegschaute, während Miriam weiterarbeitete.

Als sie wieder in der Küche waren und der Hühnerkörper in der Schüssel neben der Arbeitsplatte lag, sagte ihr Magen, dass sie vielleicht nie wieder essen würde. Eigentlich wollte sie sich hinlegen, aber ein Blick auf Miriams blutverschmierte Schürze und ihre eigene, leicht bespritzte Bekleidung ließ etwas Wichtigeres in den Vordergrund treten.

"Miri, geben Sie mir Ihre Schürze, ich werde sie einweichen. Haben Sie auch Blut auf Ihrem Kleid?"

Miriam untersuchte ihre Arme und ihren Rock, dann rümpfte sie die Nase. "Ich sehe schrecklich aus."

Miriam sprach die Wahrheit, von ihrem zerzausten Haar bis zu ihrer befleckten Kleidung. Doch in Leahs Brust wogte die Zuneigung für ihre temperamentvolle Freundin, die den Mut hatte, alles zu tun, was nötig war. Sie legte einen Arm um Miriams Schultern. "Warum ziehen Sie sich nicht etwas Sauberes an, während ich alles vorbereite? Dann können Sie aus *Stolz und Vorurteil* vorlesen, während ich die Wäsche mache."

Als Miriam ihr einen dankbaren Blick zuwarf, sah sie die Erschöpfung in den Augenwinkeln ihrer Freundin.

Wenn sie doch nur mehr tun könnte, um Miriams Situation zu verbessern.

* * *

*A*ls Gideon an diesem Abend zum Abendessen kam, schien Miriams Begeisterung zurückgekehrt zu sein.

"Hallo, großer Bruder", zwitscherte sie, während Gideon seinen Hut an einen Pflock hängte.

Leah konnte nicht umhin zu bemerken, wie sich sein braunes Baumwollhemd über seine breiten Schultern spannte. Bei jeder Bewegung strahlte er Stärke aus.

"Hallo, Gideon." Sie schenkte ihm ein zaghaftes, einladendes Lächeln, als sie den Teller mit dem Brathähnchen zum Tisch trug. Ihre Begrüßung wurde mit einem Nicken quittiert, während sein Blick an ihrem hängenblieb, bevor er auf den Teller mit dem Hühnchen fiel.

"Das Essen sieht gut aus."

Sie konnte sich ein Grinsen nicht verkneifen. Das war ein großes Lob von dem Mann, der nicht verstand, dass man im täglichen Umgang Worte brauchte.

Miriam schenkte Kaffee ein, während Leah den Rest des Essens zum Tisch brachte. Als alle Platz genommen hatten, sprach Gideon seinen typischen knappen Segen und sie fügte ihre eigene stille Bitte hinzu. *Herr, bitte hilf dem Huhn, gut zu schmecken.*

Die Mahlzeit begann in angenehmer Stille, nur das Geräusch von Essbesteck, das über Blechteller schabte, war zu hören. Leah wollte das Essen zwar gerne probieren, aber schon der Anblick des Huhns erweckte Bilder in ihr, die ihr den Magen umdrehten. Stattdessen aß sie lieber einen zusätzlichen Keks und grüne Bohnen. Vielleicht würde sie später heimlich eine Scheibe Schinken essen.

Gideon schien ihre Abneigung gegen das Fleisch nicht zu teilen. Er legte zwei große Stücke auf seinen Teller und stürzte sich mit Genuss darauf. In wenigen Minuten waren beide Teile zu bloßen Knochen reduziert. Als er einen weiteren Flügel und beide Beine auf seinen Teller legte, richtete sich sein Blick auf Leah. Als sich ihre Blicke trafen, stieg ihr die Hitze in die Wangen, aber sie wich seinem Blick nicht aus.

"Das Hühnchen ist gut." Ein Glitzern schimmerte in seinen Smaragdenaugen und ließ eine Flut von Wärme durch ihre Brust strömen.

"Danke."

Einen Moment lang sah er sie noch an, dann ließ er seinen Blick auf das Huhn fallen und begann wieder zu essen.

"Also, Gideon, wie viele Kühe müssen noch kalben?", meldete sich Miriam zu Wort.

"Fünf." Seine Antwort war schnell und sicher. Offensichtlich hatte er eine Liste geführt.

"Haben Sie gerade neue Kälber?" Neuigkeiten über das Vieh faszinierten Leah immer. Vielleicht würde sie die Tiere eines Tages zu Gesicht bekommen.

"Ein Paar, das ein paar Wochen alt ist. Beide weiblich."

"Ist das gut oder schlecht?" Die Tatsache, dass er das Geschlecht genannt hat, musste wichtig sein.

"Gut. Wir behalten die weiblichen Tiere, um die Herde zu vergrößern. Bullenkälber müssen irgendwann verkauft werden."

Interessant. In einer Welt, in der Frauen als nicht so

wichtig wie Männer angesehen wurden, waren die weiblichen Tiere der Rindergattung begehrter als die männlichen.

Das Essen war bald fertig und Leah stand auf, um das schmutzige Geschirr zu stapeln. Miriam schob die Essensreste für Drifter auf einem Teller zusammen. Sie pfiff, während sie den Teller quer durch den Raum in die gewohnte Ecke trug, und der Hund sprang von seinem Platz neben Gideons Stuhl auf und trottete eifrig auf sein Fressen zu.

Anstatt sich auf den Weg zu machen, um die Arbeiten in der Scheune zu erledigen, blieb Gideon sitzen und nippte nachdenklich am Kaffee.

Leah behielt ihn im Auge, während sie arbeitete. Das war ein recht ungewöhnliches Verhalten für ihn. "Kann ich Ihre Tasse nachfüllen?"

Ihre Frage schien seine Trance zu durchbrechen und er stellte den Becher auf den Tisch. "Gerne."

Leah ging zum Herd, um den Topf zu holen, und seine Blicke folgten ihr, während sie dort hin humpelte. Die harten Bretter, die immer noch an ihr Bein geschnallt waren, hielten ihren Gang steif.

Die Krücke brauchte sie in der Küche nicht mehr. Sie konnte in dem kleinen Raum herumhumpeln, ohne dass ihr Bein zu schnell ermüdete. Als sie die dampfende Flüssigkeit in Gideons Becher goss, sah er zu, wie das dunkle Gebräu an den Rändern des hellbraunen Gefäßes emporstieg.

"Ich denke, es ist an der Zeit, die Schiene von Ihrem Bein zu nehmen."

Ihr Blick flog zu seinem Gesicht. Er erwiderte ihren Blick nicht, aber etwas zog an der Kanne in ihren Händen. Sie sah nach unten. Kein Wunder, dass Gideon nach dem Henkel griff: Der Kaffee lief aus seiner Tasse über und bildete einen großen schwarzen Kreis auf dem Holztisch.

Sie holte tief Luft. "Es tut mir so leid."

Er nahm die Kaffeekanne, während sie die Unordnung mit einem Lappen vom Tisch wischte. Hitze kroch ihr in den Nacken, aber sie konzentrierte sich auf ihre Arbeit.

Als sie das Verschüttete weggewischt hatte, griff sie nach der Kanne, doch traute sich immer noch nicht, ihn anzuschauen. Er ließ die Kanne nicht los. War er wütend? Zögernd hob sie den Blick.

Es war kein Zorn, der sein Gesicht verdunkelte, sondern Belustigung. Seine dunkelgrünen Augen tanzten, seine Lippen schürzten sich und bildeten auf der linken Seite ein wunderschönes Grübchen. Ihr Inneres schmolz ein wenig dahin. Meine Güte, war er gut aussehend.

Bevor sie sich in Schwärmereien verlor, trat sie einen Schritt zurück. Sie musste etwas sagen. Endlich erinnerte sich ihr Verstand an die Worte, die dieses kleine Chaos ausgelöst hatten. Sie blinzelte und versuchte, den Nebel zu vertreiben. "Sie meinen also, ich sollte die Schiene entfernen?"

"Ja." Gideon behielt das Grübchen in seiner linken Wange, als wüsste er, dass sie um ihre Fassung rang.

Sie atmete langsam aus. "In Ordnung, ich werde es heute Abend tun."

Er schüttelte den Kopf und hob den vollen Becher an seine Lippen. "Ich muss einen Blick darauf werfen, bevor wir alle Verbände abnehmen, um sicherzugehen, dass die Knochen so zusammengewachsen sind, wie sie sollten."

Der Gedanke daran ließ sie erschaudern. Langsam nickte sie. Er schien zu wissen, was er tat, und Miriam hatte gesagt, er sei so etwas wie ein Arzt, wenn es um Knochenbrüche ging.

Gideon nickte ebenfalls, stellte seinen Becher auf den Tisch und erhob sich von seinem Stuhl. Die Angelegenheit schien geklärt zu sein.

KAPITEL 21

*N*ach getaner Arbeit fand sich Leah auf dem Boden des Hauptraumes sitzend wieder, den Saum ihres Kleides gerade so weit hochgezogen, dass die Schiene an ihrem rechten Bein zu sehen war. Miriam hockte auf der einen Seite und Gideons große Gestalt kniete auf der anderen Seite. Wenn Emily sie jetzt sehen könnte, wäre sie entsetzt. Ein Mann, der nicht nur Leahs Knöchel, sondern ihren gesamten Unterschenkel sehen konnte.

Eine andere Möglichkeit schien es jedoch nicht zu geben. Sie würde ihn als Arzt betrachten müssen. Das war nicht allzu schwer, denn er zog ein großes Messer aus der Tasche an seiner Hüfte und schnitt vorsichtig die äußeren Stoffstreifen durch. Als das Holz von ihrem Bein abfiel, war die Stelle, an der die Stöcke gescheuert hatten, endlich frei. Erleichterung überflutete sie.

Dann begann er, den Verband abzuwickeln, der ihre Haut bedeckte, und ihr Blick wanderte zu Gideons Gesicht. Sein Blick war intensiv, während er ihr Bein dort untersuchte, wo der Stoff gelegen hatte. Zwischen seinen dunklen Brauen bildeten sich zwei Linien und es juckte sie in den Fingern, die Falten zu glätten. Ein Schatten von Bartstoppeln war auf seinem Gesicht gewachsen. Die ausgeprägte Linie auf seinen Wangen war weicher geworden, die blasse Haut auf seinem Kiefer hatte sich golden verfärbt.

Er drehte sich um und sah sie an. Sie war beim Anstarren erwischt worden. Ihre Wangen erröteten, aber er reagierte freundlicherweise nicht.

"Von außen sieht es so aus, als sei der Knochen gut verheilt. Sie sollten ihn ein paar Tage lang schonen, bis er sich daran gewöhnt hat, ohne die Schiene Gewicht zu tragen. Und benutzen Sie wieder beide Krücken."

Sie rümpfte die Nase über diesen Vorschlag. So glücklich sie auch war, dass sie sie bekommen hatte, und so dankbar sie für die Freiheit war, die sie ihr von Anfang an beschert hatten, so sehr konnte sie es nicht erwarten, bis sie die lästigen Stöcke endlich los war.

"Wenn man den Knochen zu früh zu stark belastet, riskiert man ein dauerhaftes Hinken oder sogar einen erneuten Bruch."

Seine Worte legten sich wie ein ernüchternder Mantel über sie. Sie nickte und Gideon erhob sich und steckte das Messer in die Scheide. Während Miriam die Stöcke und das schmutzige Verbandszeug einsammelte, schlug Leah ihren Rock über die Zehen und spannte langsam ihren Fuß an. Die Muskeln brannten, aber es schien mehr von der Untätigkeit als von dem scharfen Schmerz des gebrochenen Knochens zu kommen.

Miriam und Gideon standen auf beiden Seiten und halfen ihr auf die Beine, dann reichte Miriam Leah die Krücken. Leah schenkte den beiden ein so strahlendes Lächeln, wie sie es trotz des Stichs in ihrem Bein aufbringen konnte. "Vielen Dank für Ihre Hilfe. Meinem Bein geht es jetzt schon viel besser."

Gideon beäugte sie mit einem misstrauischen Blick, als ob er wüsste, dass ihre Worte nur gespielt waren.

"Ich denke, ich werde mich für heute Abend verabschieden. Wir hatten einen anstrengenden Tag." Sie musste in ihr Zimmer fliehen, wo sie sich ausruhen konnte, ohne eine starke Fassade aufrechterhalten zu müssen. Es war ein anstrengender Tag gewesen, zuerst mit dem Unterricht im Hühnerschlachten und jetzt mit den erneuten Schmerzen in ihrem Bein.

Miriam beugte sich vor, um Leah zu umarmen. "Gute Nacht, Leah. Schlafen Sie gut."

Leah balancierte die Krücken unter ihren Armbeugen, während sie ihre Freundin an sich drückte. Gideon beobachtete die beiden, sein Gesichtsausdruck war schwer zu lesen. Fast eine Mischung aus Sehnsucht und Zurückhaltung, als ob er sich vor etwas fernhielt, das er unbedingt haben wollte.

Als sie aus Miriams Umarmung zurücktrat, blickte Leah wieder zu Gideon und stellte fest, dass er sich abgewandt hatte. Sie ergriff ihre Krücken und humpelte in Richtung ihres Zimmers. "Gute Nacht allerseits", rief sie über ihre Schulter.

* * *

*E*inige Wochen später ritt Gideon abends früher als sonst zur Scheune. Ein neugeborenes Kalb lag zwischen seinen Beinen und der Kopf der Kleinen wippte im Rhythmus des Ganges des Pferdes. Von Zeit zu Zeit gab das Kalb ein trauriges Blöken von sich, als würde es das Schicksal seiner Mutter betrauern, die es in dieser kalten, furchterregenden Welt zurückgelassen hatte.

Er streichelte den weichen Hals des Tieres. "Es wird alles gut werden, Mädchen. Wir gehen an einen Ort, wo man sich gut um dich kümmern wird."

Armes kleines Ding. Die Geburt war schwierig gewesen, da das Kalb in die falsche Richtung gedreht und mit dem Schwanz voran herauskam. Er und die Mutterkuh hatten stundenlang gekämpft, um das Kalb auf die Welt zu bringen. Die arme Kuh war gestorben, kurz nachdem die kleine Kämpferin aufgestanden war, und hatte Gideon die Pflege ihres Nachwuchses überlassen.

Hoffentlich würden Leah und Miriam bereit sein, diese Aufgabe zu übernehmen, da sie tagsüber in der Nähe des Stalls sein würden. So oft, wie Leah darum gebeten hatte, zur Herde und den neuen Kälbern zu reiten, würde sie sich wahrscheinlich freuen, bei der Pflege des Kälbchens zu helfen. Für ein Stadtmädchen hatte sie das Leben auf der Ranch sehr gut angenommen. Er konnte immer noch nicht glauben, dass sie das Huhn gerupft und ausgenommen hatte, obwohl es ihm nicht entgangen war, dass sie nicht einen Bissen davon gegessen hatte. Trotzdem hatte sie sich nicht darüber beschwert.

Im Moment war es das Wichtigste, dass das Kalb Milch bekam. Die Mutter war noch nicht stark genug gewesen, um zu stehen und zu säugen, also hatte das Kleine noch keine gute Mahlzeit bekommen.

Als er in den Hof der Ranch ritt, stand Leah im Garten und hielt eine prall gefüllte Schürze in beiden Händen. Sie wirkte königlich, auch wenn sie mit Schmutz bedeckt war und ihr Haar in Strähnen um ihr Gesicht fiel.

Er ritt in ihre Richtung und sobald sie ihn sah, lud sie ihre Last am Rande des Gartens ab und humpelte in seine Richtung. Das starrköpfige Mädchen hatte aufgehört, die Krücken zu benutzen, obwohl der Knochen wahrscheinlich immer noch schmerzte, wenn sie ging.

Als sie näher kam, leuchtete ihr hübsches Gesicht wie eine Laterne in einer dunklen Scheune.

"Sie haben uns ein Kalb gebracht?" Verwunderung erfüllte ihre Stimme.

Er nickte. "Sie hatte eine schwere Geburt und die Mutter hat es nicht geschafft. Ich habe sie hierher gebracht, damit wir sie füttern können, bis sie entwöhnt ist."

Ein Schatten zog über Leahs Gesicht, als er die Geburt erwähnte, aber er verschwand, als sie das samtige Gesicht des Kalbs streicheln wollte. Seine Zunge streckte sich aus, um ihr Handgelenk zu erwischen, und Leah lächelte wie ein Kind, das ein neues Spielzeug bekommen hatte.

Er hätte den ganzen Tag dort sitzen und dieses Lächeln beobachten können, aber das Kalb wurde bereits schwächer. Es brauchte bald Nahrung, sonst würde es das gleiche Schicksal erleiden wie seine Mutter.

"Ich muss sie in den Stall bringen und sie füttern. Haben Sie die Milch von heute Morgen schon entrahmt?"

Leahs Blick hob sich zu seinem Gesicht, während ihre andere Hand nach oben wanderte, um ihre Augen vor dem grellen Sonnenlicht zu beschatten. Ihr Gesichtsausdruck, der immer so leicht zu lesen war, zeigte, dass sie versuchte, den Grund für seine Frage zu verstehen. "Nein, wir haben den Rahm aufsteigen lassen, um Butter zu machen."

Er nickte, "Gut. Können Sie es gut umrühren und mir die Hälfte von dem bringen, was da ist? Den Rest können Sie wieder absetzen lassen. Wir müssen eine Zeitlang die Hälfte von Bethanys Milch für das kleine Mädchen verwenden." Er tätschelte die weiche Schulter in seinem Schoß.

Leah nickte und streichelte das Kälbchen ein letztes Mal, bevor sie sich in Richtung Hütte bewegte. "Ich bringe die Milch in den Stall."

Als er das Kalb in einem Gehege untergebracht und den Sattel von seinem Pferd abgenommen hatte, waren Leah und Miriam mit dem halben Eimer Milch in den Stall zurückgekehrt. Miri stellte ihn ab und quietschte leise, als sie das Kalb sah, dann ging sie mit ausgestreckter Hand in das Gehege. Das Kleine war wackelig auf den Beinen, aber wenigstens stand es.

Gideon griff nach dem Eimergriff und schlüpfte neben seiner Schwester in das Gehege, während Leah durch das offene Tor zusah. Er kniete sich vor das Kalb, tauchte zwei Finger in die Milch und hielt sie dann vor die Nase der Kleinen. Das Kälbchen schnupperte kurz, dann schnupperte sie an seinen Fingern und schob sie dabei weg. Er tauchte sie erneut in die Milch, stupste die Lippen des Kalbes an und schob seine Finger in sein Maul. Seine Finger kribbelten, als das Kalb einmal saugte - ein guter Anfang. Sobald es sich an die Saugbewegung gewöhnt hatte, würde er ihren Kopf zur Milch im Eimer hinunterziehen und ihr beim Trinken helfen.

"Kann ich es versuchen?" Leahs satte Stimme drang zu ihm durch, direkt hinter seiner rechten Schulter, nicht außerhalb des Geheges, wo er sie zurückgelassen hatte. Sie trat neben ihn und kniete sich hin, nur etwas unbeholfen mit ihrem schwachen Bein.

Ohne seine Antwort abzuwarten, tauchte Leah ihre Finger in den Eimer mit Milch und hielt dem Kalb ihren Zeige- und Mittelfinger hin, so wie er es getan hatte. Das Kalb begann, an den mit Milch gefüllten Fingern zu saugen, was Leah ein leises Kichern entlockte. Aber sie zog ihre Finger nicht zurück.

Gideon hob den Eimer am Boden auf und hielt ihn mit beiden Händen an das Kalb. "Versuchen Sie, ihr Maul in die Milch hineinzuziehen."

Das Kalb saugte weiter, als Leah ihre Hand in den Eimer senkte. Doch kurz bevor die kleine Nase die Milch berührte, brach es den Saugvorgang ab. Leah tauchte ihren Finger in die Milch und versuchte es erneut. Diesmal tauchte die Nase des Kälbchens in die Flüssigkeit ein und es kam stotternd und pustend wieder heraus. Seine lange Zunge streckte sich aus, um den weißen Film von seiner nassen Nase zu lecken.

"Versuchen Sie es noch einmal", sagte Gideon, aber Leah tauchte bereits ihre Finger in die Milch. Sie hatte einen natürlichen Instinkt in Bezug auf die Tiere und schien es zu genießen, wenn ihr überglücklicher Gesichtsausdruck ein Zeichen dafür war.

Diesmal saugte das Kalb weiter an Leahs Fingern, auch nachdem sein Maul in die Milch eingetaucht war.

"Gut." Gideon sprach mit leiser Stimme. "Und jetzt versuchen Sie, Ihre Finger langsam aus ihrem Mund zu ziehen und sie die Milch weiter trinken zu lassen."

Sie bewegte sich langsam und der Trick funktionierte genau richtig. Sie zog ihre Finger von der Milch zurück, aber das Kalb trank weiter und schluckte wie ein Sterbender an einer Oase in der Wüste.

Leah lehnte sich mit einem zufriedenen Seufzer auf ihren Fersen zurück. Er konnte nicht anders, als die Frau zu beobachten, deren Anblick viel interessanter war als der des neuen Kalbes vor ihnen. Ihr Haar war im schummrigen Licht der Scheune von einem satten Karamellton und mehrere Strähnen fielen in lockeren Wellen von ihren Haarnadeln über ihren Hals und ihre Schultern. Die Züge ihres Gesichts waren fein, gerade und fast perfekt proportioniert. Feminin, aber nicht zerbrechlich. Ihre Wangen waren rosa gefärbt, wahrscheinlich von der Aufregung des Augenblicks.

Dann drehte sie sich um und zog ihn in die Tiefe ihres grünen Blicks. Ihre Augen waren Fenster, in denen sich ihre innersten Gedanken spiegelten. In ihnen lag Verletzlichkeit... und noch etwas anderes. Vertrauen?

Bevor er sich vergewissern konnte, senkte sie den Blick und ihre Wangen wurden noch röter. Es juckte ihn in den Händen, ihr Gesicht zu berühren, das so weich und einladend war. Er würde ihr Kinn anheben, um einen weiteren

Blick in die Fenster zu werfen. Aus irgendeinem Grund wollte er wissen, was diese Frau dachte. Wie sie über diesen Ort dachte ... über ihr Leben ... über *ihn*.

Ein Rascheln im Heu hinter ihnen lenkte Gideons Aufmerksamkeit wieder auf seine Umgebung. Miriam. Er hatte vergessen, dass sie dort stand. Wenn sie bemerkt hatte, dass er Leah anstarrte, würde er es sicher später erfahren.

Er wandte sich wieder dem Kalb zu und sah wie Leah es hinter dem Ohr kraulte, so wie sie Drifter massierte. Das kleine Tier hatte seinen Hals ausgestreckt und genoss glücklich die Massage.

Er konnte sich ein Lächeln nicht verkneifen, als er das Bild sah, das sie abgaben. Wäre sie im Westen aufgewachsen und nicht in einer feinen Stadt im Osten, wäre sie eine gute Ranchersfrau geworden.

KAPITEL 22

*L*eah schleppte den Eimer die Verandatreppe hinauf, wobei sie sich zur Unterstützung am Geländer festhielt. Das war ihre Strafe dafür, dass sie das gesamte Obst und Gemüse in einen einzigen Eimer gepackt hatte, anstatt mehrere Male zu gehen. Wenn nur ihr rechtes Bein nicht so schwach wäre.

Sie humpelte in die Kabine und stützte sich ab, um das Gewicht ihrer Ladung auszugleichen. Drinnen angekommen, ließ sie den Eimer zu Boden klappern, während sie ihren Mantel ablegte und an den Haken hängte. Mit dem nahenden Ende des Septembers hatten die Temperaturen zu sinken begonnen, so dass man an den meisten Tagen einen Mantel tragen musste.

"Sieht aus, als hätte es viel zu ernten gegeben." Miriams Stimme erklang aus dem Schaukelstuhl neben dem Feuer, dem Stuhl, der einst ihrer Mutter gehört hatte und der jetzt Miriams wertvollster Besitz war.

"Ziemlich viele grüne Bohnen, etwas Mais und ein paar Tomaten." Leah holte mit vorgeschobener Unterlippe Luft, so dass die fliegenden Haare in ihrem Gesicht in alle Richtungen wehten. "Ich habe aber alles bekommen. Die Maisstängel werden braun, also denke ich, das könnte der letzte Mais in diesem Jahr sein."

Sie hob den Eimer wieder auf und schleppte ihn in Richtung Küche, wobei jeder Schritt unbeholfen und anstrengend war. Mit einem dumpfen Aufprall setzte sie ihre Last neben der Arbeitsplatte ab und musste sich gegen die Kante lehnen, um zu Atem zu kommen. Würde dieses Bein sie nie wieder wie ein normaler Mensch arbeiten lassen? Sie drehte sich um und starrte durch den Raum, wo Miriam arbeitete. "Miri, denken Sie, ich werde immer hinken?"

Ihre Freundin sah auf und ihre hochgezogenen Augenbrauen waren selbst von Leahs Position aus deutlich zu erkennen. "Seien Sie nicht albern." Ein Lächeln umspielte ihre Stimme. "Ich weiß, es war schmerzhaft, aber der Knochen ist nur an einer Stelle gebrochen. Bald wird er wieder ganz gesund sein."

Ihre Frustration ließ nach. Miriam wusste immer, wie sie sie aufmuntern konnte. Leah humpelte durch den Raum, um sich kurz zu setzen. Eine Pause würde auch ihrem schmerzenden Bein gut tun.

Sie ließ sich auf ihrem üblichen Stuhl mit Leiterlehne nieder und streckte ihr rechtes Bein vor sich aus. "Woran arbeiten Sie?"

Miriam sah von der Nadel auf, während sie sie durch ein Stück biegsames braunes Leder zog. "Gideons Hirschlederjacke." Sie konzentrierte sich wieder auf ihre Arbeit und wandte sich der nächsten Naht zu. "Ich habe sie im letzten Winter nicht geflickt, also sollte ich das besser vor dem ersten Schnee erledigen, sonst wird Gideon mich köpfen." Ein Lächeln umspielte ihre Züge und verriet, dass sie sich über diese Wahrscheinlichkeit keine allzu großen Sorgen machte.

"Wofür benutzt er sie?" Leah beugte sich vor, um das Leder genauer zu betrachten.

Miriams Hände hörten auf, sich zu bewegen, und sie sah scharf auf, wobei sich ihre goldenen Brauen hoben. "Er trägt sie." Neugierde machte sich in ihrem Gesicht breit. "Haben Sie noch nie eine Hirschlederjacke gesehen?"

Leah hob zur Erwiderung ihre eigenen Augenbrauen. "Nicht, dass ich wüsste."

"Nun denn..." Miriam sicherte die Nadel und begann, das Leder zu schütteln, wobei sie es Leah vor die Nase hielt. "Das trägt Gideon im Winter, vor allem, wenn es schneit." Das Leder war zu einem tunikaähnlichen Hemd genäht. "Es ist aus Hirschleder gefertigt und größtenteils wasserdicht, außerdem hält es ihn sehr warm. Manchmal kann der Schnee hier oben wochenlang liegen bleiben, so dass ein guter Satz Hirschlederkleidung einem Mann das Leben retten kann, wenn er draußen arbeitet."

Leah streckte den Finger nach einem der Ärmel aus. "Es ist weicher, als ich erwartet hatte. Jetzt, wo ich darüber nachdenke, habe ich ein paar Männer gesehen, die so etwas trugen, als ich in Fort Benton ankam."

Miriam nickte. "Die meisten Trapper und Indianer tragen sie."

Leah warf einen Blick auf den Stapel Ledersachen neben dem Schaukelstuhl. "Kann ich helfen?"

"Sicher, für das Leder müssen Sie eine besondere Ledernadel benutzen." Sie reichte Leah eine weitere gefaltete Ledertunika und eine große Nadel mit einer dreieckigen Spitze. "Achten Sie darauf, dass Ihre Stiche so klein sind wie hier. Alles, was weiter auseinander liegt, lässt zu viel Körperwärme an den Nähten entweichen."

Leah betrachtete Miriams Miniaturstiche. Ähnlich wie die Stickereien, die sie in Richmond gemacht hatte. Nicht ihre Lieblingsarbeit, aber sie war durchaus fähig, das zu tun.

Während sie sich in ihre Handarbeit vertiefte, begann Miriam mit ihrem üblichen Geplauder. "Mir ist aufgefallen, dass die Maisstauden dieses Jahr besonders dick sind. Das bedeutet, dass wir einen harten Winter haben werden. Bald wird Gideon wieder auf die Jagd gehen und wir werden frisches Fleisch haben, jetzt wo das Wetter kühl genug ist, um es zu lagern. Ich kann es kaum erwarten, nicht mehr dieses ganze gesalzene Rind- und Schweinefleisch zu essen." Sie rümpfte die Nase, was die Aufmerksamkeit auf die leichten Sommersprossen auf ihren Wangen lenkte.

"Gehen Sie jemals mit ihm auf die Jagd?"

Miriam presste den Mund zusammen. "Ich bin ein paar Mal mitgegangen, konnte mich aber nie dazu durchringen, tatsächlich ein Tier zu erschießen. Die Jungs haben mich immer fürchterlich gehänselt."

"Sie wissen also, wie man mit einer Waffe schießt?" Leahs Hand verlangsamte sich, während sie auf Miriams Antwort wartete.

Das Gesicht des Mädchens wurde noch weicher als zuvor, ihre Lippen verzogen sich ein wenig. "Papa wollte nie, dass ich das Gleiche tue wie die Jungs. Er sagte, ich sei eine junge Dame und sollte wie eine solche behandelt werden." Sie schluckte, ihre Stimme wurde fester. "Aber als er nicht mehr da war, hat Gideon mich unterrichtet. Er zeigte mir, wie man schießt, reitet und mit dem Seil hantiert. Er ließ mich manchmal mit ihm gehen, um beim Vieh zu helfen. Aber das war meistens, bevor Mama starb." Ihre Stimme wurde leiser.

Es wäre vielleicht besser, das Gespräch in eine angenehmere Richtung zu lenken. "Können Sie so gut schießen wie Ihr Bruder?"

Das Funkeln in Miriams grünen Augen begann wieder zu leuchten. "Keiner kann so gut schießen wie Gideon. Ich glaube, er hat noch nie ein Ziel verfehlt, seit er zehn Jahre alt war."

Leah grinste. "Meinen Sie, Sie könnten mir auch beibringen, wie man mit einer Waffe schießt?"

Miriam schien einen Moment lang darüber nachzudenken, dann nahm ihr Lächeln den Glanz eines Trickbetrügers an, während ihr Blick wieder auf die Näharbeit in ihren Händen fiel. "Das glaube ich nicht."

Wenn Leah es nicht besser wüsste, würde sie glauben, dass Miriam einen Hintergedanken hatte. Irgendetwas an der Art, wie das Mädchen ihr nicht ins Gesicht sehen wollte...

"Und warum nicht, wenn ich fragen darf?"

"Oh, ich glaube, es wäre besser, wenn Gideon es Ihnen beibringt. Er sagt immer, dass ich die Waffe nicht richtig halte, und ich würde nicht wollen, Ihnen etwas Falsches zu zeigen."

Was hatte diese kleine Elster vor? Sicherlich wollte sie nicht den Heiratsvermittler spielen. Aber die Aura der vorgetäuschten Unschuld wogte in Wellen von ihr ab.

"Miriam ..." Leah legte einen Hauch von Misstrauen in ihren Tonfall. "Was haben Sie vor?"

Miriam schnitt den Faden ab und legte das Hirschleder beiseite, dann streckte sie sich und gähnte, offensichtlich um nicht antworten zu müssen. Nachdem sie sich im Stuhl zurückgelehnt hatte, schenkte sie Leah ein zu keckes Lächeln. "Also, was haben Sie zum Abendessen geplant?"

* * *

Später am Abend rührte Leah den Rindereintopf in ihrer Schüssel um, während Gideon und Miriam sich in ihre eigenen Portionen vertieften. Sie war froh gewesen, etwas anderes als das gesäuerte Rind- oder Schweinefleisch zu kochen, vor allem, da sie das Tier nicht selbst töten und ausnehmen musste.

Sie warf einen flüchtigen Blick auf Gideon. Das Grün seines Hemdes brachte die gleiche Farbe in seinen Augen zum Vorschein, unter denen sich dunkle Ringe und Falten gebildet hatten.

Er verschlang sein Essen und zuerst hatte sie ihn einfach für hungrig gehalten. Jetzt sah sie die Anspannung in seinen Schultern und seinem Kiefer. Er war heute Abend auch zu spät zum Essen gekommen. Stimmte etwas mit den Tieren nicht?

"Wie geht es den Herden heute, Gideon?"

Er warf ihr einen kurzen Blick zu, dann senkte er den Kopf, um einen weiteren Bissen zu nehmen. "Gut. Ich habe sie heute in das Südtal gebracht, damit sie vor dem Schnee geschützt sind."

Leah hob die Brauen, und das nicht nur, weil Gideon mehr als zwei Worte gesprochen hatte. "Meinen Sie, es wird bald schneien?"

Er blickte zum Fenster, obwohl es zu dunkel war, um draußen etwas zu sehen. "Wahrscheinlich heute Nacht. Die Wolken hängen tief und dicht und der Mond hatte letzte Nacht einen Heiligenschein. Die Temperatur sinkt schnell." Das schien alles zu sein, was er sagen wollte, denn er stürzte sich wieder auf seinen Eintopf und aß mit einer Dringlichkeit, die auch Leah jetzt spürte.

Als seine zweite Schüssel leer war und er sich in seinem Stuhl zurücklehnte, erhob sich Leah: "Sind Sie bereit für den übrig gebliebenen Apfelkuchen?"

"Noch nicht." Sein Stuhl kratzte auf dem Boden, als er ihn nach hinten schob. Er ging zur Tür und nahm seinen Mantel und seinen Hut von den Haken an der Wand. "Es gibt zu viel zu tun, bevor der Schnee kommt. Kann das nicht bis heute Abend warten?"

Sie schenkte ihm ein Lächeln. "Ja, natürlich. Gibt es irgendetwas, wobei ich Ihnen draußen helfen kann?"

Er knöpfte seinen Mantel zu und griff nach zwei der Laternen an der Wand, die Licht in die Hütte brachten. "Ich schätze, Sie können mitkommen und bei den Tieren helfen, wenn Sie wollen. Aber ziehen Sie sich warm an."

Und dann war er weg, ohne darauf zu warten, dass sie ihn begleitete. Gideon sagte zwar normalerweise nicht viel, aber seine Handlungen entsprachen fast immer denen eines Gentleman. Wenn er den Apfelkuchen ablehnte und sie dann einfach stehen ließ, musste er sich wirklich Sorgen um das Wetter machen.

Als sie ein paar Minuten später durch das Scheunentor humpelte, kam Gideon mit einer zweiarmigen Ladung Heu daher und warf im Gehen etwas davon in jede Box. Auf halbem Weg durch die Scheune rief er ihr zu. "Können Sie das Vieh reinlassen und Bethany melken?"

"Natürlich." Endlich erlaubte er ihr zu helfen, neben ihm zu arbeiten. Sie bewegte sich so schnell wie möglich, brachte die Pferde und die Milchkuh hinein, dann das Kalb aus dessen eigenem Gehege.

Während Bethany Heu mampfte, melkte Leah. Normalerweise nahm sie sich Zeit, um den Rhythmus und die Ruhe dieses Vorgangs zu genießen, aber die Temperatur schien schnell zu sinken. Und die Geräusche von Gideon, der sich emsig in der Scheune bewegte, drangen mit einer gewissen Dringlichkeit in den Stall.

Nach dem Melken goss sie die Hälfte der cremig-weißen Flüssigkeit in den Eimer im Stall des Kalbs und kraulte es liebevoll auf seinem glänzenden schwarzen Hals. Dann ging sie auf die Suche nach Gideon und fand ihn in der Nähe der vorderen Ställe, in denen die Wagenpferde untergebracht waren. Er stellte die beiden Eimer in seinen Händen neben den drei anderen ab, die bereits auf dem Boden standen und alle randvoll mit Wasser gefüllt waren.

Leah beobachtete sein Gesicht, als sie sich ihm näherte, und sah die Sorgenfalten um seine Augen. "Was kann ich als Nächstes tun?"

Er sah sich um und fuhr sich mit der Hand durch sein bereits zerzaustes Haar. "Ich glaube, das war's mit der Scheune. Gehen Sie schon mal zurück zum Haus. Ich bin gleich da."

Sie betrachtete ihn noch einen Moment. Sie hasste es, ins Haus zu gehen, wenn es draußen noch mehr zu tun gab. Gideon stand immer noch da, die Hand im Haar, die Finger in die Spitzen seiner kurzen Locken gegraben, während er in Gedanken Szenarien oder To-Do-Listen oder wer weiß was durchging.

Dann schien er zu bemerken, dass sie ihn beobachtete. Er schenkte ihr ein verlegenes Lächeln und ließ die Hand auf die Seite fallen. "Gehen Sie und helfen Miriam. Ich komme in ein paar Minuten nach."

"Sind Sie sicher, dass ich hier draußen nichts anderes tun kann?"

Gideons Blick traf den ihren und für einen Moment senkte er den Schild, um einen Blick auf seine Gefühle zuzulassen. Die Angst, die Erschöpfung und das Bedürfnis, die sich in ihr zusammenbrauten, ergriffen ihre Brust.

"Gideon..." Sie trat einen Schritt vor und sah ihm fest in die Augen. "Bitte lassen Sie mich helfen." Sie wollte diesem Mann mehr als alles andere helfen - und nicht nur, um den Schnee vorzubereiten. Sie wollte ihm helfen, seine Last zu tragen, ihn zu entlasten und ihn wieder zum Lächeln zu bringen.

Er atmete nachdenklich und seine Augen fragten, ob sie es wirklich ernst meinte.

"Bitte", drängte sie.

"Leah ..." Beim Klang ihres Namens sah sie das Tauziehen, das in seinem Herzen spielte. Diese Angst, Menschen zu verlieren, hatte ihn so sehr im Griff. *Gott, bitte zeige ihm Deinen Frieden.*

Endlich atmete er auf. "Also gut. Ich muss ein Seil zwischen Haus und Scheune spannen und dann eine Wochenmenge Brennholz auf die Veranda bringen."

Sie nickte. "Fangen wir an."

Während sie arbeiteten, tat Leah ihr Bestes, um an seinen nächsten Schritt zu denken. Es fühlte sich richtig an, an der Seite dieses Mannes zu arbeiten.

Als die letzte Ladung Holz auf der Veranda gestapelt war, drehte sie sich um und schaute in den Hof, wo das Licht der Laterne leuchtete, die Gideon an einen Pfosten gehängt hatte. Ein paar Schneeflocken wehten herab und verursachten bei ihr ein aufgeregtes Kribbeln.

"Sehen Sie." Sie zeigte auf das Licht und er stellte sich neben sie. Er war fast so nah, dass sein Arm ihren streifte, und seine Nähe verdrängte jeden anderen Gedanken. Was würde er denken, wenn sie sich an ihn lehnte, sich in seiner Kraft ausruhte?

"Es ist der erste Schnee des Winters."

"Es ist wunderschön." Sie sprach leise, um den Zauber der Dunkelheit, des Schnees und seiner Nähe nicht zu brechen. Das Schneegestöber wurde jetzt dichter.

"Ja, das ist es." Seine Stimme war tief und heiser.

Sie drehte sich um, um ihn anzusehen, aber sein Blick war bereits auf sie gerichtet. Ihr stockte der Atem. Wenn er sie so ansah...

Das Quietschen der Tür unterbrach ihre Gedanken. Miriam trat auf die Veranda und stellte sich neben die beiden.

KAPITEL 23

*L*eah stieß den Kopf der Axt in den eisigen Eimer, eher als ob sie Butter rührte, als um Holz zu spalten. Das Metallende war so schwer, dass sie es nur mit Mühe über die Schulter heben konnte, deshalb war diese Methode für sie besser geeignet. Es war das dritte Mal heute, dass sie das Eis in den Eimern für das Vieh in der Nähe der Scheune brach.

Der Schnee von vor drei Tagen reichte ihr immer noch bis zu den Knien und Gideon hatte gesagt, dass es jederzeit mehr werden könnte. Er war so nett gewesen, einen Weg zwischen dem Haus, der Scheune und dem Plumpsklo zu räumen. Sie war sich nicht sicher, ob sie mit ihrem schwachen rechten Bein durch den tiefen Schnee hätte stapfen können. Warum hatte sie jemals gedacht, dass Schnee Spaß machen würde?

Als Wasser unter ihrer Axt plätscherte, gab sie Bethany einen Klaps und verließ den Stall der Milchkuh. Sie überprüfte die Ställe und ging ihre mentale Checkliste durch. Die Tiere hatten alle Heu und Wasser, auch die Box, in dem Gideon sein Reittier unterbringen würde, wenn er vom

Hüten der Herde zurückkam. Er war heute Abend spät dran, aber das überraschte sie nicht. Der tiefe Schnee machte alles noch schwieriger.

Sie lehnte die Axt an die Wand, verließ die Scheune und ging steif zum Haus. Ihre Hände waren taub in den Lederhandschuhen, die Miriam ihr geliehen hatte. Hier draußen war es kälter, als sie es für möglich gehalten hatte.

Sie hüllte ihren Kopf in ihren blauen Mantel und die Kapuze und stellte sich das Feuer vor, das in der warmen Hütte loderte. Sie hatte Miriam Anweisungen gegeben, wann sie den Reis-Rindfleisch-Auflauf aus dem Ofen nehmen sollte, aber sie würde sich besser fühlen, wenn sie wüsste, dass er nicht verbrannt war.

Ein Pfiff von hinten riss Leahs Kopf aus ihren Gedanken und sie drehte sich um, als Gideon auf den Hof ritt. Drifter trabte hinter ihm durch den Schnee und folgte den Spuren des Pferdes. Gideon saß aufrecht in seinen Hirschlederhosen und seinem Lederhut und sein glatt rasiertes Gesicht zeigte seine ausdrucksvollen Züge. Würde er sich den Bart des Berg-Rangers wieder wachsen lassen, jetzt, wo es kalt wurde? So praktisch es auch war, es wäre eine Schande, dieses gutaussehende Gesicht zu verdecken.

Er ritt in ihre Richtung und so blieb sie stehen und wartete auf ihn, um seinen Anblick zu genießen, während er sich näherte. Erst als er die Zügel anhielt, sah sie den sperrigen Gegenstand, der hinter seinem Sattel befestigt war.

Sie blickte in sein Gesicht. "Was haben Sie da?"

Seine Mundwinkel verzogen sich, als er abstieg, ohne auf ihre Frage zu antworten.

Sie versuchte es erneut. "Was ist los?"

Er drehte sich zu ihr um, ein Hauch von Stolz spielte auf seinen Zügen. "Ich habe Ihnen frisches Elchfleisch mitgebracht. Deshalb bin ich zu spät zum Essen gekommen.

Dieser Bursche ist mir über den Weg gelaufen und ich konnte ihn mir nicht entgehen lassen."

Ihre Augen weiteten sich, während sie Gideon auf die andere Seite des Pferdes folgte. Hinter dem Sattel war ein großes lederumwickeltes Bündel drapiert, aus dem an einem Ende eine Geweihstange herausschaute. Gut, dass der Rest des Tieres abgedeckt war. Eine Welle der Traurigkeit überkam sie bei dem Gedanken, dass das majestätische Tier tot war. Aber das war der Lauf des Lebens: Gott sorgte für ihre Bedürfnisse.

Gideon schien ihre Zurückhaltung zu bemerken und berührte ihren Arm, während er sprach. "Ich bringe den Kerl besser in die Scheune, dann komme ich ins Haus."

Leah atmete tief durch, drehte sich zu ihm und zwang sich zu einem strahlenden Lächeln. "Es wird wunderbar sein, frisches Fleisch zu haben."

Gideons Augen flackerten und seine Mundwinkel zogen sich nach oben, als ob er ihren Kampf verstand. "Ich sehe Sie dann im Haus."

Irgendetwas an seinem Verständnis ließ sie von sich selbst enttäuscht zurück. Sie musste stärker sein, wenn sie in diesen rauen Bergen leben wollte. Sie *würde* stärker sein.

* * *

*A*m nächsten Morgen spaltete Gideon Holz am Baumstumpf neben der Hütte, bevor er sich auf den Weg machte, um die Vorräte für den Tag zu überprüfen.

Schwingen. *Knack!* Das Holz flog vom Block und landete bei den anderen Stücken, die sich bereits auf zwei Stapeln gesammelt hatten. Er griff nach einem weiteren Rundholz und legte es aufrecht auf den Stumpf.

Schwingen. *Knack!* Die ständige Anstrengung ließ sein

Blut pumpen und seine Muskeln warm werden, trotz des Frostes, der sie in der letzten Woche heimgesucht hatte.

Schwingen. *Knack!* Diesmal ließ er die Axt auf dem Stumpf ruhen, während er sich aufrichtete und sich mit einem in Hirschleder gekleideten Arm über die Stirn wischte.

"Möchten Sie eine Tasse Kaffee?"

Die süße Stimme überraschte ihn. Er drehte sich zu Leah um, die an der Ecke des Hauses stand und wie ein echter Engel aussah. Der Dampf, der von der Tasse in ihrer Hand aufstieg, umgab ihren Kopf wie ein Heiligenschein und ihr Lächeln war sanft wie der Morgennebel.

Erst als sie vortrat und den Becher wie ein Geschenk der Magier in beiden Händen hielt, wurde ihm bewusst, dass er sie angestarrt hatte. Er schloss seinen klaffenden Kiefer und nahm das Geschenk entgegen, wobei seine Augen noch einmal nach oben schlichen, um einen weiteren Blick auf ihr Gesicht zu werfen. Sein Blick streifte den ihren und er war sich ziemlich sicher, dass er "Danke" murmelte.

Sie drehte sich um und begutachtete die auf dem Boden aufgestapelten Holzklötze. "Sie haben heute Morgen hart gearbeitet."

Was sollte er darauf erwidern? Sie hatte keine Frage gestellt, aber sie schien eine Antwort zu erwarten. Er hatte Smalltalk immer gehasst.

Schließlich zuckte er mit den Schultern. "Ein wenig."

Sie drehte sich zu ihm um, als ob sie seine Gedanken lesen könnte. "Würden Sie mir beibringen, wie man mit einer Waffe schießt?"

Die Überraschung über ihre Frage ließ ihn schwanken und er stützte seinen rechten Fuß ab, um das Gleichgewicht zu halten. "*Ihnen* das Schießen beibringen?"

"Miriam sagte, Sie hätten es ihr beigebracht und Sie seien der beste Schütze in der Gegend."

"Nein." Er wandte sich wieder dem Baumstumpf zu und griff nach seiner Axt.

"Gideon..." Der Klang seines Namens auf ihren Lippen stoppte seinen Rückzug und er drehte sich langsam zu ihr zurück. Er machte den Fehler, ihr in die hellgrünen Augen zu sehen, die voller Hoffnung waren. Er hatte keine Chance – wie sollte er ihrer Anziehungskraft widerstehen?

"In Ordnung. Können Sie in einer halben Stunde fertig sein?"

Der Ausdruck der Freude, der über ihr Gesicht flog, versetzte ihm einen Schauer in der Brust. Er hätte allein gegen hundert Indianer gekämpft, um diesen Gesichtsausdruck noch einmal zu sehen.

Sie war pünktlich und erwartete ihn mit einem eifrigen Lächeln im Gesicht auf der Veranda. Er führte sie ins Gebiet hinter der Hütte, wo sie in Richtung der Bergwand schießen konnten.

Als sie etwa dreißig Meter von der Baumgrenze entfernt waren, holte er tief Luft und hielt sein Gewehr hoch. "Das ist ein Winchester-Repetiergewehr. Es kann mehrere Schüsse abfeuern, ohne dass man nachladen muss. Man muss nur diesen Griff pumpen."

Sie schaute ihm aufmerksam zu, während er ihr zeigte, wie man die Waffe lud und mit dem Hebel spannte. Ihre Nähe ließ seinen ganzen Körper anspannen.

Endlich kam er zu dem Punkt, an dem er die Waffe heben und schießen konnte, und das vertraute Gefühl des massiven Holzschafts beruhigte seine angespannten Nerven. Ein Schuss ... zwei ... drei ... alle genau im Ziel.

Er senkte das Gewehr und atmete tief durch, seine Emotionen waren nun fest im Griff. "Wollen Sie es versuchen?"

Sie griff nach dem Gewehr, ihre Augen funkelten wie die moosbewachsenen Felsen im Bach. Sie hielt das Gewehr an ihre Schulter, so hoch, dass es sich an ihr Schlüsselbein schmiegte. Das würde so nicht funktionieren. Der Rückstoß des Gewehrs würde den Knochen wahrscheinlich ausrenken oder brechen. Er holte tief Luft, dann trat er neben sie und half ihr, die Waffe korrekt zu positionieren.

Er achtete darauf, sie nicht zu berühren, aber aus den Augenwinkeln konnte er sehen, dass ihre großen Augen auf sein Gesicht blickten. Er sah nicht auf, sondern konzentrierte sich nur auf das Gewehr. Der Dampf ihres Atems wärmte seine eisigen Hände.

Sobald er die Waffe an die richtige Stelle gebracht hatte, trat er ruckartig zurück und legte einen guten Schritt zwischen sie.

"Zielen Sie auf denselben Baum." Das atemlose Gefühl in seiner Brust kam sicher von der eisigen Luft.

Sie blinzelte mehrere Sekunden lang in den Lauf, ihre Hände zitterten vom Gewicht der Waffe. Als der Knall kam, erschütterte er ihren ganzen Körper und warf sie nach hinten. Gideo stürzte nach vorne, obwohl er nicht weit gehen musste, um sie aufzufangen.

Einen langen Moment lang hielt er sie fest, weich und warm in seinen Armen, während sie sich an ihn lehnte. Sein Körper umklammerte sie fest, obwohl sein Verstand ihm zurief, sie loszulassen. Schließlich siegte sein Verstand und er trat zurück, wobei er seine Hände auf ihren Schultern hielt, bis er sicher war, dass sie stabil war. "Geht es Ihnen gut?"

"Ja."

Ihre Stimme klang atemlos. War sie verletzt? Oder drehte sich ihr Inneres genauso wie das seine?

Sie schaute ihn wieder mit ihren großen Rehaugen an. "Ich schätze, ich war nicht ganz bereit dafür."

Das Staunen in ihrem Blick verursachte ein flaues Gefühl in seiner Brust. Er blinzelte und richtete seine Aufmerksamkeit wieder auf das Gewehr. "Ich hätte Sie warnen sollen – der Rückstoß ist ziemlich hart."

Sie hob einen Winkel ihres perfekt geformten Mundes. "Jetzt sagen Sie es mir ja."

Als Leah das nächste Mal das Gewehr an ihre Schulter hob, waren ihre Hände ruhig und sie stützte sich mit einem Fuß leicht ab. Als sie das Gewehr abfeuerte, schwankte sie ein wenig, blieb aber mit beiden Füßen fest auf dem Boden. Ohne ihn anzusehen, legte sie den Hebel um und feuerte erneut, bis das Gewehr nicht mehr schoss.

Sie lud die Waffe auf dieselbe Weise wie er, wenn auch nicht ganz so flüssig. Als sie das Gewehr wieder entleert hatte, hatte sie den Baum fünfmal getroffen. Nach dem letzten Schuss ließ sie das Gewehr sinken und drehte sich zu ihm um, wobei sich ihr Gesicht triumphierend aufhellte.

"Gute Arbeit." Er konnte den Stolz in seiner Stimme nicht verbergen.

* * *

Gideon bearbeitete das Zaumzeug in seiner Hand mit Öl, während er Leah aus dem Augenwinkel beobachtete. Seit einer halben Stunde stand sie nun schon am Fenster und starrte auf den Schnee, der draußen in der Dunkelheit fiel. Was dachte sie hinter diesen bezaubernden Augen?

Seit jenem Tag vor zwei Wochen, als er ihr das Schießen beigebracht hatte, kämpfte er mit seinen Gefühlen für diese Frau. Der Respekt und die Bewunderung, die in den letzten Monaten in ihm gewachsen waren, wurden schnell zu mehr. Er hatte gegen diese Gefühle angekämpft, aber wenn er sie jetzt ansah, war er des Kampfes müde. Sie war schön und freundlich und auf eine Weise stark, die er sich nie hätte vorstellen können. Was war so falsch daran, sie besser kennen zu lernen?

"Ist alles in Ordnung, Leah?"

Als er Miris Stimme hörte, blickte er zu seiner Schwester. Sie hatte die Patchworkquadrate, die sie genäht hatte, sinken lassen und sah ihre Freundin erwartungsvoll an.

Leah starrte weiter aus dem Fenster, als hätte sie es nicht gehört. Die Spannung, die von ihren Schultern ausging, drückte auf seine Brust.

Schließlich seufzte sie, ein langer, kläglicher Laut. Als sie sprach, wurde ihre Stimme fast von der Glasscheibe vor ihr und dem Meer der Dunkelheit dahinter verschluckt. "Ich dachte nur, jetzt, wo mein Bein geheilt ist, ist es Zeit für mich, weiterzuziehen."

Alle seine Muskeln spannten sich an, als wolle er einen Angriff abwehren. Bevor er sich zurückhalten konnte, sprudelten die Worte aus ihm heraus. "Sie können nicht gehen."

Sie drehte sich um und in ihrem Blick lag eine unausgesprochene Frage.

Ihm wurde klar, was er gesagt hatte und seine Gedanken bewegten sich schnell in klarere Gewässer. "Der Schnee ist zu tief auf dem Pass, der in die Stadt führt. Sie werden es nicht schaffen, nicht einmal zu Pferd." Miriams Blick erhitzte seinen Nacken, aber er ignorierte sie. Er brauchte nicht zu erwähnen, dass sie den langen Weg durch das Tal nehmen konnte. Das war zwar mehr als die doppelte Strecke, aber wahrscheinlich befahrbar. Trotzdem war es das Risiko nicht wert.

Leah antwortete nicht, aber ihr Gesicht verblasste, bevor sie sich wieder dem Fenster zuwandte.

Hatte sie es hier so sehr gehasst? Wollte sie so dringend weg? Oder hatte sie Angst vor dem strengen Winter? Das Wetter in den Bergen von Montana war zum Fürchten und es sah so aus, als ob es ein harter Winter werden würde. Er hatte gesehen, wie die Angst Jane tötete und er würde eher gefesselt und geknebelt werden, als dass er das Gleiche mit dieser Frau tun würde.

Er wählte seine nächsten Worte sorgfältig aus und beobachtete sie dabei genau. "Wenn Sie wirklich gehen wollen, können wir wahrscheinlich mit Schneeschuhen loswandern. Es würde mindestens einen Tag dauern, wahrscheinlich sogar zwei. Es liegt ganz bei Ihnen."

Sie drehte sich nicht um und nach einer Weile fragte er sich, ob sie ihn gehört hatte.

Ihre Stimme war leise, als sie sprach. "Nein, ich warte lieber."

Er stellte die Erleichterung, die ihn durchflutete, nicht allzu sehr in Frage.

KAPITEL 24

*A*m nächsten Morgen wartete Leah beim Frühstück auf den richtigen Moment, um ihre Bitte vorzubringen. Sie hatte warme Sauerteigkekse mit dicker Bratensoße und Speck vorbereitet - Gideons Lieblingsessen. Hoffentlich würde das Essen seine Wirkung entfalten. Er schien trotz des nächtlichen Schneefalls gut gelaunt zu sein und so stellte Leah, nachdem sie seinen Becher zum zweiten Mal aufgefüllt hatte, ihre Frage. "Gideon, macht es Ihnen etwas aus, wenn ich heute mitreite und bei den Rindern und Pferden helfe?"

Er hatte gerade einen Schluck aus dem Becher genommen, doch als sie die Frage stellte, gab er ein lautes Gurgeln von sich. Nach einigen Hustenanfällen schaffte er es, sich wieder zu fassen, und wandte sich ihr mit geröteten Augen zu. "Reiten ... mit mir?"

Der Schock auf seinem Gesicht ließ sie fast kichern.

"Ich will unbedingt wieder raus und reiten und dachte, ich könnte vielleicht etwas tun, um da draußen zu helfen. Vielleicht mit den Pferden arbeiten oder Wunden bei den Tieren verarzten?" Sie schenkte ihm ihr hoffnungsvollstes

Lächeln, das bei den Männern in Richmond immer funktioniert hatte.

Seine zusammengekniffenen Lippen zeigten, dass er nicht überzeugt war, und er sah fast so aus, als wolle er sie abweisen.

"Ich verspreche, dass ich Ihnen aus dem Weg gehen werde. Aber ich kann mit den Fohlen an ihrer Führung und Handhabung arbeiten. Es ist so lange her, dass ich den kleinen Trojan gesehen habe. Ich wette, er wird erwachsen." Wenn Gideon sie nur ansehen würde, hätte sie eine bessere Chance, ihn zu überzeugen. Aber er hielt seinen Blick entschlossen auf den Tisch gerichtet.

"Du solltest sie mit dir gehen lassen." Miriams Zwischenruf bewirkte, dass Gideon vom Tisch aufblickte.

Einen Moment lang betrachtete er das Gesicht seiner Schwester, obwohl seine Gedanken weit weg zu sein schienen. Schließlich seufzte er und wandte sich an Leah. "Ich denke, Sie können mitkommen. Aber nur, bis wir zum Mittagessen hierher zurückkommen, und Sie müssen genau das tun, was ich sage."

Ein Anflug von Erregung durchströmte sie. "Danke, Gideon." Beinahe wäre sie aufgesprungen, um ihn zu umarmen, aber das wäre vielleicht nicht die richtige Reaktion gewesen. Sie begnügte sich damit, das schmutzige Geschirr auf dem Tisch zu stapeln. "Ich wasche das schnell ab und bin fertig, wenn Sie soweit sind."

Miriam stand auf und machte eine scheuchende Handbewegung. "Lassen Sie die Teller in Ruhe und ziehen sich für den Schnee an. Sie können mir heute nicht den ganzen Spaß verderben."

Als Leah drei zusätzliche Unterröcke, zwei Paar Strümpfe, ihre Handschuhe und ihren Mantel angezogen hatte, hatte Gideon bereits sein Pferd gesattelt und gurtete die Fuchsstute, die Miriam normalerweise ritt.

Als sie sich näherte, ließ er den Steigbügel herunter und drehte sich um, um ihr die Zügel zu reichen. "Das ist Annabelle. Sie ist eine gute kleine Reitstute, die Miriam seit etwa fünf Jahren gehört."

Leah nahm die Zügel und streichelte die flache Stelle zwischen den Augen des Pferdes. "Hallo, Anabelle. Bist du bereit für einen Ausritt?" Mit einem Lächeln wandte sie sich wieder an Gideon. "Alles bereit?"

Sein Blick streifte ihre Gestalt und glitt dann zum Sattel hinüber. Fragend senkte er die Brauen. "Sie können doch reiten, oder?"

"Natürlich." Sie steckte so viel Sicherheit in ihren Tonfall, wie sie konnte. Sie brauchte ihm nicht zu sagen, dass sie noch nie „richtig" geritten hatte, nur im Damensattel. Mit beiden Beinen um das Pferd herum konnte es doch nur einfacher sein, oder?

Sie legte die Zügel über den Hals der Stute und drehte sich dann leicht, während Gideon seine Hände schlang, um ihr nach oben zu helfen. Jeder Nerv spannte sich durch seine Nähe an, als sie ihren Stiefel in seine Handflächen stellte und sich in den Sattel schwang, wobei sich die Stute unter ihrem Gewicht ein wenig bewegte.

"Ruhig, Mädchen", murmelte Leah und versuchte, ihre verwirrten Nerven nicht unnötig zu strapazieren.

Gideon stellte ihren linken Fuß in den Steigbügel, während sie ihre Röcke zurechtrückte, dann trat er zurück und blickte zu ihr auf. "Ist alles in Ordnung?" Die Falte zwischen seinen Augenbrauen und die Ernsthaftigkeit in seinem Ton spiegelten echte Besorgnis wider.

Sie schenkte ihm ein hoffentlich selbstbewusstes Lächeln. "Es ist ein gutes Gefühl, wieder im Sattel zu sitzen." Und das tat es auch. Viele lange Monate waren vergangen, seit sie die Gelegenheit zu einem Ausritt gehabt hatte. Das Leder, das sich an ihren Unterkörper schmiegte, war bequem und sicher.

Miriam kam auf die Veranda der Hütte, um ihnen zuzuwinken, und Annabelle lief hinter Gideons braunem Wallach her, als sie den Hof verließen. Der Weg, den er nahm, führte leicht bergab und schien sich um den Berg zu winden.

Eine kameradschaftliche Stille legte sich über sie, die nur durch das Knarren ihres Sattels und die verschneite Natur um sie herum unterbrochen wurde. Diese Welt war eine größtenteils unberührte weiße Decke, mit Eis auf den Ästen und immergrünen Nadeln.

Der stets treue Drifter trabte hinterher und folgte den Spuren der Pferde. Der Schnee reichte Gideons Pferd bis zu den Knien, so dass der arme Hund sich überanstrengt hätte, wenn er versucht hätte, seine eigene Spur zu ziehen.

Nach einer Weile hob Gideon eine Hand und zeigte auf Spuren im Schnee, die etwa dreißig Meter entfernt waren. "Sehen Sie die Hirschspur dort drüben? Hier habe ich mehr Hirsche erwischt als an jeder anderen Stelle der Ranch. Es scheint ihr Hauptweg den Berg hinunter zu sein."

Ein paar Minuten später zeigte er ihr lange, tiefe Kratzspuren im Stamm einer Zeder. "Die stammen von einem Berglöwen, wahrscheinlich von einem Weibchen, weil die Krallen so nah beieinander liegen."

Auf Leahs Armen bildete sich eine Gänsehaut. "Gibt es hier viele Berglöwen?"

Er zuckte mit den Schultern. "Sie kommen und gehen. In dieser Gegend gibt es genug Wildtiere, von denen sie sich ernähren können, so dass sie uns und das Vieh nie belästigt haben. Sie werden aber ihre Spuren sehen."

Sie war noch nie so nah an der wilden Kreaturen von Gottes Schöpfung gewesen. Wäre es nicht wunderbar, einige der Tiere, von denen er sprach, tatsächlich zu sehen?

Keine fünf Minuten später ging ihr Wunsch in Erfüllung,

als sie um eine Kurve im Gebüsch bogen und drei Rehe auf dem Weg standen. Die Tiere schreckten auf, als sie die Pferde sahen, sprangen dann in den Wald und verschwanden so schnell, wie sie gekommen waren.

"Oh ..." hauchte Leah.

Sie sah ein Lächeln auf Gideons Gesicht, als er zu ihr zurückblickte. "Wir sind fast beim besten Teil angelangt."

Dieser ganze Ritt war bisher schon der beste Teil gewesen. Was könnte wohl als Nächstes kommen? Der Weg führte aus dem Wald heraus und sie musste blinzeln, als die strahlende Sonne auf dem Schnee glitzerte. Gideon zügelte sein Pferd, also ritt sie an seine Seite und tat dasselbe.

Als sich ihre Augen an das Licht gewöhnt hatten, holte sie tief Luft. Vor ihr lag die schönste Aussicht, die sie je gesehen hatte. Sie befanden sich am Rande des Berges, wo kleine Kiefern den steilen Abhang bedeckten. Weit unten lag ein weißes Tal, durch dessen Mitte sich eine dunklere Linie schlängelte, bei der es sich um einen Bach handeln musste. Jenseits des Tals ragte eine weitere Bergkette majestätisch in die Wolken.

"Es ist bemerkenswert." Ihre Brust schmerzte von der Schönheit des Ganzen.

"Das ist es." Gideons Tonfall hatte eine stolze Färbung angenommen, als würde er seine eigenen Nachkommen präsentieren. "Das ist es, was ich am meisten am Hochland liebe. Die Ungeheuerlichkeit von allem und die Pracht. Die Wildheit. Es ist dem Himmel so nah wie man ihm nur kommen kann." Er hielt einen Moment inne. "Es ist schwer, das in Worte zu fassen."

Leah drehte sich zu ihm um, ihre Brust war so eng, dass sie kaum Worte fand. "Was Sie gerade gesagt haben, klang wie Poesie."

Er sah sie an, seine grünen Augen funkelten. "Das macht

es alles wert, wissen Sie? Die Dinge sind hart hier, aber das macht nichts, weil man von all dem hier umgeben ist."

Ihre Mundwinkel hoben sich angesichts der Schönheit seiner Worte und sie drehte sich wieder zurück, um die Pracht zu bewundern. "Jetzt verstehe ich es." Sie hatte sich in den Frieden und die Einsamkeit des Lebens in der Hütte verliebt, aber die Herrlichkeit dieser Aussicht war genug, um ihr Herz für immer zu erobern.

Sie saßen eine Weile da und genossen den Anblick, der sich ihnen bot. "Das ist eine der Weiden, auf denen ich im Sommer Heu anbaue." Gideon zeigte auf das Tal unter ihnen. "Unsere Grundstücksgrenze geht bis zum Fuß des anderen Berges, aber das Land an diesem Hang gehört niemandem, also mache ich mir keine Sorgen, wenn die Kühe umherwandern." Er zeigte auf einen Elch, der weit unten am Waldrand stand.

Viel zu bald straffte Gideon die Schultern und nahm die Zügel in die Hand. "Wir sollten lieber weitergehen."

Als sie ein großes Tal erreichten, drängte sich an einem Ende eine Gruppe von Kühen und Kälbern zusammen. Sobald sie Gideon erblickten, begannen die Tiere zu blöken und kamen auf ihn zu, um ihn zu begrüßen. Er ritt zu einem kleinen Stall am Rande der Baumgrenze, stieg ab und sprach mit den Kühen, während er die Tür öffnete und das Heu auf mehrere Haufen verteilte. Seine Stimme war zu leise, als dass Leah seine Worte hätte verstehen können, aber die Kühe schienen sie zu verstehen und senkten die Köpfe, um das von ihm bereitgestellte Futter zu fressen.

Während er arbeitete, ritt Leah dorthin, wo er seinen Wallach angebunden hatte, und befestigte Annabelle an einem nahen Ast. Er hatte sich eine Axt aus dem Schuppen geholt und schien auf die Baumgrenze zuzugehen.

"Was kann ich tun?", rief sie, während sie durch den

Schnee und den Schlamm in Richtung der kleinen Scheune humpelte.

Er blieb stehen und drehte sich zu ihr um, als ob er gerade erst bemerkt hatte, dass er nicht die einzige Person dort war. "Könnten Sie noch ein paar Haufen Heu auslegen, abseits vom Rest? Die Pferde werden bald dazukommen."

"Wohin gehen Sie?" Sie hasste es, ihn zu fragen, aber der Gedanke, dass er sie an diesem unbekannten Ort zurücklassen würde, verursachte einen Knoten in ihrem Magen.

Seine Lippen spitzten sich. "Da ist ein Bach, gleich hinter der Waldgrenze. Ich werde das Eis brechen."

Erleichterung machte sich in ihr breit. "Oh. In Ordnung."

In der Scheune mühte sie sich mit der Heugabel ab, schaffte es aber, in einiger Entfernung von der Stelle, an der die Kühe fraßen, zwei Heuhaufen aufzuschichten. Das laute Knacken der Axt ertönte gerade, als sie sich auf den Weg zurück in den Stall machte.

Zwischen den Schlägen ertönte ein Wiehern aus der anderen Richtung. Sie drehte sich um und sah mehrere Pferde, die durch den Schnee trabten, die Beine hoch erhoben wie die Tennessee Walking Horses auf den Plantagen in Virginia.

Drei Fohlen sprangen am Ende der Herde durch den weißen Pulverschnee, darunter Trojan, der mit seinen langen Beinen die anderen beiden Jungtiere vor sich her trieb.

Die Tiere blieben bei dem Heu stehen, das sie ausgelegt hatte, und sie ging auf sie zu, streichelte die Schultern der Pferde und sprach leise mit ihnen.

Ein Stupsen an ihrer Taille lenkte Leahs Aufmerksamkeit nach unten, wo Trojans weiche Schnauze an ihrem Wollrock knabberte.

"Hallo, mein Freund." Sie streckte eine Hand aus, um sein dickes kastanienfarbenes Fell zu streicheln, und lachte, als er seinen Kopf an ihr rieb.

"Er erinnert sich an Sie." Gideons tiefe Stimme jagte ihr einen kleinen Schauer über den Rücken, als er auf die andere Seite des Fohlens schritt.

Sie blickte zu ihm auf und wurde sich wieder einmal bewusst, wie allein sie an diesem kargen Ort waren. "Ich habe den Kleinen vermisst." Sie ließ ihren Blick wieder auf Trojan fallen, der sich in ihre Hand lehnte, während sie seine Schulter kraulte.

Gideon sagte nichts, sondern streichelte die kurze Mähne des Fohlens. Seine behandschuhten Hände waren so groß im Vergleich zu ihren eigenen.

Ihr Blick wanderte zu seinem Gesicht und seine intensiven Augen trafen die ihren. Seine Gedanken waren so schwer zu lesen. In seinem Blick lag nicht mehr die Abneigung, die er empfunden hatte, als sie zum ersten Mal auf die Ranch gekommen war. War es jetzt Bewunderung? Oder zumindest Freundschaft? War das zu viel zu hoffen? Auch wenn sie die Emotionen, die in ihm brodelten, nicht entschlüsseln konnte, hätte sie gerne den Rest des Tages damit verbracht, es zu versuchen.

Er war der erste, der den Blick abwandte, und Enttäuschung durchfuhr sie, als er sich umdrehte. "Ich habe Halfter im Schuppen, wenn Sie mit den Fohlen arbeiten wollen", sagte er, während er sich entfernte, wobei seine Stimme über seine Schulter schwebte.

In den nächsten Stunden hatte Leah viel Spaß bei der Arbeit mit den Pferden und half Gideon, wo sie konnte. Als sie mit dem Führen der Fohlen fertig war, sah sie Gideon, der einen Eimer mit schwarzer Schmiere zu den Rindern trug. Er zeigte ihr, wie sie ihn auf Kratzer und verschiedene Wunden der Kühe auftragen konnte. Er erklärte ihr, dass die Medizin nicht nur heilte, sondern im Sommer auch die Fliegen fernhielt, die ihre Eier in den Wunden ablegten und

Larven und Würmer produzierten, die die Kuh von innen heraus auffraßen.

Gideon war ein ausgezeichneter Lehrer, trotz seiner knappen Art. Er verfügte über ein unglaubliches Wissen und ein Leuchten in seinen Augen, wenn er über die Tiere sprach. Er kümmerte sich um jedes einzelne wie um einen wertvollen Besitz.

Als sie ihm durch die Herde folgte, kamen sie zu einer mageren Kuh, an deren Seite ein großes Kalb säugte. Gideon stellte den Eimer ab und legte eine Hand auf den Kopf der Mutter.

"Sehen Sie dieses Mädchen? Ihr Kalb ist zu groß, um noch gestillt zu werden. Es nimmt ihr alle Nährstoffe weg, die sie braucht. Wenn wir es nicht bald abstillen, wird sie verhungern."

Leah stand hinter ihm und beobachtete die beiden. "Was können Sie tun, um das Kalb davon abzuhalten?"

Sie sah zu, wie Gideon eine Handvoll des schwarzen Schleims nahm und das Euter der Kuh dick damit einrieb. "Das Zeug ist eigentlich gut für die Haut der Kuh, aber der Gestank sollte den Kleinen vom Säugen abhalten."

Als er jedes Tier untersucht und verarztet hatte, folgte sie ihm zurück in die Scheune, ein bisschen wie ein Hund, der seinem Herrchen auf den Fersen ist. Aber sie lernte so viel, wenn sie mit ihm ging und Fragen stellte. Ob ihn die vielen Fragen störten? Er schien nicht genervt zu sein. Im Gegenteil, er schien sogar lebhafter zu werden, wenn er sein Wissen mit ihr teilte.

Gideon schloss das Scheunentor und blickte in den grauen Himmel über ihm. "Es wird Zeit, zum Mittagessen ins Haus zurückzukehren."

Enttäuschung drückte auf ihre Brust. Obwohl sie schon lange kein Gefühl mehr in den Zehen hatte, hätte sie diesen Morgen nicht für tausend Sommertage eintauschen wollen.

"Gideon." Sie war sich nicht sicher, wie sie ihm danken sollte, oder ob sie es überhaupt versuchen sollte.

Er ließ seinen Blick vom Himmel zu ihrem Gesicht schweifen. Er war so groß und die Breite seiner Schultern verstärkte das Gefühl der Stärke, das er ausstrahlte.

"Ja?" Sein Blick war ernst, fast besorgt.

"Danke, dass ich kommen durfte."

Sein Gesicht entspannte sich ein wenig, seine Augen verzogen sich fast zu einem Lächeln. Er machte einen Schritt nach vorne, so dass sie nur noch eine Armlänge voneinander entfernt waren. Seine Augen hatten sich zu einem tiefen Smaragdgrün verdunkelt und raubten Leah durch ihre Anziehungskraft den Atem. Sein Duft erfüllte ihre Sinne - Reste von Leder und Kiefer und etwas Würziges, das sie nicht einordnen konnte.

Er schaute jetzt tief in sie hinein, als ob er nach einer Antwort suchte. Ihr ganzes Wesen breitete sich vor ihm aus - ihre Ängste, ihre Hoffnungen.

Er machte einen weiteren Schritt, um den Abstand zwischen ihnen zu verringern. Ihr Kinn hob sich, ihre Augen waren auf die seinen gerichtet. Sie konnte sich nicht bewegen, konnte nicht atmen. Er war so nah.

Seine Hand berührte ihre Wange. Sie lehnte sich in seine Wärme. Irgendwie war sein Handschuh verschwunden.

Und dann senkte er seinen Kopf und seine Lippen berührten ihre. Warm, sanft und exquisit. Ihre Augen flatterten zu, als sie ihn einatmete.

* * *

Ihr Kuss war so süß, ihre jungfräulichen Lippen so weich und geschmeidig, dass Gideon sie gleich ein zweites Mal küssen musste. Seine Hand kroch zu ihrem Haar und fuhr mit den Fingern durch das weiche Haar, dankbar, dass er seine Handschuhe ausgezogen hatte. Er vertiefte den Kuss und sie schmolz in seinen Händen dahin. Diese Frau war unglaublich. Schön, stark und ach so süß.

Sie stieß ein kleines Maunzen aus, das ihm einen Schauer der Begierde über den Rücken jagte. Sie erwiderte seinen Kuss und er zwang sich, seine Hände über ihren Schultern zu halten. Er musste bei ihr stark bleiben, durfte sich nicht erlauben, verletzlich zu sein... sich Sorgen zu machen.

Aber dann spürte er sie, die altbekannte Angst, die in seinem Bauch aufstieg. Sie kratzte an seiner Kehle und versauerte die Süße von Leahs Kuss.

Er riss sich los und holte tief Luft. "Ich kann nicht, Leah ... es tut mir leid."

Er konnte ihr nicht in die Augen sehen, konnte sich nicht von ihnen gefangen nehmen lassen, konnte die Enttäuschung darin nicht sehen. Er drehte sich um, drehte ihr den Rücken zu. Er kämpfte um die Kontrolle über sich selbst, während er tief durch seinen Mund ein- und ausatmete.

Eine Hand berührte seinen Arm. "Gideon?"

Ihre Stimme war voller Fragen. Er hasste sich selbst. Warum hatte er sich ihr genähert? Warum hatte er ihr überhaupt erlaubt, hierher zu kommen? Sie den ganzen Morgen so nah bei sich zu haben, hatte seine Abwehrkräfte geschwächt und seinen Verstand so verdreht, dass er glaubte, eine kleine Kostprobe könne nicht schaden.

"Wir müssen jetzt zurückgehen." Er wollte nicht, dass seine Stimme so hart klang, wie sie aus seinem Mund kam, aber eine Entschuldigung würde seine Abwehr schwächen... wieder einmal.

Stattdessen drehte er sich um und marschierte zu den Pferden. Ein Blick auf ihren verletzten Gesichtsausdruck, als er an ihr vorbeiging, stieß ihm ein Messer in den Bauch. Er genoss den Schmerz.

KAPITEL 25

*L*eah starrte aus dem Fenster in die Dunkelheit und zog den Schal fest um ihre Schultern.

"Sich Sorgen zu machen, bringt ihn auch nicht schneller zurück, Leah. Setzen Sie sich lieber hin und entspannen Sie sich." Miriams Stimme war mütterlich, mit einem starken Hauch von Verständnis.

Leah wandte sich nicht von der Scheibe ab. Ihre Wangen waren wahrscheinlich rosa. Die Erinnerungen an den Kuss wollten nicht aufhören, sich in ihrem Kopf zu wiederholen. Es war fantastisch gewesen, besser als sie es sich für ihren ersten Kuss erträumt hatte. Allerdings nur bis zu dem unverhofften Ende ... Armer Gideon. Er kämpfte mit der Angst. Seit jenem wunderbaren Tag letzte Woche sah sie die Angst jedes Mal in seinen Augen, wenn er sie ansah.

Herr, bitte hilf ihm, seine Angst loszulassen. Zeige ihm, dass er in Dir ruhen kann. Es war das Mantra, das sie seit Monaten gebetet hatte, aber ein Frieden umhüllte ihr Herz, als sie das Gebet jetzt losließ.

Ein Seufzer entwich ihr, als sie sich umdrehte und in Richtung Küche ging. Ihr Hinken war in diesen Tagen leicht, obwohl die Müdigkeit es jetzt doch etwas verstärkte. Sie hob den Deckel vom Topf auf dem Herd und stach mit einer Gabel in den köchelnden Hirschbraten. Jedes Mal, wenn sie ihn begutachtete, war er zäher.

Sie warf einen weiteren Blick aus dem Fenster. Gideon hätte schon vor einer Stunde zu Hause sein müssen. Normalerweise war er so verlässlich, dass er fast nie mehr als eine Viertelstunde von seinem Zeitplan abwich. Sie hatte den Verdacht, dass er sich Miriam zuliebe an einen so starren Zeitplan hielt, um ihr ein Gefühl der Sicherheit zu geben. Warum sonst würde er fast jeden Tag den langen Ritt nach Hause zum Mittagessen machen, wenn es doch viel einfacher wäre, die Mahlzeit in seine Satteltaschen zu packen und mit der Herde zu essen? Das machte seine Abwesenheit heute Abend umso besorgniserregender.

Sie straffte die Schultern und wandte sich ihrer Freundin zu. "Ich gehe raus und suche nach ihm."

Miriams Kopf schoss von den Patchworkquadraten hoch, die sie gerade genäht hatte. "Sie können nicht im Dunkeln rausgehen. Sie werden sich verirren und erfrieren."

Leah presste ihren Kiefer zusammen. Sie konnte *auf keinen Fall* einfach hier sitzen, ohne zu wissen, ob es Gideon gut ging. Was, wenn er vom Pferd gefallen und bewusstlos geworden oder von einem Berglöwen zerfleischt worden war? Er könnte im Sterben liegen, während sie Däumchen drehte. "Irgendetwas stimmt nicht. Ich kann es spüren. Ich kann nicht hierbleiben, wenn Gideon Hilfe braucht."

Miriam hielt einen Moment inne, dann seufzte sie und legte ihre Näharbeit beiseite. "Dann komme ich mit Ihnen mit."

Es schien eine Ewigkeit zu dauern, ein Gewehr, Decken, Laternen und eine Thermoskanne Kaffee zusammenzusuchen und dann die Pferde zu satteln. Bilder von Gideons liegendem Körper stürmten auf sie ein, blutend von einem indianischen Pfeil oder geschwollen von einem Schlangenbiss. Das Gebet war ihre einzige Waffe gegen die unbekannten Mächte, die ihn angegriffen haben könnten, und sie setzte es mit Inbrunst ein.

Als sie sich auf den Weg durch den Wald machten, übernahm Miriam die Führung und rief nach ihrem Bruder, während sie ritten.

Während Miriams Rufe durch den stillen Wald hallten, suchten Leahs Augen den Schnee um sie herum nach einer Spur oder Markierung ab, die sie zu Gideon führen würde. Die Bäume über ihnen schützten sie vor dem Mondlicht, so dass sie nur etwa einen Meter in jede Richtung sehen konnte. Jedes Mal, wenn sie eine Landmarke von ihrem Ritt in der Woche zuvor erkannte, machte ihr Herz einen kleinen Sprung, aber es gab kein Zeichen von Gideon. *Herr, bitte zeige uns den Weg.*

Nach einer Ewigkeit brachen die Bäume und sie erreichten den Aussichtspunkt mit der herrlichen Aussicht. Der Knoten in ihrem Bauch verdrängte die Freude, die normalerweise mit der Erinnerung verbunden war, hier mit Gideon auf dem Pferd zu sitzen. Ihre Schultern spannten sich noch mehr an, wenn das überhaupt möglich war.

Der Weg führte wieder in den Wald und die Dunkelheit drang Leah unter die Haut.

"Gideon!" Sie fügte ihren eigenen Schrei dem von Miriam hinzu.

Ein Kläffen ertönte in der Ferne und jeder Nerv in ihrem Körper war in Alarmbereitschaft und lauschte.

"Haben Sie das gehört?" Sie wartete nicht auf eine Antwort von Miriam, sondern trieb ihre Stute vom Weg ab und durch den tiefen Schnee. "Drifter!"

Nach ein paar Sekunden ertönte ein weiteres Kläffen. Nicht das normale, aufgeregte Bellen des Hundes, sondern ein ersticktes Winseln, das ihr eine Gänsehaut auf den

Armen verursachte. Jetzt konnte sie die Richtung besser einschätzen und sie gab ihrer Stute einen Tritt und trieb sie schneller an, als es in dem tiefen Schnee sicher war.

"Drifter!"

Der Hund kläffte weiter und schließlich sah sie ihn, zusammengekauert unter einem Busch. Als sie von ihrem Pferd sprang und die letzten Meter zurücklegte, lag eine Lache aus dunklem Schnee um ihn herum. Blut.

"Hey, Junge. So ist es brav. Was ist denn mit dir los?" Sie krächzte leise, während sie den Kopf des Hundes streichelte und sich bemühte, in der Dunkelheit seine Verletzungen zu erkennen. Lange, tiefe Kratzer bedeckten seine rechte Seite und sein rechtes Vorderbein war mit Blut getränkt.

"Was ist passiert?" Miriam hockte sich hinter sie und spähte um Leah herum. Ihr Gesicht war fast so weiß wie der Schnee, was ihr ein geisterhaftes Aussehen verlieh.

"Er hat ein paar tiefe Schnitte und Blut am ganzen Bein. Können wir ihn auf Ihr Pferd setzen, damit wir weiter nach Gideon suchen können?" Ihre Stimme zitterte vor Intensität. Wenn Drifter so schwer verletzt war, was mochte dann mit Gideon geschehen sein? Sie *musste* ihn finden.

Miriam stieg wieder auf und Leah wickelte den Hund vorsichtig in eine Decke, dann übergab sie ihn ihrer Freundin. Er winselte, als sie ihn zum ersten Mal bewegte, aber als sie ihn auf Miriams Schoß setzte, leckte die vertraute Zunge über ihr Handgelenk. "Ist schon gut, Junge. Wir werden Gideon finden und euch beide verarzten."

Sie machte sich zu Fuß wieder auf den Weg, wobei sie ihr Pferd führte, um Drifters Blutspur folgen zu können. Das Gehen war langsam und anstrengend, da der Schnee an den meisten Stellen halbhoch lag. Schließlich stieg sie auf ihr Pferd. Die purpurne Spur war jetzt deutlicher zu erkennen und jede Minute zählte.

Sie bewegten sich bergauf, umrundeten den Berg und

umgingen Felsbrocken, die aus dem Schnee ragten. Die Bäume hatten sich gelichtet und verwandelten sich in niedrige Sträucher und gelegentlich in struppige Kiefern. Ihr Herz klopfte mit jedem Schritt heftiger.

Miriam rief weiterhin Gideons Namen und die Angst in ihrer Stimme wurde immer größer, je weiter sie ritten.

Ihr Blick wanderte zurück auf den Boden. Kein Blut. Der Schnee schien weiß zu sein. Hatten sie Gideon übersehen? Sie brachte ihr Pferd zum Stehen und überprüfte die Gegend, so weit sie sehen konnte. Keine Spur von dem Mann. Sollten sie weitergehen oder umkehren?

Eine Öffnung in der Felswand des Berges erregte ihre Aufmerksamkeit. Eine Höhle. Sie sprang von ihrem Pferd und hängte die Zügel der Stute an einen Ast.

"Gideon?" Leahs Hände zitterten, als sie sich abmühte, die Laterne von ihrem Sattelhorn abzuhängen. Vorsichtig trat sie in den Höhleneingang, ihr Licht war in der tiefen Dunkelheit fast wirkungslos. "Gideon!"

Ein leises Stöhnen im Inneren und sie schlurfte in die Richtung. Die Laterne beleuchtete allmählich einen Körper, der auf dem Felsboden lag. Leahs Herz krampfte sich zusammen, als sie neben ihm auf die Knie sank. "Gideon."

Er war ein Wirrwarr aus Blut und sein schroffes Gesicht war zu einem unheimlichen Weiß erblasst, das von dem Rot umrandet wurde, das über seine linke Wange tropfte. Sie berührte seine Stirn. Seine Haut war so kalt. *Gott, bitte!* Sie bewegte ihre Hand hinunter zu seinem Nacken. Ein sanfter Rhythmus pochte gegen ihre Finger. *Ich danke dir.*

"Gideon, kannst du mich hören?" Sie sprach leise, die Dunkelheit warf fremde Schatten um sie herum.

Ein erstickter Schrei ertönte hinter ihr. Sie wirbelte herum und entdeckte Miriam mit einem Ausdruck des blanken Entsetzens auf ihrem Gesicht.

"Er lebt." Leah zwang eine gewisse Ruhe in ihre Stimme

und kämpfte gegen ihren eigenen rasenden Herzschlag an. Miriams Augen wirkten im Lampenlicht fast verrückt, als würde sie sich jeden Moment umdrehen und davonlaufen.

"Er ist tot...", stöhnte sie und sank ein paar Meter entfernt auf die Knie.

Leah kroch zu ihrer Freundin und schlang beide Arme um ihre Schultern. "Er ist nicht tot. Sein Puls ist kräftig, aber er ist kalt. Kannst du Decken aus den Satteltaschen holen? Er wird schon wieder, aber wir müssen ihn warm halten."

Miriam nickte wie betäubt, stand dann auf und stolperte zum Höhleneingang. Leah sah ihr nur eine Sekunde lang nach und betete, dass die Worte, die sie gesprochen hatte, wahr sein würden. *Gott, Du musst Gideon am Leben lassen. Bitte!*

Sie wandte sich wieder dem verletzten Mann zu und hielt die Laterne über seinen Körper. Das meiste Blut schien sich um seinen Unterleib zu befinden. Seine Wildlederkleidung war zerrissen, so dass Stoff, blasse Haut und blutige Wunden unter dem Leder zum Vorschein kamen. Seine Beine schienen in besserem Zustand zu sein und sie richtete sie vorsichtig auf und achtete auf unregelmäßige Winkel, die auf einen Bruch hindeuten könnten.

Als ihr Blick wieder zu seinem Gesicht wanderte, hatte er einen gequälten Ausdruck und sie konnte nicht anders, als ihm die Haare aus der Stirn zu streichen. Seine Haut war eisig. Sie mussten ihn bald ins Warme bringen.

Zum ersten Mal sah sie sich in der Höhle um. Welches Tier hat ihm das angetan? War es noch in der Nähe? Sie hatte ihr Gewehr in der Scheide an ihrem Sattel stecken lassen. Wenn das Tier noch in der Höhle war, waren sowohl sie als auch Gideon in Gefahr.

Hinter ihr ertönte ein Geräusch und Miriam erschien mit einer Handvoll Decken.

Leah konzentrierte sich wieder auf Gideon und begann,

ihn in die Decken einzuhüllen, wobei sie darauf achtete, seinen Kopf nicht zu bewegen. Er gab ein weiteres leises Stöhnen von sich, als sie die Seite seines Bauches berührte.

"Es tut mir leid." Ihre Brust schmerzte angesichts seines offensichtlichen Qualen.

Sollten sie ihn zurück zur Hütte bringen oder versuchen, ihn hier zu wärmen? War die Gefahr in der Gegend noch nicht gebannt? Wie um ihre Frage zu beantworten, ertönte in der Ferne ein schrilles Heulen. Nicht zu nah, aber laut genug, um ihr eine Gänsehaut auf den Armen zu bereiten. *Danke, Herr, für deine Führung.*

Ein weiterer erstickter Schrei kam von ihrer rechten Seite, wo Miriam auf die andere Seite der Höhle gewandert war.

"Was ist los?" Sie stand auf und ging mit ihrer Laterne dorthin, wo Miri stand. Die riesige braune Masse eines Grizzlybären lag mit dem Gesicht nach oben auf dem Höhlenboden, seine glasigen Augen starrten leer in die Dunkelheit. Neben ihm hatte sich eine Blutlache gebildet und das Fell um Brust und Hals sah feucht und zerfetzt aus.

Leah kämpfte gegen die Galle in ihrer Kehle an und drehte sich um, um zu sehen, wie Miriam sich selbst mit den Armen fest umklammerte und ihr ganzer Körper zitterte. Leah griff nach den Schultern des Mädchens und zog sie in eine feste Umarmung.

Ein Bär. Das war die Art, wie Abel gestorben war. Miriams Körper krümmte sich in ihren Armen, große Schluchzer schüttelten sie beide, während Leah sie festhielt und hin und her wiegte.

"Es tut mir leid. Es tut mir so, so leid..." Das war alles, was Leah zu sagen wusste. In ihrer Umarmung geborgen, schien Miriam nicht älter als ihre sechzehn Jahre zu sein. Nicht die starke, fähige Frau, die sie normalerweise verkörperte, sondern die verängstigte Jugendliche, die sie wirklich war. Leahs Herz schmerzte vor Liebe für dieses Mädchen.

Als ihr Schluchzen ein wenig nachließ, zog sich Leah zurück und nahm Miriams Gesicht in ihre Hände. Ihr Tonfall enthielt all die Gewissheit, die sie aufbringen konnte. "Gideon wird nicht sterben, wie Abel gestorben ist. Verstehst du das? Aber wir müssen ihn zurück in die Hütte bringen, damit er aufgewärmt und verarztet werden kann." Sie suchte im Geiste nach einer Aufgabe, mit der Miriam sich beschäftigen konnte. "Kannst du mir helfen, ihn auf mein Pferd zu setzen? Dann musst du mir den Weg zurück von hier zeigen."

Miriam nickte, ihr Schniefen hallte in der Höhle wider.

Dann erinnerte sich Leah an den verletzten Hund. "Wo ist Drifter?"

"Eingewickelt in eine Decke, draußen auf dem Boden." Miriams Stimme zitterte, aber wenigstens sprach sie.

Leah hielt einen Arm um die Schultern des Mädchens gelegt, während sie sie rückwärts in Gideon Richtung schob. An seiner Seite ließ Leah sie los und kniete nieder, um Gideons Puls erneut zu prüfen. Seine Haut war immer noch kalt, aber sein Puls war kräftig.

Sie strich ihm über die Stirn und die dicken Locken, die ihm darüber fielen. Wie konnten sie ihn zu den Pferden bringen und tatsächlich auf eines von ihnen heraufheben? Konnten zwei Frauen diesen großen, stämmigen Mann heben, ohne ihn noch mehr zu verletzen? Sie würden es versuchen müssen.

"Mal sehen, ob wir ihn auf eine Decke legen können. Dann können wir ihn vielleicht leichter bewegen, ohne ihn zu verletzen." Nachdem sie die größte Decke neben Gideon ausgebreitet hatte, schob Leah ihren Arm unter seine Schultern und stützte seinen Kopf mit ihrem Körper, während Miriam seine Beine bewegte. Als sie ihn umlagerten, stöhnte Gideon und seine Augen flatterten.

Sobald er auf der Bettdecke lag, zog Leah die anderen Decken wieder über ihn und bedeckte alles außer seinem Gesicht.

"Leah..." Seine Stimme war rau und seine Augen blieben geschlossen, aber er hatte gesprochen. Ihr Herz machte einen kleinen Sprung.

"Ich bin da." Sie streichelte seine gute Wange, ihr Blick wanderte über jede starke Linie seines Gesichts. Der Schmerz hatte Furchen um seine Augen gezeichnet.

"Ich habe gebetet ... dass du kommst." Seine Worte drangen in ihre Brust und ihr Herz.

"Ich bin hier, Gideon. Wir werden dich nach Hause bringen, wo es warm ist."

Zu zweit trugen sie Gideon halb schleppend, halb tragend an den Rand der Höhle. Miriam band Leahs Pferd los und führte die Stute zur Öffnung.

Sie kaute auf ihrer Unterlippe, während sie den Mann auf dem Boden und die Höhe des Sattels betrachtete. Es gab keine Möglichkeit, dies einfach zu machen. Sie beugte sich wieder zu Gideon hinunter und streichelte erneut über sein Gesicht. Sie konnte nicht sagen, ob er wach oder vor Schmerz ohnmächtig geworden war, aber das Heben und Senken seines Brustkorbs brachte ein gewisses Maß an Trost. "Gideon, meinst du, du kannst versuchen, auf das Pferd zu steigen? Wir werden dir helfen." Angesichts seines Zustands war das eine absurde Bitte, aber jede Anstrengung, die er unternehmen konnte, würde helfen.

"Ja..." Seine Stimme war ein raues Flüstern und seine Augen blieben geschlossen, aber er stand zu seinem Wort. Mit ihr und Miriam an beiden Seiten hoben sie ihn gemeinsam in den Sattel. Sobald er auf dem Ledersitz gelandet war, sackte sein Körper über das Horn. Sie hielt eine Hand auf seinem Arm, damit er nicht umkippte.

Mit wenig Anmut gelang es ihr, hinter ihm aufzusteigen.

Sie ließ sich hinter dem Sattel nieder, mit einem Arm auf jeder Seite von Gideon und der Wärme des wolligen Fells des Pferdes unter ihr. Sie hoffte inständig, dass dies nicht die erste Erfahrung der Stute mit dem Doppelreiten war.

Sie machten sich auf den Weg, Gideons kräftige Gestalt vor ihr. Niemals hätte sie sich träumen lassen, dass sie das Leben dieses Mannes auf diese Weise retten würde.

KAPITEL 26

*W*ährend des langen Rittes durchlief Gideon vor Leahs Augen ein krampfartiges Zittern. Ihre Bemühungen, ihn zu wärmen, erwiesen sich als fruchtlos, denn jedes Mal, wenn ihr Arm seine Seite berührte, stöhnte er und wich von ihr zurück. Das Einzige, was sie tun konnte, um ihm zu helfen, war, ihn an den Schultern zu packen, damit er nicht durch den schwankenden Rhythmus des Pferdes ins Wanken geriet.

An der Hütte angekommen, ritt sie bis zu den Stufen der Veranda und stieg dann vom Pferd, wobei sie darauf achtete, Gideon nicht hinunterzustoßen. Sie und Miriam klemmten sich jeweils unter seine Arme, um ihm beim Absteigen vom Pferd und beim Betreten des Hauses zu helfen. Er bemühte sich zu gehen, aber er zitterte so stark, dass er bestenfalls stolperte.

Als sie drinnen waren, sah sie sich nach dem besten Platz um, um ihn unterzubringen. Er war zu schwach, um aufrecht in einem Stuhl zu sitzen, und ein Bett wäre zu weit vom Feuer entfernt. Sein heftiges Zittern machte Wärme zum wichtigsten Bedürfnis im Moment. Hatte er sich bereits

Erfrierungen zugezogen? Das würde sie bald überprüfen müssen.

"Legen wir ihn vor das Feuer." Sie nickte in Richtung der Feuerstelle. "Wir können eine Palette für ihn machen und seine Wunden verarzten, während er sich aufwärmt."

Sobald er auf dem Boden lag, eingewickelt in die Decken, die sie in der Höhle benutzt hatten, eilte Miriam los, um weitere Decken, Verbände und heißes Wasser zu holen.

Leah kniete sich neben ihn. Sie musste das zerfetzte Wildleder ausziehen, um den Schaden darunter beurteilen zu können. Aber schon der Gedanke, diesem Mann das Hemd auszuziehen, fühlte sich an, als würde sie ein Gebiet betreten, das ihr nicht gehörte. Vielleicht sollte sie Miriam bitten, die blutigen Kleidungsstücke auszuziehen und seine Wunden zu versorgen.

Aber Leah musste an den erschrockenen Gesichtsausdruck des Mädchens denken, als sie Gideon zum ersten Mal in der Höhle gesehen hatte. Es war nicht fair, dass Miri das mit Gideon durchmachen musste, wie sie es mit Abel getan hatte.

Leah atmete tief ein und wieder aus, ihre Nerven beruhigten sich mit jedem Ausatmen. Sie blickte in sein Gesicht. Seine Augen waren zu einer Grimasse geschlossen, sein Kiefer bebte von der Kälte, die ihn noch immer verzehrte.

Sie nahm die Schere aus Miriams Nähkästchen und griff mit dem Finger an den unteren Rand seiner Wildledertunika. Mit zusammengepresstem Kiefer begann sie zu schnippeln und arbeitete sich zu seinem Hals hinauf.

Als das Leder abfiel, kam ein braunes Flanellhemd zum Vorschein, dessen Stoff auf der Vorderseite durch lange Risse zerfetzt war. Sie entfernte dieses Kleidungsstück auf die gleiche Weise, indem sie es von unten nach oben aufschnitt und die beiden Seiten auseinanderzog, so dass sie wie eine aufgeknöpfte Jacke aussahen.

Unter der Flanellschicht befand sich das weiße Unterhemd, das sie erwartet hatte. Die Stofffetzen, die wahllos auf seinem Bauch lagen, waren mit einer zähflüssigen, purpurroten Schicht durchtränkt. Leahs Magen krampfte sich zusammen. Als ihr die Galle in die Kehle stieg, kniff sie die Augen zusammen und holte tief Luft, um sich zu beruhigen.

Sie zwang sich, die Augen zu öffnen und begann, das Unterhemd aufzuschneiden, wobei sie darauf achtete, es über seine Haut zu heben, damit sie ihn nicht verletzte.

Als die letzte Schicht des Stoffes beiseite gelegt wurde, kam seine Brust zum Vorschein. Sie wies tiefe Kratzspuren auf, die sich in verschiedenen Winkeln über seine Vorderseite und die linke Körperhälfte zogen. Eine neue Welle der Übelkeit durchflutete Leah, aber sie zwang sich, sich darauf zu konzentrieren, was sie als nächstes tun sollte.

Miriam erschien an ihrer Seite und bot eine willkommene Ablenkung und einen Topf mit warmem Wasser an. "Ich habe Knoblauch ins Wasser getan, damit du besser reinigen kannst."

Leah wandte sich von dem blutigen Anblick ab, um einige Tücher im Wasser zu befeuchten. Sie warf einen Blick auf Miriams Gesicht, das so weiß war wie der Schnee draußen. War sie kurz davor, in Ohnmacht zu fallen? Das Letzte, was Leah gebrauchen konnte, war ein weiterer Patient an ihrer Seite.

Sie legte eine Hand auf den Arm ihrer Freundin. "Geh und kümmere dich jetzt um Drifter. Ich kümmere mich um deinen Bruder."

Miriams Augen huschten zu Leah, dann drehte sie sich und stolperte halb zu dem Hund, der in der Küche neben dem Herd lag.

Leah wandte sich wieder ihrem eigenen Patienten zu. Sie wrang etwas Wasser aus dem Tuch in ihren Händen aus und begann, das Blut aus den Wunden zu tupfen. Sein Brustkorb hob und senkte sich unruhig, sein schweres Atmen wurde durch die fehlende Bewegung des restlichen Körpers verdeutlicht. Dennoch war es gut zu sehen, dass seine Lunge funktionierte.

Als ihr Tuch eine Stelle in der Nähe seiner Rippen berührte, stöhnte Gideon auf und sein ganzer Mittelteil schien sich zu verkrampfen. Sie zuckte weg. Hatte sie weiteren Schaden verursacht, indem sie auf ein gefährdetes Organ gedrückt hatte? Seine Atmung war flach geworden, doch dann lösten sich seine Muskeln langsam aus ihrer Verkrampfung.

"Gideon?"

Seine Augen flackerten auf. In ihren trüben Tiefen war Schmerz zu erkennen. Dennoch begegnete er ihrem Blick.

"Mir... geht's gut. Es tut nur ... weh." Seine Stimme war rau und schwach, aber wenigstens war er wach.

"Ich muss deine Wunden fertig säubern." Sie hasste das Zittern in ihrer Stimme, aber sie konnte es nicht unterdrücken.

"Mache... das."

Sie arbeitete schnell, um das angeklebte Blut von seinem Bauch, seiner Seite und seiner Wange zu entfernen. Einige der Wunden sahen aus, als müssten sie genäht werden. Aber wie sollte man das machen? Einfach eine Nähnadel und Faden benutzen? Würde ihm das nicht noch viel mehr Schmerzen bereiten? Hoffentlich würde es ausreichen, die Schnitte mit Verbänden zu umwickeln.

Sie schnitt weitere Teile von Gideons Hemd weg, wobei sie die blutigen Stellen ganz entfernte. Sie überlegte, ob sie die Kleidungsstücke an den Armen abschneiden sollte, aber vielleicht würden sie ihn erst einmal wärmen. Wenn er sich später besser fühlte, konnte er sich saubere Kleidung anziehen.

Miriam erschien wieder an Leahs Seite mit einer Handvoll getrockneter Blätter. "Hier ist etwas Wacholder. Wenn du ihn unter die Verbände legst, wird er die Heilung unterstützen. Ich habe immer etwas davon vorrätig, aber ich hätte nie gedacht, dass ich es für so etwas brauchen würde."

Eine schwache Erinnerung schoss ihr durch den Kopf, wie Gideon Blätter unter ihren eigenen Verband gelegt hatte, als sie sich das Bein gebrochen hatte. Sie nickte.

Als es an der Zeit war, die Verbände anzulegen, zögerte sie. Wie sollte sie den Stoff am besten um seinen Körper wickeln, während er flach lag?

"Gideon?", rief sie leise.

Seine Augen öffneten sich zu Schlitzen. Seine Atmung hatte sich wieder vertieft - ein gutes Zeichen.

"Glaubst du, du kannst dich aufsetzen, wenn ich dir helfe? Ich muss dich mit Verbänden umwickeln."

Sein Kinn zuckte einmal und Leah atmete auf. Sie bewegte sich zu seinen Schultern und half ihm, sich aufzurichten, während er stöhnte und langsam hochkam. Auf halbem Weg hielt er inne und stützte sich mit den Ellbogen ab, sein angestrengtes Atmen in ihren Ohren.

"Das ist weit genug." Schnell wickelte sie die langen Verbände um seinen Bauch und bedeckte damit die Wacholderblätter, die sie auf die Wunden gelegt hatte.

"Fester." Er knirschte die Worte mit zusammengepressten Zähnen.

Leahs Blick schoss zu seinem Gesicht. Wirklich?

"Meine Rippen ... gebrochen. Fester wird helfen."

Sie war sich dessen nicht sicher, gehorchte aber und zog die Tücher ein wenig fester an.

"Fester."

Diesmal bellte er das Wort und Leah gehorchte und zog das Tuch so fest zu, wie sie sich traute. Sobald sie fertig war, half sie ihm, sich wieder hinzulegen. Als er wieder flach auf dem Boden lag, atmete er langsam aus.

Leah tat das Gleiche. Sie griff nach oben und strich ihm die Haare aus der Stirn. Die Falten um seinen Mund hatten sich etwas gemildert.

Miriam erschien wieder an ihrer Seite. Als Leah sich umdrehte, hielt das Mädchen ihr einen Becher hin.

"Weidentee gegen seine Schmerzen." Dieses Mädchen, das sonst wie eine Elster plapperte, hatte jetzt einen so düsteren Ausdruck. Und sie hatte die wortkarge Art ihres Bruders zu reden übernommen.

Leah versuchte, ihr einen aufmunternden Blick zuzuwerfen. "Danke, Miri. Wie geht es Drifter?"

Miriams Blick war auf Gideon gerichtet und ihre Augen wanderten über seine Gestalt, während sie sprach. "Ich denke, er wird wieder gesund. Er hat eine große Kratzspur an der Seite, aber das sollte heilen, wenn es sich nicht infiziert."

"Gut." Vor lauter Sorge um Gideon war Leah gar nicht in den Sinn gekommen, dass Drifters Wunden lebensbedrohlich sein könnten. "Warum gehst du jetzt nicht ins Bett? Ich helfe Gideon, diesen Tee zu trinken, dann muss er sich auch ausruhen."

Miriam blickte sie erschrocken an. "Aber was ist, wenn er mich braucht?"

Leah ergriff Miris kalte Hand. "Ich schlafe heute Nacht in dem Stuhl. Wenn einer von ihnen etwas braucht, bin ich da."

Miriam starrte sie weiter an. Welche Bilder blitzten hinter diesen grünen Augen auf? "Kommst du mich holen, wenn ich etwas tun kann?"

"Ganz bestimmt. Aber Ruhe ist das, was sie beide jetzt brauchen." Und das konnte auch Miriam nur helfen.

"In Ordnung." Miriam erhob sich und stapfte in Richtung Schlafzimmer. Sie drehte sich vor der Tür um, wie ein Kind, das sich fragt, ob es wirklich ins Bett gehen muss. Leah schenkte ihr noch ein ermutigendes Lächeln und

Miriam ging weiter in ihr Zimmer und schloss die Tür hinter sich.

Leah stieß einen Atemzug aus. Hatte das Mädchen Angst, dass ihrem Bruder in der Nacht etwas Schlimmes zustoßen würde? Oder hatte sie nur Angst, allein zu sein? Auf jeden Fall brauchte das arme Ding Schlaf, um sich von den Ereignissen des Abends zu erholen. Sie musste sicherstellen, dass sie bald nach Miriam sah.

Sie drehte sich wieder zu Gideon um. Seine Zähne klapperten wieder. Sie nahm eine Decke von dem Stapel, den Miriam mitgebracht hatte, und breitete sie über ihn. Sie fügte noch eine hinzu und noch eine, bis sie mit einer kleinen Schoßdecke abschloss - die letzte in dem Stapel.

Jetzt musste sie ihm etwas von diesem warmen Getränk geben. Das würde am meisten helfen, sowohl gegen die Kälte als auch gegen die Schmerzen.

"Gideon", murmelte sie. "Ich werde dir einen Löffel Tee in den Mund geben. Meinst du, du kannst ihn trinken?"

Sein Kinn zuckte wieder und sein Mund öffnete sich, aber seine Augen blieben geschlossen. Sie löffelte die Flüssigkeit hinein. Seine Lippen waren rot und rissig. Vielleicht würde etwas Aloe-Creme helfen?

Als er schluckte, wanderte ihr Blick zu seinem Hals, wo sein Adamsapfel wippte. Die Stoppeln, die sich über seinen Kiefer und seinen Hals erstreckten, betonten seine Männlichkeit. Sie schüttete ihm einen weiteren Löffel in den Mund.

Während sie weiter den Tee löffelte, ließ sie ihren Blick über sein Gesicht schweifen, ungehindert von Zeugen oder dem fesselnden Blick seiner Augen. Seine Züge waren kräftig und genau richtig proportioniert.

Viel zu schnell war der Tee ausgetrunken und Gideons gleichmäßiges Atmen signalisierte endlich erholsamen Schlaf.

* * *

*A*lles tat weh.

Er atmete tief ein und bereute es schnell, als der Schmerz in seiner Brust brannte. Seine Muskeln spannten sich an und er zwang sich, durch seine zusammengebissenen Zähne zu husten. Die Wirkung des Hustens war wie eine Kugel in seinen Rippen und er konnte nicht anders, als sich den Bauch zu halten. Sein Stöhnen war nicht mehr zu unterdrücken.

Eine kühle Hand berührte seine Stirn, weich und sanft. Irgendwie verscheuchte sie den schlimmsten Schmerz.

"Pssst, Gideon."

Die Stimme durchströmte ihn wie eine Welle der Wärme. War es ein Engel? Er lag still und genoss das Gefühl der Hand, die über seine Stirn und immer wieder über sein Haar strich.

War das der Himmel? Nach allem, was er Gott im Laufe der Jahre vorgeworfen hatte, hatte der Allmächtige ihm trotzdem erlaubt, durch die Himmelspforte zu gehen?

"Bist du jetzt bereit, aufzuwachen?" Die sanfte Schönheit der Stimme des Engels stand im Widerspruch zu ihren Worten. Er wollte niemals aufwachen. Warum konnte er nicht im Himmel bleiben?

Die Hand hörte auf, sein Gesicht und sein Haar zu streicheln, und ließ ihn allein, um das Pochen in seinen Schläfen zu ertragen. War der Schmerz schon vorher da gewesen? Alles tat weh, also war es schwer, sicher zu sein. Er musste aufstehen, um dieser Qual zu entkommen.

Er bemühte sich, seine Augen zu öffnen, aber die Anstrengung ließ nur Schlitze entstehen, durch die er sehen konnte. Er zwang seine Augen, die Szene vor ihm unscharf zu fokussieren. Der Engel lächelte ihn an. Ihr zartes Gesicht wurde von honigfarbenen Strähnen umrahmt. Ihre blass-grünen Augen funkelten, als sie wieder sprach.

"Ich bin froh, dass du wach bist."

Und da der Engel ihn so anlächelte, war er es auch.

Sie verschwand aus seinem Blickfeld und er drehte seinen Kopf, um sie zu beobachten. Aber der Schmerz, der durch seine Schläfen schoss, hielt ihn davon ab.

Er blinzelte. Er musste wach bleiben. Ohne den Kopf zu bewegen, betrachtete er den Raum - oder zumindest die Decke und die oberen Wände. Vielleicht war das hier ja doch nicht der Himmel. Es hatte eine verblüffende Ähnlichkeit mit seiner Hütte. Aber warum lag er im Hauptraum auf dem Boden? Und warum schmerzte sein ganzer Körper, als hätte man ihn fast zu Tode geprügelt?

Eine Gestalt trat in sein Blickfeld - der Engel war zurückgekehrt. Als sie sich umdrehte, um ihn wieder anzulächeln, hielt sein unscharfer Verstand ihr Bild fest.

Leah. Was hatte sie hier zu suchen, während er auf dem Boden lag? Er musste sich aufsetzen.

Er spannte seine Muskeln an, um sich aufzurichten, aber in dem Moment, in dem sein Kopf den Boden verließ, brannte sein Unterleib so stark, dass alle Kraft aus seinen Gliedern strömte. Mit einem Aufprall kam er wieder zu liegen und konnte ein Stöhnen nicht unterdrücken.

"Sshh...", murmelte Leah - der Engel – und strich ihm über die Stirn. "Bleib erst einmal ruhig liegen."

Er drückte seine Augen gegen den Schmerz zusammen und atmete vorsichtig, um seine Brust ruhig zu halten.

"Ich werde noch mehr von diesem Tee in deinen Mund löffeln. Das wird helfen."

Gideon zwang seine Augen, sich wieder zu öffnen.

Leah beobachtete ihn, den Löffel an sein Kinn gelegt. Er öffnete gehorsam den Mund, konzentrierte sich aber weiter auf ihr Gesicht. Vielleicht konnte er sich in etwas anderem verlieren als in den Schmerzensschreien seines Körpers.

Sie war eine willkommene Ablenkung, mit ihren großen Augen, die von langen, dunklen Wimpern umrahmt wurden. Ihre ebenmäßige Nase, ihre vollen Lippen und ihr Kinn mit dem Anflug eines Grübchens. Sie sah ihm nicht in die Augen, sondern ließ ihren Blick zwischen dem Löffel in ihren Händen und seinem Mund hin und her schweifen. Einmal tropfte sie etwas von der Flüssigkeit auf sein Kinn und er genoss fast den Schmollmund auf ihren Lippen, als sie ihn trocken tupfte.

Als sie endlich zufrieden war, dass er genug Tee getrunken hatte, erwiderte sie seinen Blick immer noch nicht, sondern fummelte an etwas auf ihrem Schoß herum. Er wollte sie dazu bringen, wieder zu sprechen, ihn anzuschauen.

"Was ist passiert?"

Ihr Kopf schoss in die Höhe, ihre grünen Augen waren größer als sonst. "Du erinnerst dich nicht?"

Er leckte sich über die Lippen und versuchte, sich an irgendetwas zu erinnern, bevor er auf dem Boden aufgewacht war und dieser Engel neben ihm saß. "Ich erinnere mich nur daran, dass mir kalt war."

Sie nickte und holte tief Luft. "Du bist zu spät zum Abendessen gekommen, also haben wir dich gesucht. Wir haben dich in einer Höhle gefunden, in der Nähe eines ... toten ... Bären." Beim letzten Wort brach ihre Stimme und sie hielt inne.

Aber als sie wieder sprach, war ihr Ton kräftig. "Du hast ein paar Kratzer vorne und auf der linken Seite und eine Beule am Kopf, aber ich denke, das wird wieder ganz verheilen."

Ihre hübsche Stirn legte sich in Falten, als ob sie einen Gedanken hatte, der sie beunruhigte. "Du sagtest auch etwas von einer gebrochenen Rippe. Ich habe die Wunden mit Knoblauchwasser gesäubert und Wacholderblättern unter den Verband gewickelt. Ich hoffe, das war genug. Ich wusste nicht, was ich sonst tun sollte."

Sie biss sich auf die Unterlippe und es juckte ihn in den Fingern, die Furche in ihrer Stirn zu glätten. Doch als er sich zu bewegen begann, schrien seine Rippen und seine Brust. Er würde sich mit Worten begnügen müssen. "Das hast du gut gemacht. Das ist alles, was man bei gebrochenen Rippen tun kann. Wickel sie einfach fest ein."

Das Sprechen kostete ihn so viel Kraft, dass er schon nach diesem kleinen Bisschen wieder zu Atem kommen musste. Leah strich ihm wieder über die Stirn und seine Augen fielen ihm zu.

"Schlaf jetzt." Die Stimme des Engels drang über einen breiten Abgrund zu ihm hin.

KAPITEL 27

*L*eah beobachtete, wie sich die Decken über Gideons Brust hoben und senkten, während er schlief. Der gleichmäßige Rhythmus beruhigte ihre Nerven. Sicherlich war das ein Zeichen dafür, dass er sich gut ausruhte und wieder zu Kräften kam.

Sie zog die Bettdecke fester um ihre Schultern und lehnte ihren Kopf zurück an die Wand. Um in der Nähe zu bleiben, falls Gideon sie brauchte, saß sie auf dem Boden, an die Ecke der Wand und die Ziegelsteine, die den Kamin säumten, geschmiegt. Die Wärme, die durch den Lehm drang, war beruhigend.

Zum ersten Mal ließ sie ihre Gedanken zurück zu den surrealen Bildern schweifen, wie sie durch den Schnee stapfte, die Höhle fand und Gideon so still dagelegen hatte, seine Haut so kalt wie ein Gebirgsbach. Der Bär, der mit glasigen Augen in der Blutlache lag, Gideon zusammengesunken im Sattel vor ihr, sein Körper vor Kälte zitternd.

Was hatte er auf diesem Berg gemacht? Wusste er, dass die Höhle dort war? Vielleicht war er auf der Jagd gewesen und hatte angehalten, um einen Happen zu essen oder ein

Feuer zu machen, um sich zu wärmen. Hatte der Bär ihn überrascht? Und wo war sein Pferd?

Wenn Gott sie nicht zu Drifter geführt hätte, hätten sie Gideon nie gefunden, bevor er erfroren wäre. Sie schickte ein weiteres Dankgebet an ihren himmlischen Vater.

Und, Herr, bitte heile seine Wunden schnell. Hilf ihm, dass er nicht zu viel Schmerzen hat. Und dann, wie auswendig gelernt, sprach ihr Herz sein Mantra. *Herr, bitte erweiche sein Herz. Hilf ihm zu heilen und zu verzeihen.*

Lea verharrte noch einige Augenblicke in dieser Gebetshaltung und pries ihren Vater für seine Barmherzigkeit. Endlich war das Feuer neben ihr zu einer kleinen Flamme erloschen. Sie löste die Decke von ihren Schultern und legte weitere Holzscheite auf die Glut.

Hinter ihr rührte sich etwas. Sie drehte sich um und sah Gideons geöffnete Augen. Die Schlitze waren etwas weiter geöffnet als beim letzten Mal, als er aufgewacht war, und er schien wacher zu sein.

"Wie geht es dir?" Sie beugte sich vor und berührte seine Stirn. Er hatte in der Nacht ein wenig Fieber gehabt, aber jetzt fühlte sich seine Haut nicht mehr so heiß an.

Seine Augen öffneten sich ein wenig mehr, genug, um ein schwaches Glitzern zu zeigen, als er sprach. "Als hätte ich einen Kampf mit einem Bären gehabt."

Ein Anflug von Erleichterung durchströmte sie. Er fühlte sich stark genug, um zu scherzen. Sie strich ihm eine widerspenstige Haarsträhne aus der Stirn, während ihr Mund sein eigenes Lächeln fand. "Wenigstens hast du gewonnen."

Ihre Augen wanderten zu seinem Gesicht und fanden seinen grünen Blick.. Da war Schmerz, das war sicher, aber auch eine Intensität, die sie davon abhielt, sich zu bewegen.

"Du hast mir nicht gesagt, dass du ein Engel bist."

Ihr Herz machte bei diesen Worten einen kleinen Hüpfer. Ihr Blick verlor seinen Halt, glitt hinunter und bemerkte den verwegenen Zug um seinen Mund, bevor sie wegschaute. Was antwortete sie darauf?

Er ließ ein Kichern hören, bevor ein Zucken es unterbrach.

Ihre Aufmerksamkeit wanderte zurück zu seinem Gesicht. "Was ist los?"

"Nichts. Es tut nur weh zu lachen oder zu atmen."

Sie griff nach dem Kessel auf dem Herd und goss eine weitere Tasse Weidenrindentee ein. "Trink mehr davon."

Sie begann, es ihm wie zuvor in den Mund zu schieben, aber er schüttelte den Kopf.

"Wenn du meinen Kopf anhebst, kann ich ihn trinken."

War das eine gute Idee? Aber sie tat, worum er sie bat, hob seinen Kopf nur wenige Zentimeter vom Boden ab, während sie ihm die Tasse an die Lippen hielt.

Er schaffte es, das meiste herunterzuschlucken, bevor er vor Erschöpfung zusammensackte. Er hielt jedoch die Augen offen. Vielleicht wäre dies eine gute Gelegenheit, ein paar Fragen zu stellen.

"Kannst du dich erinnern, wie du in die Höhle mit dem Bären gekommen bist?"

Sein Blick schweifte zum Dach, aber seine Aufmerksamkeit schien hauptsächlich nach innen zu wandern, zu den Bildern, die sich in seinem Kopf abspielten. "Nicht wirklich. Ich erinnere mich, dass ich dort war und der Bär direkt auf mich zugestürmt kam. Ich habe ihm einen Schuss verpasst, aber das hat ihn nur noch wütender gemacht."

Gideons Augen schlossen sich und seine dunklen Brauen zogen sich zusammen, als sei das Denken eine Herausforderung. "Drifter hat ihn angegriffen, aber der Bär hat ihn weggeschlagen. Ich dachte, er wäre hinüber. Dann hatte der Bär mich in die Luft geschleudert. Ich landete neben meinem Gewehr. Ich weiß noch, dass ich geschossen habe, aber das ist alles." Gideons Augen flatterten wieder auf, aber sie waren jetzt stumpf - erschöpft vom Wiedererleben seines Albtraums.

Sie strich ihm wieder die Haare aus der Stirn. "Gott hat dich für etwas Besonderes am Leben erhalten. Aber jetzt musst du dich wieder ausruhen. Es ist Zeit zu schlafen."

Er schien damit einverstanden zu sein, denn seine Augenlider waren bereits zugefallen.

Nachdem sie ihn einen Moment beobachtet hatte, kroch sie die paar Meter zurück zu ihrer Decke an der Wand und rollte sich an den Ziegeln zusammen. Aber es dauerte lange, bis der Schlaf sie einholte.

* * *

*L*eah erwachte durch das Klirren von Metall im Raum. Sie riss ihren Kopf hoch, wurde aber von einem stechenden Schmerz im Nacken aufgehalten. Ein Blick in die Küche zeigte Miriam, die über den Arbeitstisch gebeugt war und auf etwas drückte.

Als Leah sich streckte und begann, sich von der Decke zu befreien, wanderte ihr Blick zu Gideon, der auf dem Boden lag. Der Schmerz war heute Morgen nicht mehr so tief in sein Gesicht gezeichnet und seine Atmung war gleichmäßig.

Sie machte einen großen Bogen um ihn, als sie in Richtung Küche schritt. Gut, dass sie ihre lärmenden Stiefel ausgezogen hatte.

"Wie geht es dir heute Morgen?", flüsterte sie Miriam zu, als sie sich ihr näherte.

Miriam wirbelte herum, ihre rotgeränderten Augen suchten, bereiteten sich auf das Schlimmste vor. Leah zuckte angesichts der Angst zusammen und konnte nicht anders, als das Mädchen in eine Umarmung zu ziehen.

Miriams Körper entspannte sich und Leah streichelte ihren Rücken, während sie sprach. "Er hat es letzte Nacht sehr gut gemacht. Er ist ein paar Mal aufgewacht und ich habe ihm Tee gegeben, dann ist er gleich wieder eingeschlafen. Er hat ein paar Schmerzen wegen gebrochener Rippen, aber in ein paar Wochen wird er besser als neu sein."

Miriam nickte und schniefte, dann wischte sie sich mit dem Ärmel über die Augen. "Ich weiß. Es ist nur schwer, ihn so zu sehen."

Leah wollte zustimmen, aber sie wollte es Miriam nicht noch schwerer machen. Also antwortete sie nicht. Stattdessen gab sie dem Mädchen einen letzten Klaps auf den Rücken und ging weg. "Ich gehe die Tiere füttern und Bethany melken. Brauchst du etwas, während ich weg bin?"

"Oh, lass mich gehen, Leah. Ich wollte das machen, bevor du aufgewacht bist, aber ich bin bei diesen Keksen hängen geblieben. Ich bin lieber draußen, auch wenn es kalt ist."

Es schien, als würde die kleine Elster zu ihrem üblichen Verhalten zurückkehren. Diese junge Dame war, gelinde gesagt, widerstandsfähig. "Wenn du willst. Ich übernehme das Frühstück, aber zieh dich warm an."

Sobald Miriam gegangen war, betrachtete Leah den auf dem Arbeitstisch verteilten Plätzchenteig und den wahllosen Haufen bereits ausgestochener Teigkreise. Sie konnte sich ein Lächeln nicht verkneifen.

Als Miriam in einem Wirbel aus Wind und kalter Luft durch die Tür zurückkam, hatte Leah bereits den Hafer gekocht, die Soße auf der Rückseite des Ofens warmgehalten und eine Pfanne mit Keksen aus dem Ofen geholt.

"Brrr." Miriam trat um ihren Bruder herum, um mehr Holz auf das Feuer zu legen. Natürlich wurde Gideon durch diesen geschäftigen Auftritt geweckt.

"Kommt schon, du Faulpelz. Es ist Zeit, aufzustehen." Miriam drehte sich mit dem Rücken zum Feuer, scheinbar um diese Seite von ihr zu wärmen, aber wahrscheinlich hatte es mehr damit zu tun, die Reaktion ihres Bruders auf die Neckerei zu beobachten.

Er schenkte ihr ein schwaches Lächeln. "Ich warte nur darauf, dass du meine Aufgaben erledigst."

Sie sah ihn wissend an. "Ich dachte, das könnte die..."

Ihre letzten Worte wurden von einem explosiven Hustenschwall von Gideon übertönt. Sein Körper krümmte sich in einer Kombination aus Keuchen und Schreien.

Leah war sofort bei ihm, half ihm, sich zurückzulegen und strich ihm die Haare aus dem Gesicht. Ihr Herz raste, als er sich durch den Schmerz kämpfte, um zu Atem zu kommen.

"Miriam, kannst du bitte ein paar Kissen holen - mindestens drei oder vier. Wir müssen ihn aufstützen, damit seine Lungen frei bleiben."

Miriam - wieder mit weißem Gesicht - verschwand zuerst in ihrem Schlafzimmer, dann in dem von Leah. Sie brachte zwei Kissen zu Leah. "Ich werde auf den Dachboden klettern und die beiden von dort oben holen."

Leah goss etwas von dem Echinacea-Tee ein, den sie für Gideon zubereitet hatte, und legte ein weiteres Holzscheit ins Feuer.

Als Miriam mit den letzten beiden Kissen zurückkam, kniete Leah wieder neben ihm. "Wir werden dich jetzt aufrichten und Kissen unter deinen Rücken legen." Sie beugte sich hinunter, um seinen Blick zu erhaschen. "Ich möchte nicht, dass du dich selbst aufsetzt, hast du verstanden? Lass dich einfach von uns hochheben."

Er zog eine dunkle Augenbraue hoch, sagte aber nur: "In Ordnung."

Mit ihr und Miriam auf beiden Seiten gelang es ihnen, die Kissen unter seinen Oberkörper zu schieben, so dass es bequemer für ihn aussah. Miriam trat zurück und Leah hielt ihm den Becher hin, damit er trinken konnte. "Das wird dich davor bewahren, krank zu werden."

Er wollte ihn ihr wegnehmen, aber Leah hielt sein Handgelenk fest. Seine Finger zitterten ein wenig und sie wollte nicht, dass er den heißen Tee über sich schüttete. Das Letzte, was er brauchte, war eine Verbrühung auf diesen tiefen Wunden.

Während er trank, studierte sie seine dunklen Wimpern. Wieso war ihr vorher nie aufgefallen, wie lang sie waren? Am liebsten hätte sie die Hand ausgestreckt und ihm über den Kiefer gestrichen, auf dem noch die Bartstoppeln vom Vortag waren.

Seine Augen begegneten den ihren mit einem intensiven Blick, als ob er ihre Gedanken lesen könnte. Ihr wurde heiß im Nacken und sie wandte den Blick ab - gerade noch rechtzeitig, um zu sehen, wie Miriam sie mit einem frechen Augenzwinkern beobachtete.

Zum Glück hatte Gideon das Getränk ausgetrunken. Leah nahm den Becher und rannte fast in die Küche. Sie begann, Teller zu füllen, und zwang sich, sich auf die anstehende Arbeit zu konzentrieren.

"Miriam, würdest du deinen Bruder füttern?" Sie hielt ihre Stimme so geschult wie möglich und betete, dass ihre Freundin ja sagen würde, um Leah weitere Peinlichkeiten zu ersparen.

Gideon murmelte etwas, das sie nicht verstehen konnte, aber es klang, als hätte es etwas damit zu tun, dass er durchaus in der Lage war, selbst zu essen.

* * *

Trotz der Schmerzen in Gideons Rippen, die bei jeder Bewegung auftraten, machte es ihn verrückt, die beiden Frauen so hart arbeiten zu sehen, während er flach auf dem Rücken lag. Er musste aufstehen. Zumindest musste er sich erleichtern.

Als der Raum leer war, Miriam draußen und Leah in ihrem Schlafzimmer, war es an der Zeit, sich zu bewegen. Indem er sich an einem Stuhlbein hinter sich festhielt, konnte er sich mit minimalem Stöhnen auf die Seite rollen. Seine Rippen brannten jedoch und es kostete ihn all seine Kraft, nicht aufzuschreien. Er drückte sich auf Hände und Knie und hielt seine Augen fest gegen die Drehung des sich drehenden Raumes.

"Gideon Bryant!"

Bei den Worten zuckte er zusammen, sein Blick flog nach oben. Die Welt drehte sich wieder und er kämpfte um die Kontrolle. Und dann fiel er, zumindest schien es ihm so. Der Boden zog sich unter ihm zusammen, aber eine weiche Hand fasste seine Schulter und ließ ihn sanft auf die Decke sinken. Er rollte sich auf den Rücken und sah Leahs große Augen über sich schweben, aus deren grünen Tiefen Funken flogen wie bei einem Lagerfeuer, in das man Tannennadeln geworfen hatte.

"Was soll das?" Sie stützte eine Hand auf jede Hüfte, richtete sich zu ihrer vollen Größe auf ... und starrte ihn an.

Er kämpfte gegen den Drang an, sich zu ducken, aber das war schwer zu vermeiden, wenn er flach auf dem Rücken lag und eine wütende Bärin über ihm stand.

"Ich muss aufstehen."

"Warum?" Sie bewegte sich nicht, stemmte nur die Hände in die Hüften und ließ ihre Augen funkeln. Wollte sie ihn niederstarren?

"Weil ich etwas zu tun habe."

"Was?"

Wut stieg in seiner Brust auf. "Zum einen meine Aufgaben. Dann muss ich zu der Herde gehen. Sie haben heute noch nichts gefressen oder getrunken."

"Auf keinen Fall."

Wer war diese Frau, dass sie ihm vorschreiben konnte, was er zu tun und zu lassen hatte?

"Irgendjemand muss es ja tun. Ich habe nicht vor, siebzig Kühe und sieben Pferde zu verlieren, nur weil du mich nicht von diesem Bodenlager aufstehen lässt."

Das schien sie innehalten zu lassen. Zumindest flogen die Funken nicht mehr aus ihren Augen. Sie schien über seine Worte nachzudenken. Hoffentlich würde sie wieder zur Vernunft kommen.

Schließlich trat sie zurück und nickte, als ob alles geklärt sei. "Ich gehe raus und kümmere mich um die Herde."

Wenn Gideon nicht schon am Boden gelegen hätte, hätten ihre Worte ihn vielleicht umgehauen. "Auf keinen Fall."

Ihr Kinn hob sich. "Warum nicht?" Ihre Augen begannen wieder zu funkeln.

"Weil du nicht alleine da rausgehen kannst."

"Warum nicht?"

Wenn sie nahe genug gewesen wäre, hätte er sie an den Schultern packen und zur Vernunft bringen können. Nicht wirklich, aber er fühlte sich bei dem Gedanken etwas besser.

"Weil du dich verlaufen würdest. Und du wirst nicht stark genug sein, um das Eis zu brechen. Und die Tiere werden dir wehtun. Und es gibt noch so viele andere Gründe, warum du nicht da rausgehen solltest." Er benutzte seinen Und-das-ist-mein-letztes-Wort-Ton, der bei seinen Geschwistern immer sofortige Zustimmung hervorgerufen hatte. Alles, was er von Leah bekam, war eine hochgezogene Augenbraue. Die starrköpfige Frau.

Schließlich wurde ihr Verhalten weicher und sie kniete tatsächlich neben seiner Palette nieder. Vielleicht bedeutete das, dass sie einlenken wollte.

"Gideon." Ihr Ton war sanft und beruhigend. "Wie du

schon sagtest, die Tiere werden es ohne Nahrung und Wasser nicht lange aushalten. Du brauchst ein paar Tage, um dich zu erholen - du wurdest von einem Bären angegriffen, um Himmels willen. Ich war schon öfter mit dir unterwegs und du bist ein ausgezeichneter Lehrer."

Seine Gedanken wanderten zurück zu jenem Tag, genauer gesagt zu jenem Kuss, und das leuchtende Rosa ihrer Wangen ließ darauf schließen, dass ihre Gedanken in dieselbe Richtung gewandert waren.

Er seufzte. Er hatte wirklich keine andere Wahl. Sein Körper war schwach wie der eines Säuglings. Und die Tiere konnten nicht warten...

"In Ordnung, aber füttere sie mit Heu und brich das Eis, dann komme gleich wieder zurück. Hast du verstanden? Und nimm Drifter mit."

Bis zu seiner letzten Aussage hatte Leah noch gelächelt, aber jetzt begegnete sie seinem Blick nicht mehr. "Ich glaube nicht, dass das eine gute Idee ist."

Jetzt war er derjenige, der eine Augenbraue hochzog. "Warum nicht?"

"Er hat eine Wunde an der Seite und am Bein. Es wird heilen, aber er muss sich zumindest ein paar Tage lang ausruhen."

Seine Brust zog sich zusammen. Sein alter Freund ... und er hatte nicht einmal daran gedacht, dass der Hund verletzt sein könnte. "Wo ist er?"

Leahs Mundwinkel verzog sich zu einem traurigen Lächeln. "Eigentlich in meinem Zimmer. Wir haben ihm ein Bett neben dem Herd gemacht, aber meins scheint ihm besser zu gefallen. Er fühlt sich wohl, also habe ich ihn nicht verlegt."

Gideon unterdrückte sein eigenes Grinsen. Dieser Hund war schon immer ein schlaues Kerlchen gewesen.

KAPITEL 28

*L*eah stapfte mit einem weiteren riesigen Haufen Heu im Arm durch den Schnee. Die Tiere zeigten immer eine so offensichtliche Wertschätzung, wenn sie sich mit Begeisterung über das Futter hermachten.

Aber diese Arbeit im Schnee war hart. Sie würde so etwas nie zugeben, aber es machte nicht mal annähernd so viel Spaß, wenn Gideon nicht dabei war. Dennoch tat sie, was getan werden musste, und das war an sich schon lohnend.

Nachdem das Heu draußen war, schlug sie endlich ein ordentliches Loch in das Eis am Bach. Jetzt sollte sie die Tiere so verarzten, wie Gideon es ihr gezeigt hatte.

Sie wanderte um die Herde herum und wandte die schwarze Salbe auf Verletzungen an. Die Kuh mit dem übergroßen Kalb schien ein wenig an Gewicht zugelegt zu haben, seit sie sie das letzte Mal gesehen hatte. Gideons Strategie schien zu funktionieren.

Die schwarze Creme auf dem Euter der Kuh bekam sie ohne große Probleme ab. Das Kalb hatte allerdings eine klaffende Wunde an der Nase, die ebenfalls behandelt werden musste.

Der kleine Kerl war in einer energischen Stimmung. Als sie sich zum ersten Mal näherte, stürzte er davon, sprang durch den hohen Schnee und rüttelte ein paar andere Kälber auf, um mit ihm zu entkommen.

Leah versuchte es erneut, indem sie sich mit ausgestrecktem sauberen Handschuh in seine Richtung bewegte. Als sie sich ihm näherte, krächzte sie: "Komm schon, Kleiner. Ich muss dir nur etwas Medizin auftragen. Es wird nicht wehtun, versprochen."

Er ließ sie an sich heran, aber als sie nach seinem Hals greifen wollte, drehte sich das Kalb weg. Mit nach vorne gebeugtem Oberkörper, aber ohne Kalb, das den Fall auffangen konnte, stürzte sie in den eisigen Schnee. Die gefrorenen Kristalle bedeckten ihren Mantel, schlichen sich unter ihren Kragen und raubten ihr mit ihrer eisigen Wucht den Atem.

Dieser kleine Frechdachs. Sie kämpfte sich auf die Beine und zwang sich, zum neuen Standort des Tieres zu kriechen. Streckte er ihr die Zunge raus?

Nach zwei weiteren Versuchen gelang es ihr, den schwarzen Schleim über die nasse Schnauze des widerspenstigen Kalbs zu streichen. Sie schleppte sich zurück in die kleine Scheune, zog den Handschuh aus, den sie für die Medizin benutzt hatte, schloss die Tür und verriegelte sie.

Als sie sich zu der Stelle umdrehte, an der sie ihre Stute an der Baumgrenze angebunden hatte, blieb sie stehen und starrte. Sicherlich hatten ihre Augen sie getäuscht. Dort, wo sie ein Pferd angebunden hatte, standen nun zwei - beide trugen Sattel und Zaumzeug und kuschelten sich liebevoll aneinander.

Leah trat vor. Das zweite Pferd war Gideons Wallach, der seit dem Angriff vermisst worden war. Sie näherte sich dem Tier mit ausgestreckter Hand und ließ es an ihr schnuppern, bis es zufrieden schien. Dann strich sie ihm mit den Händen über den Hals und auf beiden Seiten über seinen Körper. Beide Zügel waren in der Nähe des Gebisses zerrissen und der Sattel war mit Schnee und Kratzern bedeckt, aber das Pferd schien unverletzt geblieben zu sein.

Sie befestigte ein Seil am Zaumzeug des Wallachs, stieg auf ihre eigene Stute und machte sich dann auf den langen Weg nach Hause. Als sie ankamen, war Leah nass, durchgefroren und ausgehungert. Warum hatte sie kein Essen eingepackt, um sich von der harten Arbeit zu erholen? Musste Gideon das auch jeden Tag durchmachen? Er kümmerte sich nicht nur um die Herden, sondern auch um die Jagd, das Holzspalten, die Reparaturen an Haus und Scheune und wer weiß, was noch alles.

Miriam kam ihr auf dem Hof entgegen und ihr Gesicht erhellte sich beim Anblick des müden Dreiergespanns. Sie forderte Leah auf, abzusteigen, nahm die Zügel und das Seil und streichelte den wolligen Hals des Wallachs. "Wo hast du ihn gefunden?"

"Ich erzähle es dir drinnen. Ich bin halb erfroren."

Miriam warf ihr einen mitfühlenden Blick zu. "Ja, natürlich. Du gehst rein und wärmst dich auf. Ich kümmere mich um die beiden."

Leah hatte weder die Kraft noch das Verlangen, sich dagegen zu wehren. Sie nickte lediglich und stapfte in Richtung Haus.

Als sie die Tür öffnete, schlug ihr eine Welle der Wärme entgegen wie eine schöne Melodie, die den Duft von Eintopf mit sich brachte. Ihre Aufmerksamkeit richtete sich auf die Palette vor dem Feuer und suchte Gideons Gesicht. Er war noch da, wo sie ihn zurückgelassen hatte, auf Kissen gestützt und mit einer Art schelmischem Halblächeln im Gesicht. Sie zog ihre Jacke und Handschuhe aus und ging dann zum Feuer.

"Wie ist es gelaufen?" Seine warme Stimme tat genauso

viel wie das Feuer, um ihren schmerzenden Körper aufzutauen.

Sie wandte sich von der Flamme ab und sah ihn an. Er hatte ein sauberes Hemd angezogen, das grüne Hemd, das immer das Smaragdgrün in seinen Augen zum Leuchten brachte.

"Allen geht es gut. Ich habe auch dein Pferd gefunden."

Seine Augenbrauen hoben sich. "Wirklich? Wo ist er? Geht es ihm gut?"

Leah nickte und ihre Mundwinkel verzogen sich bei dem Eifer in seiner Stimme zu einem Lächeln. "Er tauchte neben meiner Stute auf, kurz bevor ich die Herde verließ. Seine Zügel sind zerrissen und er hat ein paar Kratzer am Sattel, aber ansonsten schien er nicht in Mitleidenschaft gezogen worden zu sein."

Gideons Gesichtszüge entspannten sich, als sie sprach. "Gut. Hattest du irgendwelche Probleme, das Eis im Bach zu brechen?"

Erinnerungen an die halbe Stunde, die sie damit verbracht hatte, mit der schweren Axt auf das Eis einzuhacken, schossen Leah durch den Kopf. Aber es war nicht nötig, ihn mit solchen Details zu beunruhigen. "Ich habe es geschafft."

Sie zwang ihre gefrorenen Wangen zu einem beruhigenden Lächeln. "Ich habe das Eis gebrochen, die Schnitte verarztet und Heu ausgelegt. Dabei fällt mir ein, dass in dem Schuppen nicht mehr viel Heu ist, vielleicht genug für einen weiteren Tag. Gibt es woanders noch mehr?"

Gideons Augenbrauen zogen sich zusammen und er schürzte seine Lippen. "Sie müssen bald auf die nördliche Weide umziehen. Ich habe dort mehr Heu gelagert und das Gras ist hoch unter dem Schnee."

Leah setzte ihr bestes "Auf gar keinen Fall"-Gesicht auf. "Nur damit du es weißt: Wenn das nicht mindestens zwei

Wochen warten kann, wirst du nicht derjenige sein, der sie irgendwo hinbringt."

Seine Augenbrauen hoben sich, was seinen verärgerten Gesichtsausdruck noch verstärkte. "Ich werde tun, was ich tun muss." Er stieß die Worte mit zusammengepresstem Kiefer aus.

Vielleicht war ein kurzer Rückzug in diesem Fall der bessere Teil der Tapferkeit. Immerhin hatten sie noch mindestens einen Tag Zeit, sich darüber zu streiten, bevor sie die Kühe selbst umtrieb.

Leah bewegte sich von der Feuerstelle weg und setzte sich auf den Stuhl neben Gideons Füße. Sie versuchte, ihre Körperhaltung so freundlich und zugewandt wie möglich zu halten. "Sag mir, wie du dich fühlst."

Die Muskeln in seinem Gesicht entspannten sich und seine Augen bekamen ein freundliches Glühen. "Etwas besser. Meine Rippen schmerzen, wenn ich mich bewege oder atme, aber das Pochen in meinem Kopf ist auf ein dumpfes Dröhnen gesunken."

"Und du hast den ganzen Tag still gelegen? Überhaupt nicht aufgestanden?"

Sein lockerer Gesichtsausdruck veränderte sich zu einem finsteren Blick. "Ja, dank der Gefängniswärterin, die du geschickt hast."

Leah konnte sich ein Kichern nicht verkneifen. "Klingt, als hätte Miriam meine Anweisungen befolgt. Braves Mädchen."

* * *

ideon hörte, wie Leah das benutzte Geschirr auf dem Küchentisch stapelte. So wie seine Palette stand, konnte er sie nicht sehen, ohne den Hals zu

verrenken - und das würde deutlich machen, dass er sie beobachtete.

So ließ er seinen Blick zum Feuer schweifen und stellte sich in Gedanken das Bild vor, das Leah auf der anderen Seite des Raumes bot. Sie war eine Augenweide mit ihrer schlanken weiblichen Gestalt und der eleganten Art, wie sie sich bewegte, selbst wenn sie einen Stapel schmutziges Geschirr zum Waschbecken trug.

Es fiel ihm immer schwerer, sich daran zu erinnern, dass er keinen anderen Menschen mehr an sich heranlassen wollte. Mit dem Mut, der Weisheit und der schieren Entschlossenheit, die sie in diesem hübschen kleinen Paket besaß, könnte Leah so leicht in seine Welt passen wie seine Wildlederhandschuhe an seine Hände. Aber er würde *keinesfalls* noch einmal lieben und verlieren.

"Gideon." Die melodiöse Stimme hinter ihm lenkte seine Aufmerksamkeit von dem Feuer ab. Leah stand neben seiner Pritsche, ihr Gesicht von Besorgnis gezeichnet, und in ihren Händen hielt sie einen Stapel gefalteter Verbände. Sie sah wirklich wie ein Engel aus.

"Ja." Seine Stimme stockte bei dem Wort, wahrscheinlich weil sein Mund trocken geworden war.

Sie wollte ihm nicht in die Augen sehen. "Ich ... muss deine Verbände wechseln."

Er brauchte einen Moment, um die Bedeutung ihrer Worte zu begreifen, dann überlegte er, wie es wohl wäre, wenn diese Frau seine Wunden versorgen würde. Er war sich nicht sicher, ob er das verkraften würde. Sie würde ihm sehr nahe sein. Nah genug, um seine Willenskraft zu schwächen.

"Miriam kann das." Sein Ton wurde schärfer, also versuchte er, ihn zu mäßigen. "Wenn sie von der Scheune zurückkommt."

Leah nagte an ihrer Unterlippe. Sie sah nervös aus, aber vielleicht war das nur Unsicherheit.

Sie holte tief Luft und ihre hübschen kleinen Nasenlöcher blähten sich dabei auf. "Ich ... glaube nicht, dass das eine gute Idee ist. Miri, also..." Sie ließ den Atem stocken und begegnete schließlich seinem Blick. "Deine Wunden sind ziemlich schlimm. Es war schwer für Miriam, mit dem Bären und dir verletzt. Es ging ihr nicht so gut. Ich ... ich dachte nur, es wäre eine gute Idee, wenn sie das nicht mehr sehen müsste, bis alles etwas besser verheilt ist."

Er war ein egoistischer Mistkerl. Er hatte nur an sich selbst gedacht, aber Leah versuchte, seine kleine Schwester vor weiteren Schmerzen zu bewahren. Er nickte, Hitze stieg ihm in den Nacken.

Während Leah sich neben ihm auf den Boden setzte, knöpfte er sein Hemd auf und bewahrte seine Nerven.

Sie betrachtete einen Moment lang seine Verbände und sagte dann: "Könntest du dich auf die Ellbogen stützen, damit ich den Verband abnehmen kann?"

Das würde schwierig werden. Jedes Mal, wenn er seine Bauchmuskeln anspannte, fühlten sich seine Rippen an wie ein heißes Brandeisen, das sein Inneres versengte. Aber er musste es tun und durfte sich nicht anmerken lassen, dass er Schmerzen hatte, sonst würde Leah ihn nie aus dieser verflixten Hütte herauslassen.

Er stützte sich erst auf den einen, dann auf den anderen Ellbogen und presste seinen Kiefer gegen das Feuer in seinem Inneren zusammen. Zum Glück arbeitete sie schnell und der Schmerz hielt ihn fast davon ab, es zu bemerken, als sie ihre Hände um seine Brust schlang, um die Verbandsrolle von einer Seite zur anderen unter seinen Rücken zu führen. Fast.

"So, du kannst dich jetzt zurücklegen."

Das war auch gut so, denn seine Muskeln waren nur einen Atemzug davon entfernt, zu Gelee zu werden.

Sobald er sich hingelegt hatte, konzentrierte er sich

darauf, langsam und gleichmäßig zu atmen, während Leah seine Wunden untersuchte und sie mit einem nassen Lappen abtupfte. Dann legte sie saubere Wacholderblätter und Stoffquadrate über seine Wunden und nahm einen weiteren langen Verband zur Hand. Er biss sich auf die Lippe und bereitete sich im Geiste auf das vor, was als Nächstes kommen würde.

"Glaubst du, dass du dich wieder aufstützen kannst?"

Wenn er doch nur Nein sagen könnte. Aber stattdessen zwang er seine Ellbogen erneut unter seinen Körper und drückte seine Augen gegen die Qualen zusammen.

Es schien eine sehr lange Zeit zu dauern bis sie sagte: "Ich bin fertig."

Er ließ sich erschöpft zurückfallen und dosierte jeden Atemzug, um seine Rippen nicht zu belasten. Etwas zerrte an seinem Hemd und er öffnete die Augen. Da war sein Engel - der, der ihm gerade so viele Qualen bereitet hatte - und knöpfte sanft die Knöpfe seines Hemdes zu.

Er streckte eine Hand aus, um sie aufzuhalten. Seine eigenen Knöpfe zu schließen war das Mindeste, was er tun konnte. Als er sie berührte, erstarrte sie. Ihre Augen wanderten nach oben, um die seinen zu treffen. Ihr gequälter Gesichtsausdruck drückte ihm auf den Magen.

"Es tut mir leid", flüsterte sie.

Am liebsten wollte er sie an sich ziehen und küssen, bis der ganze Schmerz in seinem Körper und seiner Seele verschwunden war. Stattdessen legte er seine Hand um ihre weiche, schlanke Hand und hob sie dann an seine Lippen.

Er wollte ihre Fingerspitzen küssen, wie ein Ritter, der seine Prinzessin begrüßt. Doch sein Mund fand den Weg zu der weichen, fleischigen Stelle ihrer Handfläche. Er genoss einen einzigen Kuss, dann fanden seine Augen wieder ihren Blick. "Es gibt nichts, was dir leidtun müsste."

* * *

"*U*nd vergiss nicht, zuerst die Vorräte auf die Nordweide zu bringen, bevor du die Tiere umziehst."

Bei Gideons vierter Mahnung zuckte ein Lächeln über Leahs Gesicht. Sie richtete die übergroße Wildledertunika über ihrem Mantel und wandte sich mit einem Grinsen der Palette zu, auf der er sich auf Kissen abstützte. "Ja, Sir."

Die Falten in seinem Gesicht glätteten sich. Er fuhr sich mit der Hand durch die Haare und die Frustration in seinem Gesicht ließ ihr Herz heftiger schlagen. Er stieß einen Seufzer aus. "Ich hasse es, hier festzusitzen, während du die ganze Arbeit machst."

Sie kniete neben ihm. Seine ernsten grünen Augen zogen sie an wie immer. "Ich weiß, dass du das tust, aber du wirst schneller wieder draußen sein, wenn du dich jetzt auskurierst. Außerdem" - sie lehnte sich auf ihren Fersen zurück und schenkte ihm ein süßes Lächeln - "bekomme ich endlich die Chance, hier wirklich zu helfen. Bitte verdirb mir nicht den Spaß."

Er lächelte und sie erhob sich und wickelte sich den Schal um den Kopf. Das Volumen der vielen Kleidungsschichten machte es ihr schwerer, sich zu bewegen, aber sie genoss die Weichheit von Gideons Wildleder. Allein die Tatsache, dass es *seins* war, erhitzte ihr Inneres viel mehr als die Fülle an Kleidung, die sie trug.

Die Kabinentür öffnete sich und Miriam stapfte hinein und schüttelte den Schnee von ihrem Rock. "Brrr. Leah, dein Pferd ist gesattelt und bereit für dich."

"Und ich bin auch bereit." Sie zog ihren letzten Handschuh an.

"Du nimmst Drifter mit, richtig?" fragte Gideon. "Wo ist der Hund?"

Wie aufs Stichwort verkündete das Klacken von Krallen auf Holz die Anwesenheit des Tieres, das aus der Richtung von Leahs Schlafgemach trabte. Sie streckte eine Hand nach ihm aus und er kam bereitwillig. Seine Zunge rollte sich ein, als sie seinen Kopf streichelte.

"Sieht aus, als hätte er sich eine neue Herrin ausgesucht." Gideons Tonfall war mürrisch und erinnerte Leah an den ersten Tag, als er so wütend über Drifters Freundlichkeit ihr gegenüber gewesen war.

Sie studierte jetzt Gideons Gesicht, um sein Temperament abzuschätzen. Hinter den Vier-Tage-Stoppeln um seinen Mund waren seine Lippen zu einer festen Linie zusammengepresst. Ihr Blick wanderte hinauf zu seinen Augen. Würde sie dort einen aufziehenden Sturm entdecken? Oder noch schlimmer - den gleichgültigen Ausdruck, mit dem er seine Ängste verbarg? Stattdessen war da der schwache Schimmer eines Zwinkerns, und das ließ ihr Herz im Eiltempo schlagen.

Sie wandte sich der Tür zu. Sie musste jetzt gehen, sonst kam sie nie fort. "Ich schätze, ich bin dann mal weg."

Miriam folgte ihr auf die Veranda und Leah drehte sich zu ihr um. "Bitte sorge dafür, dass er heute nicht aufsteht, Miri, es sei denn, er muss unbedingt. Seine Farbe sieht schon besser aus, aber er könnte sich die Rippenknochen wieder verletzen, wenn er zu viel herumläuft."

Ihre Freundin legte eine Hand auf Leahs Arm. Der Druck fühlte sich unter ihrer Kleidung leicht an. "Ich werde mich gut um ihn kümmern. Mach dir keine Sorgen. Sei nur vorsichtig da draußen."

Miriams klare, grüne Augen waren so freundlich und ihr besorgtes Lächeln so süß, dass Leah eine impulsive Umarmung nicht verhindern konnte. "Ich weiß, das wirst du. Ich werde zurück sein, bevor es dunkel wird."

KAPITEL 29

Der Himmel war strahlend blau, als Leah dem Pfad durch den Wald folgte, während Drifter in den Spuren ihres Pferdes trabte. Die stille Zeit war perfekt, um ihrem himmlischen Vater für die Schönheit um sie herum zu danken. Und natürlich schickte sie ihre üblichen Gebete für Gideon und Miriam zurück in die Hütte. Sie achtete jedoch darauf, das Thema ihrer Zukunft in ihrem Gebet nicht anzusprechen. Sobald der Schnee geschmolzen war, würde sie sich der Realität stellen müssen, aber es gab keinen Grund, die Dinge jetzt schon zu überstürzen. Im Moment konnte sie diesen friedlichen Ort in den Bergen genießen.

Als die Bäume sich lichteten und sie den Aussichtspunkt erreichte, hielt sie einen Moment inne, um die Aussicht zu genießen. Es verschlug ihr immer noch den Atem - die wilde Schönheit dieser Szene. Das weiße Tal weit unten, das sich in der Ferne zu majestätischen Gipfeln erhob. Sie verstand, wie Gideon sich gefühlt hatte, als er gesagt hatte, das Land sei ein Teil von ihm. Ihre Brust schmerzte bei dem Gedanken, diesen Ort zu verlassen.

Wie wäre es, einen Mann zu heiraten, der in den Bergen

lebte, und für immer hier zu bleiben? Bilder von Gideon schossen ihr durch den Kopf. Zuerst der starke, abgehärtete, emotionslose Mann, den sie bei ihrer Ankunft auf der Ranch kennengelernt hatte, dann die zärtliche Stärke, die er gezeigt hatte, nachdem sie in der letzten Nacht seinen Verband gewechselt hatte. Es waren Emotionen in diesem Gesicht gewesen, das war sicher. Aber konnte Gideon es sich jemals erlauben, sie zu lieben? Er hatte so viel durchgemacht. Würde er die Mauern um sich herum wieder fallen lassen? Nur Gott konnte das zulassen ... aber würde er das tun?

Sie trieb die Stute an und ritt auf die Weide zu, auf der sich das Vieh tummelte. Als sie zu dem Baum ritt, an dem sie ihre Stute normalerweise anband, warf sie einen kurzen Blick auf die Tiere. Alle schienen in guter Verfassung zu sein, obwohl sie zu muhen begannen, sobald sie sie sahen.

"Tut mir leid, ich habe heute kein Heu für euch. Ich werde euch aber Wasser bringen, bevor ich die Vorräte abtransportiere." Ein Wiehern der Pferde auf der anderen Seite des Feldes antwortete ihr.

Nachdem sie das Eis aufgebrochen, das meiste Material aus der kleinen Scheune in ihre Satteltaschen geladen und den Medikamenteneimer an den Sattel gebunden hatte, stieg sie auf und ritt zur Baumgrenze am oberen Ende der Weide. Die Hirschspur lag genau dort, wo Gideon sie beschrieben hatte. Dann folgte sie den winzigen Hufspuren im Schnee, die sich immer höher den Berg hinaufwanden.

Schließlich kam sie auf eine offene Fläche, die kleiner war als die untere Weide, auf der sich die Kühe befanden. Auf der einen Seite ragte ein felsiger Überhang aus dem Berghang heraus, der einen Unterstand bildete. Der Schnee lag in einer ruhigen Decke, die nicht durch das Getrampel von Hufen unterbrochen wurde.

Der Bereich unter den Baumkronen schien ein guter Platz für die Vorräte zu sein. Nachdem sie diese gesichert hatte, bestieg sie ihre Stute und ritt zurück auf die untere Weide, um den schwierigen Teil – den Auftrieb der Herde - in Angriff zu nehmen.

Gideon war ein guter Lehrer und seine Methoden funktionierten. Sie fand die Leitkuh, die er beschrieben hatte, und versuchte dann, sie von der Herde zu trennen.

Sie fuchtelte mit den Händen, um das Tier in Bewegung zu bringen. "Komm schon, Mädchen, lass uns gehen."

Nichts. Die Kuh starrte sie nur an.

Leah trieb ihr Pferd einen Schritt vorwärts. "He da, zeigen wir den anderen, was zu tun ist. Komm schon."

Mit viel Zureden und nach mehreren Versuchen brachte sie das alte Mädchen schließlich dazu, den Hirschpfad entlang zu laufen. Drifter umkreiste den Rest der Herde, kläffte und knabberte an ihren Beinen. Wie durch ein Wunder begannen die Tiere, ihrer Anführerin hinterherzutrotten.

Leah blieb etwa fünfzehn Fuß hinter dem Tier, wie Gideon es angewiesen hatte, und ließ es in seinem eigenen Tempo laufen. Die Kuh schien jedoch klug zu sein und blieb auf dem Weg. Als sie sich der höher gelegenen Lichtung näherten, beschleunigte sie ihr Tempo, als hätte sie diese Übung schon mehr als einmal gemacht und wüsste, dass etwas Gutes bevorstand.

Sobald die Tiere die Lichtung erreicht hatten, verteilten sie sich und stapften und scharrten durch den Schnee an der Baumgrenze, wo er nicht so tief war. Sie konnte sich ein breites Grinsen nicht verkneifen. Sie hatte es geschafft. Zumindest mit dem größten Teil der Herde. Ein paar Rinder trieben noch immer vom Pfad auf die Lichtung. Sie würde dafür sorgen, dass alle Tiere auf der neuen Weide waren, wenn sie die Pferde holte.

Die Freude darüber, eine Herde von siebzig Kühen allein - mit Drifter – hierher bewegt zu haben, verflog bald, als sie versuchte, das Eis des Baches zu durchbrechen. Dieses unberührte Eis war dicker als die meisten Baumstämme und sie konnte nicht erkennen, ob darunter überhaupt fließendes Wasser war. Nach einer halben Stunde schierer Entschlossenheit lehnte sie sich schließlich erschöpft an eine Kiefer und das Glucksen des Wassers war ihr Lohn für die unglaubliche Anstrengung. Wenn Emily sie jetzt nur sehen könnte.

Die intensivere Kühle des späten Nachmittags hatte sie eingeholt, als sie schließlich auf ihre Stute stieg und die Tiere auf der Lichtung ein letztes Mal betrachtete. Ein warmes Gefühl der Errungenschaft überkam sie und verlieh ihren müden Muskeln Kraft.

Gideon hatte ihr einen kürzeren Weg beschrieben, der auf den Hauptweg zurück zur Hütte führte, und sie fand ihn problemlos. Sie entspannte sich, als sie sich auf den Heimweg machte. Mit ihrem Pferd und ihrem Hund war sie fast eine richtige Rancherin.

Ein bedrohliches Knurren von hinten ließ ihr die Haare auf den Armen zu Berge stehen. Sie drehte sich im Sattel und sah, dass Drifter wie erstarrt war und seine Aufmerksamkeit auf etwas abseits des Weges zu ihrer Rechten gerichtet hatte. Ihr Pferd schien es jetzt auch zu sehen, denn die Ohren der Stute spitzten sich und die Muskeln spannten sich an.

Leah blinzelte in die Richtung, in die die Tiere zeigten, hatte aber Mühe, in dem blendenden Weiß des Schnees etwas zu erkennen.

Dort. Eine Bewegung in den Bäumen. Es hätte ein Ast sein können, der sich im Wind wiegte, aber die Spannung in ihrer Brust sagte ihr, dass es nicht so war.

Sollte sie weglaufen? Oder sich nähern, um zu sehen, ob es eines der Rinder war? Aber wenn es nicht eines der Herde war, konnte die Bewegung von einem Berglöwen, einem Bären oder wer weiß was sonst stammen.

Bevor sie sich entscheiden konnte, bewegte sich das

Objekt erneut und verwandelte sich dieses Mal in zwei Männer auf Pferden. Aber es waren nicht nur irgendwelche Männer. Als sie näher ritten, kribbelte ihre Haut und sie erstarrte. Die Männer hatten braune Haut, scharfe Wangen-knochen und lange schwarze Zöpfe.

Indianer.

Die Pferde blieben dreißig Meter von ihr entfernt stehen, die Indianer starrten sie mit steinernen Gesichtern unter ihren schweren Fellen an. Sie schienen abzuschätzen, was sie tun sollten, aber sie konnte nur zurückstarren. Wenn sie sich abwandte und wegritt, würden sie sie dann jagen?

Eine gefühlte Ewigkeit standen sie alle da und sahen sich an. Dann sprach der größere Mann zu seinem Partner, seine Stimme hob und senkte sich in einem lebhaften Rhythmus - für Leah war das alles Kauderwelsch. Der kleinere Indianer antwortete mit einem einzigen gutturalen Geräusch.

Würden sie Englisch verstehen? Gerade als sie den Mut aufbrachte, sie anzusprechen, wendeten die Indianer ihre Pferde im Gleichschritt, wie ein gut einstudiertes Ballett, und ritten den Weg zurück, den sie gekommen waren.

Hatte sie wirklich gerade Indianer gesehen? Es war alles so schnell gegangen, dass ihr das Erlebnis jetzt surreal erschien. Aber nein, die Spuren waren da, so klar wie der Tag. Und Drifter saß immer noch neben den Hufen ihres Pferdes und gab alle paar Minuten ein leises Knurren von sich.

Ihr Pferd stapfte durch den Schnee und ruckte an den Zügeln, was Leah aus ihrer Träumerei riss. Sie trieb ihre Stute vorwärts. Sie mussten weg von hier. Was würde sie nicht alles dafür geben, jetzt sicher in der warmen Hütte zu sein.

* * *

*L*eah hob sich ihre dramatische Indianergeschichte für nach dem Abendessen auf, als sie alle um den Kamin versammelt waren. Leah und Miriam saßen auf Stühlen, während Gideon immer noch auf Kissen auf dem Boden lag.

Er hörte ihr schweigend zu, eine Falte zwischen den Brauen. Schließlich ergriff er das Wort. "Hatten sie Farbe im Gesicht oder auf den Pferden?"

In Leahs Erinnerung kam das Bild der Männer auf. "Das glaube ich nicht. Einer von ihnen trug eine Fellkapuze, aber ich konnte sein Gesicht trotzdem sehen. An Farbe kann ich mich nicht erinnern."

Er nickte und die Falte verringerte sich. "Klingt, als wären es Apsaroke, wahrscheinlich eine Jagdgesellschaft auf der Durchreise. Sie haben manchmal ein Winterlager ein paar Berge weiter, aber ich habe sie dieses Jahr noch nicht gesehen."

Leah hob die Brauen. "Ich habe noch nie von Apsaroke gehört. Sind sie freundlich?"

Gideon zuckte mit den Schultern und zuckte dann bei der Bewegung zusammen. "Die weißen Männer nennen sie Crow, aber sie selbst nennen sich Apsaroke. Normalerweise sind sie freundlich, vor allem in dieser Gegend, wo es nicht so viele weiße Männer gibt. Wenn sie Kriegsbemalung tragen würden, wäre ich vielleicht besorgt. Aber normalerweise versuchen sie, sich mit uns gut zu stellen. Wir belästigen sie nicht, sie belästigen uns nicht und wir kümmern uns alle um das Land."

Ein Schauer lief Leah über den Rücken. Aus Angst oder vor Aufregung?

* * *

*G*ideon genoss die Schärfe der eisigen Luft in seinem Gesicht und das Gefühl des Pferdes unter ihm. Seit seiner Begegnung mit dem Bären waren fast zwei Wochen vergangen und Doktor Leah hatte ihn endlich freigelassen, damit er sie bei der Pflege der Herde begleitete.

Natürlich hatte sie nur zugestimmt, nachdem er versprochen hatte, nichts Schweres zu tragen oder etwas Gefährliches zu tun. Seine Lippen zuckten bei der Erinnerung an die tapfere kleine Frau mit den Händen in der Taille, dem entschlossenen Kinn und den beiden grünen Augen, aus denen Feuer schoss.

Die Wahrheit war, dass er zwischen seinen Rippen und seinem Kopf gerade erst so weit gekommen war, dass er aufstehen konnte, ohne zu stöhnen und nach einem Stuhl zu greifen, um sich aufrecht zu halten. Er hatte sich über Leah geärgert, weil sie die Rolle seines Kerkermeisters gespielt hatte, aber er wäre wahrscheinlich nicht in der Lage gewesen, ohne Hilfe auf sein Pferd zu steigen.

Aber wieder auf den Weg zu kommen, das war es, was er brauchte. Die Welt war in Ordnung. Und aus irgendeinem Grund schien die Frau, die auf der braunen Stute hinter ihm ritt, perfekt in diese Welt zu passen.

Als sie die obere Weide erreichten, band er ihre beiden Pferde an, während Leah sich die Axt schnappte und in Richtung des Baches ging. Er bahnte sich einen Weg durch das Vieh und beäugte es, während er ihre juckenden Stellen rieb. Es war jedoch schwer, sich zu entspannen, wenn das Echo der Axt über die Lichtung schallte. Er ballte seine Hände zu Fäusten, um die Schuldgefühle zu bekämpfen. Sie sollte nicht die harte Arbeit machen, während er nutzlos dastand.

Er bewegte sich auf das Geräusch zu und seine Frustration wuchs, als Leah in Sichtweite kam. Leahs schlanker Körper hob die schwere Axt über ihren Kopf und stieß sie dann in den gefrorenen Bach. Diese Anstrengung schien ihr alle Kraft zu rauben und nach jedem Schlag hielt sie inne, um Luft zu holen. Er blieb etwa drei Meter von ihr entfernt stehen und hielt sich am unteren Rand seines Hirschlederhemdes fest, damit seine Hände ihr nicht die Axt entrissen. Das war nicht richtig.

Nach einer Ewigkeit brach sie mit der Axt ins Wasser ein. Drei weitere Schläge und sie hatte ein Loch von anständiger Größe geschlagen. Sie ließ das metallene Ende der Axt auf den Boden fallen und hielt sich am Stiel wie an einem Stock fest. Sie lehnte sich dagegen, ihre Schultern hoben und senkten sich mit schweren Atemzügen.

Er konnte es nicht mehr aushalten. Mit zwei langen Schritten erreichte er sie und zog sie am Ellbogen, damit sie sich zu ihm umdrehte. Gideon packte sie an beiden Armen, der Axtstiel fiel zu Boden. "Bist du in Ordnung?"

Er konnte die Erschöpfung in ihren Augen sehen, ihre Brust hob sich noch immer unter dem dicken Material seiner Hirschlederjacke. *Seiner Hirschlederjacke.* Eine besitzergreifende Hitze flammte in ihm auf und seine rechte Hand kroch nach oben, um das Leder zu streicheln, wo es auf ihrer Schulter ruhte.

Sein Blick fand den ihren und blieb dort haften. "Ich danke dir, Leah. Für alles. Du warst unglaublich." Wenn er nur Worte hätte, um ihr zu sagen, *wie* unglaublich.

Ihr Mund öffnete sich, als wolle sie sprechen, aber es kam kein Ton heraus. Seine Aufmerksamkeit wurde jedoch von ihrem Mund angezogen, ihre vollen Lippen waren von der Kälte rot gefärbt. Er konnte seinen Blick nicht von ihr abwenden und bevor er sich zurückhalten konnte, senkte er seinen Mund auf den ihren.

Oh, sie schmeckte gut. Ihre Lippen wärmten die seinen mit wunderbarer Selbstverständlichkeit. Sie zögerte nicht, zog sich nicht zurück. Er zwang sich, den Kuss sanft zu halten, aber er konnte das Verlangen, das sie in ihm weckte, nicht ganz unterdrücken. Er konnte sich nicht daran erinnern, dass es mit Jane so gewesen war. Bei Leah hatte er kein Pflichtgefühl, nur dieses Gefühl von Hochgefühl, das ihn durchströmte. Er wollte alles sein, was sie begehrte, wollte ihrer würdig sein. So sehr, dass es ihn ängstigte.

Die altbekannte Angst stieg in seiner Brust auf, aber er zwang sie nieder und vertiefte den Kuss. Er würde dagegen ankämpfen, er musste es. Bilder schossen ihm durch den Kopf. Abels Blut auf dem Schnee... Vier Kreuze auf dem kleinen Friedhof...

Er löste seinen Mund von Leahs und ließ seine Stirn auf die ihre sinken, wobei er seine Augen gegen die Bilder zusammenpresste. Er hatte Mühe, wieder zu Atem zu kommen. Eine sanfte Hand berührte seine Wange, aber er konnte seine Lider nicht heben, konnte ihren Blick nicht erwidern.

"Gideon?" Ihre Stimme war leise, unsicher.

"Es tut mir leid..." Das war alles, was er sagen konnte. Er presste seine Augen fester zusammen und hasste den Schmerz, den er damit verursachte. "Ich kann das nicht tun, Leah. Es tut mir leid..."

Ihr Kopf zog sich zurück und er ließ seinen sinken, weil er sich so sehr als Versager fühlte. Dann berührte etwas sein Kinn - warm und weich und ein wenig feucht. Seine Augen öffneten sich ruckartig und sein Blick traf auf die grün schimmernden Pfützen in Leahs Augen.

"Es wird alles wieder gut."

Die Ernsthaftigkeit in ihrem Gesichtsausdruck ließ ihm den Atem stocken. Oh, wie gerne hätte er ihr geglaubt. Er wollte ihr vertrauen. Aber die Angst, die sich in seinem Bauch ausbreitete, hielt ihn zurück.

KAPITEL 30

*L*eah faltete den Brotteig in der Mitte, während sie ihn bearbeitete, knetete und drückte, um die Zutaten zu vermischen. Ihre Gedanken wanderten zurück zu Gideon, wie es in diesen Tagen meistens der Fall war. Dachte er auch noch an den Kuss von letzter Woche? Der pure Schmerz in seinen Augen, das Zusammensacken seiner Schultern, ließ ihre Brust körperlichen Schmerz empfinden. *Herr, bitte. Hilf ihm. Zeig ihm, dass Deine vollkommene Liebe alle Angst vertreibt.*

"Wann wirst du mir erzählen, was passiert ist?" Miriams Stimme riss Leah aus ihrem Gebet. Die jüngere Frau schnitt neben ihr Fleisch auf.

"Was ist wann passiert?"

Miri rollte mit den Augen. "Als du und Gideon letzte Woche losgezogen seid, um euch um die Herde zu kümmern. Seitdem benehmt ihr euch beide seltsam."

Leahs Augenbrauen zogen sich zusammen. "Ich nicht." Zumindest hoffte sie, dass sie es nicht tat. Sie konnte nicht aufhören, sich Sorgen um Gideon zu machen - oder für ihn zu beten.

Ein "Hm" von Miriam lenkte Leahs Aufmerksamkeit wieder auf sie.

"Ich bin vielleicht jünger als du, Leah Townsend, aber glaube nicht, dass ich erst gestern geboren wurde. Du siehst ihn an, als hättest du deinen besten Freund verloren, und er will dir nicht in die Augen sehen. Außerdem hast du ihn seit jenem ersten Tag jeden Tag allein rausgehen lassen. Und du wusstest so gut wie ich, dass er noch nicht stark genug war. Du machst dich krank vor Sorge." Miriam schnitt mit einem kräftigen Ruck durch das Fleisch, als wolle sie ihren Unbill verdeutlichen.

Leah beschloss, das meiste von dem, was Miriam sagte, zu ignorieren und sich auf das Letzte zu konzentrieren. Mit ihrem besten Blick einer beleidigten Unschuld sagte sie: "Ich mache mir keine Sorgen."

Miriam stieß ein Schnauben aus. "Du meinst, es war nicht die Sorge, die dich gestern dazu gebracht hat, die Kekse in die Keksdose statt in den Ofen zu stellen, so dass sie ein Haufen Matsch waren, als wir sie beim Abendessen fanden? Oder als du am Montag die Wäsche gewaschen und Gideons Hemd so stark geschrubbt hast, dass drei Knöpfe abgefallen sind und du ein Loch in die Armnaht gerissen hast?"

Die Hitze, die von Leahs Wangen ausging, hätte den Brotteig backen können, den sie gerade zu einer dünnen Schicht geknetet hatte.

"Wirst du mir jetzt erzählen, was passiert ist?" Miriam hörte auf, Fleisch zu schneiden, und drehte sich zu Leah um, wobei sie ihre rechte Hüfte gegen die Arbeitsplatte stützte und die linke Faust auf die andere stützte.

Leah wollte es ihr nur allzu gern sagen. Es gab nicht viel, was sie Miriam in den letzten Monaten nicht erzählt hatte. Aber Gideon war ihr Bruder. Ihr *älterer* Bruder, den sie respektierte und bewunderte. Es wäre nicht richtig, mit seiner kleinen Schwester über die tiefen Wurzeln seiner Ängste zu sprechen.

Miriam stemmte frustriert die Hände in die Hüften und wandte sich wieder dem Fleisch zu. "Ich weiß, dass du den Mann liebst, obwohl ich mir nicht immer sicher bin, warum."

Die Verlegenheit strahlte nun aus Leahs Ohren. "Warum in aller Welt sagst du das?"

Miriam warf ihr einen langen, leidenden Blick zu. "Du siehst ihn so an, wie Mama Vater immer ansah. Und sie waren verliebter als alle anderen, die ich je gesehen habe."

Leah kämpfte gegen das Brennen der Tränen an und wandte sich dem Teig an ihren Händen zu. "Es ist sowieso nicht wichtig."

Eine Hand berührte ihren Rücken und streichelte ihn sanft. Das wäre Leah fast zum Verhängnis geworden, aber sie biss sich auf die Lippe und blinzelte die Feuchtigkeit zurück.

"Mach dir keine Sorgen, Schatz. Eines Tages wird er aufwachen und die Dinge wieder ins Lot bringen. Er muss nur einen Weg finden, die Vergangenheit zu bewältigen."

Leah nickte, ohne sich zu trauen, zu sprechen.

* * *

*D*ie warmen Sonnenstrahlen schienen himmlisch auf Leahs Rücken, als sie Miriams braunen Wollrock im Waschwasser schrubbte. Die eisigen Schneefälle und der kalte, graue Himmel hatten endlich aufgehört und die Sonne hatte sich seit drei Tagen durch die Wolken gezwängt. Das Geräusch von knackendem Eis hatte sich in tropfendes Wasser in den Bäumen verwandelt und an den sonnigen Stellen waren sogar schon kahle Stellen auf dem Boden zu sehen.

Es war an der Zeit, die Ranch zu verlassen.

In ihrem Kopf wusste sie es, aber ihr Herz wehrte sich

heftig gegen diesen Gedanken. Sie hatte sich endlich einge-standen, dass sie Gideon Bryant liebte, aber es war offen-sichtlich, dass er sich nicht erlauben würde, sie auch zu lieben. Und ihm so nahe zu sein und zu wissen, dass er sie nicht lieben würde, machte sie wahnsinnig. Auch wenn der Schnee noch nicht zu schmelzen begonnen hatte, war es Zeit zu gehen. Zu bleiben würde für sie beide nur schmerzhaft sein.

Herr, bitte zeige mir, wohin Du mich schicken willst. Butte City? Helena? Das Washingtoner Territorium? Bei jedem Namen wartete sie auf ein Gefühl des Friedens oder dieses sanfte Stoßen, das sie früher so gut gekannt hatte. Doch nichts.

Sie wrang den Rock aus und legte ihn zu den anderen feuchten Kleidungsstücken in den Korb. Dann hob sie den Wäschekorb an und straffte die Schultern mit der Entschlos-senheit, die die Verzweiflung hervorbringt.

* * *

An diesem Abend hielt die Galle in Leahs Magen sie davon ab, viel von ihrer Shepherd's Pie zu essen. Nach der Hälfte des Essens legte sie schließlich die Gabel auf den Teller und versteifte ihr Rückgrat. Jetzt oder nie. Sie musste es tun.

"Gideon, glaubst du, der Pass ist genug geschmolzen, um nach Helena oder Butte durchzukommen?"

Sein Kopf ruckte hoch und seine Hand erstarrte auf halbem Weg zum Mund, während die Soße von dem Stück Brot in seiner Hand tropfte. Für den Bruchteil einer Sekunde sah die Emotion in seinen Augen fast wie Schmerz aus, dann war sie verschwunden. Überdeckt von diesem schrecklichen, teilnahmslosen Ausdruck, den er so gut zu tragen pflegte.

Einen langen Moment lang bewegte er sich nicht, kaute

nicht, sagte kein Wort. Er betrachtete sie nur, seine smaragd-grünen Augen wurden zu trüb, um sie zu lesen.

Und dann sprach er. "Wahrscheinlich schon."

Zwei Worte. Nur zwei Worte, die die Fähigkeit hatten, ihre Hoffnungen zu zerstören wie eine Kugel, die eine Glas-flasche sprengt. Aber was hatte sie erwartet? Dass er auf die Knie sinken und sie anflehen würde, nicht zu gehen?

Sie ließ ihren Schmerz langsam los und zwang sich, weiterzudenken. "Ich schätze, dann werde ich wohl gehen. Ich denke, ich fange in Butte City an, weil das am nächsten liegt. Sicherlich gibt es in einem der Läden oder Restaurants eine Stelle." Sie redete um den heißen Brei herum, obwohl sie nichts von dem, was sie gesagt hatte, hätte wiederholen können, wenn ihr Leben davon abgehangen hätte. Sie musste sich unter Kontrolle bringen.

"Könnte ich mir eines der Pferde leihen, um in die Stadt zu reiten? Ich bin sicher, dass ich es mit Ol' Mose zurück-schicken kann, wenn er das nächste Mal vorbeikommt, oder ich kann es von einem Boten bringen lassen." Woher sie allerdings das Geld dafür nehmen sollte, wusste sie nicht.

"Ich nehme dich mit." Er sagte es mit einem Knurren, als hätte sie ihn gerade einen nichtsnutzigen Pferdedieb mit dem Verstand eines Maultiers genannt.

Es war offensichtlich, dass er das nicht wirklich wollte. Wahrscheinlich, weil er zu viel Arbeit auf der Ranch zu erle-digen hatte und sich nicht in der Lage fühlte, einen ganzen Tag lang im Wagen zu fahren. Sie öffnete ihren Mund, um zu widersprechen.

Ein Muskel in seinem Kiefer spannte sich an und verriet, wie fest dieser zusammengeballt war. Sie konnte nichts in seinen Augen lesen, aber der Rest seiner Körpersprache sagte alles. Er hatte vor, es zu tun.

"Danke." Sie senkte den Blick auf ihren Teller. Die Kasse-rolle dort war geradezu verstümmelt worden. Sie hatte nur noch eine Frage, die sie unbedingt *nicht* stellen wollte. Aber sie musste es wissen.

Sie hob ihren Blick wieder auf Gideons Gesicht und zwang ihren trockenen Mund, zu schlucken. "Wann, glaubst du, können wir gehen?"

* * *

"*Ich* nehme nur diese eine Truhe mit, Miri. Ich möchte, dass du den Rest meiner Kleider behältst." Leah zwang eine fast unnatürliche Fröhlichkeit in ihre Stimme und sah auf, um zu sehen, ob ihre Worte ein Lächeln auf das Gesicht ihrer Freundin zauberten.

Miriam sah aus, als könnte sie jeden Moment in Tränen ausbrechen. Sie sollte die Unterwäsche aus der Kommode in LeahsSchrankkoffer legen, aber sie kam nur langsam voran.

Die Last, die seit zwei Tagen auf Leahs Brust drückte - seit Gideon zugestimmt hatte, sie nach Butte zu bringen - war fast erdrückend. Und Miriams anhaltende Melancholie ließ Leahs Nerven blank liegen. Aber sie wollte nicht weinen. *Gott, bitte halte mich in dieser Situation stark.*

"Leah, du kannst nicht einfach gehen. Das ist nicht richtig."

Leah drehte sich bei dem Ausbruch ihrer Freundin um.

Miriams blassgrüne Augen waren rot gefärbt, ihre Unterlippe bebte.

Leah ließ den braunen Reiseanzug fallen, den sie gerade packen wollte, und schritt durch den Raum. Sie nahm Miriams Hände in ihre eigenen und senkte den Kopf, um in das Gesicht des Mädchens zu blicken.

"Miriam, ich wünschte, ich müsste dich nicht verlassen. Das tue ich wirklich. Aber ich muss mit meinem Leben weitermachen und herausfinden, was Gott von mir will. Du und dein Bruder wart so nett, mich in den letzten Monaten aufzunehmen, aber ich kann mich nicht ewig auf eure Gast-freundschaft verlassen. Ich muss meinen eigenen Weg gehen." Leahs Stimme brach am Ende und ihre Augen brannten vor Tränen, die jeden Moment fließen würden. Sie wandte sich ab, damit Miriam nicht sah, wie ihr das Herz brach.

Miriam zerrte an Leahs Händen. "Aber du gehörst *hierher*, Leah. Verstehst du denn nicht? Du gehörst zu uns. Gideon wird dich heiraten, das weiß ich." Miriams Stimme erhob sich in eine hohe Tonlage, in der Verzweiflung mitschwang.

Leahs Herz krampfte sich zusammen. Sie suchte Miriams Gesicht ab, um zu sehen, ob sich in ihren Worten ein Hauch von Wahrheit abzeichnete. Aber nein, sie sprach nur die verzweifelten Sehnsüchte einer einsamen jungen Frau aus.

Leah ließ eine ihrer Hände los und strich ihr mit dem Daumen über die Wange, um eine Träne wegzuwischen. "Ich glaube nicht, dass Gideon jemals wieder heiraten wird. Und meine Anwesenheit hier macht die Sache für ihn nur noch schwieriger. Es ist besser, wenn ich gehe."

"Aber, Leah." Miriams Stimme war eine Lawine des Flehens. Dann wurde sie fast zu einem Flüstern. "Weißt du nicht, dass *ich* dich brauche?"

Leah konnte es nicht mehr aushalten. Sie zog das Mädchen in eine heftige Umarmung und ließ die Tränen über ihr Gesicht fließen. *Oh, Gott, warum muss das so schwer sein?*

Nach ein paar Minuten gelang es ihr, ihre Tränen zu kontrollieren, aber Miriams Schluchzen ging weiter. Leah hielt das Mädchen in der Umarmung und streichelte sanft ihren Rücken, während sie in ihrem Herzen nach den Worten suchte.

"Gott hat wunderbare Dinge für dein Leben geplant, Miriam Bryant. Ich möchte nicht, dass du das vergisst, hörst du mich?" Sie schniefte gegen das Brennen der frischen

Tränen an. "Du musst nur darauf achten, dass du dich auf Ihn stützt, egal was passiert. Und immer Seinen Willen suchen."

Sie lehnte sich so weit zurück, dass sie Miriams Gesicht sehen konnte, hielt aber einen Arm um das Mädchen gelegt. "Gott wird dich an bessere Orte bringen, als du dir je vorstellen kannst. Aber wo auch immer du hingehst, sieh zu, dass du mit mir in Kontakt bleibst, hörst du? Und wenn du jemals in der Nähe bist, erwarte ich einen Besuch. Verstanden?"

Leah hielt inne, als Miriam laut schniefte und sich mit einem Ärmel über die Augen wischte, dann nickte sie.

"Na gut, dann. Ich glaube, die Truhe ist fertig zum Mitnehmen. Würdest du mir helfen, sie zum Wagen zu tragen?"

Sie erhielt ein weiteres Nicken, dann ließ sie Miriam los und die Frauen nahmen jeweils ein Ende der Kiste.

Der Wagen und die Pferde standen auf der Veranda bereit und sie konnten den Koffer ohne Probleme aufladen.

"Ich nehme an, Gideon ist in der Scheune. Ich werde ihm sagen, dass ich bereit bin." Das Letzte, was Leah tun wollte, war Gideon zu suchen. Aber der Morgen verging schnell und sie mussten sich auf den Weg machen. Außerdem ging er ihr schon seit Tagen aus dem Weg, also war es unwahrscheinlich, dass er reden wollte.

Als sie das schummrige Licht der Scheune betrat, kam Gideon aus Bethanys Stall. An seinem marineblauen Wollhemd klebte noch ein wenig Heu. Als er sich ihr näherte, konnte sie seinem Blick nicht standhalten. "Ich bin bereit, wenn du auch soweit bist."

Sie erwartete eine schroffe Antwort oder vielleicht nur ein anerkennendes Knurren. Das waren so ziemlich die einzigen Worte, die er in diesen Tagen sprach. Aber er gab keinen Laut von sich.

Nach einigen Augenblicken des Schweigens zwang sie

schließlich ihren Blick zu ihm hinauf. Er hatte die Hände auf dem Rücken, seine Aufmerksamkeit war auf den Boden gerichtet, wo er gegen einen Erdklumpen trat.

"Du weißt schon." Seine Stimme war tief, fast rau, als hätte er sie schon lange nicht mehr benutzt. "Du musst nicht gehen. Du kannst so lange hier bleiben, wie du willst."

Leahs Brust brannte bis zum Hals und ihr Herz krampfte sich zusammen angesichts des Schraubstocks, der das Leben aus ihr herausquetschte. *Herr, Du gibst mir mehr, als ich ertragen kann. Wenn Du willst, dass ich gehe, musst Du mir helfen.*

Sie schluckte schwer und wandte ihren Blick zur Stalltür, alles, damit sie den Mann vor ihr nicht sehen musste. "Ich ... ich glaube nicht ..." *Herr, bitte!* "Ich glaube, ich muss gehen." Die Worte kamen purzelnd heraus, als wüssten sie, dass sie sie nie wieder herauslassen würde, wenn sie jetzt nicht sprachen.

Ihre Augen wanderten zu Gideons Gesicht, nur um zu sehen, wie sich sein Gesichtsausdruck zu dem teilnahmslosen Blick veränderte, den sie so gut kannte. Alle Emotion wich aus seinen Augen und weckte schmerzhafte Erinnerungen an die Art und Weise, wie er geschaut hatte, als sie das erste Mal in der Hütte ankam.

"Dann lass uns gehen." Es war ein Befehl, wie er ihn auch zu Drifter sagen würde. Und er marschierte an ihr vorbei aus der Scheune.

KAPITEL 31

Nach drei langen, beschwerlichen Stunden im Wagen tauchten im Tal Reihen von Gebäuden auf. Das musste Butte City sein, das sich vor ihnen ausbreitete. Sie versuchte, bei diesem Anblick nicht die Nase zu rümpfen. Die Stadt sah selbst aus dieser Entfernung schmutzig aus, obwohl sie ein bisschen größer war, als sie sich vorgestellt hatte.

Eine Welle der Sehnsucht überkam Leah nach der friedlichen Hütte, die sie verlassen hatte, und nach der weiten, offenen Schönheit der Berge. Ihre Augen brannten. Sie könnte jetzt umkehren und Gideon bitten, sie mit ihm in die Hütte zurückkehren zu lassen. Sie beiden würden sie bleiben lassen, da war sie sich sicher. Sie könnte arbeiten, um sich Kost und Logis zu verdienen. Der Himmel wusste, sie konnten die Hilfe gebrauchen.

Sie stoppte sich selbst, kurz bevor sie eine Hand hob, um seinen Arm zu berühren. Sie hatte sich noch nie für einen Feigling gehalten. Sie musste ihr Rückgrat gerade halten und sich diesem nächsten Schritt stellen. Sie straffte ihre Schultern.

Er fuhr den Wagen erst eine Straße hinunter, dann eine andere. Vorbei an schlichten, unattraktiven Gebäuden. Es gab keine elegante Architektur wie in Richmond oder St. Louis. Wenigstens waren die meisten dieser Gebäude weiß getüncht, obwohl vieles davon abblätterte und einen neuen Anstrich brauchte.

Schließlich hielt er vor einem zweistöckigen Gebäude mit einem Schild über der Tür, auf dem "*Watson's Boarding House*" stand. Sie kletterte aus dem Wagen, bevor Gideon ihr helfen konnte, obwohl er, seinen steifen Bewegungen und dem verhärteten Kiefer nach zu urteilen, es vielleicht gar nicht angeboten hätte.

Sie folgte ihm in das Gebäude und hielt auf der Schwelle inne, um sich zu orientieren. Der Raum war nicht groß, eher wie ein überdimensionales Foyer. Gerade groß genug, um einen Kamin, einen Kleiderständer und einen kleinen Schreibtisch unterzubringen. Vor ihr erhob sich die Treppe, neben der sich ein schmaler Flur befand.

Gideon hatte sich dem Schreibtisch genähert und sprach mit einem Mann mittleren Alters mit langen, wuscheligen Koteletten. "Das sollte für Unterkunft und Verpflegung für ein paar Monate reichen. Wenn sie sich entscheidet, vorher zu gehen, erwarte ich, dass Sie ihr alles geben, was nicht verbraucht wurde. Habe ich mich klar ausgedrückt?"

Der Mann nickte nüchtern. "Natürlich, Sir. Der Goldstaub, der nicht für den Aufenthalt von Miss Townsend verwendet wurde, wird bei ihrer Abreise zurückgegeben." Er sprach mit einem kultivierten Akzent, der nicht zu dem schlichten Erscheinungsbild seines Hotels passte.

Sie spähte über Gideons Schulter zu dem kleinen Lederbeutel auf dem Schreibtisch. Redeten sie über Goldstaub in diesem Beutel? Und Unterkunft und Verpflegung für zwei Monate? Obwohl er ursprünglich angeboten hatte, ihr die

Fahrt mit dem Dampfschiff zu erstatten, war es ihr nicht recht, dass Gideon so viel Geld für sie ausgab.

Der Mann hinter dem Schreibtisch klappte das Buch zu, in dem er gekritzelt hatte, und hob die Ledertasche auf. "Wenn Sie einen Moment warten wollen, werde ich jemanden holen, der ihr Gepäck hoch trägt." Er drehte sich um und zog sich durch eine Tür zurück.

Das war ihre Chance. "Gideon, es gefällt mir nicht, dass du mir so viel Geld gibst. In einer Woche sollte ich einen Job haben und für meine eigenen Ausgaben aufkommen können. Bitte nimm das meiste davon zurück."

Er hatte sich zu ihr umgedreht, als sie zu sprechen begann, aber sie konnte seinen Blick nicht erwidern. Ihre Augen flatterten zu seinem Arm, dem Schreibtisch, der Wand - zu allem, nur nicht zu seinem Gesicht.

"Nein."

Es war ein so starkes Wort, gesprochen mit stiller Autorität. Ihre eigensinnigen Augen huschten zu seinem tiefgrünen Blick, auf der Suche nach der versteckten Bedeutung hinter dieser Antwort. Da war Sturheit, ganz sicher. Und war das Sehnsucht?

Ihr eigenes Herz zerrte an ihr, drängte ihren Körper nach vorne, um zu ihm zu laufen, aber ihre Füße wollten sich nicht bewegen. Ihre Schuhe schienen auf dem Fußboden festgewachsen wie Felsen am Berg. Er machte einen Schritt auf sie zu und öffnete den Mund, um zu sprechen.

"Okay, Miss Townsend. Wenn Sie mir bitte auf Ihr Zimmer folgen würden." Die aufdringliche Stimme des Hotelangestellten verscheuchte alles, was Gideon hatte sagen wollen. "Mr. Bryant, wenn Sie Michael das Gepäck zeigen, wird er es gerne in Miss Townsends Zimmer tragen."

Und einfach so war der Moment vorbei.

Gideon drehte sich um und schritt durch die Tür nach draußen. Leah folgte dem Angestellten wie betäubt zur

Treppe. Auf der untersten Stufe drehte sie sich um, um einen letzten Blick auf Gideon zu werfen, so hoffnungslos dieser auch war.

Da stand er; sie sah ihn durch die offene Tür. Er gestikulierte in Richtung ihres Koffers und sprach Worte, die sie nicht hören konnte, zu jemandem, den sie nicht sah.

Und dann blickte er auf, als ob er ihren Blick auf sich spüren konnte. Aber seine Augen hatten nicht mehr denselben Ausdruck wie kurz zuvor. Sie würde diese undurchdringliche Maske überall erkennen und sie machte die Distanz, die sie jetzt trennte, so groß wie eine Schlucht.

Sie zwang sich, sich abzuwenden und die Treppe hinauf zu gehen. Ihre Zähne fanden ihre Unterlippe, während sie darum kämpfte, die Feuchtigkeit in ihren Augen unter Kontrolle zu halten. *Herr, bitte hilf mir.*

* * *

Gideon betätigte die Bremse des Wagens fester als nötig, aber er hörte kaum das Ächzen des Holzes in seiner Hand. Er zwang sich, nicht in den Laden mit den Trockenwaren zu stürmen, und dann ließ er zur Strafe für sein ungeduldiges Herz einen anderen Mann vor ihm an den Tresen treten. Während Gideon hinter dem Fremden wartete, grübelte er vor sich hin.

Was für eine Frechheit. Eine Stadtfrau aus dem Südosten rannte herum, wo es ihr gefiel, und ignorierte die Gefühle anderer. Jetzt sollte seine kleine Schwester den Preis dafür zahlen. Miriam hatte nicht viele Freunde und er hatte noch nie erlebt, dass sie sich mit einer Frau so verbunden gefühlt hatte wie mit Leah. Aber das schien dieser egoistischen Person egal zu sein.

Schließlich entfernte sich der schmuddelige Mann vor ihm von der Theke und Gideon trat vor. Er schob seine Liste in Richtung des Angestellten. "Kann ich die gleich morgen früh abholen?"

Der glatzköpfige Mann nahm das Papier zur Hand und schielte durch seine Brille. "Dürfte in Ordnung sein. Wir öffnen um sieben Uhr dreißig."

Gideon nickte und wandte sich der Tür zu. Er würde seine Besorgungen heute Nachmittag erledigen und dann gleich morgen früh die Stadt verlassen.

Als er den Wagen vor der Schmiede zum Stehen brachte, war der stämmige Schmied gerade dabei, auf ein heißes Stück Metall einzuhämmern. Gideon juckte es in den Händen, mitzumachen.

Warum ließ er das an sich heran? Warum ließ er *sie* an sich heran? Aber sie war *ihm* nicht nahe gegangen, es war Miriam, die sie verletzte, indem sie fortging. Doch wenn das der Fall war, warum spürte er dann den Schmerz so tief in seiner eigenen Brust? Leahs Bild blitzte in seinem Kopf auf und er ballte die Fäuste, um es nicht wegzukratzen.

"Womit kann ich Ihnen helfen?"

Er blinzelte zu dem Schmied hinüber, der neben dem Wagen stand. Sein Gesicht war schmutzig und sein braunes Hemd klebte schweißnass an seinen Schultern.

"Ich habe ein paar Räder, die repariert werden müssen."

Der Mann nickte und half Gideon beim Abladen der beiden zerbrochenen Wagenräder, die er mitgebracht hatte. Er nickte erneut, als Gideon ihn auf die Mängel im Metall hinwies. Es war schön, einen anderen Menschen zu treffen, der keine Worte brauchte, um zu kommunizieren.

"Ich werde sie morgen vor Mittag fertig haben."

Gideon verzog keine Miene, trotz seiner Enttäuschung. Er hatte gehofft, rechtzeitig zurück in der Hütte zu sein, um mit Miriam zu Mittag zu essen. "Je früher, desto besser." Er drehte sich um, um wieder auf den Wagen zu klettern, und zügelte seine Frustration.

Vielleicht würde ihn das Essen in eine bessere Stimmung versetzen. Er lenkte das Gespann auf der Granite Street in Richtung von Tante Pearl's Café. Dort gab es die besten Zimtrollen der Stadt, fast so gut wie die, die Leah letzte Woche gemacht hatte. Vor dem Gebäude gönnte er den Pferden eine Pause aus der Wassertränke und band sie dann an einem Geländer an.

Drinnen setzte er sich an einen der beiden langen Tische, die sich über den Raum erstreckten. Eine Kellnerin stellte eine Tasse Kaffee vor ihn hin und er nickte dankend.

"Möchten Sie zu Abend essen?" Die Frau beäugte ihn erwartungsvoll. Sie war mittleren Alters und ihr stumpfes braunes Haar war schon ziemlich grau. Die Falten in ihrem Gesicht ließen sie abgenutzt aussehen und wahrscheinlich *war* sie das auch, vom Bedienen dieser Leute.

"Ja, danke."

Zufrieden mit seiner Antwort ging sie weiter, um einen Stapel Geschirr vom Ende des Tisches zu holen, und verschwand dann durch einen Türrahmen.

Er musterte die Gesichter um ihn herum, ein bunter Haufen, der von Bergleuten mit schmutzigen Flanellärmeln bis hin zu Geschäftsleuten in Anzügen und Bowlerhüten reichte. Während er sie musterte, begegnete einer der Männer auf der anderen Seite des Tisches Gideons Blick und nickte ihm höflich zu. Der Mann war klein, seine Brille beleuchtete seine winzigen Gesichtszüge und ließ ihn wie eine Eule aussehen.

Bevor Gideon mit einem Nicken antworten konnte, griff ein stämmiger Mann neben dem Fremden mit der Brille nach einer Kaffeekanne und stieß dabei den Salzstreuer um.

"Oh je", sagte der Brillenträger. Aber der große Mann schien seine eigene Ungeschicklichkeit nicht zu bemerken, füllte einfach seine Tasse wieder auf und stellte die Kanne zurück auf den Tisch. Der Mann mit der Brille griff nach dem umgefallenen Salzstreuer und schob sich dabei die Brille höher ins Gesicht.

"Sind Sie von hier?" Der Stämmige widmete sich wieder genüsslich seinem Essen, stellte die Frage aber zwischen zwei Bissen, wobei er den Kopf neigte, um den Brillenträger anzuschauen, während er sprach.

Dieser räusperte sich und schob seine Brille wieder hoch. "Ah, ja. Ich bin der Telegrafenbeamte hier in Butte City." Die Stimme des Mannes klang rau, als müsse er sich räuspern, und gelegentlich war sie hoch. Entweder litt er an einer Kehlkopfentzündung oder er war nervös. "Und Sie, Sir. Sind Sie aus dieser Gegend?"

"Nein, ich habe hier zu tun." Der Stämmige sprach mit dem Mund voller Hühnchen.

Der Telegrafenbeamte trank einen kleinen Schluck von seinem Kaffee. "Und was ist Ihr Anliegen, Mister ..." Er hielt inne, damit der Stämmige den Namen ergänzen konnte.

"Mein Name ist Jenson und ich suche meine Frau."

Die Augen des Brillenträgers wurden noch größer, wenn das überhaupt möglich war. "Ihre Frau? Ist sie zu Besuch in unserer schönen Stadt?"

Gideon verkniff sich ein Schnauben. Butte war eine schmutzige, von Lastern heimgesuchte Bergbaustadt. An dieser Stadt war nicht viel *schön*.

Er musterte Jenson, der noch nicht geantwortet hatte. Für eine kurze Sekunde glitzerten die Augen des Mannes hart, dann verzogen sich seine dicken Brauen zu einem besorgten Ausdruck. "Meine Frau hat die verrückte Idee gehabt, wegzulaufen. Ihre Mutter ist gestorben und ich glaube, das hat sie ein wenig im Kopf verdreht, weil sie nicht mehr klar denken konnte. Ich mache mir Sorgen, dass sie sich mit den falschen Leuten einlässt und sich etwas antut."

Irgendetwas an diesem Mann schien nicht in Ordnung zu sein. Seine Sorge um seine Frau wirkte gezwungen und er erzählte die Geschichte fast wie ein Schauspieler in dem Theater, in das Gideons Eltern ihn damals in Kentucky mitgenommen hatten - dramatisch und gut einstudiert.

"Vielleicht haben Sie sie gesehen." Jenson blinzelte, während er den Brillenträger ansah. "Sie ist mittelgroß, hat braunes Haar und grüne Augen. Ihre Leute hatten Geld in Richmond, also geht und spricht sie wie jemand aus der High Society."

Jeder Nerv in Gideons Körper erwachte zum Leben, als die Beschreibung des Mannes in seinem Kopf widerhallte. *Ihre Leute hatten Geld in Richmond.* Die Beschreibung passte genau auf Leah, obwohl sie so vage war, dass sie auf mindestens ein Dutzend Frauen in dieser Gegend passen könnte.

Gideon studierte den Mann, der sich Jenson nannte, und versuchte, sich an alles zu erinnern, was Leah über den Verlobten gesagt hatte, der ihr Leben bedroht hatte. Er war ein Geschäftspartner ihres Vaters gewesen, aber Gideon konnte sich diesen schmierigen Mann nicht in der Geschäftswelt von Richmond vorstellen. Vielleicht war er von dem Schurken in Richmond angeheuert worden. Er war wahrscheinlich zu feige, um seine eigene Drecksarbeit zu machen.

Es fiel ihm schwer, sich an Leahs genaue Worte zu erinnern. Ihr Verlobter hatte einen Mann geschickt, um ihr nach St. Louis zu folgen. War das dieser Mann gewesen? War er ihr den ganzen Missouri River hinauf gefolgt? Wenn ja, war es klar, dass er sie noch nicht gefunden hatte. Wahrscheinlich, weil sie sich all die Monate in Gideons Hütte versteckt gehalten hatte.

Aber jetzt war sie in der Stadt und wollte sich nach einem Job umsehen. Es war sehr wahrscheinlich, dass dieser Jenson sie finden würde. Und was würde er dann tun? Könnte man sie zwingen, die Ratte gegen ihren Willen zu heiraten? Leah hatte das offensichtlich für möglich gehalten, sonst wäre sie nicht quer durchs Land geflohen, um ihm zu entkommen.

"Bitte sehr, mein Herr."

Gideon wurde von der Stimme der Bedienung hinter ihm aus seinen Gedanken gerissen. Sie stellte einen dampfenden Teller auf den Tisch. Das gebratene Hühnchen, der Kartoffelbrei und die Äpfel aus der Dose sahen so aus, als sollten sie gut sein, aber sein Appetit war verflogen. Der Knoten, der sich in seinem Magen bildete, brachte ihn fast dazu, aufzuspringen und von diesem Ort wegzulaufen, Leah zu finden und sie zu zwingen, mit ihm zur Ranch zurückzukehren.

Aber er musste auch diesen Jenson im Auge behalten. Der Mann hatte sich inzwischen wieder voll und ganz dem Teller vor ihm zugewandt und so zwang sich Gideon, ebenfalls zu essen. Er würde die Nahrung brauchen, um bei Kräften zu bleiben.

Während Gideon aß, ging ihm die Geschichte, die Jenson erzählt hatte, wieder durch den Kopf. Konnte es sein, dass sie wahr war? Könnte Leah wirklich mit diesem Mann verheiratet gewesen sein und in ihrem Wahn die Geschichte von einem Verlobten erfunden haben, der sie umbringen wollte?

Bilder gingen ihm durch den Kopf - Leah, die das Abendessen servierte; Leah, die Trojan geduldig das Führen beibrachte; Leah, die seine Wunden vom Bären versorgte. Sie hatte auf keinen Fall den Verstand verloren. Sie war zu mutig, stark und fürsorglich. Und sie war immer ehrlich zu Miriam und ihm gewesen. Sie brachte das Beste in ihnen zum Vorschein - in ihm.

Sein Blick wanderte wieder zu Jenson. Der Mann schob sich mit beiden schmutzigen Händen ein Zimtbrötchen in den offenes Mund. Sein Bart war fettig und auf seiner Wange befand sich ein brauner Fleck, der vielleicht Zimt war. Hoffentlich Zimt.

Nein, seine nette, vornehme Leah war auf keinen Fall mit diesem Vagabunden verheiratet.

Gideon konnte das Sitzen nicht länger ertragen. Er stand auf, trat über die Sitzbank, legte eine Münze für das Essen auf den Tisch und ging zur Tür hinaus.

KAPITEL 32

Gideon musste die kleine Glocke am Schalter zweimal läuten, bevor der Angestellte durch die Tür kam und ein Gähnen unterdrückte. Es war derselbe Mann wie vorhin, der mit dem dichten Haar an den Seiten des Gesichts, aber glatt rasiert um den Mund herum.

"Ist Miss Townsend in ihrem Zimmer?" Er wollte nicht, dass seine Stimme so rau klang, aber die Dringlichkeit ihrer Situation hatte ihn stärker gepackt als wenn ihn ein Berglöwe angreifen wollte.

"Ja, Sir, aber sie hat sich bereits zur Nachtruhe gelegt und bittet darum, nicht gestört zu werden."

Schon in der Nachtruhe? Es konnte noch nicht sieben Uhr sein. Er legte beide Hände auf den Schreibtisch und sah dem Mann direkt in die Augen. "Ich muss mit ihr sprechen und das kann nicht warten."

Das Kinn des Hotelangestellten ragte nach vorne, als er Gideons Blick kühl erwiderte. "Ich fürchte, das kann ich nicht zulassen. Wie ich Ihnen bereits versicherte, Mr. Bryant, sind die Sicherheit und der Komfort unserer Gäste für uns von größter Bedeutung. Miss Townsend hat um

Privatsphäre gebeten und die, Sir, wird sie auch bekommen."

Er hielt dem Blick des Mannes stand. Das Verhalten dieses Angestellten war genau der Grund, warum er Leah in diese Pension gebracht hatte und nicht in das größere City Hotel. Er hatte gehört, dass dies ein familiengeführter Betrieb war, in dem man großen Wert auf die Betreuung der Gäste legte.

Es sah so aus, als würde dieser Mann hier niemanden in die Nähe von Leah lassen, zumindest nicht heute Nacht. Und Gideon würde morgen früh als Erstes hier sein, um sie zu holen, ob dieser Mann es ihm erlaubte oder nicht.

* * *

Als Leah am nächsten Morgen am Frühstückstisch saß, betrachtete sie die Szene um sich herum. Der Angestellte der Pension hatte dieses Lokal wegen der guten Küche und des guten Service empfohlen und anscheinend stimmten dem viele andere Leute zu. Alle Tische waren besetzt und der Duft von Würstchen und Bratkartoffeln wehte durch den Raum.

"Kann ich hier sitzen?"

Sie blickte auf und sah einen großen Mann hinter dem leeren Stuhl gegenüber von ihr stehen. Sein Haar war zerzaust und sein Bart struppig, aber er trug einen Anzug - auch wenn er mindestens zwei Nummern zu klein war und die Knöpfe über seinem stämmigen Bauch spannten.

"Ich denke ja." Bei so vielen Menschen um sie herum war der Mann sicher harmlos genug.

Er ließ sich in den Stuhl mit der Leiterlehne plumpsen und winkte einem Kellner auf der anderen Seite des Raumes zu. Leah nahm einen Schluck von ihrem Tee, während er Kaffee und Essen bestellte. Seine Manieren waren bestenfalls grob und seine Gentleman-Kleidung schien zu seiner Persönlichkeit ebenso wenig zu passen wie zu seinem Körper. Ihr Blick wanderte zu seinen Händen. Sie waren groß und schwielig, aber wenigstens war kein Schmutz unter seinen Nägeln.

Als der Kellner sich entfernte, drehte sich der große Mann mit einem prüfenden Blick zu ihr um. Die Härchen in ihrem Nacken kribbelten. Vielleicht war es keine so gute Idee gewesen, einen fremden Mann an ihrem Tisch sitzen zu lassen.

"Sie sind also aus dieser Gegend?"

Warum ließ diese Frage ihre Wangen heiß werden. Vielleicht war es die Art, wie er sie musterte. "Nein, Sir. Ich stamme ursprünglich aus dem Bundesstaat Virginia, bin aber in den letzten Monaten viel gereist."

Warum hatte sie so viel über ihre Herkunft verraten? Die Monate in der Hütte hatten ihr ein falsches Gefühl der Sicherheit gegeben, aber jetzt war sie wieder in der realen Welt. Würde Simon sie wirklich bis ins Montana-Territorium verfolgen können? Sie sollte kein Risiko eingehen.

Das Interesse des Mannes zeigte sich in seinem Gesicht. "Virginia, hm. Ich habe dort Freunde. Woher kommen Sie in Virginia?"

Nein. Sie hatte viel mehr gesagt, als sie hätte sagen sollen. Aber wie konnte sie sich der Frage entziehen? "Ich komme aus dem Osten des Staates." Und das war alles, was er aus ihr herausbekommen würde.

"Und wie war noch gleich Ihr Name?"

Sie musste einen Weg finden, das Gespräch von sich weg zu lenken. Was, wenn seine Freunde aus Richmond waren? Der Name Townsend war in dieser Stadt sehr bekannt. "Mein Name ist Leah. Und Sie?"

Es war fast unerhört, dass eine Frau einem fremden Mann erlaubte, ihren Vornamen zu benutzen, aber wenn

Simon erfuhr, dass sich eine Miss Townsend in Butte City aufhielt, wäre das viel schlimmer als eine unangemessene Anrede. Und die Wahrscheinlichkeit, dass sie diesen Mann wiedersehen würde, war gering. Sie hoffte es.

"Mein Name ist Jenson."

"Nun, Mr. Jenson. Wohnen Sie hier in Butte City?"

Die Antwort blieb ihr erspart, als die Frühstücksteller eintrafen, und Jenson stürzte sich auf seinen, als hätte er eine Woche lang nichts gegessen. Seine Tischmanieren ließen viel zu wünschen übrig.

Sie wandte ihren Blick ab und knabberte an ihrem eigenen Essen. Sie musste sich heute auf Arbeitssuche begeben, aber der Gedanke war nicht reizvoll. Wo sollte sie anfangen? Es schien unwahrscheinlich, dass sie in dieser Stadt eine Stelle als Gouvernante finden würde. Vielleicht könnte sie einen Händler aufsuchen und sehen, ob er Arbeit für Frauen hatte.

Ihr Frühstückspartner hob schließlich den Kopf, lehnte sich in seinem Stuhl zurück und wischte sich Gesicht und Hände mit der Serviette ab. Das Tuch wurde dabei ziemlich schmutzig.

Vielleicht könnte er ihr sagen, wo sie die örtlichen Geschäfte finden konnte. "Mr. Jenson, könnten Sie mir sagen, wo es in dieser Stadt Händler, Kleiderläden oder andere Bekleidungsgeschäfte gibt?

Er verschränkte die Arme über seinem Bauch und lehnte sich im Stuhl zurück, so dass er auf den hinteren Stuhlbeinen ruhte. "Ich weiß nicht, ob es Geschäfte für schicke Kleidung gibt, aber Lanyard's Dry Goods ist drüben auf der Washington Street. Die haben die meisten Waren auf Lager."

"Vielen Dank. Wissen Sie zufällig, ob sie zusätzliche Mitarbeiter einstellen?"

Seine Augen verengten sich zu Schlitzen, als sie ihr

Gesicht musterten. Sie hätte diese Frage nicht stellen sollen. Wann würde sie lernen, wann sie ihren Mund halten sollte?

"Ich habe gehört, dass sie eine neue Verkäuferin suchen."

Die Worte erregten ihre Aufmerksamkeit. "Wirklich? Können Sie mir sagen, wie ich den Laden finde?"

Weniger als dreißig Minuten später ging sie die Park Street hinunter, wie Mr. Jenson sie angewiesen hatte. Sie überquerte die Arizona Street und bog dann rechts in die Gaylord Street ein. Es war ein längerer Weg, als sie erwartet hatte, aber die Straßen waren genau so, wie er sie beschrieben hatte.

Die Gebäude, an denen sie vorbeikam, waren jedoch zunehmend baufällig. Zwischen den Geschäftslokalen standen Ansammlungen von Holzhütten, die allerdings nicht viel mehr als aneinandergebaute Hütten waren.

Aus einem der Kalksteingebäude ertönte laute, energiegeladene Klaviermusik. Sicherlich wäre ein Geschäft in diesem Teil der Stadt kein geeigneter Ort für sie, um zu arbeiten. Sollte sie umkehren? Eine Frau oder einen anständigen Mann suchen, um nach dem Weg zu fragen? Sie hätte es besser wissen müssen, als sich von einem grobschlächtigen Mann wie Mr. Jenson beraten zu lassen.

Ihre Füße hatten begonnen, gegen das Leder ihrer guten Stiefel zu protestieren und an der Ecke des zweistöckigen Restaurants, an dem sie vorbeikam, rief eine Bank nach ihr. Ein paar Minuten Pause, bevor sie umkehrte, würden ihr gut tun, und es sollte nicht allzu schwer sein, den Anweisungen in umgekehrter Richtung zu folgen.

Gerade als sie sich auf dem Sitz entspannte, legte sich etwas Starkes um ihre Taille und riss sie nach hinten.

Panik schoss durch sie hindurch. Sie schrie, aber ein Tuch schlug ihr auf den Mund und dämpfte das Geräusch. Sie konnte nicht atmen. Sie streckte die Hände aus und versuchte, etwas zu ergreifen, irgendetwas, um sich aufrecht zu halten.

Der Arm, der sich um ihre Taille legte, zerrte sie nach hinten, weiter in eine Gasse. Ein scharfer antiseptischer Geruch durchdrang den Stoff auf ihrem Gesicht und sie hatte Mühe, zu begreifen, was geschah. Sie krallte sich an den Armen fest, aber sie waren so stark. Die Erschöpfung raubte ihrem Körper die Kraft.

* * *

Gideon stand vor dem Café und fuhr sich mit beiden Händen durch die Haare, kniff sie in die Spitzen und zog daran. Fest. Vielleicht würde der Schmerz ihn davon abhalten, vor lauter Frustration zu schreien.

Wie hatte er das geschehen lassen? Er hatte sich letzte Nacht so viele Stunden hin und her gewälzt und sich Sorgen gemacht, dass er erst am frühen Morgen eingeschlafen war.

Und dann hatte er zum ersten Mal, seit er ein kleiner Junge war, tatsächlich bis zum Morgengrauen geschlafen. Und jetzt hatte Leah ihr Zimmer verlassen, gefrühstückt und sich auf den Weg in diese raue Stadt gemacht, wo mindestens ein Mann bereit war, sich auf sie zu stürzen, sobald er sie sah. Er knurrte über seine Dummheit.

Die Bedienung erinnerte sich daran, Leah zu einem Tisch geführt zu haben, hatte aber keine Ahnung, wann oder wohin sie gegangen war. Sollte er damit beginnen, in den örtlichen Geschäften nach ihr zu suchen? Hoffen, dass er ihre Spur aufnehmen konnte?

Seine Gedanken schweiften zurück zu diesem Mann, Jenson. Er war eine zwielichtige Gestalt, daran bestand kein Zweifel. Er führte nichts Gutes im Schilde. Vielleicht konnte er den Mann finden und ihn verfolgen. Herausfinden, wer ihn angeheuert hatte. Ein Grobian wie er verbrachte seine

Tage wahrscheinlich im Südosten der Stadt, in der Nähe der rauen Gegend, die die Einheimischen Cabbage Patch nannten. Der Gedanke, dass ein solcher Abschaum nach Leah suchte, zwang ihn zum Joggen, während er sich in Richtung der Arizona Street bewegte.

Als er die Gaylord Street überquerte, verlangsamte er seinen Schritt und suchte die Straße und die offenen Türen nach einem Zeichen von Jenson ab. Vielleicht sollte er in eine der Bars gehen und nach dem Mann fragen. Er hatte nicht weit zu gehen, denn aus dem nächsten Gebäude, an dem er vorbeikam, drang fröhliche Musik. Es war noch nicht einmal Mittag und in den Kneipen dieses Slums herrschte reges Treiben.

Er näherte sich der Bar und versuchte, die Gesichter im Raum nicht zu offensichtlich zu mustern.

"Was darf's sein?" Der Mann hinter dem Tresen mit der Schürze beäugte ihn erwartungsvoll. Ein Bart bedeckte sein Gesicht und die müden Falten um seine Augen zeigten, dass er wahrscheinlich alt genug war, um Gideons Vater zu sein.

"Whiskey ist in Ordnung." Eigentlich war alles in Ordnung, denn er würde keinen Tropfen trinken. Es würde allerdings zu sehr auffallen, wenn er nichts bestellte.

Der Barkeeper schenkte einen Shot ein und stellte ihn vor Gideon hin. Jetzt war die Zeit gekommen.

"Ich bin auf der Suche nach einem Bekannten. Vielleicht haben Sie ihn schon einmal gesehen?"

Der Mann hob eine graubraune Braue. "Vielleicht."

"Sein Name ist Jenson und er ist ein großer Mann, groß und dick."

Der Barkeeper kniff die Lippen zusammen. "Ja, ich habe fast jeden Abend das *Vergnügen*, ihn zu sehen." Seine sarkastische Verdrehung des Wortes *Vergnügen* verriet Gideon, dass es alles andere als das war. "Er kommt mit ein paar Schlägern hierher, um zu trinken und beim Kartenspiel zu betrügen.

Ich muss ihre Streitereien beenden, wenn die anderen Spieler nicht zu betrunken sind, um zu merken, dass er ihren ganzen Goldstaub klaut."

"Hat er jemals gesagt, was er tagsüber macht?"

Der Barkeeper zuckte mit den Schultern und leerte ein Glas. "Ich kann mich nicht erinnern. Ich weiß, dass er davon spricht, dass er versucht, seine Frau zu finden und sie nach Hause zu bringen. Ich nehme es der Frau nicht übel. Ich würde den Widerling auch verlassen, wenn ich mit ihm leben müsste."

Gideon konnte sich ein schiefes Lächeln nicht verkneifen. "Wissen Sie, wer seine Freunde sind?"

Der Mann blinzelte in die Ferne, als ob ihm das helfen würde, sich zu erinnern. "Ich sehe ihn normalerweise mit Walters und Ashe. Walters war gerade hier drin, bevor Sie kamen. Er holte sich seine tägliche Flasche."

Gideon zwang sich zu langsamen, lässigen Bewegungen, als er aufstand und eine Münze für das Getränk aus seiner Tasche zog. "Wie sieht er aus? Wissen Sie, wo er hinwollte?"

"Groß und schlank, braunes Haar. Er trägt einen Vollbart, um eine Narbe auf seiner linken Wange zu verdecken, aber man kann sie immer noch sehen. Er ging in Richtung Süden, als er ging, aber ich weiß nicht, wohin. Er sagte etwas davon, dass der Boss auf ihn warten würde."

"Vielen Dank für alles." Gideon warf eine zusätzliche Münze auf den Tresen und verließ das Gebäude.

So sehr er auch sprinten wollte, er musste sich langsam genug bewegen, um jedes Gebäude zu überprüfen, an dem er vorbeikam. Er war auf der richtigen Spur, er konnte es im Wind spüren.

Ein paar Blocks weiter verließ ein großer, dünner Mann eine Baracke und ging in die gleiche Richtung wie Gideon. Er trug einen braunen Schlapphut und Hosenträger, die eine graue Wollhose hielten, die ein paar Zentimeter zu kurz für ihn war. Er trug einen Bart, aber der Mann war mindestens hundert Fuß voraus, so dass Gideon die Narbe noch nicht sehen konnte. Was er jedoch deutlich sehen konnte, war der Pistolengürtel um die schlanke Taille des Mannes und die Glasflasche in seiner Hand.

Gideon verlängerte seine Schritte und wechselte auf die gegenüberliegende Straßenseite. Nach ein paar Minuten konnte er genug von der Strecke gutmachen, um vor dem Fremden herzuziehen. Er warf einen unauffälligen Blick über die Schulter und hätte schwören können, dass er einen Fleck auf der linken Wange des Mannes sah. Das musste Walters sein. Er passte genau auf die Beschreibung des Barkeepers.

Er verlangsamte sein Tempo wieder und folgte ihm weiter. Die Bebauung hatte sich gelichtet und sie bewegten sich auf die Ausläufer der Stadt zu, mit dichterem Laub und Felsbrocken, die ihm Schutz boten.

Etwa eine Meile außerhalb der Stadt bog Walters von der Straße auf eine kurze Auffahrt ab. Als sie weitergingen, gelangten sie auf eine offene Fläche mit einem großen Loch in der Bergwand.

Ein alter Minenschacht.

KAPITEL 33

*G*ideon beobachtete hinter einer Zeder, wie Walters in der Öffnung verschwand. Sollte er ihm folgen? Die meisten kleineren Minen hatten nur einen Eingang, aber kannte Walters einen anderen Ausgang? Das Gras und die Schneereste in der Gegend deuteten nicht darauf hin, dass es sich um eine aktive Mine handelte, in die täglich Arbeiter kamen und gingen. Sie musste aufgegeben worden sein.

Warum war Walters dann hineingegangen? Wenn er in etwas Skrupelloses mit Jenson verwickelt war, was wahrscheinlich schien, könnte dies ihr Hauptquartier sein?

Vielleicht war er aber auch ganz auf der falschen Spur. Vielleicht hatten sie nichts mit Leah zu tun und Jenson suchte wirklich nach seiner verrückten Frau. Gideon hatte sich noch nie so unsicher gefühlt, wie er mit einer Situation umgehen sollte. Bisher war er immer in der Lage gewesen, seinem Instinkt zu vertrauen und die Zeichen zu beobachten, um die richtige Entscheidung zu treffen.

Aber hier war nichts klar. Diese Höhle konnte genausogut nur das Versteck eines Betrunkenen sein.

Ein Geräusch von der Straße erregte seine Aufmerksamkeit. Er versteckte sich hinter einem großen Felsen, kurz bevor ein Wagen den kleinen Pfad hinunterfuhr. Der Mann, der ihn lenkte, trug einen tief gezogenen Strohhut, so dass Gideon nur eine Augenklappe und einen ungepflegten Bart erkennen konnte. Der Fahrer brachtedie Pferde vor dem Mineneingang zum Stehen, trat auf die Bremse, sprang ab und schritt in das schwarze Loch.

Wer war er? Möglicherweise der andere Mann, den der Barkeeper erwähnt hatte? Avery oder Anson ... oder vielleicht Ashe? Ja, Ashe. Gideon hatte keinen klaren Blick auf die Rückseite des Wagens werfen können, aber er hatte ein paar Kleinigkeiten gesehen - eine Rolle Seil, ein paar Flaschen und ein paar andere Dinge, die er nicht genau erkennen konnte.

Jetzt musste er herausfinden, was die Männer in der verlassenen Mine vorhatten. War es nur eine kostenlose Unterkunft? Die Nächte waren sicherlich zu kalt, um das zu glauben. Er würde eine Weile warten und sehen, ob jemand kam oder ging. Solange er den Wagen sehen konnte, würden sie nicht unbemerkt verschwinden.

Das Warten machte ihn fast wahnsinnig. Doch etwa zehn Minuten später beschleunigte sich sein Herzschlag, als Walters an der Öffnung erschien und zwei Holzkisten trug, die er hinten auf den Wagen lud. Der andere Mann war nicht weit dahinter und schleppte zwei weitere Kisten. Die Kisten waren nicht gleich groß, aber alle waren von der Art, wie sie für die Verpackung von Konserven und anderen Vorräten verwendet werden.

Beide Männer gingen zurück in die Höhle und Gideon schlich näher, um einen Blick in die Kisten zu werfen. Er war erst etwa drei Meter weit gekommen, als aus der Öffnung Stimmen ertönten. Walters erschien wieder und trug ein Holzfass. Der Mann, von dem er annahm, dass es sich um

Ashe handelte, kam mit einer weiteren Kiste gleich hinterher. Wieder legten sie die Gegenstände in den Wagen und verschwanden wieder in der Höhle.

Räumten sie ihr Versteck aus und packten zusammen, um zu verschwinden? Oder befanden sich in den Containern gestohlene Gegenstände? Er musste einen Blick hineinwerfen, aber bei all den Aktivitäten rund um den Wagen war es schwierig, unbemerkt an sie heranzukommen.

Dann tauchte Jenson aus der Mine auf und trug eine Frau über der Schulter. Gideons Blut wurde kalt. Er würde diesen eleganten Körper überall wiedererkennen, selbst wenn er mit dem Kopf nach unten über der Schulter von einem Trottel wie Jenson hing.

Der Mann warf sie wie eine Tüte Zucker auf den Wagen. Die Wut floss durch Gideons Adern.

Leah zappelte herum, bis sie aufrecht saß. Sie war geknebelt und ihre Arme waren gefesselt. Wahrscheinlich auch ihre Füße, denn Jenson hatte sie getragen. Die dreckigen Hunde dachten, sie müssten eine Frau wie ein Kalb beim Brandmarken fesseln. Ihr Haar war wild zerzaust und hatte sich größtenteils aus dem Haarband gelöst und sie sah erschöpft aus. Was hatten sie mit ihr gemacht?

Jeder Muskel in ihm wollte angreifen. Jeden einzelnen von ihnen erschießen und mit Leah direkt zur Ranch zurückreiten.

Er holte tief Luft und ließ den Gedanken wieder los. Er musste jetzt klug vorgehen. Er trug seinen Sechsschüsser an der Hüfte, sein Jagdmesser und ein kleineres Messer in seinem Stiefel. Schade, dass er nicht daran gedacht hatte, sein Gewehr mitzunehmen oder ein Pferd, was das anging.

Wenn er nur nicht allein wäre. Ein Schmerz zog in seiner Brust, wie er ihn seit Monaten nicht mehr erlebt hatte. Wenn Abel hier wäre, könnten sie es gemeinsam mit den Männern aufnehmen. Mit seinem Bruder würde er mit allem fertig werden. *Warum, Gott? Warum hast Du ihn mir weggenommen?*

Jensons scharfer Befehl lenkte Gideons Aufmerksamkeit wieder auf die Szene vor ihm, aber er war zu weit weg, um die Worte zu verstehen. Walter kletterte hinten in den Wagen neben Leah und die anderen Männer nahmen vorne Platz.

Jenson saß mit einem Sharps-Karabiner auf dem Schoß und war eine viel imposantere Erscheinung als der kleinere Ashe, der die Zügel hielt. Der kleine Mann schnalzte jedoch kräftig mit den Zügeln und die Pferde bewegten sich vorwärts.

Gideons Herz schlug wie wild in seiner Brust. Die Männer waren dabei loszufahren und er hatte immer noch keinen Plan.

Er bewegte sich von Felsen zu Bäumen und Sträuchern und blieb dabei innerhalb der Laubgrenze. Der Wagen folgte der Einfahrt und bog dann links auf die Straße nach Helena ab. Weg von Butte City.

Sie fuhren in Richtung Fort Benton. Und dann weiter nach Richmond? Panik spannte seine Muskeln fester als ein Hirschfell auf einer Bahre. Sie sollten sie zu diesem Mistkerl zurückbringen. Zu dem Mann, der sie umbringen wollte.

Durch die Bäume hindurch sah er, wie Jenson sich auf dem Wagensitz umdrehte und sprach. Dann griff Walters nach oben, um den Knebel aus Leahs Mund zu ziehen. Wollten sie sie befreien?

Aber nein, Walters hob eine Pistole aus seinem Schoß, so dass Leah und Gideon sie gut sehen konnten. Wenn einer von ihnen ihr auch nur ein Haar krümmte...

Die Pferde, die den Wagen zogen, legten einen gleichmäßigen Gang an den Tag und die Orientierungspunkte wurden ihnen immer vertrauter. Dies war der Hauptweg zwischen Butte und Helena, die Mullan Road, wie sie genannt wurde. An einer Stelle führte sie durch ein Grundstück, das an die Bryant-Ranch grenzte.

Sollte er sich die Zeit nehmen, seinen alten Freund John Stands-Alone zu finden und Hilfe zu holen? Wenn er allein gegen drei Männer antrat, konnte er nur eine Person auf einmal erledigen, während die anderen reichlich Gelegenheit haben würden, Leah zu verletzen. Er konnte es nicht riskieren, ohne weitere Männer oder eine kluge Strategie anzugreifen.

Aber es könnte eine Stunde dauern, zu Johns Hütte hinaufzuwandern, und dann die Zeit für den Rückweg. Und was, wenn Jenson und seine Männer nicht auf der Straße blieben? Was, wenn sie irgendwo in der Nähe ein anderes Versteck hatten?

Oder was, wenn sie Leah *etwas angetan hatten*, während er weg war? Er fluchte vor sich hin. Das würde er sich nie verzeihen.

Hinter den Bäumen tauchte eine Holzkonstruktion auf. Noch ein Waggon? Aber das war nicht die Straße. Gideon schlich durch den Wald darauf zu und behielt den Wagen zwischen den Bäumen immer noch im Blick.

Das Gebäude war eine alte Hütte, eigentlich nicht mehr als ein Verschlag. Und keine Anzeichen von Bewohnern. Sollte er es ignorieren, um den Wagen im Auge zu behalten? Aber was, wenn sich darin etwas oder jemand befand, der ihm helfen konnte? Er konnte die Möglichkeit, Verstärkung oder Hilfsmittel zu bekommen, nicht links liegen lassen und nach einer kurzen Suche konnte er leicht Boden gutmachen.

Die alte Holztür klemmte zunächst, dann gaben die Scharniere einen schrillen Laut von sich, als er sie aufzog. Drinnen gab es keine Bewegung, nur einen feuchten Geruch und einen größtenteils kahlen Raum.

Er trat ein und musterte den Raum. Ein Stapel Pelze lag in einer Ecke neben dem Kamin. Ein Tisch, eine Schüssel und eine Pfeife standen an der gegenüberliegenden Wand. Doch sein Blick richtete sich auf das, was an der Wand neben der Tür hing - ein Bogen und ein Köcher mit Pfeilen. Es musste ein Sioux-Bogen sein, wie die dekorative Farbe auf dem Bogen und die Perlenstickerei auf dem Köcher zeigten. An den Enden der beiden Teile hingen passende Federn.

Und dann fiel sein Blick auf etwas, das er vorher nicht bemerkt hatte. Eine Klapperschlangenhaut, komplett mit Kopf und Klauen. Nicht die fast durchsichtige Haut, die eine Schlange von Natur aus abwirft, sondern die Haut einer Schlange, die getötet, gehäutet und präpariert wurde.

Die Dringlichkeit packte ihn wieder und er riss seinen Blick von der Haut los. Er schnappte sich den Bogen und die Pfeile und ging zur Tür hinaus. Hoffentlich waren sie nicht mit dem Alter verrottet. Sie mussten stark und scharf genug sein, um ihr Ziel zu finden - schnell und lautlos.

Jetzt hatte er einen Plan und er sprintete durch den Wald, um den Wagen einzuholen. All die Tage, die er als Junge mit John Stands-Alone verbracht hatte, kamen ihm in einer berauschenden Erinnerung wieder in den Sinn. Mit den Waffen der Eingeborenen über der Schulter verschmolz er mit dem Land, wobei er bei jedem Schritt auf den Ballen seiner Füße landete, so dass seine Stiefel leise auf dem feuchten Boden aufschlugen.

Bald hatte er sein Ziel - den Wagen - gefunden und schlich daran vorbei, bis er einen dicken Baum mit einer Astgabel in Augenhöhe fand. Er berührte seinen Colt-Revolver, um sich zu vergewissern, dass er locker im Holster saß. Gut.

Nachdem er die Pfeile begutachtet hatte, wählte er den geradlinigsten aus. Er legte ihn an die Sehne an, zog ihn zurück und zwang seinen Geist, sich durch längst vergangene Erinnerungen zu kämpfen. Die *Sehne zwischen Daumen und Zeigefinger, das Kinn angezogen, die Nase berührt fast die*

Sehne. Er schloss das Auge, das am weitesten von der Sehne entfernt war, und konzentrierte sich auf den Wagen vor ihm.

Einen Moment lang verfolgte er den Wagen mit dem Bogen, um seine Geschwindigkeit abzuschätzen und festzustellen, wie weit er vor seinem Ziel zielen musste. Dann wählte er einen Zielpunkt, an dem die breite Feuersteinspitze des Pfeils Walters Brust treffen sollte. Ohne den Bogen auch nur ein bisschen zu bewegen, ließ er den Pfeil los.

Er hatte keine Zeit, zuzusehen, wie der Pfeil zu seinem Ziel flog, sondern zog seinen Colt und wich zu einem näheren Baum aus. Als er auf Jenson zielte, drehte sich Walters im Wagen um. Es sah so aus, als hätte der Pfeil sein Ziel getroffen. Ein Anflug von Stolz durchflutete ihn, aber er hatte keine Zeit, sich zu rühmen.

Er richtete sein Ziel wieder auf den großen Mann vorne im Wagen und drückte ab.

Die Zeit verlangsamte sich vor ihm. Der Knall der Pistole ertönte, der beißende Rauch erfüllte die Luft. Jenson zuckte zusammen, dann griff er nach seiner linken Schulter und drehte sich in Gideons Richtung.

Die Zeit beschleunigte sich rasend schnell, als Jenson und Ashe auf ihn schossen. Er setzte seine Schüsse sparsam ein, nur wenn er ein klares Ziel hatte. Er hatte nur noch fünf Kugeln übrig.

Ein Schrei durchdrang das Gewehrfeuer und sein Herz machte einen Sprung, aber er konnte seinen Blick nicht von den drei Männern abwenden. Sie hatten sich jetzt im Wagen geduckt und nutzten das Holz als Deckung. War Jenson nach Gideons nächstem Schuss zusammengezuckt? Vielleicht, aber der Mann feuerte weiter auf ihn.

Sie schienen einen unbegrenzten Vorrat an Kugeln zu haben, ganz im Gegensatz zu seiner Situation. Er hatte nur noch einen Schuss, wenn er richtig gezählt hatte, und musste sich immer noch mit drei rücksichtslosen Männern herumschlagen. Sicherlich hatte er Walters und Jenson verwundet, aber die Männer eröffneten weiterhin das Feuer auf ihn.

Was konnte er sonst tun? Wohin könnte er sich wenden? *Gott, ich brauche hier Hilfe!* Sein Blick wanderte zu der Stelle, an der Leah gesessen hatte, aber auch sie hatte sich tief in den Wagen geduckt und er konnte nur den Scheitel ihres braunen Haares sehen. *Gott, bitte!*

Er sank außer Sichtweite zurück, völlig verdeckt durch den Baum. Panik raubte ihm den Atem, aber er war machtlos, sie zu stoppen. Was nun?

KAPITEL 34

*A*uf der anderen Seite des Baumes hörte er weiterhin Schüsse, aber Gideon drückte gegen den Lärm seine Augen zu. Dann hörte er einen Schrei; einen Mann, der Schmerzen hatte. Hatten sie die Gewehre aufeinander gerichtet? Er lugte um die raue Rinde herum, um einen Blick zu erhaschen.

Walters hatte sich im Wagen so gedreht, dass er nach vorne blickte, aber seine Schusswaffe war nirgends zu sehen. Jenson war in sich zusammengerollt, die Arme um seinen Bauch geschlungen. Und das Seltsamste war, dass Ashe sein Gewehr abgesetzt und beide Hände über den Kopf erhoben hatte.

Gideon lenkte seinen Blick nach vorne und sah eine Vision, die er sich nie hätte vorstellen können. Ol' Mose stand auf der Straße, eine kurze, stumpfe Waffe in der Hand. Er feuerte einen letzten Schuss über die Köpfe der Insassen des Wagens hinweg ab und senkte dann die Waffe.

"So, ihr Schurken. Haltet eure Hände so, dass ich sie sehen kann. Du auch, Goliath."

Jenson stöhnte auf, als er seine Hände von seinem Unterleib löste und sie in den Himmel hob. Schmerz verzerrte sein ohnehin schon hässliches Gesicht.

Eine Bewegung im hinteren Teil des Wagens erregte Gideons Aufmerksamkeit. Walters hatte eine Hand erhoben, um dem Befehl von Ol' Mose zu gehorchen, aber die andere streckte sich nach einem Gewehr aus, das nur ein paar Meter entfernt stand.

"Keine Bewegung." Gideon bellte den Befehl, als er den Wald verließ und zum hinteren Teil des Wagens sprintete. Er hielt sein Gewehr locker in Walters' Richtung gerichtet, bis er weit genug weg war, um Leah nicht in der Schusslinie zu haben. Er hatte sich noch nicht erlaubt, sie anzuschauen. Er würde sonst die Konzentration verlieren, die er ganz auf diese Verbrecher richten musste.

Walters musste gedacht haben, dass Gideons vages Zielen eine gute Gelegenheit war, seine Waffe aufzuheben, denn mit einer schnellen Bewegung ruckte er nach vorne und griff nach dem Gewehr. Gideon schoss, ohne zu überlegen. Walters ließ das Gewehr fallen und schrie auf, während er nach seiner rechten Schulter griff.

"Es gibt noch mehr davon, wenn du keine Anweisungen befolgen kannst." Gideon stieß die Worte aus, während er den Colt weiter auf den Mann richtete. Der Schurke brauchte nicht zu wissen, dass da, wo die Kugel herkam, keine weiteren waren. Er hatte keine Kugeln mehr.

Walters stöhnte, als er sich mit dem Rücken gegen die Wagenseite lehnte und sich noch immer an der Schulter festhielt.

"Ich glaube, sie verstehen jetzt etwas besser", sagte Ol' Mose, der immer noch ein Gewehr auf die beiden Männer im vorderen Teil des Wagens hielt. "Warum schauen Sie nicht, ob Sie ein Seil finden, um sie zu fesseln? Wenn Sie es in ihrem Wagen nicht finden, habe ich in meinem eigenen

Wagen hinter dem Hügel noch welches." Er nickte hinter sich, wo die Straße hinter einer Anhöhe verschwand.

Gideon hielt seinen leeren Revolver immer noch auf den stöhnenden Walters gerichtet und drehte sich schließlich zu Leah um. Sie saß in dem einfachen Wagen wie eine Prinzessin - eine zerzauste, aber nicht weniger schöne. Ihr Haar hatte sich völlig von den Haarnadeln gelöst, aber ihre Augen schimmerten.

"Geht es dir gut?" Er hasste das Zittern in seiner Stimme, aber er konnte die Reaktion nicht kontrollieren, die ihn bei ihrem Anblick überflutete.

"Mir geht es gut." Ihre Stimme floss wie Musik, ein wenig atemlos, aber mit perfekter Melodie. Seine Brust drohte zu explodieren vor lauter Emotionen, die in ihm hochkochten.

Doch ihre Hände und Füße waren noch immer gefesselt.

Mit der linken Hand zog er sein Jagdmesser und ging auf Leah zu, wobei er den verwundeten Mann neben ihr im Auge behielt. "Lass mich deine Fesseln durchschneiden." Seine Stimme war sanft, seine Worte waren nur für sie bestimmt.

Er nahm seinen Blick lange genug von Walters, um das Seil um Leahs Handgelenke zu zerschneiden. Das rohe Fleisch starrte ihn an, bevor sie ihre Ärmel nach unten schob. Eine Flut von Wut durchströmte ihn.

"Ich kann das Seil an meinen Knöcheln durchschneiden, lasse mich nur dein Messer halten." Leah musste seinen Gesichtsausdruck gesehen haben oder sie wollte, dass er sich darauf konzentrierte, die Waffe auf die Männer zu richten.

Wie auch immer, er ließ den Geweihgriff seines Jagdmessers los und griff nach vorne, um Walters' Gewehr zu ergreifen. Er steckte seine eigene Pistole in den Halfter und richtete die Winchester auf den Mann.

Sobald Leah das Seil um ihre Knöchel durchgeschnitten

hatte, streckte sie die Beine nach vorne und rieb sich die Handgelenke.

Es war Zeit, sie aus der Gefahrenzone zu bringen. "Leah, steig aus dem Wagen und komm hierher."

Er trat einen halben Meter zurück und wartete, bis sie zu ihm humpelte. "Ich möchte, dass du diese Waffe auf Walters hältst, während ich ihn fessle. Halte sie genau so, wie ich es dir gezeigt habe, und habe keine Angst, ihn zu erschießen, wenn er sich bewegt. Tu einfach so, als seist du auf der Jagd und er wäre ein Reh." Gideon sagte den letzten Teil so laut, dass alle Männer ihn hören konnten, obwohl Leah noch nie ein Reh geschossen hatte. Was die Männer nicht wussten, konnte ihm nur helfen.

Als sie ihm das Gewehr abnahm, zitterten ihre Hände. Auf ihrem Gesicht zeigte sich eine Mischung aus Angst und Unsicherheit, aber auch eine wilde Entschlossenheit. Er schenkte ihr ein ermutigendes Lächeln und strich ihr mit der Hand über den Oberarm. "Du wirst das schon schaffen." Und das würde sie. Sie war die mutigste Frau, die er je getroffen hatte.

Es dauerte ein paar Minuten, bis alle drei Männer sicher gefesselt und auf die Ladefläche des Wagens geladen waren. Ol' Mose und Leah hielten beide ihre Gewehre im Anschlag, bis er die Raufbolde dingfest gemacht hatte. Sobald dies geschehen war, schritt Gideon zu Leah und nahm ihr das Gewehr aus der Hand.

Einen Moment lang saugte er ihren Anblick in sich auf. Es gab so viele Dinge, die er tun und sagen wollte, aber was zuerst? Sie nahm ihm die Entscheidung ab, als sie in seine Arme flog und sich um ihn schlang wie ein Blatt, das gegen einen Baumstamm geweht wurde. Das war es, was er sich von ihr gewünscht hatte, und er umklammerte sie mit all seiner Kraft.

Er atmete ihren süßen Duft ein und genoss das Gefühl,

wie sie sich in den Schutz seines Körpers hüllte. Er war so nah dran gewesen, sie für immer zu verlieren. Was würde er tun, wenn er sie verloren hätte? Feuchtigkeit brannte in seinen Augen, aber er schloss sie gegen das Gefühl.

Sie standen einige Augenblicke lang so da und er wäre am liebsten den ganzen Tag so geblieben, hätte Leah im Arm gehalten und ihr sanft über die Schultern gestreichelt. Aber schließlich lehnte sie sich in seinen Armen zurück und drehte ihr schönes Gesicht zu ihm hoch.

"Danke." Sie sprach die Worte leise, als würde sie ihm ein Geschenk überreichen.

Er schluckte den Knoten in seiner Brust hinunter.

Nicht weit von ihnen entfernt räusperte sich eine Kehle. Er wandte sich nur ungern von Leah ab und drehte sich zu Ol' Mose um, wobei er einen Arm um ihre Taille legte. Er würde sie auf keinen Fall noch einmal entkommen lassen, ob sein Freund nun dabei war oder nicht.

"Juhuuu!" Das Gesicht des alten Mannes verzog sich zu einem zahnlosen Grinsen. "War das nicht toll, wie Gott sich um dieses kleine Chaos gekümmert hat?"

Diese Worte überraschten Gideon. "Gott?"

"Na klar. Gerade als Sie drei zu eins in der Minderheit waren, musste ich die Armee der Engel sein, um die Midianiter abzuwehren."

Was um alles in der Welt redete er da? Der arme Kerl musste den Verstand verloren haben. "Sie waren wohl zu lange in der Sonne, was, alter Mann?"

Der alte Mose warf ihm einen rätselhaften Blick zu, als wüsste er ein Geheimnis. "Ich spreche von Ihrem Namensvetter aus der Bibel, mein Sohn."

Dann wanderte der Blick des Mannes zu Leah und ein väterliches Lächeln umspielte sein Gesicht. "Wie wäre es, wenn ihr zwei jungen Leute diesen Wagen mit dem Ungeziefer in die Stadt fahrt, und ich folge in meinem Wagen mit meiner alten Donnerbüchse auf sie gerichtet."

Gideon nickte. "Ist das eine Donnerbüchse? Ich habe noch nie eine solche Waffe gesehen."

Mose hielt die untersetzte Pistole wie eine Königskrone in die Höhe. "Ja, mein Vater hat sie mir vererbt und sie hat mir all die Jahre gute Dienste geleistet. Sie versprüht Blei, also ist sie nicht so gut für die Jagd auf das Abendessen, aber verdammt gut für die Jagd auf Schurken wie diese." Er gestikulierte in Richtung der drei im Wagen gefesselten Männer.

"Dann bringen wir sie jetzt zurück zum Sheriff." Gideon legte seinen Arm um Leahs schmale Taille, während sie zum Vordersitz des Wagens gingen. Sie passte so perfekt neben ihn. Er hob sie hoch, dann kletterte er neben sie, während sie zur Seite rutschte, um ihm Platz zu machen. Allerdings rutschte sie nicht sehr weit von ihm fort. Das war gut so.

Er nahm die Zügel in eine Hand, schnippte sie, um die Pferde vorwärts zu treiben, und legte dann seinen Arm wieder um Leah.

* * *

*A*m liebsten wäre Leah bis zum Ende der Welt in Gideons Arm geschmiegt gefahren. Ihre Hände hatten endlich aufgehört zu zittern, aber ihre Muskeln waren immer noch nicht wieder zu Kräften gekommen.

"Willst du mir erzählen, was passiert ist?"

Gideons Stimme in ihrem Ohr ließ ein zufriedenes Schnurren in ihr aufsteigen. Sie holte tief Luft und atmete dann mit einem unruhigen Zischen wieder aus. Mit der verbrauchten Luft verließ ein wenig von der Anspannung ihre Brust. Endlich schweiften ihre Gedanken zurück zum Beginn des Schreckens.

"Ich war auf dem Weg, um mich nach einem Job zu

erkundigen, aber Mr. Jenson hatte mir eine schlechte Wegbeschreibung gegeben." Sie erzählte von dem heruntergekommenen Stadtteil, in den sie geschickt worden war, und Gideon stellte mehrere Fragen zu dem Ort.

"Als ich aufwachte, war ich bereits in der Höhle. Es war so dunkel und kalt und sie hielten mich die ganze Zeit gefesselt und geknebelt."

Gideons Schulter spannte sich an. "Sie haben dir doch nicht etwa ... wehgetan oder ... etwas anderes, oder?"

Sie wusste, was er meinte. Sie verdrängte die Erinnerungen. "Nein, so haben sie mich nicht angefasst. Die anderen Männer wollten es, aber Jenson sagte immer, der Boss wolle mich sauber haben." Sie schmiegte sich enger an Gideon und er legte seinen Arm fester um sie.

"Haben sie gesagt, wer der Boss ist?" In seiner Stimme lag ein Hauch von Stahl, als ob er versuchte, seine Worte unter Kontrolle zu halten.

"Simon." Wenn der Mann hier gewesen wäre, hätte sie ihm ins Gesicht gespuckt.

"Der Mann, den du heiraten wolltest?"

"Ja." War das wirklich ihre Stimme, die so bitter sprach?

Sein Daumen streichelte ihre Wange und die groben Bartstoppeln an seinem Kinn berührten ihre Stirn, als seine Lippen ihre Haut berührten. "Es tut mir leid, Liebes. Ich werde nicht zulassen, dass er dir noch einmal wehtut."

Unter seinen schützenden Arm geschmiegt, konnte sie ihm fast glauben.

So fuhren sie einige Minuten lang, bis sich ihre Nerven beruhigt hatten. Vor ihnen tauchten ein paar Gebäude auf und bald waren sie in der Stadt. Gideon schien zu wissen, wohin er fuhr, und der Wagen hielt bald vor einem einstöckigen Blockhaus an. Die Fenster waren vergittert und das handgemalte Schild über dem Gebäude verkündete, dass es sich um das Büro des Sheriffs handelte.

Gideon kletterte vom Wagen und griff mit beiden Händen nach ihr. "Wir können reingehen und zuerst mit dem Sheriff sprechen. Er wird wahrscheinlich jemanden losschicken, um die drei zu holen."

Sie packte Gideon an den Schultern und ließ sich von ihm herunterheben. Das Verlangen, sich wieder an seine Brust zu lehnen und seine Kraft zu spüren, war so stark, dass sie sich an der Seite des Wagens festhalten musste, um sich zurückzuhalten.

Mit einer Hand auf ihrem Rücken führte er sie um die Pferde herum und die wenigen Stufen zur Holztür hinauf. Er steckte zuerst seinen Kopf in das Gebäude, dann führte er sie hinein. Es war so lange her, dass sie einfach nur folgen konnte - dass jemand anderes führte, Entscheidungen traf und das ganze Gerede übernahm.

Sie überließ es ihm, mit dem Sheriff zu sprechen und ihm die Ereignisse des Tages zu schildern - einschließlich des Zusammentreffens, das er am Abend zuvor mit Jenson gehabt hatte. Sie musste nicht viel sagen bis zum Schluss, als der Sheriff seine buschigen grauen Augenbrauen auf sie richtete.

"Und, Miss Townsend, haben Sie eine Ahnung, warum diese Männer Sie entführt haben?"

Sie hasste diesen Teil der Geschichte, aber er musste erzählt werden. Sie nickte, benetzte ihre trockenen Lippen mit der Zunge und begann am Anfang - an dem Punkt, an dem ihr Vater einen Vertrag unterzeichnete, um sie zu verheiraten und eine Geschäftspartnerschaft mit Simon Talbert, dem Besitzer der größten Ölbrennerei im Südosten, zu besiegeln.

Es fühlte sich wirklich gut an, endlich ihre Seite der Geschichte zu erzählen. Bis jetzt hatte sie nicht einmal Gideon oder Miriam alle Einzelheiten erzählt. Ein Blick auf Gideon, als sie geendet hatte, verriet jedoch einen zusammengepressten Kiefer und eine auffällige blaue Ader, die an seiner Schläfe entlanglief.

"Wenn Sie meine Geschichte bestätigen wollen, Sheriff, können Sie den Verwalter meines Vaters in Richmond anrufen." Sie hielt inne. "Mir wäre es allerdings lieber, Sie würden das nicht tun, wenn Sie nicht unbedingt müssen. Ich bin sicher, dass Simon von seinen Freunden weiß, dass ich in Butte City bin, aber ich möchte nicht, dass noch mehr Informationen über mich an ihn gelangen."

"Ich glaube nicht, dass das nötig sein wird. Ich sollte in der Lage sein, das, was ich brauche, vom Sheriff in Richmond zu bekommen. Er wird Talbert sicher bald in Gewahrsam nehmen."

Er wandte sich an einen anderen Mann, der hinter dem Holztisch saß. "Tommy, können Sie mir helfen, diese Knastbrüder auszuladen?"

Der Sheriff drehte sich um und griff nach seinem Hut, der an der Wand hing.

Leah meldete sich zu Wort. "Sie werden einen Arzt für sie brauchen. Alle drei Männer haben Schusswunden und Mr. Walters hat einen Pfeil im Bein."

Der Sheriff wandte sich ihr mit einer hochgezogenen Braue zu. "Ich fürchte, das wird nichts, Ma'am. Im Umkreis von vier Stunden Fahrt gibt es keinen Arzt. Aber wir werden uns um sie kümmern."

Leah erstarrte und musste an das Blut denken, das aus Jensons Schulter sickerte. "Aber sie müssen medizinisch versorgt werden. Sind Sie darin ausgebildet, Wunden zu sterilisieren und Blutungen zu stoppen?"

Der Mann zuckte mit den Schultern. "Keine formale Ausbildung, aber wir haben viel Übung." Damit setzte er sich seinen Hut auf den Kopf und verließ das Gebäude, dicht gefolgt von dem Mann, der ihm auf den Fersen war.

KAPITEL 35

"*W*ollen Sie wirklich nicht mit uns essen?" Leah lehnte sich gegen den Wagen, während Gideon die Hand von Ol' Mose ergriff. "Das Mindeste, was ich tun kann, ist, Sie zum Essen einzuladen."

"Nein, Sir. Ich muss den Wagen zum Geschäft bringen, damit sie ihn vor Ladenschluss ausladen können."

Gideon trat neben Leah zurück und legte seinen Arm wieder um ihre Taille. Seit er die Männer im Wald gefesselt hatte, hatte er sie nicht mehr als einen Meter von sich weggehen lassen. Aber sie beschwerte sich nicht.

"Also gut. Aber wenn Sie das nächste Mal vorbeikommen, schauen Sie in der Hütte vorbei und wir sorgen dafür, dass Sie ein gutes Essen bekommen."

Das zahnlose Grinsen von Ol' Mose blitzte auf. "Wenn Miss Leah kocht, nehme ich Sie gerne beim Wort."

Der alte Mann drehte sich um, um wieder in seinen Wagen zu steigen, und Gideon führte Leah in Richtung des Cafés. Drinnen raubte der heimelige Duft von Rindfleisch und Bratensoße ihr fast den letzten Rest an Energie. Sie war ausgehungerter als sie gedacht hatte.

Gideon sprach mit einem Mann in der Nähe der Tür, der sie zu einem Tisch führte und ihr dann half, sich in einen Stuhl fallen zu lassen. Was würde sie nicht alles tun, um ihren Kopf gleich hier auf den Tisch zu legen. Aber das war keine Option, nicht einmal in dieser unzivilisierten Stadt.

Gideon bestellte für sie beide. Sie sollte sich wirklich etwas mehr anstrengen, aber sie war so müde... Ihr Geist versank in eine Art Trance, während ihre Stimmen im Hintergrund summten.

"Leah." Gideons Stimme überflutete sie wie Honig auf einer wunden Kehle. "Leah." Seine Hand stupste ihre Schulter an. Eigentlich war es eher ein Schubser und nicht so sanft, wie sie es erwartet hätte. Sie hob den Kopf und sah ihn stirnrunzelnd an. Warum war ihre Wange feucht? Mühsam zwang sie sich, die Augen zu öffnen. Was um alles in der Welt?

Er starrte sie an, sein smaragdgrüner Blick war mitfühlend. Sie berührte ihre Wange. Ihre Hand war mit einem weißen Klecks und einer Art brauner gallertartiger Substanz bedeckt. Sie sah wieder zu Gideon. Was war hier los?

Das Mitleid war aus seinen Augen verschwunden und wurde durch ein Augenzwinkern ersetzt, während sich sein Mund verzog. "Das ist Kartoffelpüree mit Soße. Probiere es."

Sie warf ihm einen finsteren Blick zu. Er zog seine Hand weg und lehnte sich in seinem Stuhl zurück.

"Du bist beim Essen eingeschlafen. Ich wollte dich eine Weile ausruhen lassen, aber dann ist dein Kopf in deinem Teller gelandet." Er beugte sich wieder vor und strich mit einem Finger über ihre Wange, dann schob er den Klumpen fluffiger Kartoffeln in seinen Mund. "Mmmm ... Du solltest einen Bissen probieren."

Ihre Mundwinkel verzogen sich. Wollte er sie tatsächlich ärgern? Sie schaufelte sich selbst einen Finger voll Kartoffeln aus dem Gesicht und kostete dann. Sie waren noch warm und erinnerten ihren Magen daran, dass sie seit dem Frühstück nichts mehr gegessen hatte.

Sie wischte sich mit dem Tuch über die warmen Wangen und wandte den Blick von Gideons Gesicht ab. Was muss er denken? Sie aß den Rest des Essens, das vor ihr stand, und zwang ihre Augen, sich auf ihren Teller zu konzentrieren, damit sie nicht wieder einnickte.

Als alle Reste der Mahlzeit verschwunden waren, lehnte sie sich in ihrem Stuhl zurück und betupfte ihre Lippen ein letztes Mal mit der Serviette.

Er beobachtete sie, sein Gesicht war ein Gemisch von Gefühlen. Amüsement gemischt mit ... Intensität? Sie würde gerne wissen, was in seinem geheimnisvollen Kopf vor sich ging. An einem anderen Tag. Wenn sie stark genug war, ihren Kopf hochzuhalten.

"Bringen wir dich für die Nacht zurück in dein Zimmer." Gideon stand auf und half ihr aus dem Stuhl. Genau gesagt zog er sie hoch. Der Weg vom Café zur Pension war zwei Blocks lang und sie war sehr dankbar, dass er seinen starken Arm unter ihrem Ellbogen hielt.

Sie hielten an, um mit Mr. Watson am Schreibtisch im Foyer zu sprechen, aber sie hätten über ihren Grabstein sprechen können und es hätte sie nicht interessiert. Nicht in diesem Moment.

Sie war so müde...

* * *

Gideon beobachtete, wie sich die Tür zu Leahs Zimmer schloss und hörte, wie der Riegel einrastete. Die Wand gegenüber der Tür winkte ihm einladend zu und so ließ er sich für einen Moment an sie lehnen. Er brauchte etwas Zeit, um sich zu sammeln.

Leah war so erschöpft gewesen. Hatte sie gehört, wie er

gesagt hatte; dass sie ihr Zimmer nicht verlassen solle, bis er sie abholte? Es war eine große Erleichterung, dass die Pension ein weiteres Zimmer für ihn bereithielt, gleich am Ende dieses Flurs.

Er stieß einen langen Atemzug aufgestauter Luft aus, dann fuhr er mit einer Hand über sein Gesicht und hielt inne, um sein Kinn zu reiben. Der Bartwuchs von drei Tagen fing an, mit voller Wucht zu jucken.

Was war mit ihm geschehen? Er war nun schon seit eineinhalb Tagen von der Ranch fort. Miriam war allein in der Hütte. Keiner hatte nach dem Vieh und den Pferden gesehen. Und er war hier in Butte und wollte die Stadt nicht verlassen, bevor er Leah überreden konnte, mit ihm zur Ranch zurückzukehren. Hatte er den Verstand verloren? Wie hatten sich seine Prioritäten so stark verschoben? Er stieß sich von der Wand ab und ging den Flur entlang zu Zimmer fünf. Er musste sich heute Abend über einige Dinge klar werden.

Nachdem er aus seinen Stiefeln geschlüpft war und sich ein wenig frisch gemacht hatte, hätte er ins Bett gehen sollen. Aber er stellte sich ans Fenster. Die Straßen waren auf dieser Seite der Stadt dunkel, was gut war, wenn man bedachte, was helle Lichter um diese Zeit bedeuteten. Der Anblick weckte nur Erinnerungen an die Angst, die er empfunden hatte, als er gesehen hatte, wie Jenson Leah vor der alten Mine in den Wagen geworfen hatte. Er wandte sich vom Fenster ab und begann, auf und ab zu gehen.

Er hatte sich sehr in sie verliebt, das ließ sich nicht mehr leugnen. Als er mit Jane verheiratet gewesen war, war seine Liebe stark und gesund gewesen. Er hatte für sie gesorgt und sie beschützt - zumindest bis zum Ende, wo er beim Beschützen kläglich versagt hatte. Die Vision ihres geschwollenen und geschwärzten Arms schoss ihm wieder durch den Kopf und drückte auf seine Brust, wie gewöhnlich. Er schob das Bild mit aller Kraft beiseite.

Warum hatte er Jane geheiratet? Damals hatte er sicher einen guten Grund. Es musste für Miriam gewesen sein. Ja, das war es gewesen. Um Miriam eine Gefährtin zu sein und ihr mit der Hütte und der Ranch zu helfen. Jane hatte das ganz gut gemacht. Sie war im Allgemeinen hilfsbereit, wenn auch ein wenig schüchtern, aber die beiden Mädchen waren sich nie wirklich nahe gekommen. Nicht so wie Leah und Miriam.

In Wahrheit war alles an Leah anders. Sie verzehrte ihn. Sie war Teil jedes Gedankens, trieb die meisten seiner Handlungen an, brachte ihn dazu, es besser machen zu wollen, besser zu *sein*. Es machte ihm Angst, wie wichtig sie geworden war.

Und jetzt hatte er sie fast verloren. Genau wie fast alle anderen wichtigen Menschen in seinem Leben.

Ein Schluchzen begann irgendwo tief in seinem Inneren und brannte durch seine Brust, bis es entkam. Er ließ sich auf die Knie auf dem Holzboden fallen und stützte den Kopf in die Hände. Die verzweifelte Hilflosigkeit, die er im Wald gespürt hatte, umhüllte ihn wie ein schwerer Nebel. Er sog die Luft um sich herum ein, während Bilder vor seinem Inneren auftauchten.

Abels blutiger Körper. Janes entstellter Arm. Seine Mutter, gebrechlich und im Fieberwahn. Der Leichnam seines Vaters, dem bereits die Finger fehlten, steif gefroren im Schnee.

Die Schluchzer überkamen ihn und er war ihnen hilflos ausgeliefert. Die Erinnerungen, die Bilder, der Schmerz - all das spielte sich jetzt vor ihm ab. Wie ein Albtraum, dem er nicht entkommen konnte.

Gott, bitte! Es war derselbe Schrei, den er oben im Wald ausgestoßen hatte. *Ich brauche hierbei Deine Hilfe.* Seine Seele flehte. *Bitte nimm mir diese Last ab. Ich kann sie nicht mehr tragen.*

Er kniete dort, seine Seele ausgebreitet vor dem Gott, den er so verzweifelt brauchte. Der Frieden kam langsam und leise. Noch bevor er wusste, dass er da war. Aber sein Geist spürte die Veränderung.

"Gott?" Das Wort hallte im Raum wider und die Antwort legte sich wie eine tröstliche Decke über ihn. Eine Wärme berührte seine Seele und strahlte dann auf seine Haut aus. Er schlang die Arme um sich, um den Frieden zu genießen.

"Gott, ich will Dich zurück. Bitte." Die Wärme breitete sich aus und er wandte sein Gesicht zum Himmel, genoss die Befreiung von seinen Ängsten.

Er hatte keine Ahnung, wie lange er in dieser Haltung verharrte, während sein Geist endlich zur Ruhe kam. Keine Visionen mehr, keine Albträume. Einfach nur Ruhe.

Und dann erwachte sein Geist wieder zum Leben.

Leah sagte immer, dass Gott einen Plan für sie hatte und sie dort sein wollte, wo er sie hinstellte. Aber sie hatte schon so viel durchgemacht - sie war aus Richmond geflohen, hatte das Dampfschiff in St. Louis bestiegen, war mittellos in Fort Benton angekommen, hatte Ol' Mose getroffen und mit ihm einen sicheren Weg gehabt, um zu reisen, und Mose hatte sie dann direkt zur Ranch gebracht. Hatte Gott sie die ganze Zeit über geführt?

War es nur Leah, auf die Gott achtete? Er dachte an sein eigenes Leben zurück, aber diesmal sah er es durch eine andere Brille. Das Leben war großartig gewesen, als seine Eltern noch lebten. Nach dem Tod seiner Mutter war er alt genug gewesen, um sich um Abel und Miriam zu kümmern und ihnen zu helfen, starke, kompetente Erwachsene zu werden.

Als Jane kam, war sie nie glücklich auf dem Berg gewesen, aber sie *hatte* Miriam viel über Kochen, Nähen und

Häkeln beigebracht. Nach Janes Tod steckte er seine ganze Kraft in das Vieh und die Ranch, kümmerte sich um die Tiere und baute Heu für die Winter an. Abel war bei all dem seine rechte Hand gewesen.

Das war es, was den Umgang mit seinem Tod so viel schwerer machte. Doch Leah war gekommen und hatte ihm geholfen, sich abzulenken. Es war nicht so, dass er Abel nicht vermisste, aber Leah hatte ihn davon abgehalten, sich in Schuldgefühlen und Traurigkeit zu wälzen. Und für Miriam war sie das Beste gewesen. Das Mädchen war in Leahs Gegenwart aufgeblüht. Sie war das, was sie beide brauchten. Und Leah hatte gesagt, dass Gott sie dorthin gebracht hatte.

Die Worte von Ol' Mose fielen ihm wieder ein. *War das nicht toll wie Gott sich um dieses kleine Chaos gekümmert hat?* Wie eine Landkarte tauchte das Bild vor seinem inneren Auge auf, wie Gott ihn zum Minenschacht geführt hatte, ihn genau dort platziert hatte, wo er sein musste, um Leah zu finden. Dann hatte er ihm Verstärkung in Form eines mürrischen alten Trappers mit einer hundert Jahre alten Schrotflinte gebracht. Er hatte sie alle geführt und, was am wichtigsten war, sie in *Sicherheit* gebracht.

Gideon wandte sich dem Fenster zu und betrachtete das Glitzern der Sterne draußen. "Gott, ich danke Dir, dass Du Leah zu uns gebracht hast. Ich glaube, ich verstehe, was sie damit meint, dass Du Dich um uns kümmerst. Ich wäre Dir dankbar, wenn Du das auch weiterhin mit ihr tun würdest, und mit Miriam auch. Und hilf mir, der Mann zu sein, den Du Dir wünschst. Und wenn es Dein Wille ist, dann hilf ihr bitte zu bleiben."

* * *

*L*eah lehnte sich in die Dehnung, während sich die Spannung in ihren Muskeln löste. Sie lehnte sich auf dem Bett zurück und nahm ihre Umgebung in Augenschein. Das Zimmer war sauber, wenn auch ein wenig einfach, mit cremefarbenen Vorhängen an den Fenstern als einzige wirkliche Verzierung. Das Sonnenlicht, das durch den Stoff filterte, machte sie mit einem Schlag wach. Der Nebel in ihrem Kopf lichtete sich.

Tageslicht bedeutete, dass sie verschlafen hatte.

Sie taumelte aus dem Bett und ihr Körpers stöhnte, als sie sich zum Aufstehen zwang. Sie gönnte sich noch ein wenig Zeit, um sich zu waschen, bevor sie sich anzog. Was würde sie nicht alles für ein warmes Bad tun.

Nachdem sie die letzte Nadel in ihren Hut gesteckt hatte, öffnete sie die Tür zum Korridor. An der gegenüberliegenden Wand saß Gideon. Seine Arme ruhten auf den angewinkelten Knien und die starken Züge seines Gesichts waren sauber und frisch rasiert. Ganz anders als der zerlumpte Mann, der ihr gute Nacht gesagt hatte.

"Geht es dir besser?" Seine smaragdgrünen Augen waren klarer, als sie sie je gesehen hatte - als ob sie von einem Licht aus dem Inneren erleuchtet würden. Die Haut um sie herum wölbte sich mit der Andeutung eines Lächelns.

"Ja, sehr. Wie geht es dir heute Morgen?"

"So gut wie schon lange nicht mehr." Die Falten um seine Augen wurden tiefer und das dunkle Grün funkelte. Sie funkelten tatsächlich. Er erhob sich und gab ihr ein Zeichen, zur Treppe zu gehen.

Was war nur los mit ihm? Sie hatte ihn noch nie so … glücklich gesehen. Oder friedlich. Die grüblerische Haltung, die ihn immer ausgezeichnet hatte, war verschwunden und durch Ruhe ersetzt worden. Es war, als ob Freude und Frieden ihn in dicken Lagen überzogen.

"Hast du Hunger?"

Sie kämpfte gegen den Drang an, ihn wieder anzuschauen. Um zu sehen, ob sie einen Hinweis darauf bekommen konnte, warum er so anders war. "Ich denke schon."

"Hungrig genug, um wach zu bleiben?"

Leah hob eine Augenbraue, während ihr die Hitze in die Wangen kroch. "Ich werde es versuchen."

Als sie die letzte Treppe hinuntergingen, öffnete sich die Haustür und der Sheriff trat ein. Als er sie sah, nahm er seinen Hut ab.

"Miss Townsend, Sie sehen heute Morgen viel besser aus. Mr. Bryant." Er nickte Gideon zu, als sie beide auf dem Treppenabsatz standen.

"Danke, Sheriff. Ist alles in Ordnung?" Der Anblick des Mannes weckte eine Flut von Erinnerungen an gestern.

"Ja, Ma'am. Ich habe eine Antwort auf mein Telegramm nach Richmond erhalten. Der dortige Sheriff hat Ihre Herkunft bestätigt. Er hat Simon Talbert verhaftet. Im Moment hält er ihn fest, weil er Ihr Leben bedroht und für Ihre Entführung bezahlt hat. Sie untersuchen auch den Tod seiner früheren Frau. Ich schätze, er wird gehängt werden."

Leahs Magen zog sich angespannt zusammen, als der Mann sprach. War es vorbei? Konnte es wirklich so schnell vorbei sein? Warum war sie nicht erleichtert?

Gideon legte ihr eine Hand auf den Rücken, während er sprach. "Ich danke Ihnen. Das ist die beste Nachricht, die Sie uns hätten bringen können. Wir waren gerade auf dem Weg zum Frühstück, wollen Sie sich uns anschließen?"

Der Mann drückte seine Hutkrempe zusammen – wahrscheinlich war ihm die Einladung unangenehm. "Nein, danke. Ich habe mit den Jungs im Gefängnis gegessen. Und ich sollte wahrscheinlich zurückgehen. Ich habe eine Zelle voll mit Gefangenen." Sein Mund öffnete sich und enthüllte ein durch Kaffee verdunkeltes Lächeln.

"Nun, wir sind sehr dankbar für das Update." Gideon streckte eine Hand aus und die Männer schüttelten sich die Hände.

Als sich die Tür hinter dem Sheriff schloss, herrschte Stille im Raum. Leah drehte sich zu Gideon um, aber er sah sie bereits an und seine hochgezogenen Augenbrauen sprachen seine Frage aus, bevor er es tat.

"Du scheinst nicht so glücklich zu sein, wie ich dachte, als du diese Nachricht hörtest." Seine grünen Augen waren fürsorglich und bohrten sich auf eine Weise in ihre Seele, der sie sich nicht entziehen konnte.

Sie schluckte einen Kloß im Hals hinunter. "Es ist nur so, dass Simon so gute Beziehungen hat. Er könnte sich wahrscheinlich aus dem Gefängnis freikaufen oder zumindest Leute hinter mir herschicken, während er dort ist." Sie versuchte, der Panik zu widerstehen, die Stiche in ihrer Brust verursachte. "Und jetzt hat er ein noch stärkeres Motiv, mich zu finden - Rache."

KAPITEL 36

Sie erwartete, in Gideons Haltung Wut zu sehen oder Beschützerinstinkt oder *so etwas*. Aber sein Blick blieb sanft. Er hielt eine Hand auf ihrem Rücken, mit der anderen berührte er ihre Schulter und fuhr mit den Fingern ihren Arm hinunter bis er seine Hand in ihre legte. Seine Wärme kribbelte überall, wo er sie berührte, und sie musste sich anstrengen, um nicht zu zittern.

"Leah." Seine Stimme war tief und heiser. "Glaubst du nicht, dass Gott sich um dich kümmern kann?"

Seine Berührung und die Intensität seines Blicks faszinierten sie so sehr, dass sie einen Moment brauchte, um seine Worte zu verstehen. Gott?

"Natürlich." Was hätte sie sonst sagen sollen? War das Gideon, der über Gott sprach? Nichts ergab einen Sinn und die Anziehungskraft seiner Berührung war fast überwältigend.

Seine Augen kräuselten sich in den Ecken. "Dann mach dir keine Sorgen."

Eine Tür öffnete sich hinter ihnen und durchbrach den

Bann, der sie umgab. Als der Angestellte den Raum betrat, drückte Gideon ihre Finger und ließ sie dann los. Er zwinkerte ihr zu, dann drehte er sich um und nickte dem Mann zu.

"Morgen, Watson."

Sie frühstückten in demselben kleinen Café, in dem sie am Abend zuvor zu Abend gegessen hatten. Aber aus irgendeinem Grund fiel es ihr schwer, ein lockeres Gespräch zu führen. Sie konnte sich keinen Reim auf diesen neuen, glücklicheren Gideon machen.

Sie stocherte in den Eiern auf ihrem Teller herum und spießte ein paar Stücke auf ihre Gabel. Sie hob die Augen und warf ihm einen kurzen Blick zu. Er beobachtete sie. Als sie seinen Blick erwiderte, sah er nicht weg, sagte nichts, aber seine Mundwinkel verzogen sich zu einem Grinsen. Wer war dieser Mann?

Sie überlegte angestrengt, was sie sagen sollte. Irgendetwas, um die Unbehaglichkeit zu durchbrechen und einen Hinweis auf den Grund für seine Veränderung zu finden. "Hast du vor, heute wieder zurück auf den Berg zu fahren?"

Sein Gesichtsausdruck war schwer zu lesen. Es war nicht der stoische, teilnahmslose Blick, den er sonst immer hatte, sondern eher so, als hätte er ein Geheimnis, das er nicht preisgeben wollte.

"Vielleicht. Ich bin mir noch nicht sicher."

Sie konnte seinem Blick nicht länger standhalten und konzentrierte sich wieder auf das Essen auf ihrem Teller. Sie nahm einen Bissen von den Eiern. Sie waren nur noch lauwarm, was ihr bei dem Knoten im Magen nicht behagte. Sie probierte die Bratkartoffeln. Sie waren wahrscheinlich gut, aber sie hatte wirklich keinen Appetit. Sie legte ihre Gabel auf den Teller und lehnte sich in ihrem Stuhl zurück.

Gideon beobachtete sie immer noch. Er hob eine Augenbraue. "Hast du genug zu essen bekommen?"

Sie tupfte sich mit einer Serviette den Mund ab. Warum war sie so nervös? "Ja, danke."

Er ließ ein Grübchen aufblitzen. "Gut. Ich hatte gehofft, du würdest gerne einen Spaziergang machen."

Warum saß er nicht schon im Wagen und fuhr zurück zur Ranch? Er war zwei Tage lang weg gewesen. Sicherlich machte er sich Sorgen um Miriam und die Tiere. Um Himmels willen, *sie* machte sich Sorgen um Miriam und die Tiere. Trotzdem wollte sie sich die Gelegenheit nicht entgehen lassen, Zeit mit ihm zu verbringen, so sehr sie sich auch auf die Suche nach einem Job konzentrieren musste.

"Das wäre schön."

Gideon bezahlte ihr Essen, half ihr mit dem Stuhl und begleitete sie dann zur Tür hinaus auf die staubige Straße. Die Brise spielte mit den Haarsträhnen, die sie lose um ihr Gesicht gelegt hatte, und die frische Luft löste etwas von der Anspannung ihrer Nerven.

"Ich habe den alten Mose gebeten, auf seinem Rückweg durch die Berge nach Miriam zu sehen." Gideons Bariton durchströmte sie wie ein beruhigender Balsam.

"Oh, gut. Ich habe mir schon Sorgen gemacht, weil sie so lange allein ist. Ich bin sicher, dass sie sich Sorgen gemacht hat, als du gestern nicht nach Hause kamst."

"Vielleicht, aber meine Schwester ist eine harte Nuss. Sie kennt diese Berge und weiß, wie man sich um die Dinge kümmert." Er hielt inne. "Aber ich will nicht, dass sie sich Sorgen macht."

Sie schienen sich dem Stadtrand zu nähern und ihre Nervosität wich, als sie sich darauf konzentrierte, einfach die Zeit mit ihm zu genießen. Es würde wahrscheinlich ihre letzte gemeinsame Zeit allein zusammen sein, aber darüber sollte sie besser nicht nachdenken.

Er erzählte von den Vorräten, die er an diesem Tag abholen musste, von den Wagenrädern, die er zur Reparatur in der Schmiede gelassen hatte, und von anderen Kleinigkeiten. Die Bebauung hatte sich inzwischen gelichtet und sie kamen zu einem hübschen weißen Gebäude, hinter dem sich eine Wiese erstreckte.

"Was für ein schöner Ort. Was ist es?"

"Das ist die Kirche. Ich dachte, du würdest sie gerne sehen."

"Wirklich?"

Er muss die Überraschung in ihrem Tonfall gehört haben, denn er sah sie mit einer einzigen hochgezogenen Augenbraue an. "Willst du sie nicht sehen?"

"Nein... ich meine, ja. Ich meine... ich bin überrascht, dass Butte eine Kirche hat. Die Stadt hat nicht einmal einen Arzt und es ist so... rau hier."

Er lachte mit tiefer Stimme. Sie gingen noch ein paar Minuten weiter bis sie den Kirchhof betraten.

Er blieb stehen und drehte sich zu ihr um. Sie blickte unter dem Schutz ihrer Wimpern auf und der Blick in seinen Augen raubte ihr den Atem.

"Leah, ich war verrückt, dich gehen zu lassen. Kannst du mir verzeihen?"

Er machte ein ernstes Gesicht und wartete auf eine Antwort. Aber was wollte er? "Dir verzeihen?"

Seine smaragdgrünen Augen funkelten und ein Grübchen blitzte in seiner rechten Wange auf. "Ja, und mich heiraten?"

Konnte es wirklich sein...? Sie hätte es immer so gerne gehofft, aber sich nicht einmal dieses Vergnügen gegönnt. Und jetzt fragte er wirklich...

Er trat vor und streichelte ihre Wange, seine Berührung war warm und einladend.

"Es tut mir leid, Leah. Ich bin nicht sehr gut in so etwas."

Ihre Brust hämmerte. Sie konnte nicht mehr atmen. "Gut in was?"

"Zu sagen, was mein Herz fühlt. Wie ich dir sage, wie sehr ich dich liebe."

Das war es, worauf sie gehofft, worum sie gebetet hatte. Ihr Atem kam auf einen Schlag zurück. "Oh, Gideon."

Sie nahm sein Gesicht in ihre Hände, stellte sich auf die Zehenspitzen und beantwortete seine Frage mit ihren Lippen.

Es war der süßeste Kuss, den sich Leah je vorgestellt hatte. Ein atemberaubender Austausch des Versprechens der Liebe. Gideon zog sie an seine Brust und kraulte ihr Ohr. Sie saugte seine Nähe auf, seinen Atem auf ihrer Haut, seine Liebe.

"Heißt das, dass du mich heiraten wirst?" Seine Stimme war heiser.

"Ja." Sie konnte kaum noch ein Wort zusammensetzen.

Er lehnte sich zurück, um ihr in die Augen zu sehen, und sie saugte seinen Anblick in sich auf. Sie strich mit der Hand über sein glattes Kinn und streichelte die starken Konturen.

"Du gehörst in ein Herrenhaus irgendwo im Osten."

Ihr Blick schoss zu ihm. Was? Nein. Nein. Sie wollte mit *ihm* zusammen sein.

"Das ist es, was du verdienst, Leah. So viel mehr als das." Seine Arme legten sich enger um ihre Taille. "Aber glaubst du, du kannst dir eine Ranch in den Rocky Mountains vorstellen?"

Sie schmiegte sich an seine Brust. "Ich könnte es nicht ertragen, woanders zu sein." Sie hörte ihn erleichtert ausatmen und seinen Herzschlag unter ihrem Ohr stärker werden.

"Ich hatte gehofft, dass du das sagen würdest."

Sie könnte den Rest ihres Lebens damit verbringen, seiner tiefen Stimme zu lauschen.

Er hielt sie einige Minuten lang fest und sprach dann

wieder. "Also, da wir hier in der Kirche sind, sollen wir jetzt zum Prediger gehen?"

Es dauerte einen Moment, bis sie die Worte verstand, dann sprang sie zurück. "Du willst jetzt sofort heiraten?"

Er hob eine Augenbraue, ein teuflisches Grinsen in seinem Gesicht. "Nur wenn du es willst."

"Aber was ist mit Miriam?"

Er hob eine Schulter. "Sie wird glücklich sein."

"Sie wird dir nie verzeihen. Mir auch nicht. Sie könnte dich sogar bei lebendigem Leib häuten."

Beide Brauen hoben sich jetzt.

Sie stemmte eine Hand in ihre Hüfte. Offensichtlich würde sie ihn zur Vernunft bringen müssen. "Gideon Bryant, wenn du glaubst, deine Schwester würde dir jemals verzeihen, dass du ohne sie geheiratet hast - ohne dass sie überhaupt wusste, dass du verlobt bist -, dann hast du sie wohl noch nicht kennengelernt."

Er schenkte ihr ein verschmitztes Grinsen, als er Leah wieder in seine Arme nahm. "Ich glaube nicht, dass es sie so sehr stören würde. Solange ich sie sagen lasse: 'Ich hab's dir ja gesagt.'"

* * *

*L*eah stand mit Miriam vor der kleinen weißen Kirche. Sie sollten auf das Signal der Mundharmonika warten, bevor sie zur Zeremonie eintraten. Ein Lächeln drängte sich durch ihre Nervosität. Wer hätte gedacht, dass Ol' Mose den Hochzeitsmarsch auf seiner Mundharmonika spielen konnte? Er war sicherlich ein Mann mit vielen Talenten.

"Du brauchst nicht nervös zu sein."

Sie warf einen Blick auf Miriam, deren Lächeln kaum auf ihr süßes Gesichtchen passte.

"Ich bin nicht nervös."

Eine der braunen Augenbrauen des Mädchens hob sich. "Wenn du dein Kleid noch einmal glättest, wirst du den Glanz abnutzen."

Sie blickte auf ihr dunkelgrünes Kleid hinunter. Es war eines der wenigen, das sie nicht geändert hatte, um es praktischer zu machen. Und es war ihr Lieblingskleid. Sie rieb eine Hand darüber, um den Stoff zu glätten.

Miriam gluckste. "Siehst du?"

Miriams Fröhlichkeit war ansteckend, aber Leah versuchte, ihr eigenes Kichern zu unterdrücken. Heute war ihr *Hochzeitstag*, sie war kein Schulmädchen mehr.

"Wirklich, Leah. Ich habe noch nie eine so schöne Braut gesehen."

Leah hob ihren Blick, um Miriams Gesicht zu betrachten, das nun genauso ernst war wie ihre Worte. Sie war eine so liebe Freundin. Gott hatte sie in der Tat gesegnet.

Sie umarmte Miri kurz. Alles andere könnte zu Tränen führen und das durfte sie sich kurz vor ihrer Hochzeit nicht erlauben. "Ich bin so froh, dass ich dich hier habe", flüsterte sie. Die Tränen drohten stärker zu werden, also wich sie zurück und tupfte sich die Augen ab.

Miriam schniefte, ihre eigenen Augen glitzerten. "Ich wollte nicht, dass du an deinem Hochzeitstag weinst. Mit meinem Bruder wirst du noch viel zu tun haben." Ihr Gesicht verzog sich zu einem wackeligen Lächeln. "Aber wenn jemand mit ihm umgehen kann, dann du."

Der klare Ton einer Mundharmonika drang durch die Kirchentür und bewahrte Leah vor einer weiteren tränenreichen Umarmung. Sie atmete tief ein und aus, strich mit einer Hand über ihr Kleid und ging hinter Miriam durch die Tür.

Miriam schritt vor Leah den Gang entlang und versperrte ihr zunächst die Sicht auf Gideon. Leah atmete noch einmal tief durch und versuchte, die Schmetterlinge, die in ihrem Bauch herumflatterten, zu unterdrücken.

Und dann sah sie ihn.

Gideon stand zwischen dem Prediger und Ol' Mose und trug ein langärmeliges grünes Hemd, das zu dem Smaragd in seinen Augen passte. Sein Haar war kurz geschnitten, sein glatt rasiertes Gesicht betonte jeden seiner wunderbaren Züge.

Sie konnte ihren Blick nicht von ihm abwenden. Wollte es auch gar nicht. War sie wirklich dabei, diesen Mann zu heiraten? Wurden ihre Träume endlich wahr? Wieder drohte ihr Feuchtigkeit in die Augen zu laufen. Doch als Gideon ihre Hände nahm, verblasste alles außer ihm.

Der Pastor sprach zu ihnen, aber Leah konnte ihre Aufmerksamkeit nicht auf seine Worte lenken. Und dann begann Gideon mit seinem vollen Bariton zu sprechen.

"Ich, Gideon Jacob Bryant, nehme dich, Leah Marie Townsend, zu meiner rechtmäßig angetrauten Ehefrau. Zu haben und zu halten von diesem Tag an, in guten wie in schlechten Zeiten, in Reichtum wie in Armut, in Krankheit und in Gesundheit, zu lieben und zu ehren, bis dass der Tod uns scheidet, nach Gottes heiliger Ordnung, und dazu gelobe ich dir meine Treue."

Seine Augen sahen sie an, während er sprach, und die Liebe darin raubte ihr den Atem.

Als sie ihren Teil des Gelübdes sprach, überkam sie ein Gefühl des Friedens und der Richtigkeit. Jedes Versprechen, diesen Mann zu lieben, zu ehren und ihm zu gehorchen, setzte sich tiefer in ihrem Geist fest und gab ihr Kraft.

"Ich erkläre euch jetzt zu Mann und Frau. Gideon, du kannst sie jetzt küssen."

Hitze überflutete Leahs Gesicht, bevor sie den Mut fand, das Grinsen ihres neuen Mannes zu erwidern. Er brachte seine Lippen in einem süßen Kuss auf ihre, aber das Versprechen der Leidenschaft war da. Ein Hurra von Ol' Mose beendete den Moment zu früh.

Gideon legte eine Hand um ihre Taille und drehte sich zu ihrer kleinen Hochzeitsgesellschaft um. "Wie wär's, wenn wir das feiern? Mittagessen in Tante Pearl's Café für uns alle?"

Der alte Mose kicherte nur und klopfte ihm auf den Rücken.

KAPITEL 37

*L*eah schmiegte sich tiefer an Gideons Seite und genoss seine Wärme, während der Wagen die Straße zum Berg hinauffuhr. Wie sehr unterschied sich diese Fahrt doch von der steinernen Stille auf der Fahrt nach Butte. Auf dieser Rückfahrt sprach Gideon nicht nur mit ihr, sondern sie war seine *Frau*. Sie war Leah Bryant. Mrs. Gideon Bryant. Ihr Traum war wahr geworden.

"Wann hat Ol' Mose gesagt, dass er Miriam nach Hause bringen würde?" Sie hob ihr Gesicht, um den Blick ihres Mannes zu erhaschen.

"Morgen vor Mittag."

Da sie keine Hochzeitsreise geplant hatten, hatten Ol' Mose und Gideons Schwester sich verschworen, ihnen Zeit allein in der Hütte zu geben. Aber der Gedanke an die bevorstehende Nacht ließ die Schmetterlinge in ihrer Mitte aufsteigen. Es würde schön sein, Gideon ganz für sich zu haben, wenn auch nur für einen Tag. Besser, sie ließ ihre Gedanken nicht zu weit in dieses Thema eintauchen.

"Habe ich dir erzählt, was der Sheriff gesagt hat, als du den Wagen holen gegangen bist?"

Gideon drehte sein Gewicht und sah sie an. "Nein, ich wusste nicht, dass du ihn gesehen hast."

"Er kam vorbei, um uns von dem Telegramm zu erzählen, das er aus Richmond erhalten hat."

"Noch eins?"

"Ja. Sie haben Simon in seiner Zelle im Gefängnis hängend gefunden ... tot." Leah schluckte. So sehr sie den Mann auch gefürchtet hatte, es war schwer, sich vorzustellen, dass jemand sein Leben auf diese Weise beendete.

Gideons Hand legte sich fester auf ihr Knie. "Oh." Das Wort kam mit einem Räuspern heraus. War er wütend? Oder traurig?

"Eine solche Tragödie. Die ganze Situation. Ich denke immer wieder, es hätte auch ganz anders ausgehen können." Leah beobachtete Gideons Gesicht und hoffte, dass er ihre Worte verstehen würde. Sein Adamsapfel wippte. Sie fuhr fort. "Wenn er nicht so egoistisch gewesen wäre, wäre das alles nicht passiert."

Sie fuhren einen langen Moment schweigend, dann sprach Gideon endlich. "Du hast Recht, dass es traurig ist, welches Ende er gefunden hat. Ich kann nicht sagen, dass mir alles gefällt, was ich über den Mann gehört habe, aber niemand sollte so weit kommen, dass er sich das Leben nimmt." Er drehte sich so, dass er ihr direkt in die Augen sehen konnte. Sein Blick war sanft, aber inbrünstig. "Aber Leah, wenn er dein Leben nicht bedroht hätte, wärst du nie aus Richmond weggegangen. Du wärst nie zu unserer Ranch gekommen."

Leah lächelte über seine Weisheit, aber sie konnte sich einen Scherz nicht verkneifen. "Du glaubst also, Gott hat Simon ein so böses Herz gegeben, um uns zusammenzubringen?"

Er lächelte anerkennend. "Ich glaube, Gott hat die Situation genutzt, um dich in mein Leben zu bringen, aber er hat

Simon nicht zum Bösen gemacht. Wenn dieser Mann dich nicht bedroht hätte, hätte Gott uns auf eine andere Weise zusammengebracht."

Wie war Gideon so weise geworden? Lea sprach ein weiteres Gebet des Dankes für diesen Ehemann, den der Herr ihr geschenkt hatte. Und dann erinnerte sie sich an den letzten Teil ihres Gesprächs mit dem Sheriff.

"Ich bat ihn auch, ein Telegramm an den Verwalter meines Vaters zu schicken, um ihm meinen Aufenthaltsort und die Nachricht von unserer Heirat mitzuteilen."

Gideon nickte. "Das ist gut."

"Ich habe ihn gebeten, das Geschäft vorerst weiterzuführen, aber wir müssen entscheiden, was wir mit allem machen."

Gideons Kinn hob sich, als er sie ansah. "Was meinst du?"

"Ich werde in ein paar Monaten dreiundzwanzig. Da du mein Ehemann bist, werden dir Townsend Oil und der Rest des Besitzes meines Vaters gehören. Sie müssen wissen, was du damit vorhast."

Die Muskeln in seinem Kiefer arbeiteten. Die Stille zwischen ihnen wurde immer dichter, aber sie konnte nicht sagen, was er dachte.

"Ich will es nicht."

Sie blinzelte. Um ehrlich zu sein, wollte sie das Geschäft auch nicht, aber war ihm klar, wie viel Geld er jetzt besaß? "Das musst du aber. Es war mein Erbe. Ich habe unseren Verwalter einmal sagen hören, dass die Ölfirma über dreihunderttausend im Jahr macht."

Gideon hob eine Augenbraue, dann wandte er seinen Blick wieder auf die Straße. Es war schwer, seine Gefühle zu erkennen. Obwohl er nicht mehr ganz so teilnahmslos aussah wie früher, kam dieser Ausdruck seiner alten Fassade am nächsten. Sie wusste jedoch, dass sie ihn nicht drängen sollte. Es war besser, es sich gemütlich zu machen und zu beobachten, wie sich die Landschaft veränderte, während sie den Berg hinauffuhren.

Nach ein paar Minuten, die sich wie eine Stunde anfühlten, sprach er endlich wieder. "Ich habe keine Ahnung von Öl."

Sie öffnete den Mund, um zu sagen, dass die Direktoren ihm alles beibringen würden, was er wissen müsse. Aber er sah nicht so aus, als sei er fertig, also hielt sie ihren Mund.

"Und ich will das Geld wirklich nicht. Ich hatte eigentlich vor, meine Frau zu unterstützen, nicht umgekehrt." Er warf ihr einen Seitenblick zu, dann konzentrierte er sich wieder auf die Spur.

Doch dann ließ er einen Seufzer los, drehte sich zu ihr um und verschränkte seine Finger mit ihren. Die Sanftheit in seinem Blick durchdrang sie. "Aber es war das Erbe deines Vaters, das, was er sein Leben lang aufgebaut hat. Du entscheidest, was du damit machen willst. Wenn du willst, dass wir nach Richmond zurückkehren, ob vorübergehend oder für immer, nun ... wir können darüber reden."

Sie atmete tief ein und aus. Sie wollte genauso wenig wie er zurück nach Richmond ziehen, aber die Tatsache, dass er es überhaupt in Erwägung zog, die Ranch und alles, in das er sein Leben gesteckt hatte, zu verlassen ... Er würde alles verlassen, wenn sie ihn darum bat?

Sie führte Gideons Hand an ihre Wange und begegnete seinem Blick mit verschwommener Sicht. "Nein, mein Lieber. Ich will nicht zurück nach Richmond. Ich will hierbleiben, bei dir."

Er schenkte ihr ein sanftes Lächeln, dann legte er einen Arm um sie und zog sie an seine Seite. "Dann werden wir schon etwas finden, was wir damit machen."

Wenige Augenblicke später fragte er: "Hat das Unternehmen eine gute Führung?"

Sie durchforstete die Tiefen ihres Gedächtnisses. "Ich

glaube schon. Papa hat immer viel Gutes über den Verwaltungsrat gesagt. Ich könnte ein Telegramm an den Verwalter schicken, um sicherzugehen."

Er nickte. "Das sollten wir tun. Dann können wir darauf warten, dass Gott uns eine klare Richtung vorgibt."

Ihr Herz zog sich zusammen und sie streckte sich, um seine Wange zu küssen.

Er zog eine Augenbraue hoch. "Wofür war das?"

Sie versuchte nicht, ihr Lächeln zu unterdrücken. "Ich bin nur dankbar, dass Gott mir einen so weisen Ehemann geschenkt hat."

Seine Augen verfinsterten sich. "Es ist gut, dass wir jetzt zu Hause sind."

Sie riss ihren Blick lange genug von ihm los, um zu sehen, dass sie tatsächlich auf den Hof der Ranch fuhren. Ihr Magen flatterte bei dem Gedanken an das, was vor ihr lag, noch einmal wie wild, aber sie unterdrückte die Gefühle.

Gideon zügelte das Gespann vor dem Haus, kletterte herunter und griff nach Leah. Doch anstatt ihr hinunterzuhelfen, nahm er sie in die Arme und ging auf die Treppe zu. Sie quietschte, schlang ihre Hände um seinen Hals und kicherte.

"Ich glaube, du hast mich nicht mehr getragen, seit du mir das Bein gebrochen hast." Sie konnte sich eine kleine Stichelei nicht verkneifen.

Er hob eine Augenbraue. "Das musstest du unbedingt erwähnen, was?" Ein Mundwinkel verzog sich zu einem Grinsen. "Ich schätze, es war das Einzige, was mir zu diesem Zeitpunkt einfiel, um dich hier zu halten."

"Oh!" Leah gab ihm einen leichten Klaps auf die Brust, als sie das Funkeln in seinen smaragdgrünen Augen bemerkte. "Du Schlingel."

Er trug sie über die Schwelle der Hütte und ließ ihre Füße auf den Boden sinken. Sie drehte sich zu ihm um, ein kleiner

Abstand und ein starkes Gefühl der Nähe erfüllten die Luft zwischen ihnen.

Gideons Mundwinkel zuckten. "Warum bereitest du nicht etwas zu essen vor, während ich die Pferde versorge?"

Sie wandte sich von ihm ab, dankbar für den Auftrag. "In Ordnung."

Nachdem er die Hütte verlassen hatte, untersuchte sie die Gläser und Fässer mit Lebensmitteln in ihrer kleinen Küche, aber es würde Stunden dauern, alles zu kochen. Ihr Blick schweifte über den gesalzenen Schinken. Der würde perfekt zu den Keksen passen, die sie von Tante Pearl's Café mitgebracht hatte. Sicherlich konnte sie damit etwas anfangen.

Als Gideon aus der Scheune zurückkam, hatte sie den Tisch gedeckt und ein Feuer in der steinernen Feuerstelle entfacht. Und ihre Nerven waren angespannter als die Saiten eines Konzertgeigers.

Zum ersten Mal seit langem sehnte sie sich nach ihrer Mutter. Oder sogar nach Emily. Jemanden, der ihr sagen würde, was sie erwarten und was sie tun sollte.

Gideon setzte seinen Hut auf den Haken neben der Tür und drehte sich um, um den Tisch zu begutachten. "Sieht gut aus."

"Es ist nicht viel, aber es ist fertig." Sie ging zum Herd, holte die Kaffeekanne und schüttete das dampfende Gebräu zuerst in Gideons Tasse, bevor sie ihre eigene füllte.

Gideon half ihr mit dem Stuhl, dann setzte er sich und sprach einen Segensspruch über ihr Essen. Der Genuss, mit dem er den Schinken, die Kekse, die Pflaumenmarmelade und die getrockneten Äpfel verzehrte, war mehr, als die einfache Mahlzeit verdiente.

Sie stocherte in ihrem eigenen Essen herum, hauptsächlich um zu verhindern, dass sich ihre Hände in ihrem Rock verknoteten. Es war ihr unmöglich, jetzt etwas zuessen.

Nachdem er den letzten Bissen seiner Äpfel gegessen

hatte, legte Gideon seine Gabel mit einem zufriedenen Seufzer ab. "Ich habe gar nicht gemerkt, wie sehr ich deine Kochkünste vermisst habe." Lachfalten bildeten sich um seine Augen.

Sie erwiderte ein kleines Lächeln. "Es ist erst drei Tage her. Und ich habe das nicht wirklich gekocht." Sie deutete auf die leeren Teller vor ihnen. "Die Kekse waren von Tante Pearl."

Das Funkeln in Gideons Augen verfinsterte sich. Er legte seine Serviette auf den Tisch und stand auf, wobei er jede Bewegung mit Bedacht ausführte. Er ließ seinen Blick an Leah haften und hielt ihre Aufmerksamkeit so fest, dass sie kaum noch atmen konnte.

Er kam zu ihrem Stuhl, nahm ihre beiden Hände und zog sie mit einer fließenden Bewegung an seine Brust, wie ein Magnet an Eisen. Er nahm ihre Hände zwischen die seinen, hob sie dann zu seinem Mund und küsste ihre Fingerspitzen. Ihr ganzer Körper zitterte.

"Dir ist kalt." Besorgnis überschattete sein Gesicht. Er drehte sich um und führte sie in Richtung des großen Kamins. Als sie die Feuerstelle erreichten, schlang Gideon seine Arme um sie und zog sie fest an sich.

Die Hitze des Feuers drang in sie ein und die Wärme von Gideons Umarmung verdrängte ihre Nervosität. Sie nahm den starken Schlag seines Herzens in sich auf.

Wie oft hatten sie schon zusammen vor diesem Feuer gestanden? Aber noch nie so wie jetzt. Noch nie mit diesem herrlichen Gefühl der Verschmelzung.

Sie erinnerte sich an andere Male, als sie hier gewesen waren, als sie seine Wunden von dem Bärenangriff verarztet hatte. Damals war sie so verängstigt gewesen. Sie wusste nicht wirklich, was sie tun sollte. Sie hatte Angst, einen wichtigen Schritt zu verpassen, was ihn dann umbringen würde.

Und dann kam ihr die Idee, wie eine Kugel, die ihr Ziel

trifft. Sie lehnte sich zurück und beobachtete Gideons Gesicht, während sie sprach. "Ich weiß, was wir mit dem Geld machen sollten."

Sein Gesichtsausdruck verriet Verwirrung, aber seine Hände hielten ihren Rücken fest umklammert. "Das Geld?"

"Von meinem Erbe."

Seine Verwirrung wandelte sich in Belustigung. "Was sollen wir damit machen?"

Die Aufregung stieg in ihrem Kopf an. "Wir sollten einen Arzt nach Butte City holen, damit die Leute hier eine richtige medizinische Versorgung bekommen. Und vielleicht auch einen Assistenten, damit er Hausbesuche im Bergland machen kann." Sie hielt inne und wartete auf seine Antwort.

Sein Gesicht wurde weicher und er hob eine Hand, um ihre Wange zu streicheln. Die Liebe in seinem Blick zog ihre Brust zusammen, so dass sie nicht hätte sprechen können, selbst wenn sie gewollt hätte. "Ich finde, es ist eine wunderbare Idee. Das ist eines der Dinge, die ich an dir liebe. Wie sehr du dich um andere Menschen kümmerst."

Sie holte tief Luft. Es war zu einfach, sich in seinem Blick zu verlieren. "Wirklich?"

Diese Augen funkelten. "Ja. Aber es gibt so viele andere Dinge, die ich auch liebe." Und dann kam er näher und brachte seine Lippen auf die ihren. Sein Kuss war sanft und leicht und voller Liebe.

Er zog sich zurück, um ihr in die Augen zu sehen, und das Funkeln nahm einen verwegenen Schimmer an. "Kann ich dir von ihnen erzählen?"

* * *

S ind Sie jetzt bereit für Miriams Geschichte?

Holen Sie sich jetzt __Die Lady und der Bergdoktor__.

. . .

Über das Buch:

Miriam Bryant hat schon immer davon geträumt, die nicht enden wollende Arbeit auf der abgelegenen Bergranch ihrer Familie hinter sich zu lassen und als vornehme Dame ins Ausland zu reisen. Sie ist begeistert, als sich die Gelegenheit endlich bietet, aber ein grausamer Jagdunfall macht ihre Pläne zunichte und lässt sie wochenlang in einer Bergbaustadt im Montana Territory stranden. Der einzige Lichtblick in ihrer Enttäuschung ist der neue Arzt der Stadt.

Alex Donaghue, der gerade sein Medizinstudium abgeschlossen hat, freut sich darauf, in die Praxis seines Bruders einzusteigen und sich in der Bergbaustadt Butte im Montana Territory zu beweisen. Doch die harten Bedingungen in den Minen und der brutale Winter sind schlimmer, als er erwartet hat. Jetzt bringt eine mysteriöse Lungenkrankheit die Patienten um, für deren Heilung er so hart gekämpft hat. Der einzige Lichtblick an diesem trostlosen Ort ist die neueste Patientin.

Doch als Miriams Leben durch die Auswirkungen einer medizinischen Tragödie bedroht wird, wird Alex das Zeug dazu haben, die Frau zu retten, die er zu lieben gelernt hat? Wird Miriam jemals den Platz finden, für den Gott sie geschaffen hat, oder ist es zu spät?

Blättern Sie um und werfen Sie einen Blick auf *Die Lady und der Bergdoktor*...

VORSCHAU AUF BUCH 2: DIE SCHÖNE UND DER BERGDOKTOR

ERSTES KAPITEL

28. Oktober 1876

Bryant Ranch - in der Nähe von Butte City, Montana Territorium

Miriam Bryant stach ihr Messer durch das dichte Winterfell des Rehs, genau so, wie ihr Bruder es ihr beigebracht hatte. Karmesinrot durchtränkte es den Schnee darunter und sie presste die Augen fest gegen den Anblick zusammen. Ein beißender Geruch durchdrang die Luft. Miriam drehte sich weg und atmete tief ein.

Sie brauchten Nahrung. Gott hatte den Bock geschickt. Sie wiederholte die Worte in ihrem Kopf, während sich ihr Magen langsam wieder zusammenzog. Schließlich wandte sie sich wieder dem Tier zu, das Messer fest in der Hand. Wieder einmal wünschte sie sich, sie hätte das Reh in die Freiheit entlassen können. Aber ihre Fleischvorräte waren knapp und sie musste auf der Ranch ihren Beitrag leisten.

Das Flüstern der Luft war ihre einzige Warnung, bevor eine Kraft gegen ihren Rücken prallte und sie nach vorne warf. Ein Schrei zerriss die Luft und sie wand sich von der Kreatur weg, die sie gegen den Hirschkadaver drückte. *Ein Puma.* Schmerz durchbohrte ihren Körper. Wieder und wieder. Überall, wo die Wildkatze sie berührte, verursachte sie neue Qualen.

Miriam kämpfte hart. Sie rollte sich auf die Seite und versuchte zu kriechen, aber das Tier war überall um sie herum, knurrte und schrie. Ein heftiger Schmerz schoss durch ihr Bein und ihr Körper zuckte heftig. Sie griff nach dem Verursacher des Schmerzes und schlug mit den Fäusten auf den pelzigen Kopf ein, wieder und wieder.

Ihre Sicht wurde unscharf. Ihre Faust traf nicht mehr auf das Fell. Der Druck in ihrem Knie löste sich und hinterließ einen stechenden Schmerz. Sie drückte ihre Ellbogen in den Schnee und zog sich von dem Tier weg. Mit zusammengebissenen Zähnen rollte sie sich auf den Rücken. Jeder Zentimeter ihres Körpers schrie vor Qual, aber sie musste sich trotz der Schmerzen fortbewegen.

Mit letzter Kraft wälzte sie sich und stieß mit einer Drehung nach der anderen gegen den Schnee. Die eisige Feuchtigkeit der Flocken sickerte unter ihren Mantel und verschlimmerte das Elend ihres Körpers.

Schließlich konnten sich ihre Muskeln nicht mehr bewegen. Die Welt drehte sich um sie herum und dann schloss sich die Schwärze um sie.

* * *

28. Oktober 1876
Stadt Butte, Territorium Montana

Alex Donaghue drückte kräftig auf den Mörser und zermahlte die Wurzelstücke mit dem Holzstößel. Die Echinacea-Wurzel hatte keinen Duft, aber winzige Pulverteilchen stiegen auf und kitzelten seine Nase.

In den zwei Monaten, in denen er mit seinem Bruder Bryan in der Klinik hier in Butte gearbeitet hatte, waren ihnen gefährlich viele Medikamente ausgegangen. Die Nachfrage der Horden von Bergarbeitern in der Stadt überstieg bei weitem die unregelmäßigen Lieferungen von Vorräten, die sie erhielten. Aber das war nicht alles nur schlecht, denn so hatte Alex die Gelegenheit, die Flora der Gegend zu erkunden. Es war lange her, dass er seine eigenen Kräuter gemahlen hatte, aber es war eine Fähigkeit, die er nicht verlernt hatte und ihm leicht fiel.

Die Eingangstür im Nebenzimmer schlug auf und ließ die Geräusche von der schlammigen Straße draußen ins Haus.

"Hilfe! Doc Bryan, sind Sie hier drin?"

Alex ließ das Werkzeug auf den Tresen fallen und schritt auf die Verbindungstür zu. Er konnte gerade noch verhindern, dass er in der Türöffnung mit Gideon Bryant zusammenstieß.

"Alex." Gideons Gesicht war eine Maske der Panik, als er Alex halb in Richtung der offenen Haustür zerrte. "Es geht um Miriam. Sie wurde von einem Berglöwen angegriffen. Überall Blut. Sie wacht nicht mehr auf."

Alex blieb neben dem Wagen stehen, hielt sich an der Seite fest und betrachtete die Szene. Eine blonde Frau lag eingewickelt in mehrere Decken. Ihre Augen waren geschlossen und ihr blasses Gesicht war mit Blut und Schmutz verschmiert. Blätter und Zweige verhedderten sich in ihrem goldenen Haar. Er griff in den Wagen und legte seine Handfläche auf ihre Stirn. Warm, aber nicht gefährlich warm. Er hielt einen Finger an ihre Oberlippe. Ein schwaches Kitzeln der Luft. Sie atmete, aber nicht sehr stark.

Im Wagen ballte Gideon die Decken neben ihrem Kopf in seinen Fäusten. "Nehmen Sie das andere Ende. Wir werden die Decke wie eine Bahre benutzen."

Alex tat wie ihm geheißen. Er hatte Gideon nur ein paar Mal getroffen, denn seine Ranch lag ein paar Stunden weiter oben in den Bergen. Bryan kannte ihn gut, denn Gideon und seine Frau Leah waren maßgeblich am Aufbau der Klinik in dieser abgelegenen Bergbaustadt beteiligt gewesen. Er hatte von Gideons Schwester Miriam gehört, sie aber bisher noch nicht gesehen. Der grimmige Gesichtsausdruck von Gideon verriet seine Angst.

Sie trugen sie die Treppe hinauf, durch das vordere Büro und in den vorderen Untersuchungsraum. "Ganz ruhig." Sie setzten sie auf die Holzfläche ab.

Alex öffnete die Decken, vom Hals bis zu den Füßen. Ihr Hirschledermantel war an mehreren Stellen zerrissen. Richtiggehend zerfetzt. Aber der Hauptschaden war nicht offensichtlich, bis er ihre Beine freilegte.

Überall Blut. Hatte sie deshalb das Bewusstsein nicht wiedererlangt? Ihr Rock hatte sich am Oberschenkel zusammengerollt, so dass ein rot getränkter Unterrock zum Vorschein kam, und das linke Bein war am Knie in einem unregelmäßigen Winkel verdreht. Alex holte tief Luft.

"Schlimm?" Gideons Stimme war flach, als ob er sich auf das Schlimmste gefasst machte.

Alex war in den vier Jahren an der medizinischen Fakultät von McGill in der Kunst des Pokerface unterrichtet worden. Aber dieses Knie war schmerzhaft beschädigt. Der Puma hatte ihren Strumpf und die Haut zerrissen und Sehnen, Knorpel, Bänder und Knochen freigelegt. Das würde mehr erfordern als das Zusammennähen der äußeren Schichten.

Er sah auf. "Ich werde Hilfe bei der Operation brauchen. Holen Sie meinen Bruder. Er sollte in der Alice-Mine sein."

Für eine Sekunde weiteten sich Gideons Augen noch mehr und er schaute zwischen seiner Schwester und dem Fenster, das auf die Straße hinausging, hin und her. "In Ordnung." Er schritt zur Tür und ließ Alex mit einem Knoten im Magen und einem Berg von Arbeit zurück, der noch vor ihm lag.

Nachdem er den Strumpf abgeschnitten hatte, untersuchte er den Rest von ihr. Ein paar Kratzer am Arm und an der Wade, die gereinigt werden mussten, und tiefe Einstichwunden am Rücken, aber nichts, was genäht werden musste. Die Einstichwunden lagen hoch genug, so dass sie nicht die Lunge oder andere Organe getroffen haben dürften. Aber sie waren sicherlich schmerzhaft.

Alex konzentrierte sich auf das Knie, säuberte die Wunde und bereitete sich darauf vor, das Ausmaß des inneren Schadens zu untersuchen. Ein Stöhnen der Frau lenkte seine Aufmerksamkeit auf ihr Gesicht. Ihre Brauen zogen sich zusammen und bildeten tiefe Furchen zwischen ihnen. Ihre Augen waren noch nicht geöffnet, aber wenn sich der Schmerz durch seine Bemühungen verstärkte - was sicherlich der Fall sein würde -, würde sie vielleicht zu vollem Bewusstsein gelangen. Er ging zu dem Schrank und dem Arbeitstisch, um die Chloroformmaske vorzubereiten.

Als die Stiefelschritte im vorderen Raum ertönten, hatte Alex die Wunde bereits eingehend untersucht und wusste ziemlich genau, was sie tun mussten.

Männerstimmen ertönten durch die Wand, dann betrat Bryan allein den Untersuchungsraum. "Was ist mit der kleinen Schwester los?" Er tauchte seine Arme in das Waschbecken neben der Tür, während er Alex' Ausführungen zuhörte.

"Es sieht nicht so aus, als gäbe es eine Knochenverschiebung oder einen signifikanten Schaden am Knorpel. Das seitliche Seitenband hat einen Riss zweiten Grades, aber das

Schlimmste scheint ein großer Riss in der Patellasehne zu sein. Ich denke, wir werden ihn nähen müssen, bevor wir die Wunde schließen und schienen."

"Hast du das Material für die Reparatur der Sehne bereit?" Bryan zog einen sauberen Kittel über sein Flanellhemd.

"Ja, aber willst du den Schaden erst untersuchen, um die Diagnose zu bestätigen?"

Bryan hob eine Augenbraue. "Das hast du schon gemacht, oder?"

"Ja, aber ..." Warum störte es ihn, dass Bryan seiner Arbeit vertraute?

Sein Bruder klopfte ihm leicht auf den Rücken. "Du übernimmst die Führung, ich assistiere."

Alex zuckte mit den Schultern. "Dann fangen wir mal an." Schließlich hatte er sich in den letzten neun Jahren darauf vorbereitet, ein kompetenter Arzt zu sein. Was nützte all die harte Arbeit, wenn er nicht tat, was nötig war, um ein Leben zu retten, wenn es nötig war?

Er wandte sich wieder der Patientin zu und stellte sich über ihr verwundetes Knie. Für eine Sekunde warf er einen Blick auf ihr blasses Gesicht und ihre losen blonden Haare, die sich über den Tisch breiteten.

Das wäre ihm fast zum Verhängnis geworden.

DIE SCHÖNE UND DER BERGDOKTOR jetzt auf Amazon.de .

Hat Ihnen die Geschichte von Gideon und Leah gefallen?
Ich hoffe es!
Würden Sie sich eine Minute Zeit nehmen, um eine
Bewertung zu hinterlassen?
Er muss nicht lang sein. Es genügen ein oder zwei Sätze,
die sagen, was Ihnen an der Geschichte gefallen hat!

ÜBER DIE AUTORIN

Misty M. Beller ist eine *USA Today*-Bestsellerautorin von romantischen Berggeschichten, die im 19. Jahrhundert spielen und mit der Wahrheit der Liebe Gottes verwoben sind.

Aufgewachsen auf einem Bauernhof und umgeben von ihrer Familie, entwickelte Misty ihre Liebe für Pferde, Geschichte und Abenteuer. Heutzutage sorgen ihr Mann und ihre Kinder jeden Tag für neue Abenteuer, die sie sowohl auf dem Boden der Tatsachen halten als auch ganz schön verrückt machen können.

Mistys Leidenschaft ist es, inspirierende christliche Belletristik zu schreiben, die von der Erhabenheit der Berge durchdrungen ist. Sie schreibt historische Liebesromane, die den Überfluss von Gottes Liebe durch die Wendungen im Leben ihrer Figuren zeigen.

Ihre Geschichten mit den Lesern zu teilen, ist für Misty ein wahr gewordener Traum. Sie schreibt von ihrem Landhaus in South Carolina aus und flieht bei jeder Gelegenheit in die Berge.

Verbinden Sie sich mit Misty unter www.MistyMBeller.com